U0131686

半是诗意半是禅

蒋宝德　著

中央文献出版社

图书在版编目（CIP）数据

半是诗意半是禅／蒋宝德著．—北京：中央文献出版社，2012.5

ISBN 978－7－5073－3540－8

Ⅰ．①半…　Ⅱ．①蒋…　Ⅲ．①散文集—中国—当代　Ⅳ．①I267

中国版本图书馆 CIP 数据核字（2012）第 082153 号

半是诗意半是禅

作　　者/蒋宝德

责任编辑/李庆田

装帧设计/北京阳光图文设计中心

出版发行/中央文献出版社

地　　址/北京西四北大街前毛家湾 1 号

邮　　编/100017

网　　址/www. zywxpress. com

销售热线/63097018　66183303　66513569

经　　销/新华书店

排　　版/北京阳光图文设计中心

印　　刷/北京毕诚彩印厂

787×1092mm　16 开　28.5 印张　300 千字

2012 年 5 月第 1 版　2012 年 5 月第 1 次印刷

ISBN 978－7－5073－3540－8　　定价：48.00 元

目录

◎闲情花草

◎意趣山水

◎四季风韵

◎静心思悟

◎岁月留痕

◎触摸历史

◎文苑撷英

闲情花草

水 仙

每年岁末，福建漳州的朋友总会给我捎一箱水仙头来，这一惯例，对于我似乎成了一种时令提醒，每每此时，我便会突然意识到：哦，元旦春节将至，陈年俱往，新春就要来临！于是我便放下手头上的一切俗繁杂务，精心侍弄远道而来的凌波仙子。

有关水仙的传说，在西方可见诸于希腊神话纳斯索斯的故事。中国民间则传水仙花是尧帝之女娥皇、女英的化身，姊妹二人同嫁于舜，姐为后，妹为妃，三人感情甚笃。舜南巡驾崩于湖南，娥皇、女英双双殉情于湘江。二人的至情至爱感动了上苍，便将她们的魂魄化为江边的水仙，并封为腊月花神。水仙有很多雅致的别称，除凌波仙子以外，还有：金盏银台、洛神香妃、玉玲珑、姚女花等等。传说也罢，名字也好，大抵都出于人们对水仙那清丽的形态、圣洁的气质、高尚的情操的欣赏与赞誉。

水仙生性优雅文静，仪态万方，用一个“美”字来形容、概括她的形象气质是很不到位的。她那诗意般的灵魂，只有以对诗的赞美来表述才能略显恰如其分：娟娟群松，下有漪流。晴雪满汀，隔溪渔舟。可人如玉，步屧寻幽。载行载止，空碧悠悠。神出古异，淡不可收。如月之曙，如气之秋。如此美妙的生命，对生存条件的要求竟然只是一只浅盆，一掬清水！

"得水能仙与天齐，寒香寂寞动冰肌。仙风道骨今谁有？淡扫蛾眉独一枝。"出于对她那高洁自远品性的敬重，若干年前，我特意在景德镇选购了几只专养水仙的瓷盆。当然，它们的质地、造型、色彩和图案也都以儒雅、简洁、清素、别致为基调，将正宗的南京雨花石置于其中，施以天然泉水，素盆聚雅，彩石含娇，清水凝秀，既相映成趣，又浑然生姿。于是，这冰清玉洁解语生香的仙子便有了一个凡心洗尽不侵皓素的家园，显现出她那"含香素体欲倾城"的优雅。

如今，案头的水仙已是茎如羊脂，根如银丝，碧叶葱翠，金苞含香，阿娜绰约，气韵绝尘。犹如仙女凌波微步，洛神端驾祥云，那飘然行水的姿态，清香洁白的芳韵，传神寓意，楚楚动人。有勤谨的花骨朵儿，已初绽鹅黄，启开了小嘴儿，微吐幽香，触梦魂醒。杏黄色的花蕊柔弱如绒，被温润如玉的花瓣儿精心呵护着，在挺拔清秀的翠叶簇拥下，散发着吹香蕴暖晶莹澄澈之美。室内有了这冰魂月魄的水仙，便声情摇曳，色香流韵，充满了温馨阴柔的气息。这花前犹有诗情在的韵致，不仅给人心灌注了一种温柔的喜悦，同时也激荡了人的思绪，产生联翩的浮想。凌空取神，化物为人，不禁有所感慨：生命品质的高下，未必与生存环境的优劣成正比，一汪明净的清水能养育亭亭玉立的水仙，清贫俭朴的生活亦可造就高尚纯洁的灵魂。水仙之所以能取悦于人，古往今来受到崇高的赞誉，除了她那"不妆艳已绝，无风香自远"的姿容，更令人钦佩的是她那俏不争春、后吐奇香、静定自守、高风亮节的品格。黄庭坚就曾以"借水开花自一奇，水沉为骨玉为肌"的水仙，比喻妍丽出众而不为人知的民间美女，且于笔端充满情感，流露忿忿不平之气：“可惜国香天不管，随缘流落小民家。”“可惜”二字饱含了诗人无限的感慨！

宋代朱熹在《赋水仙花》一诗中以文载道，用极其优美精辟的文字，描绘水仙的风姿，赞咏她的品质，品评她的节操。诗人由衷地赞咏水仙那纷披敷容的绿叶，仿佛是翠羽披风；花朵温馨倩好，仿佛玉质天成。“隆冬凋百卉，江梅厉孤芳。如何蓬艾底，亦有春风香。”诗人感叹，严冬酷厉，百卉凋残，除却梅花严正地自励冰霜之操，以孤芳高格为人们清赏以外，又有水仙开放在茅屋蓬窗之下，为东风送来春的信息，可见水仙品格不逊于江梅。“弱植愧兰荪，高操摧冰霜。”形象而精辟地道出了水仙植本柔弱，形态如兰，各有独特的芳香，但一个“愧”字，却把水仙内在皎洁谦虚的境界、不为冰霜所摧的刚贞操守，恰到好处地表现出来，这就足可与寒梅傲雪的情操相媲美。同时告诫世上庸俗之人，不要只艳慕佳丽妖冶的美色，更要重视其内在的高尚品质，那些卓然以高风亮节自誓刚贞的女性，即使千载之后，也还留下芳馨的美名，就像水仙花一样，被人们永世赞美、颂扬！

岁寒萧萧，冰雪垂垂，久居城中，虽无缘踏雪赏梅，但有凌波仙子相伴，斗室也生辉，意趣也盎然。那芳心之洁，本应欺雪，那道韵之香，不该让梅。然而，当冬去春来，百花盛开，群芳争艳，那凌波仙女却灿然一笑，岁华摇落，飘然而去，将自己投入下一个轮回，一个更加辉煌灿烂的生命，又在孕育之中！

这就是水仙！

（中华民间习俗：赠人水仙，便是赞美你的好心必有好运，祝福你吉祥如意，万事称心。谨以小文权作水仙，赠与我的朋友们）。

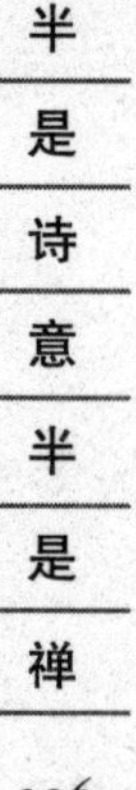

报春岂止是梅花

梅花，历来被人们誉为报春的使者，春风所被，梅花先放，故曰“东风第一枝”。梅蕊腊前破，梅花年后多。其实，梅花在腊前未开时，那珍珠似的花骨朵儿，星星点点的挂满枝头，蕊含红魂，体凝暗香，就已饱含春的气息。倘若有一场暖雪将其银装素裹地打扮一番，那冷艳清绝的娇媚就更加招人爱怜；那呼之欲出的春韵便轻轻撩拨人心！待到寒遗雪残，春风多情，她更是迎岁盛开，占尽风流。然而，这却是记忆中的生韵景象和情感意境，在钢筋混凝土统治的现代化城市里，岁寒寻芳，踏雪赏梅，绝对是一种难以企及的奢侈。所以，在这个冬天里，我把心神放养在自家的阳台上，让他在那里游弋着，看云翔雪落，也许能邂逅春的信息。

立春临近，阳台上的几盆绿色植物仍然安详端坐，无动于衷地保持着以往的矜持，唯有那盆去年冬天被我齐根剪掉的薄荷，原已不见丝毫的生命痕迹，不经意间却又从根部萌生出隐隐的绿意，这是一种昭示，是一种凝神遐想、妙悟自然的感觉，而非滞于耳目的具象。正当我在这神遇心悟中流连忘返，那些潜伏在泥土下的绿色精灵，果然如神话般争先恐后破土而出，每一株的茎节上都生出了圆圆的、绿油油的叶片，虽然只有豆粒般大小，却像踏青春游的孩儿们，满身的阳光，满脸的灿烂，天真而富有朝气，显示茁壮成长之势。它们似乎是在摇晃着小脑袋，笑嘻嘻地告诉我：春天就要来啦！我恍然大悟：原来报春的岂止是梅花！于是，我那游弋的心神终于驻足，与它们缠绵起来。

薄荷生性平淡，自然奔放，是一种充满希望的植物，山野湿地皆可安家落户。去年初春，从朋友那里索来几段根茎，很随意地将它埋入一个闲置的花盆之中，也不精心伺候它，经一春一夏的自然繁衍，竟然发展成了很强势的绿色兵团，在我的阳台上独霸一方。虽然生命粗放，性格泼辣，却也淡香幽幽，似生于神幻古异；清凉习习，疑来自幽林曲涧。夜阑，我枕着它的芳香安然入梦，拥着它的清凉渐入生命的佳境，圣洁虚静，澹然无极。黎明，往往是它的清新气息伴着熹微的晨光引领我走出梦境，拥抱朝阳！此时，我便下意识地俯下身来，尽情享受它呼出的气息，那是一种沁人心脾的清爽；是一种溶入血液的洁净；是一种充满爱意的抚慰；是一种新鲜活力的启动。顷刻间便觉神清目明，筋骨舒展，周身的血液欢快而流畅，在油然而生的轻松愉悦中获得了心情的振奋，精神上的跃动！我喜欢薄荷的味道，每每此时，我便情不自禁地摘它几片绿叶儿，置于杯中冲泡，作为茶饮。资料显示，薄荷具有很强的杀菌消炎、镇静止痛、清利咽喉、清心明目、解除疲劳、帮助睡眠、促进消化之功效，能预防和治疗多种疾病，药用价值相当高。同时它还是人们餐桌上清爽可口的鲜美蔬菜。它的可爱之处并不在于它身姿多么婀娜，花儿多么艳丽，气息多么芳香，而在于它随遇而安的质朴和惠及人类的善良，这是一种取情去貌的审美观念。任何事物都有“情”与“貌”，有的以悦目的外姿取胜，有的以内在的品质感人。“夫君子取情而去貌，好质而恶饰，”“和氏之璧，不饰以五彩，隋侯之珠，不饰以银黄。其质至美，物不足以饰之”（《韩非子·解考》）。意为观察事物要重视它的内在品质和它的功用，而不必太在意它的外表和与功用无直接关系的其它方面。薄荷就为这一美学理论和审美实践提供了坚实有力的佐证。

薄荷原产于地中海沿岸，颇受欧洲人喜爱，每逢重大节日，便用薄荷编成花环佩戴着参加狂欢，芳香之气与人们的热烈情绪融为一体。关于薄荷，在希腊神话中有这样的传说：冥界之王哈迪斯爱上了美丽的精灵曼茜，冥界之王的妻子佩瑟芬尼十分嫉妒，便施魔法将曼茜变成生长在路边的一株小草任人踩踏。然而，善良坚强的曼茜变成小草后仍然生命旺盛，美丽如昔，散发出清凉迷人的芳香而被人们所喜爱。它传递给人们的信息是幸福和安慰，为此，人们赋予它的花语是“愿与你再次相逢”、“再爱我一次”和“美德”。春天是花儿们的盛大节日，当群芳还在做她们的清梦，还没来得及精心打扮自己，姹紫嫣红的盛装还在等待春姑娘缝制的时候，具有耐寒特性的薄荷却萌芽早发，它香艳不及傲雪的红梅，婀娜逊于河边的杨柳，但是它以崭新的生命挑战残冬的严酷，在万物萧杀中敢为天下先的勇气是十分令人敬佩的！它不同于仰仗春风春雨展示风采、张扬个性的群芳，而是在自然的流变中获取生命的发展与完善，并以自身的自然形式暗喻或显示自然的内容，即使是在小小的花盆里，生命也不受约束，也要做大自然的先进代表，站在时令的最前沿，庄严地宣布：春天来啦！

竹 韵

从来都没有过这般的寂静，好像整个世界都陷入真空，惟有那亿万绒绒的精灵，翩翩在半空里潇洒，轻盈飘逸，纷纷扬扬，悉悉索索地窃窃私语，竟能把我从梦中唤醒……好大的雪啊！天空低了许多，楼宇矮了许多，停车场的汽车竟然变成一个个洁白的毛绒玩具。然而，窗外那一杆杆翠竹，银装素裹，白玉镶身，却越发方劲精神，风韵清奇，英气隐隐逼人！若干年来，习惯了与庭院中的青竹为伴，看她们高低错落，四时不移，含霜吐露，摇风弄雨；尤其倾情于她们那月影下的婆娑，清晨那碧玉般翠叶尖尖欲滴不舍的水晶凝露；更眷恋她们那盛暑色寒，成荫蔽日给与我的清凉呵护；欣赏她们那劲节有高致、清声无俗喧的气质！但是，对于她那傲雪的风骨，还真未曾用心领略过。忽如一夜玉龙飞，落尽琼花天不惜。推窗凭望，看那亿万玉蝶从苍穹深处飞来，凌空划出一道道美丽的弧线，优雅地飘落。庭院一隅的那一丛翠竹，舒展着宽厚的胸怀，迎接着这轻柔而至的玉女，两情相交，恰如翡翠拥白玉，天使吻君子！“不知庭霞今朝落，疑是林花昨夜开”，往日风姿摇曳、尤自青青的戈矛苍碧，如今却是那样地沉稳宽厚，温情脉脉，陶醉在暖雪的怀抱里，衍化出新的生命奇景——雪里翠锦，玉树琼花！这正是：翠竹迎飞雪，生命更妖娆！

历代文人将松、竹、梅并称为“岁寒三友”，皆因它们有一种共同的精神。天寒地冻，众芳摇落，惟松竹梅迎风不屈，沐雪不畏，一派生机，本色依然。苍松隐映竹交加，千树玉梨花，好个岁寒三友，更堪红白山茶！也有将“岁寒”另解为浊世的，三友为浊世中的清高之物：虚心竹有低头叶，傲骨梅无仰面花，松经霜雪更刚阿，皆属于风骨铮铮，正气凛然，品质高洁，是一种人格化了的德行。然而，岁寒三友又各具独特的个性：松，苍劲蓊郁，坚忍不拔，刚毅顽强，有拔地通天之气势，阳刚之气令人敬畏；梅，傲雪吐艳，凌寒飘香，疏影清雅，有冰清玉洁之灵魂，阴柔之美令人倾慕；竹，昂然蓬勃，洒脱俊逸，清丽脱俗，有刚柔相济之神韵，君子之风令人景仰。故有贤者谓之：梅松竹岁寒三友，廉正清为官三要！莫说为官须兼具梅松竹的品德，即便是做人，若是能以竹为楷模，也算是独善其身了。这大致是因为世人对竹的青睐和钟爱，并非局限于观赏与审美取向，而是更敬重她的人格价值。

“未出土时尚有节，入云霄处仍虚心”，人们为之崇敬并将其植入人格修养的，可能就是翠竹那苍苍劲节，虚心自持的天性，即所谓高节人相重，虚心世所知。当寒凝大地，万物萧煞，她那新一轮生命就已在泥土中节节孕育了，此时谓笋不谓竹，莫道土埋节短，青尖露后立刺苍穹！残雪尚存，余寒未尽，新笋便悄悄萌发了。倘若有一场春雨不期而至，她便以势不可挡的力量破土而出，如龙角戢戢而动，如雾豹初露斑纹，直指蓝天，节节拔高，清明一尺，谷雨一丈，一节复一节，千杆攒万叶。春光明媚，她新绿凝香，轻巧娇柔，风情万种，不为俗屈，那盎然的气度，那生命的弹力，给予人的精神享受，何言悦目怡情，一个“美”字了得？赤日炎炎，她长舒广袖，挥洒青纱，雨洗娟娟净，风吹细细香，那翠幌婆娑的清丽，不卑不亢的气质，给予人们的心理感应，岂止是灵魂的净化，激情的腾升？竹敲秋韵，万叶千声，清风白月，凝露启翠，方显出她那柔中寓刚，豪气凌云的本色。“秋风昨夜渡潇湘，触石川林惯作狂。唯有竹枝浑不怕，挺然相斗一千场。”这种洒脱坚毅、高风亮节，不正是对我们人格修养的一种启迪么？历尽风雨的冬竹，其骨铮铮，其韵萧萧，老而不枯，虚心抱节，从不妄自尊大，更不盛气凌人。傲雪未必须张扬，红日归时现本色。其内在的美质与风神，又为我们昭示了一个人生哲理：有节则坚强，虚心则进取！

世人对竹作为君子化身的钟爱，由来已久，源远流长。据史籍记载，殷末伯夷、叔齐让国，周取代殷，遂隐于首阳山，不食周粟，其后子孙以竹为姓。“渭川千亩竹，比其人皆与千户侯等”，这是关于竹君身世的最早传闻；“如来慈心，如彼大云，荫注世界”是说其芸芸众生，泽被人世者，无不由此繁衍而来。相传唐代北都（今山西太原）童子寺有青竹一丛，该寺的僧人对这丛青竹呵护备至，关爱有加，“每日报竹平安”。拳拳之心，殷殷之意可见一斑。至于历代文人对竹的赞咏，那就更是不胜枚举。一般来说，凤尾森森，龙吟细细，对竹摇曳多姿的外形美是很容易领略的。“贞而不介，弱而不亏”，对竹虚中劲节的内在美，人们也有许多的击节赞叹。然而，她那融于天地有大美而无言的神韵，对我们的思想感染和精神影响也是不能忽略的。宋代诗人惠洪就曾经“戏将秋色分斋钵，抹月批风得饱无？”（细切为抹，薄切为批，“抹月批风”就是把风月当菜），如果戏将修竹的一片秋色——欲滴的翠绿分给僧人的斋钵，不知这“抹月批风”的秀色能否饱人饥肠？一语道出了翠竹那令人神驰遐想的韵味儿！扬州八怪之一郑板桥，不仅擅长画竹，而且是位爱民的清官，他称自己眼、胸、手之中有竹，故所画的竹子能天趣淋漓，并且与竹有了心灵交流：“衙斋卧听萧萧竹，疑是民间疾苦声”！静静的月夜，听秋竹与清风合鸣的瑟瑟之韵，即联想到民间疾苦之人发出的哀叹，若不是作者与秋竹有神韵之交，能迸发出这种灵感吗？苏轼在《筼筜谷偃竹记》一文中指出：“画竹必先得成竹于胸中，”也就是说要仔细观察，摄取其神韵，方能“急起从之，振笔直遂”，并将其表弟文同画竹的高超技艺与他为人的见识、风度联系在一起，同时以竹为线索记录了两人的深厚情谊，将竹的神韵融入了自己的感情，从而挥就了这千古不朽的华章！二十四孝中有一个故事：三国时江夏人孟宗，年少亡父，母年迈病重，医生嘱以鲜笋煲汤服之可医。时值严冬，没有鲜笋，孟宗无奈，独自跑到竹林里扶竹而泣。忽听地裂之声，有嫩笋破土而出，孟大喜，遂采归医母，原来是冬竹被孟宗的孝心感动了。这个故事也将冬竹赋予了灵动的人性。

我喜爱园中的修竹，更钟情于她那雪中的神韵。瑞雪初飘，翠蔚香凝，岁寒识君子，碧绿积新春。看那玉树银花下，燃烧红唇一瓣怒，便知翠浪即将舞明年了……

蝴蝶兰　蝴蝶梦

案头有株蝴蝶兰，长得欢实，花儿也开得殷勤，紫蓝色的花瓣儿，丰满柔润，翩翩于绿色枝头，欲舞欲飞。它脚下的紫砂盆儿，气定神闲，明净儒雅，二者神态相宜，娇雅成趣，和谐出流畅恬怡的神韵。

我爱蝴蝶兰，不仅为它那媚里藏秀、静中寓动的气质，更钟情于它那活色生香、诗意解语的灵性。

当我陷入纷扰，就去看我的蝴蝶兰。我赌着气撒给它几滴清水，它却冲我撒娇，抖动着温柔的翅膀，轻轻捧起我那颗疲惫的心，踏着飘逸的舞步，把它送入静谧深邃的梦境。烦恼远去。当我受了委屈，就去看我的蝴蝶兰。我幽怨地撒给它几滴泪珠儿，它便摇晃着无奈的小脑袋，悄悄陪我叹息，抖动着轻盈的翅膀，抚揉我那颗破碎的心，轻声细语，唤来无限温柔春光。忧伤顿消。当我心情欢畅，就去看我的蝴蝶兰。我亲密地撒给它一串笑声，它便摇曳柔美的腰肢，抖动着欢快的翅膀，拨动我喜悦的心弦，为它伴唱生命的赞歌，青春的旋律，自由飞翔！

我，飘浮在银河系以外的太空，没有光亮，没有色彩，万籁俱寂，落寞煎熬着无奈，虚幻摧残着孤独。猛然间跳进一个个紫蓝色的精灵，啊，那是我的蝴蝶兰，它追寻着我的梦境而来，神奇地编织起蔚蓝的天幕，打亮魔幻般的灯光，片片花瓣儿幻化为串串音符，跳跃在我心灵的琴键上，啊，那欢快的奏鸣不就是我脉搏的律动么？那激昂的交响不就是我热血的奔腾么？我的世界顿时五彩缤纷，歌声四起，我与我的蝴蝶兰翩翩起舞，在自然流畅的飞旋中体悟到了生命的唯美境界。我们穿越时空，自由地翱翔于无垠的天地之间，意欲止而神欲行。我终于发现，生活的图案原来是那样的美轮美奂！在日常生活中忙碌的自我，并不是真正的自我，在虚无缥缈的追求中，我们不仅失去了很多，很多，而且忘记了真正的自我。正如庄子在一个美妙的譬喻里所讲的那只鸟一样，为了要吃一只螳螂而忘记自身的危险，而那只螳螂又为了捕捉一只蝉也忘记了自身的危险。这是一种什么哲学？这是一种怎样的人生？一起深思吧，我的朋友！

我感谢我的蝴蝶兰，感谢它为我编织的紫蓝色的梦！它是我生命的园林，风中雨中有声，日中月中有影，闲中闷中有伴，苦中乐中有情！

啊，我的蝴蝶兰，我的蝴蝶梦！

生命的色彩

朋友是位优雅文人，生活中充满浪漫情趣，琴棋书画无所不为，尤擅长于侍弄花草，并且鼓捣出了“学问”。每每与其交谈，朋友总是将其所知不厌其详地娓娓道来，从中分享了不少乐趣和情致。对于花卉的品种科属、时令季节、修剪嫁接、浇水施肥等技术问题，因太繁杂且有个实践问题，与我这个连养活自己都有些力不从心的主儿实在没有多少实际意义，所以没有从中受到什么教益。至今学到手的，也就是能侍候一盆“死不了”（吊兰）。朋友见我朽木难雕，便失去了与我探讨技术问题的兴趣，转而聊一些花卉的品质与欣赏等话题，听来倒能入耳入心。

朋友说，现代人对花草的热爱，似乎是在不经意间普及起来，成为大众化的环境点缀与装饰。然而，若能从深层次中体味她的品质美，并将其融入自己的心之美，那才是真享受。因为养花与赏花的美学元素含量是很高的，是人的文化心理和文化观念的体现。有前辈雅士轮及：梅令人高，兰令人幽，菊令人野，莲令人淡，春海棠令人艳，秋海棠令人媚，牡丹令人豪……

以花木的香味为例，中国传统文化观念认为，花木的香味越文静雅致，品格越高。兰花的幽香极具韵致，故历来受文人雅士的追捧。兰花常生于幽谷，从不取媚于人，被文人称其

"孤芳独赏"，喻深闺淑女和隐居山僻不求名利者为"空谷幽兰"。有古文载："久居芝兰之室，则不闻其香"。还说兰花不宜遍植各处，只限于一室，方能于进出之时欣赏其幽香。加之兰花的美丽中透射着一种特殊气质为人所敬爱，故中国文学中将其视为高尚人格的象征。对于兰花，《浮生六记》中有一段极其精彩的描述：

"花以兰为最，取其幽香韵致也，而瓣品之稍堪入谱者不可多得。兰坡临终时，赠余荷瓣素心春兰一盆，皆肩平心阔，茎细瓣净，可以入谱者。余珍如拱璧……不二年，一旦忽萎死，起根视之，皆白如玉，且兰芽勃然。初不可解，……事后始悉有人欲分不允，故用滚汤灌杀也。从此誓不植兰。"可见兰花对人们的诱惑力是何等强烈！据说，如今兰花的名贵品种身价不菲，动辄每株上万元，甚至数十万、数百万元，有的高达上千万元，令常人不可思议。

梅花的可爱之处，在于枝干的奇致和花的芬芳。梅于冬末春初绽放，凸现于寒冷高爽中的纯洁令人崇敬，她散发的是一种冷香，越在飞雪中，她香得越精神，独展幽静中的风韵，是高洁品格的象征。对于梅的姿态芬芳的可爱，有句古诗表述得已近极致：暗香浮动影横斜。致使后人对此句竟不能有所增减。

花卉的色彩和姿韵丰富而生动，有浓有淡，有雅有俗，有的艳媚，有的清丽，有的如少妇般风姿绰约，有的似淑女般清纯淡雅；有些夸张招摇供大众观赏者，以鲜艳见长；有些则幽香自怡不媚凡俗，以淡雅显高。若用心观赏，均能感觉到她们的灵性，人的思绪也便飞扬起来：看到玫瑰，就能感觉到风清日和的春光；提起荷花，便向往风凉夏早的湖边；桂花能使人想起秋高气爽、花好月圆的中秋；心中若绽放梅花，眼前自然会出现瑞雪飞扬的冬日意境；当你看到案头的水仙挺拔葱绿、含苞欲放的时候，那就是春节将至，新春正向我们走来……

朋友对花犹如对人一般，极尽心力，勤勉照顾，关怀备至，呵护有加。所以花也特别给朋友面子，一年四时，总是轮流着开得很灿烂，人与花保持着一种默契、交流和互动，共同将美好升华于人生之中。朋友告诉我：地上之花妙在生命鲜活，纸上之花妙在笔墨淋漓，梦中之花妙在景象变换，胸中之花妙在心清意美。胸中有花，她便成为你生命的色彩！难怪朋友的日常，总是吉祥如影相随，好运连连不断！

窗口绿萝

对面阳台的窗口有一盆绿萝，它的身姿透过落地玻璃映入我的眼帘，大约是在一两年前那无意间的一瞥。那天，晨光熹微，东方吐红，清澈透明的蓝天一尘不染，以往略感视觉疲劳的楼群、花园绿地、小河树林也在瞬间生动活泼起来。精神正欲为之一振，悠忽间似有一片绿色自天外飘来，隐隐约约呈现眼前，却又仿佛遥不可及，于朦胧中传出动荡，于空灵中透出幽深，几乎霸占了意识的全部。在心理活动的催化中，它渐渐地，渐渐地由虚变实，由色彩意象变为形象视觉。哦，那是一盆绿萝！经过形象思维的加工，我迅速感觉到了它吸引我的内在意蕴和形象特征。造型简约而又挺拔的木质花架，优雅地托举着气质典雅的青花瓷盆，盆中绿萝，并非通常那样沿着人为设置的支柱攀援向上，而是任由那绿色生命由盆中喷涌而出，柔韧十足的茎蔓牵着娇秀的叶片从容下垂，舒展洒脱，自由奔放，盎然飘逸，灵动闪烁，其色盈溢晶莹，深不可测；其神恬淡如水，安适自若，动则如绿瀑飞下，静则像翠玉浮雕，将高洁清丽的人格精神演绎得淋漓尽致。正是这无意间的偶然一瞥，它却使我心入于境，神会于物，下意识地用心语跟它打了个招呼：嗨，早晨好！并从此关注起它来。

春夏秋冬，寒暑往来，对那绿萝诗意般的认识，竟然在我主观世界里相对固定下来，成为凝聚在个人文化心理结构中的基本元素。当严冬渐至，草木枯萎，万物萧煞，整个世界都板起了冷峻的面孔，精神活力几乎被强迫冬眠的时候，惟那绿萝精神焕发，活力四射，以永不消失的爱意化解着冬季的威严与清苍，传递春之将至的信息；以自然本质的力量扬弃着萧瑟与寂寥的枝节，讲述四季常青的秘诀；以它的宽厚善良温润着心田，催生出丛丛绿意！哦，身在冬天，心在春里！倘若有暖雪飞扬，如绒的白雪附着于窗外的边边角角，将那通天落地的玻璃装饰成一个不规则的镜框，那后面青翠欲滴的叶片犹如一张张笑脸，争先恐后地向外张望，是欣赏外面飞舞的雪花？还是向我传神致意？这白玉镶翠，雪里精灵，瞬间便可调动起你的综合意象创造力，从而把它想象为至亲至爱的朋友，与你携手踏雪，一起走向春天！

当春天真正来临，大自然便成为彰显生命奇迹的画廊，姹紫嫣红温暖着我们的视线，莺歌燕舞惊喜着我们的心灵。然而，隔窗相望的那葱茏勃生的绿萝依然是我的独钟，它以自己独特的生命形态，昭示着自然的神奇活力，无论四季怎样轮回，寒暑怎样交替，它都一如既往地温情四射，青春靓丽，朴实亲和而不失典雅，随意畅达而不失端庄。在明媚春光里，它把芳菲隐藏在绿色的灵魂里，把馥郁蕴含在淡定的气质中，从不参与闲花野草的争奇斗妍，却用大气纯粹的绿色，向人心里缓缓输送温暖的春意，不露声色地启动人的审美意象，按它天然的形象细节和生命的逻辑结构创建出飘逸生动、纵横驰骋的美学意境。犹如听到它轻吟“迟日江山丽，春风花草香，泥融飞燕子，沙暖睡鸳鸯”的诗句，一幅妙不可言的春景图画便叠印而出！那绿萝正是浓缩了春天的精华，充实了自身的内在意蕴，挥洒出一派浪漫的诗意！

当我与它相遇在夏日的清晨，那深沉的绿色传递给我的是阵阵清爽，丝丝凉意，那是来自于它的呼吸，来自于它那健康潇洒的肢体语言，来自于它那善解人意的灵性和活跃生命的传达。它以内在气质的软实力，击退了炎热的张狂，抚平了焦躁的气浪，给人营造了轻松愉悦的心境，让你顺势进入一个绿色清凉的精神世界，并在刹那间领略了许多的生活情趣。你会发现：当你想竭力逃避令人惧怕的酷暑，追逐宁静平和的时候，未必刻意地去缓寻芳草，细数落花，也许眼前那情之含风、韵之成趣的绿萝的身影就是你心灵恬淡安适的圣地；当你陶醉于离奇瑰丽的梦境，对现世情欲热烈高扬的时候，你只需蓦然回首望一眼那洒脱旷达的绿萝，就会觉得原来自然、平淡、简散的风格，才最能表现出生命的流韵和无限情意！这是因为，它的生命本质既有以形式优胜显现于形态之中的外在优美，更具有突出地体现着真与善的和谐统一的内在美！情以物兴，神与物游，就此而言，在夏日阳光下闪耀生命韧性的绿萝，给予我们的就不仅仅是赏心悦目的感官享受，而是一种超然物外、清净和润的禅意境界！

绿荫生昼静，孤花表春余。残云收夏暑，新雨带秋岚。自然界能用绿色生命衔接和贯穿季节更迭的植物为数不少，惟那绿萝，春不开花，秋不结果，四季如一，青春永驻。它虽然不会用艳丽和芳香招摇，也不会以果实累累自居。然而，它却以相对稳定的个性特点和风格气度，显示了生命的激情与顽强。在红色争宠，黄色夺魁的秋之斑斓里，它独树一帜，超然而出，那一绿到底的执著，那永远的默默微笑，均以说不清的魅力，挡不住的诱惑，征服了人们的审美意识。人们对花草树木的喜爱，往往是由于它们具有某种特别的品质，有人喜欢梅花的隐逸清奇，有人欣赏兰花的幽雅韵致，有人崇尚菊花的冷色清香，而我却独钟于绿萝那脱俗的质朴！你给它一掬清水，它还你四季如春！

哦，那隔窗相望的绿萝，我已把你移植在心里！

累石邀云

“智者乐水，仁者乐山”，孔子这一观点，把无生命、无情趣的自然物，比拟为有生命、有情趣的人而加以欣赏，成为审美之中最为常见的现象。更有“君子以玉比德”（玉也是一种石头），将其与人性结合融会，衍化为人的操行品质，从而使其成为一种文化内涵。这似乎为人们的爱石心性提供了理论依据。我有几位朋友便是“石癖”，乐山爱石达到了痴迷的程度，他们为收藏石头所下的功夫和付出的代价令常人难以想象；其藏品简直就是一个大千世界！其中有几位还出版了藏石方面的专著或画册。他们已经超越了兴趣爱好和生活情趣的层面，升华为艺术鉴赏和美学享受，成为这方面的专家或学者了。

任何一块石头都来自于大山的肌体，石与山的亲缘关系为人们提供了丰富的想象空间。当我们站在摩天大楼面前，会因它是出自人类之手而油然生出自负与骄傲；当我们面对险峰峻岭时，方知自己的渺小与微不足道。游历过名山大川的朋友，大概都会有这种感觉。大山的怀抱就像一座永远的疗养院，它即使不能治疗别的病患，但至少能治愈人类的狂妄与自大。所以，人们乐山爱石的基本观念来自于它的伟大、坚强和生命的永久性。它们有英雄般不屈不挠的精神；有隐士般超凡脱俗的气质；它们是长寿的象征，这正契合了中国人的文化心理。从审美观点来看，它们就是魁伟雄奇、峥嵘古雅的典范。明代书画家董其昌说：“大都诗以山川为境，山川亦以诗为境。名山遇赋客，何异士遇知己。”一入品题，山川的自然壮观之美便定了性。此外，千尺壁立、万丈巉岩还暗示着一个“危”字，给人们增添了刺激性美感。

正是因为山和石蕴含了自然之美的元素，所以受到人们的喜爱与推崇，成为装饰景观和收藏的佳品。许多山石被用于垒作假山，装饰园林，其布置总以险、雄、秀、奇、危为尚，以期模仿天然山峰的峥嵘。所用石块均未经人力加工，无刀劈斧凿之痕，都是玲珑剔透，极尽拙皱之态。否则，便是败笔。宋朝著名画家米芾爱石爱到疯狂的程度，竟然跪拜在一块大石头面前求石头做他的岳父。他还曾写过一部关于观石的书。另一位宋朝作家写了一部石谱，详细描述了几百种各处所产合于筑假山之用的石头。这些都显示了山石的文化艺术价值以及假山景观在宋代就有了高度发展。

与这种山峰巨石平行的领略是人们对奇石的收藏，那就要专注于颜色、纹理、造型、结构等方面的特点，有时还注意敲击时发出的声音。特别是文人雅士对石砚石章的集藏，更推进了这方面的发展。笔者体悟，对奇石的鉴赏，似乎与对中国书法的鉴赏有些关联。因为中国书法专在抽象的笔势和结构上下功夫。好的藏石，固然应该雄奇不俗，但其结构更为重要。所谓结构并非单纯指其线条、纹理和形状，而是它所综合体现出的天然和拙朴的气质，没有丝毫人为雕饰的痕迹，就是老子在《道德经》中常称赞的那种不雕之璞的美感。因为最好的艺术结晶也与好的诗文一般，须像行云流水样的自然。那种不规则的、玲珑活泼的美，给人视觉和心灵上的享受是非常特殊的。中国的文人对此有很深刻的研究，以致体验出了“累石可以邀云”的崇高意境，并从美学角度将奇石与其它风雅之物作了完美和谐的韵律搭配：梅边之石宜古；松下之石宜拙；竹旁之石宜瘦；砚内之石宜巧。

东邻有樱花

人的思维是相对于存在而言的认识活动，这是一个规范化的理论定义。但在现实生活中它却没有那么道貌岸然中规中矩，有的时候它就像一个桀骜不驯的怪物，信马由缰，横冲直撞，可以在瞬间穿越时空回放历史，也可以超越光速去遨游银河系，没有任何外力能够制约它，这也许就是人们所说的“胡思乱想”。要不然我的脑海里怎会在冰雪晶莹的季节里叠印出阳春三月的樱花呢？

天空湛蓝，阳光灿烂，这是冬季少有的一个好天气。落地玻璃长窗将浸入阳光的寒气一丝不落地过滤在室外，阳光便成为天使那温暖的双手，把人爱抚得筋骨酥软，昏昏欲睡。思绪飘荡着，意识却清醒着，我试图将目光从书页上移开，让心神安卧在来自日出东方的温暖中，可书页上的汉字，一个个精灵似的跳跃在眼前，执拗地清晰着：“东邻有佳人，雅致异凡俗。层层围珠玑，团团锦绣簇。堪比桃李颜，争向东风逐。恍如萼绿华，伶俜步芳躅。雾绡曳轻裾，神光乍离合。今年花更繁，照海明朝旭。人间有芝田，胜却蓬山曲。千里泛仙槎，若水茫茫绿。”这是一首咏樱花的诗，原本是我栽花插柳信手翻阅而偶得，冥冥中它却浸心入神，潮水般荡涤着蒙昧自发的意识，张扬了生命的冲动与才情，“初假达情，浸乎竟美”，由情感理解而步入美的境界。于是，意念便近乎狂热地在时空中跳跃，由隆冬进入阳春，由西隅到了东邻。

相传很久以前，在我们的东邻日本，有位名叫“木花开耶姬”的仙女，头年十一月从冲绳出发，经九州、关西、关东等地，次年二月到达北海道。沿途她将象征爱情与幸福的花朵撒遍每个角落，于是便有了“昨日雪如花，今日花如雪”的春光美景。当地人将这种热烈竞放、如烟似霞的花命名为“樱花”，花语为：“生命、幸福，一生一世永不放弃。”日本也因此而成为“樱花之国”。时光闪回到我曾经驻足的东瀛，置身于樱花盛开的季节。在明眸皓齿的芦之湖畔，泡在室外温泉中，远眺沉静文雅的富士山，近看樱花由箱根山脚下依次向山腰山顶竞相绽放，那颇具立体感的深红、浅绛、胭粉、雪白……层次分明，色彩饱满，云雪飘扬，彩霞飞落，宛若矗立于天地间的一幅巨大油画，骨气奇伟，师模宏远，神韵拟扬，意境开阔！令人不得不叹服大自然的笔力雄健，挥洒爽利！

每年三月花时，热烈、纯洁、高尚大气的樱花，玲珑如梅雪，葱倩似梨云，鸾绡红綄，万姝娇睇，倚天照海，芳香四溢，浪漫之风吹遍东瀛，男女老少皆梦魂萦绕，达官贵人，平民百姓，携亲邀友，结伴而行。他们聚集于各地的赏樱名所，席坐于姹紫嫣红的树下，沐浴在花雨香风之中，或畅饮，或欢歌，樱花半醉，轻旋起舞，香车宝马，士女争逐，激情搅得春光风生水起，生命在拥抱自然中活力四射，诗情画意，大和风情，如烟如梦，天外飞琼，颇有举国若狂之势！

如今，对樱花的钟爱与欣赏，已远不止于是大和民族的文化情结，那恍若曼妙佳人的樱花，早已经露含仙袂、华清娇面，娉娉婷婷飘然而至在国人心目之中，荡漾在诗词歌赋里，舞动于水墨丹青中。在大众文化心理上，她是善良、圣洁、幸福、爱情的象征。她的人格化魅力，大大超过了她娇艳妩媚的光环而成为人们的生命崇拜。在历史长河中，人的生命只不过是稍纵即逝的一刹那，正如一朵樱花从开放到凋谢也只有短短的七天，整棵樱树的花期也不过十六天，可谓生命暂短。然而，那暂短的生命却锦织鸾情，粉含娥笑，向人间呈献了最绚丽的美，最温情的爱，最浪漫的情调，最怡心的祥和！而当樱花优雅飘落的时候，她又向我们讲述了一个高尚的故事：生命绝不在平庸中苟延，而是在有限的时段内，将外在形式的灿烂辉煌与生命内在的纯洁高尚相互调谐，让灵魂中的真善美永远沿着生命轨迹畅流下去！即使是投入下一个轮回，也要去的果断，走的壮丽！人，何尝不是如此，在暂短的生命过程中，穷也罢，富也罢，活着就要就要活得有滋有味儿，有声有色，轻松愉快，自由自在，就要活出个人样儿来，从而显示生命的光辉！即使走到生命的终点，也要保持最美丽、最良好的状态。犹如樱花飘落，剑光飞闪！

花开花落，乃自然流变。然而樱花那意象与精神的冥和无间，以及她那暗示生活和生命的象征意义，与人类之间构建了一种特定的情感联系。她的美学价值已溶解于人们的观念中。她的人格化魅力，使得人们从对他的赞赏中所获得的诗意般美感，有了更深化的寄托并相对固定下来，她的根已经植于你的心田里！所以，赏花未必是在三月，也无需跨海去走东瀛，只要心取神遇，举目一望，也许她就在眼前，而且四季常开。

微雨伴我访仙子

岁次己丑，谷雨前夕，薄云轻灵而不遮天光；微雨密致却清清爽爽。山东荷泽的曹州牡丹园，依然是千片赤英霞烂烂，百枝绛点灯煌煌，没有丝毫雨天的昏暗与沉闷。一千一百多个品种、数十万株牡丹竞相绽放，红、黄、蓝、白、绿、墨、紫、粉等色彩群落，缤纷斑斓地映天绣地，令人满目生辉。散丝般的甘霖，牵扯着缥缈的淡香，撩拨心神，沁润肺腑，令人欲飘欲仙。不知是雨伴着我还是我伴着雨，徜徉在这国色天香之中，真格是阅尽大千春世界，方知人间有仙境！情性得以愉悦，精神得以展畅，一番寻芳不觉醉流霞的真滋味，便自胸中油然地生了出来！

牡丹色彩绚丽多姿，花形雍容华贵，气质不卑不亢，是吉祥富贵之花，号称万花之王、花中仙子，在我国已有两千多年的栽培史，自有生之日起，便被文人墨客吟咏、描摹。但是，与其真实形象相比较，文字描述，则显得苍白和俗气；图画照片，则有些呆板和失神。因为她的灵性和品质是潜融于她美丽生命之中的，即所谓情之含风，形之包气。感知它的生命，方能体味她的品质和神韵。所以，本文更不敢着墨于对她的描摹与赞咏，只有说说心中感受的份儿。

色彩能够对人的生理、心理产生特定的刺激信息，可以使人产生相应的感情反应。牡丹给人的第一空间美感自然是她丰富饱满的色彩和各具风韵的形态。然而，这仅仅是她的形式美，倘若你能用心鉴赏、品味，就会真切地感觉到她气韵的生动与充沛，感觉到她生命中那种驾驭和统帅色彩的精神！这是她超乎自身色彩与形态的内在美，是生命在和谐秩序里回旋的力量！是高贵与傲然的气质！这不禁使人联想到一个传说：武则天临朝时期，某冬日在上苑赏雪饮酒，酒后忽发狂兴，题五言一首："明朝游上苑，火速报春知。花须连夜放，莫待晓风吹。"诏谕苑中百花必须连夜盛开。百花不敢怠慢，遵诏连夜开放。惟有牡丹独违圣旨，我行我素，依旧不开。武则天盛怒之下，将牡丹贬出京城长安。然而，她在民间却开得更加灿烂奔放……那花容之中不畏权贵的骨气、傲气，显示着从内质中激发出的刚柔相济的力量，既能荡涤庸俗，也能沁润人心，它所产生的美学效果是令人惊心动魄、心向神往的！这个传说也许是后人对牡丹那种高贵傲然气质的附会，也许是一种审美情趣的寄托。但是，与观赏其它花卉不同的是，当你静心欣赏牡丹那华贵姿容的同时，往往会带有几分敬意，这也许是她那种气质美扶摇而入于我们意识的缘故吧？

还有一则传说：某出家女，善植牡丹，庵中群芳灿烂。此尼生前留愿，故去后葬于花下，以示洁身自好，专心佛祖。后人遵嘱，如其心愿。此尼葬身之处，牡丹繁茂无比，一株千朵，花大盈尺，晶莹润泽，引得众多信女来庵谒拜，皆以牡丹敬献菩萨。此后，牡丹声名鹊起，踪迹远播。这无疑是在隐喻牡丹自性清静、大道冥合的气韵。有关牡丹的诸多传说，赞其姿容者少，咏其气质者多。这正是人们对牡丹独特之美的深层次理解，是对其生命品质与鲜活灵性的认可和尊重，是一种由衷的爱恋方式和情感共振！

唐代诗人薛涛，将牡丹拟人化，用向情人倾诉衷肠的口吻，写下了一首别致新颖、亲切感人的《牡丹》诗："去春零落暮春时，泪湿红笺怨别离。常恐便同巫峡散，因何重有武陵期？传情每向馨香得，不语还应彼此知。只欲栏边安枕席，夜深闲共说相思。"面对眼前盛开的牡丹花，想起了去年与牡丹分离的情景，有太多的兴奋和无尽的情思，以至于泪水把作者自创的红色小笺（薛涛纸）都打湿了，将绵绵之情眷眷思恋浓缩于别后重逢、牡丹盛开的特定场景之中。作者顺手拈来宋玉《高唐赋》中楚襄王与巫山神女梦中幽会的故事，担心与情人的离别会像巫山云雨那样一散而不复聚，给花与人的恋情编织了一幅梦幻迷离轻纱。而在望眼欲穿、极度失望的痛苦煎熬中，却与情人不期而遇，就像武陵渔人意外发现桃花源仙境和刘晨、阮肇偶遇仙女一样惊喜若狂！花以馨香传情，人以信义见著，即使无语，彼此亦心有灵犀，相知相爱！花与人相通，人与花同感，在重逢的喜悦中，夜深人静时，花人抵足而卧，情同山海，倾诉相思之渴，相慕之深！这首《牡丹》诗把花人之间的感情反复掂掇，营造出情意绵绵的意境，自有一种醉人的艺术魅力。

天地间有粹灵之气，万类皆得。牡丹那精微灵秀、神妙纯真的花魂，并非古人的附会、今人的杜撰，而是她自身生命元素的内敛和积淀。"山蕴玉而生辉，水怀珠而川媚"。牡丹之美，美在她本质力量的物化，是从内向外洋溢的美，所以她是真实的，厚重的，感人的！

当我们依然陶醉于红艳凝露、天香染衣的超然意境之中时，微雨已悄悄止步，薄云正慢慢散去，万缕霞光携金带银，挥洒在丹景春醉容的花海之中，吉祥之气灿若烟霞，富贵之光烁烁生辉！

意趣山水

误闯“蕴香品茗阁”

忘年朋友楚孝月是位睿智略带狡黠的小淑女，能口吐莲花也能妙笔生花，常把别人的故事当自己的故事或把自己的故事当别人的故事说给你听，而且能让你五迷三道，按照她设计的情感程序喜怒哀乐爱恨惊怕地跟着跑，颇有几分贾雨村甄士隐的意趣。近日相遇，她不明不白不知所以然地塞给我一张纸片，啥话没说便飘然而去。我定睛一看，上面手书“蕴香品茗阁”，字体清秀隽永，笔划柔媚飘逸，右上方是硬笔线条勾勒的女士头像，生动活泼，呼之欲出，还有地址、邮箱什么的。说是名片吧，没有姓名，说不是名片吧，印制得还挺精致，心中不免犯了一阵嘀咕，这丫头是不是弃文经商去当茶馆的CEO了？

隔日，为一探究竟，便穿街过巷，趟车流涉人河，按照地址去寻那蕴香品茗阁，直至豁然间眼前飞云过天，水光潋滟，绿荫滴翠，竹影婆娑，清凉之风氤氲之气轻柔拂面，方知喧嚣的闹市已在无意之中被甩在了身后。沿卵石小径逶迤前行，但见一塘濯濯波光，杨柳隔岸，桃李临水，莲红荷碧，菖蒲摇曳，且有淡淡清香袭来。水畔古柳之下，有一玲珑活泼的奇石赫然矗立，于天然纹理之上书刻“荷语”二字，轻盈流美，婀娜洒脱，似有初唐虞世南之风。再看塘中的粉拳绿掌，确与此二字相互照应：一叶身姿舒展平浮于水面的绿荷却无端地开裂着伤口，似乎在告诉人们，它是那么禁不起风浪的袭击；花瓣落去，莲子孤立，它在诉说曾经的繁华和眼前的寂寞；芙蓉初绽，红唇微启，暗示着某种期待；并蒂相伴洋溢着幸福甜蜜；隔水相望流露着无限惆怅……“荷语”创意者仅用两字便使荷塘有了生命和灵性，对自然景物的洞察力和丰富的想象力实在令人叹服！距此不远处，是由齐肩竹篱围起的院落，原木构架的拱券院门突兀于两侧篱墙之间，散发着气韵天成的拙朴之美。门内右侧是茶圣陆羽的大理石雕像，气定神闲，洒脱飘逸。沿花径进深，是座老式的砖木结构二层小楼，沧桑不掩典雅，有中西合璧的别致。门窗是硬木格子镶嵌了凌花毛玻璃，却都紧闭着，真个是闲宇临清池，空楼入水烟！置身于这采真访道之境，于空灵之中似能悟出太上指其观心，古佛操其定慧的禅机，似能感觉到生命回归的自由宁静与庄禅互补是那么的不即不离。

凝神目取，轻叩其门，一位妙龄少女应声而出，我告知来访楚孝月，她一脸茫然说此地无此人。我说明原委并示之“名片”，她掩口而笑，然后彬彬有礼地说先生请进。落座静观，厅内光线明暗适度，均匀柔和，清一色的硬木家具造型简约，布局疏朗，一架古筝，数盆花木穿插其间，硕大的书画案置于大厅一侧的两窗之间，笔墨宣纸尽在其上。博古架上陈列数件古碗茶器，有疑似复制的陆羽曾用风炉和天下第一壶——供春壶，还有宋代建窑兔毫盏，吉州窑玳瑁釉茶盏，明永乐红地白龙高足杯，乾隆御制诗款粉彩盖盅等等。正面壁上居中悬脱胎漆匾，横书“蕴香品茗阁”，赭色托着阴刻绿字，古朴清雅，亦出自大家手笔。两侧挂行书条幅：摩空野鹤养真性；绕壑风泉清道心。笔势雄强博大，浑厚遒劲，颇具颜氏之风。浓郁的书香气息与天人相融的格调相得益彰。置身于这自然虚静素洁之中，斋心油然而生，胸中便涌出一番感慨：挟书剑，伴孤寂，携琴奕，以迟良友，此乃体味自由精神与生命意味的绝佳境地！

正胡思乱想间，一位风姿绰约的年轻女士从楼上款款而下，短衫长裙，亭亭玉立，不卑不亢，浅笑迎人，很亲和地用吴越风格普通话作了自我介绍，原来她就是“阁主”，难怪那“名片”上的头像与眼前这位极其相像。一番寒暄，“阁主”便以规范的茶艺程序和娴熟的茶艺技巧为我泡茶。她说，今天请我品的非龙井普洱铁观音，而是“雨花茶”，此茶隐产于南京雨花台，外形圆绿，条索紧直，锋苗挺秀，身有白毫，犹如松针，品来清香绵长，别有一番风味。边说边让我先看“干茶”，果然如其所言。为保持茶汤的原色原味，她特以白瓷盖碗为具，一泡清澈微绿，温香沁人心脾。“阁主”说，真正的品茶，一泡为品，二泡为饮，三泡就是喝了……三泡过后，她指着叶底说，此茶叶面较多，叶梗较长，所以还不是最好的。极品之茶，必为雨前天清气明的早晨，露水的芳香尚留于叶上时所采。据说露水具有芬芳和神秘的作用，与茶的优劣很有关系，照道家返自然和阴阳二气交融的说法，露水是天地在夜间和融后的精华，是清新神秘的琼浆，被其滋润之茶自然就是好茶了，故多饮使人健康长寿。连外国文化名人都说，茶永远是聪慧人们的饮料。而中国传统文化则进一步认为，茶为风雅隐士的诊品，是纯洁的象征，采制烹煮都十分清洁。所以，也只能在眼前和心中毫无富丽繁华景象时，才能真正享受它。

我们边品边聊，方知她这里是一个私人会所，旨在以品茗会文友，是从不接待外人的。“阁主”是楚孝月的朋友，我又是楚孝月介绍来的，所以才有幸享受如此待遇。平时来此相聚的，都是些投缘的朋友，每每此时，大家就会暂时忘却世俗的纷扰，执子手谈，挥毫泼墨，吟胸中之诗，咏禾黍之篇，谈廊庙之筹策，及山林之远韵，皆为执着于个体生命自由境界的探寻，并由此而产生反功利态度和非理性精神，将生命境界与审美的自由体验浑然融为一体，进行一番情操陶冶和人格洗练。也就是在这神清气爽，心扉大开，知己满前，物我两忘的境地，方能品出好茶的真滋味。为此，我十分感叹：好一片难寻的精神绿洲、生命净土！

在写此文之前，我曾揪住楚孝月，“愤怒声讨”她居心叵测地让我经历了一次冒昧误闯的尴尬，更感谢她让我领略了一种崭新的生命境界。在成文搁笔之际，谨以余墨再次向楚孝月和“蕴香品茗阁”阁主致以诚挚的感谢！

走漠河

在大兴安岭林海里穿行，真正体验到了“绿色”的含义。你可以解除所有的生理警戒，大胆地亲近这里的山山水水，你可以把肺活量放到最大限度，尽情挥霍甜丝丝的空气；你可以把胃功能扩展到极致，畅饮甘醇凛冽的山泉，尽享自然造化的山珍。总之，通过人体各个器官（包括视觉和听觉）摄入体内的物质元素，都是天然洁净的！车过加格达旗，飞雨骤然而至又戛然而止，将甘霖喷洒完毕，便匆匆化作朵朵白云，悠悠飘然而去。蓝天透明，阳光清丽，山林滴翠，清风送爽，竟然使人忘却今夕何夕，此处何处！

此行目的地是漠河，下午近八点到达，玛瑙般的太阳仍悬于湛蓝的天幕。20 年前的漠河县城，已在一场森林大火中化为灰烬。据当地文献记载，1987 年 6 月 5 日，大兴安岭北部林区发生世界罕见大火，摧城池，毁生灵，祖国最北之城漠河顷刻之间被火海吞噬。经过 20 多年的重建，如今的漠河县城崭新靓丽，建筑风格相当别致，具有浓郁的现代气息。南北走向的中心大街，宽阔敞亮，北端是建于城区制高点的北极星公园，气势挺拔的不锈钢雕塑高达 21 米，顶端是一颗熠熠生辉的北极星，闪耀在祖国版图的最北端。站在雕塑下可鸟瞰全城的五脏六腑。南北大街中段与东西干道交叉处中心，矗立着巨大的温度计雕塑，随时显示当地的气温变化。位于城区中心的“松苑”是城中的原始森林，占地5公顷，苍松挺拔，直指青天，树龄最低者也在50年以上。徜徉林间，踏着厚厚的松针，如履地毯。缕缕阳光穿过树冠间隙射向它力所能及角落，变幻莫测的光与影共同构建了林中的深邃与神秘。1987年大火涂炭，县城内外，满目焦土，惟松苑、清真寺、茅厕、坟地四处安然无恙。此何故？民间传说：松苑不烧，因吉祥之地，火魔不忍；清真寺不烧，因真主威仪，火魔不敢；茅厕不烧，因污秽之地，火魔不屑；坟地不烧，因鬼魅同宗，火魔不犯。此四不烧，世人称奇。松苑乃吉祥福地，可纳瑞气，更为奇中之奇，华夏一绝！

漠河位于大兴安岭北麓，黑龙江上游南岸，是全国纬度最高（北纬53度33分）的县城，素有“神州北极”、“金鸡之冠、天鹅之首”（中国地图像金鸡，黑龙江省地图像天鹅）的美誉。由于纬度高，这里的夏季昼长夜短，每年“夏至”前后几天，白天长达20多个小时，气候凉爽宜人。冬季夜长昼短，气候寒冷，最低可至零下50摄氏度。五彩缤纷的北极光和绚丽晚霞与黎明曙光交织天际的“极昼”，是漠河最独特的自然景观。漠河的自然生态比较完好，森林覆盖率达90.6%，以樟子松、落叶松、白杨、白桦为主，但在距县城约40公里处的原始森林中，却突兀地生出一棵红松，八万里大兴安岭中仅此一棵，对此，人们众说纷纭，难解这一谜团，于是称其为“飞来松”。坊间传说：一只喜鹊在小兴安岭喝醉了酒，飞到此处呕吐，吐出了一粒红松种子，落地生根，长成了如今的参天红松。这里的野生动植物种类繁多，有紫貂、飞龙、野鸡、雪兔等 400 多种，黑龙江冷水鱼享誉海内外；越桔、蓝莓、草莓、蘑菇、黄芪等野果、野菜、药材遍布群山野岭，均名贵无污染。漠河的人口密度仅为每平方公里 4.7 人，环境十分幽静。如果您要“找北、找冷、找美、找奇、找纯、找静、找幽、找绿、找自然”那就请到漠河来！

如今，像漠河这样的自然生态环境，在共和国的版图上可能已为数不多了，环境的恶化导致了生态的极度失衡。万物相形以生，众生互惠而成。生命的织锦丝丝相连，互为因果。然而，现代文明引发了人类毫无节制的欲望，正越来越把其他物种逼向灭亡，目前已知有 5400 多种动物，6200 多种植物已经不可逆转地消失了。当物种灭绝的多米诺骨牌纷纷倒下去的时候，作为其中的人类应作何感想？让我们为那些永远不会再在地球上重现的美丽生灵默哀吧！让我们为那些幸免于难的人类朋友祈祷吧！让我们为漠河能保持良好的生态环境祝福吧！

北极村印象

由漠河县城向北行驶 80 公里，便到了我国的最北端——漠河县的北极村。“北极”在这里的概念是中国最北端的意思。村内建筑布局规整，多为当地流行的“木刻楞”。全村共有 300 多户人家，其中有 30 多户从事旅游业，开设了家庭旅馆、餐厅。还有十几家行政事业单位开设的宾馆饭店招待所，硬件设施和服务都比较规范，住宿有上百元至数百元的套间、标准间，也有几十元的通铺大炕，卫浴设备齐全，都很干净。电话、电视一应俱全，有的房间还配备了电脑，可宽带上网，对外联络十分方便。餐饮以农家饭菜为主，菜、粮均为自产，纯绿色且十分新鲜，价格合理。就餐环境有两种类型，一种是纯农家院，卫生、质朴，价位较低；一种是酒店式，周边环境幽雅，内部装饰高档，但风格迥异，其中鄂伦春族风格的具有浓郁的彪悍狂野气息，在此就餐，你会不由自主地生出大碗喝酒大块吃肉的豪情。村内道路宽敞，主路面由水泥铺设，人行便道则由木板和地砖分段间隔铺就，非常整洁。村中设有中国最北端的乡级党政机关、学校和邮电、移动通讯基站等“中国之最”。除党政机关外，村里的所有旅馆、餐厅、店铺的招牌，均为手书木匾，虽非大家手笔，却也写得相当讲究，颇显功力，在街上浏览，就像参观书法展览。

沿便道出村北行，过吊桥、穿丛林，可达黑龙江畔的北极广场，广场上高高飘扬着中国国旗，矗立着以小篆“北”字为造型的雕塑和书体遒劲的“神州北极”石刻。不远处是我国最北端的地理坐标点，此处与我国疆域最南端的曾母暗沙的直线距离为5664公里。俄罗斯精品商店开设在广场一隅，各种俄罗斯商品、工艺品琳琅满目。广场周边散落着一千多块巨石，每块巨石上都刻有书体不同的一个“北”字。在这里，你找不到在海南天涯海角的那种遥远和嘈杂的感觉，其原因并非是自然景观的差异所致，而是这里的人文气氛中多了些本色、朴实、悠闲和亲切，易使人们的传统文化心理产生共鸣。广场下面便是中俄界河黑龙江，江面宽约600米，水质清澈，水流平缓。江对面是俄罗斯的山林、哨所和农村，伊克纳斯依诺村与“北极广场”隔江可清晰相望。

乘游艇在江上观赏两岸风光别有一番情趣。俄罗斯那边的江岸多为陡峭的山崖，植被十分茂密，人烟稀少，村庄规模很小，家家户户养牛种土豆。“土豆烧熟了，再加牛肉……”当年毛主席批判赫鲁晓夫时写下的历史名句，在这里得到了最直观的印证。俄方的江岸边，停靠着几艘边防巡逻艇，据说比较陈旧，速度还不如我们乘坐的游艇快。双方边民的交往比较自由宽松，偶尔有俄罗斯边民在江中游泳，便非常友好地与船上的中国游客打招呼。俄边防哨所都很简陋，每个哨所都有两名边防军人执勤，一男一女，时而可见他们拥抱、接吻。据说是由于地处边远、文化物质生活贫乏而为之，美其名曰“人性化管理”。这可能是冷战结束后，俄罗斯军队建设的创新发展，是一道亮丽的军事风景线，它为宽松和谐的边境气氛增添了一些浪漫色彩。

“最北人家”是中国也是北极村最北面的一座农家院落，现已被具有敏锐商业眼光的人士买下，改建为颇具规模的豪华餐厅，并注册了“最北人家”的店名，生意异常火爆。此后，在它的北面再也不能兴建其它建筑物。这一资源的无形资产含金量是很难估计的。由此可见，当地人的经济意识和市场判断能力已非同一般。这无疑应归功于高度发达的信息社会，它使“北极村”融入了地球村。

夏天的北极村，夜晚来得较迟，每天下午七八点钟，村委会广场便成为一个大娱乐场。来自国内外的游客与当地村民们，自发地进行联欢。由于当地民风淳朴，村民热情开朗厚道，所以游客们很容易与其融为一体，没有语言障碍，不分肤色民族，东北大秧歌扭的热火朝天；国标、华尔兹跳的激情飞旋；迪斯科蹦得如痴如醉；篮球、乒乓球厮杀得难解难分……一切都那么融洽，都那么默契，那么热情如火！充分展现了人们善良友爱的共性。晚十点多钟，太阳西沉，华灯初上，欢乐气氛达到高潮……

由于是在夏季，我们无缘领略变化莫测、五彩缤纷的北极光和晚霞与曙光交织天际的“极昼”的奇异景观，所以“北极村”在我的心里仍然保留着几分神秘色彩。不过，它的自然本色，热情纯朴以及清丽高远的的北国风光，给我留下了难以磨灭得印象。

鹤之美的联想

鹤，鸟类。世界上现存的鹤类有15种，其中最为珍奇的是丹顶鹤，又称仙鹤，气韵如神，风骨如仙，中国传统文化将其定位于吉祥圣洁之鸟，在国人心目中很有感召力。目前全世界有野生丹顶鹤2000多只，主要分布在俄罗斯、日本和朝鲜半岛。我国黑龙江省的扎龙湿地有400多只，每年3月在此产卵繁殖，10月下旬南迁江苏盐城一带越冬。丹顶鹤被列为《世界濒危鸟类名录》，是国家一级保护鸟类。扎龙湿地位于齐齐哈尔市东南40公里处，面积21万公顷，为国家级自然保护区，是全世界最大、数量最多的丹顶鹤栖息繁殖地。在那里我走近了丹顶鹤这个仙灵道逸的部落，领略了它绝尘自清的风采。

丹顶鹤一般身高都在1.5米左右，通身线条柔美流畅，羽毛大部洁白如雪，额、眼微具黑羽，颈部和次级、三级飞羽黑亮如漆，头顶裸部一点朱红，鲜活明亮，十分抢眼，全身洋溢着坐莲观海的仙气。“盖其为物清远闲放，故易、诗以比贤人、君子”（苏轼《放鹤亭记》），正因为鹤的性格清远旷达，超脱了尘世间龌龊东西的玷污，所以在《易经》和《诗经》中就以鹤来比喻贤人和君子。鹤栖息于沼泽之地，鸣声嘹亮。“鹤鸣在阴，其子和之”；“鹤鸣于九皋，声闻于天”。鹤虽然在很隐蔽的地方鸣叫，它的同类也能应声唱和；鹤在泽中鸣，而野闻其鸣声，喻贤者虽隐居，人咸知之。在汉语言词语中，以鹤喻人者亦很多见：“鹤发童颜”、“鹤立鸡群”、“闲云野鹤”……不胜枚举。

在扎龙自然保护区一般只能看到人工驯化圈养的丹顶鹤，大约有三四十只，它们在被开发为景点的区域内过着安逸但失去自由和个性的生活，就像一群十分听话的孩子，每天定时为游人表演几次。每次表演都是由驯化人员打开高大的圈门，鹤们便蜂拥而出，然后助跑、腾空而起，在蓝天白云下翱翔几分钟再返回圈内，供游人拍照。于是，它们赢得了一阵欢呼。一切都是按照驯化程序有条不紊地进行。鹤们的飞翔姿势确实很美，助跑气势如风，腾空力度如电，飞翔飘逸如仙，不仅能在视觉上给人以美的享受，同时也能在人们的精神意念中营造一个唯美多维空间，让人心驰神往！不过，在此时此地，我也十分幸运地看到了几只野生丹顶鹤在空中翱翔，那姿态气势，确实像苏轼描写的那样：“高翔而下览兮，择所适。翻然敛翼，宛将集兮，忽何所见？矫然而复！独终日于涧谷之间兮，啄苍苔而履白石”。二者相较，不禁心头生出一丝悲凉与遗憾：驯化的表演与野生的自然在美的气质上竟有如此的天壤之别！其中的原因，大概是它们的生命本质已经有了很大的不同！还有几只鹤是专门陪游人拍照的，其中一只尤为漂亮温顺，在驯化员的指导下，它可以摆出不同姿势，并能与游人作亲密状“合影留念”。据介绍，它曾与不少政界要员、企业老板及明星大腕合影，也被授予“明星”称号。不知为什么，看到这些被驯化的丹顶鹤，我立马会想到舞台上的《天鹅湖》。而看到翱翔于蓝天的野生丹顶鹤，脑海中则会浮现庄子的《逍遥游》，生出物任其性，事称其能，各当其分，逍遥自得，闲放不羁的意境。

以上的经历与感觉像一面镜子，照出了我已经迟钝了的想象，使近乎枯萎的神经兴奋起来，从而联想到现代人的审美取向，正在不断地回归于天地自然之美，是一种不可逆转的天性与本源倾向。自然之美不在于样式和色彩，而在其无拘无束、流畅完满、通达自由的化育之道。它不止于有限的自然境域本身，还有通过它反映出来的精神和生命意味。不仅要目观耳听，并且要心领神会。顺其自然的美，是不加丝毫勉强作为成分而任其自由伸展的状态。最近在拜读一位朋友的摄影作品时找到了这种感觉，作者没有在构图、用光等技术手段上刻意追求，而是在大自然中捕捉原生态的创作元素，任意地挥洒镜头语言，用一景一物打开大自然的门窗，引领人们的精神进入无拘无束、自由畅达的状态。那深藏于草丛中的脆皮西瓜自由地哼唱着生命的低调旋律；两朵憨态可掬的小蘑菇，旁若无人地突兀在黝黑的土地上，昭示着生命环境的宽松和生命的悠闲；那万绿丛中一点红的朝天椒，让人想到青春的涌动，燃烧的激情！蜘蛛结网、柿子凝霜、喜鹊登枝、芦花飞扬、野蒺藜（一种扎人脚的野草）、绿灯笼（一种自命名的野花）、养鱼池里"卖香油的"（一种小昆虫）都顺理成章地成了她的创作题材，并以其巧妙的镜头语言将其升华为充满原生态意味的、自然质朴的艺术品！它对我们麻木了的情感、死气沉沉的思想是一种警告，提醒我们在矫饰的世界里要保持朴实和真挚，使我们的理性与天性联系起来，把那脱离生活中已毁坏的部分收集起来，重新变成一个整体，以完善我们有限的生命。

丹顶鹤很美，野生状态下的丹顶鹤更美，而有丹顶鹤生存的大自然美乎其美！

红树林

海南省的沿海，多沙滩而少滩涂。海口市以东大约 30 公里处却有一片滩涂。一般情况下人们对滩涂的印象不太怎么好，因为它的基本形象不如沙滩洁净明媚。但这数万亩的滩涂却非同一般，即使在退潮以后，这里也找不到半点烂泥的影子，因为这里实际上是一片海底森林，树种是清一色的红树，故名“红树林”。

据《辞海》解：红树是生长在热带海岸泥滩上的常绿乔木，适应盐土和沼泽条件，具有呼吸根或支柱根，种子在树上果实中萌芽成小苗后再脱离母体，下堕入污泥发育成新苗。又据当地朋友介绍，红树是有品格的。它之所以抗盐碱性特强，能在其它植物难以存活的盐碱烂泥中生存并茁壮成长，是由于它的叶脉中含有排盐碱腺，功能类似人体的汗腺。它的树皮可作颜料，根可入药治疗甲状腺疾病，成材后枝干可作家具器皿，稀有、坚固而漂亮，一件难求。它还是坚强的海防卫士，除能抗拒风浪等自然灾害对海岸的侵袭外，即使在战争条件下，敌人也很难以舰船或兵力突破红树林的坚强防线。

我们乘摩托艇穿行于红树林间的航道中，时值退潮，红树的大部树干露在水面以上，阵列如伍，坚毅威严中暗藏几分秀气，虬枝密叶，在海水的碧波之上，又荡漾起一层绿色的细浪，群群白鹭，时而散飞，一派“万绿丛中点点白”的奇观异景。其它不知名的鸟儿，均华彩荣羽，或嬉戏于水面，或舞蹈于枝头。夕阳西斜，金色的光束，犹如舞台的追光一般，投射于安详的水面，但见蓝天、白云、绿树的倒影中鱼翔浅底，自由而快乐着，素洁的空间，充满生机与祥和，好一个人间仙境，世外桃源！当地朋友小何告诉我们，若逢涨潮，这里却又是另一番景象，大片红树的树干被海水淹没，唯有树冠浮于水面，像一座座绿色岛屿，幽暗而深邃，更显葱茏，而且有几分神秘。

据说，我国南部沿海红树成林的地方不多了，此处的红树林为全国之最，它维持着当地小环境的生态平衡，维持着人与自然的和谐，竭尽全力地向社会贡献着微乎其微但珍贵而稀有的资源，忠实地履行着海岸卫士的职责，大度地展现自己的风姿与本色，供人们观赏和游览。当人们在享受红树林提供的这一切物质资源和精神财富的时候，是否也应该想一想我们能为它做点什么呢？

“东坡书院”的冷与“天涯海角”的火

“书院”是中国古代官方藏书、校书或私人读书治学之所，始于唐代，盛于宋、元、明、清。宋代著名书院有白鹿洞、石鼓、应天府、岳麓等号称四大书院。

“东坡书院”亦称“载酒堂”，堂名出自《汉书·扬雄传》载酒问字的典故，始建于北宋元符元年（公元1098年），是苏东坡晚年谪居、并与海南各地人士诗酒往来的雅集场所，位于海南省儋州市中和镇，占地25000平方米，院内建筑法式规整，布局疏朗，飞檐挑角，庄重稳健，具有鲜明的岭南古建风格。东坡亲掘井水澈如镜，钦帅泉汩汩而涌，水质甘爽醇冽。院藏文物文献中多为苏东坡谪居期间的诗文及后人研究苏东坡的专著；后世名人雅士撰题的楹联；自宋至今的名家书画三百余件，其中不乏稀世珍品。碑刻雕塑琳琅满目，著名壁刻《坡仙笠屐图》和雕塑《东坡讲学》惟妙惟肖地再现了苏东坡洒脱出尘的精神气质。东坡书院是研究苏东坡生平和岭南文化的珍贵的信息资料库，历史文化价值非同一般。若论身价，它是全国重点文物保护单位，区位优势和交通条件尚可，自然景观也不逊色。可是，在眼下海南的旅游旺季，这里却冷清得令人心酸！如果再与“天涯海角”的热闹相对照，那反差简直会让人欲哭无泪！

天涯海角，斜峙海边，乱石棋布，清雍正十一年（公元1733年），崖州知州程哲等于巨石上题刻“天涯”、“海角”、“海阔天空”、“南天一柱”等字，由此而名扬天下。眼下这里游人如织，摩肩接踵。几乎所有游人都要背靠或搂抱着海边石柱，作兴高采烈状，留张光辉形象，待日后向他人宣告：我到过天涯海角啦！

这一冷一热的缘由，可能不是一句“曲高和寡”解释得了的。这是否反映了我们国民文化心理的浮躁与失衡呢？笔者无力作深层次探究。我们常把“五千年文明古国”挂在嘴边，但愿这能真正成为每个中国人的骄傲。英国人约翰·伯格说：“一个被割断历史的民族和阶级，它自由的选择和行为的权力，就不如一个始终得以将自己置身于历史之中的民族和阶级，这就是为什么——这也是唯一的原因——所有过去的艺术，都是一个政治的问题”。我们是否应该思考一下这位外国朋友的话呢？

猴岛上的“高音喇叭”

近日去海南三亚，友人邀我游猴岛。据说那里的猴子多且聪明过人。于是乘缆车，过海峡，进猴岛。果然，岛上猴子成群结队，但只能说猴儿们灵活过人，并不比人聪明，所以对猴儿们没有产生深刻印象。倒是游人中的一些现象让我刻骨铭心。

岛上人满为患，来自全国各地，数不清的导游手举三角小旗，高声驱赶（有别于引导）自己带的团队；游客中兴高采烈者有之，手舞足蹈者有之，争相与猴儿们合影者当然是猴“粉丝”了。有几位绅士，着名牌衬衫（不知是真是假），敞着领口，领带打得歪歪斜斜松松垮垮，腰带系在肚脐以下，裤脚拖地，撅着肚子、伸着脖子、撤着嗓子打手机，从口中弹射出无关紧要的方言词汇，间或夹杂 abcd 等国骂。更有用手机向远方亲友作现场报道的男女，虽语无伦次，却有东风压倒西风的气势和分贝。有几位中年大嫂，底气十足地用方言呐喊，号召自己的“驴友”抢占看猴表演的有利位置。我不知咱们同胞是否个个天生大嗓门儿，但上述人等在人声鼎沸的猴岛上脱颖而出，当去申报基尼斯。这不禁使我想起匿迹已久的高音喇叭，很受刺激。

以上文字，无意贬损任何人，只是觉得人们的物质生活提高以后，在追求精神生活的时候，文明行为不应滞后。我从没参加过旅游团队，但也去过一些地方，国外的商场、饭店、旅游景点等，人都很多，但都很安静有序，国内的一些公共场所的环境知序，也在不断改善。旅游部门的责任，不仅是让游客开眼界，长知识，同时还应为提高游客的精神文明素质做些力所能及的工作。

“见血封喉”与“西瓜树”

海南有木，名曰“见血封喉”，叶如扶桑，但比扶桑叶子肥大；干若榆槐，但不及榆槐枝干粗壮。在繁茂的热带植物群落中，它显得瘦弱而猥琐，混生于林间，绝对不会引起人们的注意，如果无人介绍，谁也想不到它是一个奇特的树种。别看它其貌不扬，杀人的功夫却十分了得，倘若人的身体受伤出血，只要伤口接触到它枝叶流出的液体，人的全身的血液很快就会凝固，致人于死地。据当地朋友讲，有人用小白鼠作过试验，效果的确如此。很久以前，猎人们就把它的汁液涂在箭头上射杀猎物，中箭必死。“见血封喉”的名谓便由此而来。也许正是由于它有这种含而不露的杀人功夫，所以这种树在海南也很少见，我仅在海口的火山地质公园和三亚的猴岛各见一株，且生长在人们难以企及的地方。看来，能伤害人的，未必都锋芒毕露，混迹于同类之中，让人防不胜防的杀手才最可怕！这样的物种本应让它灭绝，但自然界与人类社会一样，生物链上有它们必然的一席之地，真是社会大了什么人都有，林子大了什么“树”都有啊。

在三亚，有一种西瓜树，多栽培于庭院之中，树干不高，枝叶繁茂，果实圆圆的，并不像西瓜，倒有点像柚子，不过，它比柚子漂亮多了，绿油油的，晶莹剔透，翡翠般的质感特强。大小不等的果实，真的像一个个翡翠球，把柔软的枝条坠得弯弯的，从绿叶丛中垂落下来，有的触及地面，绝对的人见人爱，谁看了都赞不绝口。我怀着一颗好奇心问当地朋友，西瓜树的果实好吃吗？朋友告诉我，不能吃。他顺手摘了一个，剖开一看，果然里面就像一团烂棉絮！真让我大开眼界，大倒胃口，最直观地领教了何谓“金玉其外，败絮其中”！

“西瓜树”，连名字都是侵占人家的，木不成材，果不能食，唯一的价值就是供人观赏，难怪它只生长在庭院里！

神游道士谷

山东省莱州市城东约10公里处的大基山中，有一圆形谷地，名谓道士谷，长、宽各1.5公里，群峰环抱，怪石突兀，西南方有一豁口，自成天然门户。谷内清泉四涌，溪流纵横，林木蓊郁，花果飘香。因无村居阡陌，清幽绝俗，古来即有“郡之甲胜”之说。谷中崖壁间有历代摩崖石刻30多处，其中北魏书法家郑道昭石刻15处，字体风格与文峰山石刻相同。《齐乘》载：“大基山道士谷，后魏郑文公修道之地”。郑道昭石刻中亦有置仙坛、修亭舍的记述。但据魏书郑传，谓道昭崇尚儒学，为一代文宗，似与道教无涉，谷中所建亭舍，当为郑道昭任光州刺史时乘暇来游、栖止之地。金元时，此间为道家所居，建有灵虚宫、大清宫、先天观等。若干年前，为一睹著名的“荥阳郑文公之碑”，曾面识文峰山，大基山与之毗邻，略有记忆。近日又有幸拜读朋友的大基山游记，牵动了思绪，印象渐显，算是再一次神游吧。

大基山道士谷得名于金元时期，成为道教圣地之一，大抵是在马丹阳、邱处机等师事王重阳之世。当时他们号称“七真子”，以今山东省文登市西北部的昆嵛山为发轫地，足迹遍及胶东半岛。如今在昆嵛山脉的圣经山之巅有巨石，长16米，高6米，状如新月，上刻老子《道德经》上下两卷，连同附记共六千余字，字体古拙苍润。圣经山东南朝阳洞内，旧有碑碣和五组七真石雕像。金大定二十二年（公元1182年）建东华宫于附近的紫金山麓，此处谷幽泉清，林木苍郁，被道家称为“洞天福地”。

在齐鲁文化中，道家盛行于东部沿海，选择山清水秀、远世绝尘之地建立宫观，如崂山、昆嵛山、圣经山、大基山等均为道教名山，大都山石嵯峨怪异，洞穴幽深，山泉汩涌，芳草如茵，自然环境清新幽静，犹如世外桃源。这可能与道家的学说结构和人生哲学有些关系。道家学说及其人生哲学的本质，集中体现在它的理想人格上。即：“道法自然”、“清静无为”、不为不争、小私寡欲、绝学弃智、不以物累、返璞归真等等。道学认为，人类的一切罪恶，皆源于过多的物欲，“罪莫大于物欲，祸莫大于不知足，咎莫大于欲侈”。因此，人要不犯罪，不致祸，不出错，保持纯真朴素的自然本色，就要节制自己的欲望，精神不为外物所累。同时主张，人在成功之时要急流勇退，以“保身”、“全生”、“尽年”。道家的人生哲学有它特定的历史价值，它提供了一种抗拒逆境的精神力量和排遣精神苦闷达到心理慰藉的方法。但它的不思进取，无所作为的保守本质，是极端消极的，与儒家思想的阳刚和进取精神形成鲜明对照。虽然如此，在中国历史上，还是有许多文人志士仰慕道学和道教，如曹植、王羲之、李白、白居易、欧阳修、苏东坡、陆游等，在道学的启迪下，或抒发与仙人漫游的情怀，或记录清斋修炼、幻想隐遁成仙的情景，或研讨道教的内丹术、养生练功等等。道学在中国传统文化中的地位可见一斑。道教还在音乐、美术、建筑、医学、服饰、饮食、养生等方面，以自己的独特风格，对中国传统文化产生了深远影响。

现当代学者研究认为，道家的人生哲学对中国人的文化心理和性格的形成有很重要的关系，它所提倡的静胜于动，人不受祸福扰动，方能获得内心宁静的思想，被人们普遍接受。道教哲学家淮南子的名篇《塞翁失马》，至今影响着人们的思维方式和行为方式。显而易见，这种哲学，使人能够忍受一些磨折而不烦恼，能使人不喜忙碌，淡泊名利，心地宁静，使人产生成功的欲望和失败的恐惧无差别的意念。在道家看来，有识之士在成功的时候，不看作是自己的成功，在失败的时候也不以为是自己的失败，从不把外表的成功与失败当作绝对的真实。笔者认为，这是个聪明的理念，它在消极的概念里，隐含着丰富的积极元素和精神策略，它在物欲横流、功利充斥的强大现实面前，虽然不显山不露水，却具有以柔克刚的功力。这于我们做人做事是不是都大有裨益呢？

神游是一种思考方式。此次神游道士谷，引发了一番思索，使精神得以营养，完全归功于我那位朋友。谨以余墨致谢！

梦留沂山

沂山在山东中部。

民间传说：古代有一神奇老汉，为挣得龙王爷悬赏的五百两黄金，将两座大山挑往内地，中途换肩时，"咔嚓"一声扁担断了，两座大山应声落地，就是现在的泰山和蒙山。此时，老汉觉得鞋里有几粒砂子，脱下鞋来倒了倒，果然倒出了些许砂粒，于是，就成了现在的沂山。可见人们对沂山的不屑一顾由来已久。

的确，沂山的人文景观和文化底蕴都不怎么显赫，即便是自然景观，它也雄不及泰山，险不及华山，秀不及庐山，奇不及黄山。然而这只是就程度而言，其实，沂山不仅雄、险、秀、奇兼而有之，并且还有它独领风骚的地方，那就是它的真实与质朴，以及它那超然物外的灵性。在名山大川被炒的火热，旅游景点人满为患的今天，人们对沂山的冷落实在是个绝大的错误。

初夏，应友人之邀，我们走近沂山。

从济南出发，经青州，过临朐，继续南行50公里便到了沂山脚下。没有遇到通常那种高山仰止的威严，明媚的阳光下，层峦叠翠的沂山，向人们展示着别开生面的苍劲与豁达，散发着天然淳朴的亲和力。路边的标志告诉我们：我们即将投入沂山的怀抱。

山路转弯，忽见一片潋滟水光，依在宽阔的山脚下，偎在群峰的怀抱中，浩浩淼淼，疑是天池落地，灿烂的阳光在水面上撒金铺银，微波轻涌，极目天舒。停车近看，原本波光粼粼的水面却又变得明澈如镜，远天近山均被它摄入透明的菲琳，天地山水，浑然一体，好一幅立体的画，一首无言的诗！沂山，竟如此藏奇掩秀，气质内敛，不事张扬，人们对它的漠然似乎是在情理之中了。

遐想之间，汽车钻进了绿色的峡谷，在一线弯弯曲曲的蓝天引導下，汽车在蜿蜒盘旋的公路上不断爬高，但山势并未见险峻，偶有怪模怪样的岩石裸露，就像耐不住林间寂寞的动物，调皮地在路边探头探脑，妙趣横生。在迎面扑来的绿色波涛中有白色的浪花儿翻卷，那是漫山的盛花期洋槐，上遮天日，下覆峰峦，白色的花簇在无际的葱绿中摇曳，且有阵阵清香袭来，让人心醉神迷。

行至山腰，停车小憩，有叮咚之声入耳，寻声探奇，但见绿荫深处有泉溪欢快涌奔，视之清澈见底，饮之爽醇甘冽，探之清凉彻骨。目光被溪水牵引到平缓处，见有一汪碧泓，其间漂浮着五颜六色的塑料盆桶，顿生好奇，近探究竟，见里面装的是如脂似膏的牛奶羊奶，新鲜鱼肉，白嫩豆腐，绿生生水凌凌的蔬菜。哦，这原来是山民们的天然保鲜大冰箱。让人称奇的是附近并无人值守，山民们昼夜储存在这里的食品绝对不会丢失，也从没人取错。

山路渐陡，清风也绿意生凉。俯瞰身后，但见来路在满目葱茏中时隐时现，婉若海腾蛟龙。时而有片片云雾擦身而过，象从遥远的天际飘来的柔纱。此时，才有了海拔增高的感觉。原以为离山顶尚远，谁知猛然间眼前一亮，我们竟在沿途的陶醉中到了山顶，迎接我们的是跳跃在五彩云霞中的一轮夕阳。

站在海拔1032米的玉皇顶环顾四周，但见谷豁藏幽，暗光流动，苍秀中蕴藏着凝重与神秘。周围29座突兀的峰峦在夕阳的爱抚下熠熠生辉，它们众星捧月般地把沂山主峰玉皇顶簇拥在中间。尽管“一览众山小”的赞誉本应属于沂山，但站在它的极顶，感受到的却是它的另一种风范：它像一位沉静稳健的长者，不卑不亢，既没有踞高孤傲、蔑视它山的霸气，也没有装扮雕饰、矫揉造作的俗气。其实，山跟人一样，是有品格有灵性的，那是大自然的造化赋予它的气质。某些名山的名气也不是与生俱来的，只是沾了历代帝王和名人雅士的光，由于这些人的登临它才有了名气。在物欲横流的今天，它们被宠得毫无自知之明了，一旦成了“景点”，便身价倍增，尤其是那些不伦不类的人造景观、导游小姐的作秀、牵强附会附会的讲解是十分令人生厌的。山之过也？人之祸也？须知，真实，才能给人留下回味与思索，才能让人亲近。

我们住在山顶的小招待所里，晚餐是丰盛的，油炸地珠金黄酥脆，凉拌“六月雪”清香爽口，野薄荷、蓬蓬菜……全是大山的奉献。这里没有灯红酒绿，没有闹心的电声音乐，甚至没有热水淋浴没有抽水马桶，也见不到时尚男女的身影。然而这里却有明澈而深邃的夜空，有数不清的水晶般的星星，有山林演奏的天籁之音，有一种排污清浊的气韵，有一种超然物外的质朴。我们不相信一日之游便可使情操得以陶冶，但是，真实的自然与自然的真实确能使人领略原汁原味的生活情趣，感受宠辱皆忘、闲散恣肆的境界。

我留恋沂山赐予我的身心感受，只好把梦留在了那里。

情寄“南海”三月风

三月，春寒料峭，北方的风就像北方汉子的性格，硬硬的直来直去地针砭着人们的肌肤。当有些人还紧紧拽着残冬的尾巴，趋之若鹜地飞向南国的“国际旅游岛”烧钱取暖的时候，我在胶东半岛的原野上却听到一声声回归雁阵的长鸣，像法国小号独奏般的高亢、激越、清澈、嘹亮，似阴阳相摩，天地相荡，在长空回旋，有几分空灵，有几分悠扬，驱散了残冬老人甩下的沉闷和阴霾，一串串欢快明亮的音符，合着舒缓的节拍，飞翔在蓝天，敲击着大地，温抚着人心。这是我在山东省文登市“南海新区”感受到的虎年第一缕春天的气息。

何以谓之“南海新区”？皆因她地处文登市南部海滨，是一片未被开垦的处女地，大约有 160 平方公里，两年前经政府批准纳入文登市的开发规划，当地政府便依照一贯的作风，未作任何修饰，非常直白地为她取了这个朴实的名字。我踏上这片土地的第一感觉，是它强烈而有节奏的脉搏跳动和蓄势待发的气势，像一个血气方刚的小伙子，在做剧烈运动前的“热身”。这种感受不是来自于成群结队的推土机的巨大轰鸣和高耸入云的塔吊悬臂的潇洒挥舞；也不是来自于纵横有序的双向六车道上演奏的雄壮交响旋律；不是来自于式样别致的别墅、海景房构成的立体画卷，而是来自于大海的呼吸，来自于松涛的呐喊，来自于南海新区人的沉稳的思考、善谋的智慧、务实的本色和高度的自信。总之，来自于这片新热土盎然生机散发出的挡不住的活力！

“南海新区”北部纵深是巍然嵯峨、苍翠蓊郁的昆嵛山，那里是我国道教文化策源地之一，有著名的圣经山摩崖石刻，上刻老子道德经上下两卷，连同附记共六千余字。字径三寸，隶书变体，古拙苍润，虽经风雨剥蚀，字迹尚可辨认。金、元时期，马丹阳、邱处机等七人师事王重阳，号称“七真子”即发轫于此。东西两翼是延绵起伏的胶东丘陵，西至烟台、东至荣成，犹如两条蛟龙纵身相悖，摇头摆尾，气势磅礴地探入黄海。南部边缘是呈弧形展开大约148公里的浅海岸，其中已开发的12公里海滩，开阔平坦、曲线优美，从空中俯瞰海滩的天然态势，如同鲲鹏击水，振翅欲飞！使人不由自主地联想起庄子的《逍遥游》：“北冥有鱼，其名为鲲，化而为鸟，其名为鹏。”好一副“大鹏一日同风起，扶摇直上九万里”的气势！从宏观地势和区位上看，南海新区背山、面水、向阳，可谓胶东半岛的“风口”与“水口”，乾刚坤柔，水润木荣，是涵养生命、成就事业的不可多得的风水宝地。加之开发规划的准确定位，整体上形成了阴阳之和、天人之和、身心之和的至善至美的境界。说她是中国北方的博鳌，绝非溢美之词！

南海新区是大自然创造的精妙绝伦的画卷，然而，丹青难写是精神。也许是受老子思想和道教文化的熏染，文登地区民风淳朴，虚静寡欲，决策者们以独特而深刻的思辨和极富启发性的人生体验，在物质文明高度发达的今天，积极务实地构筑着质朴温馨、纯真自然、安闲自适、和谐文明的南海新区，这正是人们对诗意地栖居、生活的期待。

接待我们的南海新区管委会副主任徐东明先生，是一位土生土长的文登人，他温厚宽良，不显山不露水，不温不火，却是全身充满了亲和力细胞，磁石般地吸引着你的注意力，让你无法拒绝与他进行无障碍心灵沟通和情感交流！他将多谋善断的聪明才智融于稳健干练的行为方式之中，在与他相处的几天里，多次领略了他解决棘手问题、协调各种关系的魄力加智慧的风格，做事总是那么干净利落，游刃有余。看上去他不善言辞，但说出来的话却是字字靠谱、句句在理、掷地有声。倘若你能准确地刺激他的兴奋点，点燃他奔涌在理性思维中的激情，他会绘声绘色地为你讲述文登的自然资源、人文环境、历史典故、发展前景……那一口纯正的文登话，那娓娓道来的节律、那清晰的逻辑、那充满思辨的内涵，那蕴含于风趣幽默中的深刻哲理，准能把你整得如痴如醉、欲癫欲狂！

据徐东明先生介绍，文登南海新区作为山东半岛蓝色经济区的重要组成板块，将迎来千载难逢的发展良机。未来的南海新区，将以关注民生和人性化为核心价值观和发展理念，以东北亚海洋发展论坛、城市开发论坛、休闲论坛为基础，成为一系列国际高端会议中心；以良好的生态环境为基础，成为中国北方旅游典范和十佳综合型宜居城市；以当地居民普遍健康长寿的科学研究为基础，打造一批具有国际先进水平的医疗、保健、养生和文化体育设施，创建适应现代人生需求的医疗、保健、养生的科学新理念、新环境；将继续发挥当地重视教育和教学质量领先于全国的优良传统，科学整合、优化配置教育资源，建设新型的教育、科研基地；充分发挥当地的资源和区位优势，建设临港产业区，重点发展先进的制造业、现代物流和高新技术产业，与文登城区形成经济联动、产业互补、协调发展的新格局。

我徜徉在南海新区的沙滩上，回味着徐东明先生的介绍，望远海，看近景，南海新区就像一首无言的诗、立体的画彰显着无限魅力，撞击着人的灵魂，激情如海浪般的汹涌澎湃！风从海上习习吹来，思绪乘风而上，我对南海新区的憧憬，我对南海新区开发建设者的祝福，乘着三月的海风翱翔在蓝天，与日月同在……

我们到底要什么

坐在飞往西安的航班上，闭目回放着古都曾经留给我的印象，陶醉在厚重的秦文化韵味和神采之中。记忆的屏幕上蒙太奇般地闪过大雁塔那千年沐风雨，万古青蒙蒙的苍然风貌和塔势如涌出、突兀压神州的气势；“古城明珠”钟鼓楼那金碧辉煌的雄姿，耳畔似乎响起了晨钟暮鼓穿越时空、见证日月的苍凉诉说；碑林中那圣儒名哲的浩瀚经典，秦汉文人的古朴遗风，魏晋贤达的文苑精华，大唐精英的绝代墨宝，宋元名流的潇洒手笔。朦胧中仿佛又站在了黄土高原的秦宫遗址上极目南望，莽莽秦川，滚滚渭河，悠悠终南，尽收眼底。想象着当年“咸阳宫阙郁嵯峨，六国楼台艳绮罗”的秦都风采……

飞机降落在咸阳国际机场，乘车前往下榻的宾馆，一路上现代都市之风迎面扑来。这还是西安么？她怎么变成了一座似曾相识而又完全陌生的城市？毋庸置疑，西安长高了，长大了，富庶了，时尚了，更加繁荣却略显浮华了。我努力地寻觅着她曾经的成熟、沉稳、厚重和质朴，然而，高架路在林立的摩天大楼间飞龙走蛇，豪华轿车首尾相接；玻璃幕墙令人眼花缭乱；广告牌匾琳琅满目，应接不暇……这一切都毫没商量地冲击着你的视觉，不让你的思维有瞬间喘息的机会。现代商业气息有恃无恐地与传统文化氛围进行着抗衡，争夺着空间！古城西安的格调和气质的变化，固然显示了我们民族融入世界的姿态，使人看到了经济社会持续发展的新成果，感受到物质文化生活的新提高。但是，一丝丝怅然若失的感觉也悄悄爬上心头。因为西安毕竟是一个历史文化丰厚的个性化城市。

翌日，迫不及待地前去拜谒久违了的大雁塔。唐永徽三年(公元 652 年)，慈恩寺主持僧玄奘为保护从印度带回的经籍，由唐高宗资助，在寺内西院修建了这座宝塔。这座中国唐代佛教建筑艺术精品，无可争议地成为古都西安的象征。她巍然屹立千余年，在历史风云变幻中曾以“高标跨苍穹，烈风无时休”的卓越风骨昭示着民族文化精神的倔强；曾以“却怪鸟飞平地上，自惊人语半空中”的非凡气度折射出华夏历史光辉的永恒！她所浓缩的历史文化精髓，至今仍向我们提供着一个个待破解的信息，待研究的课题。

在急切的期盼中到达目的地，始才发现让人感到震惊和震撼的并非大雁塔了，而是占地 1000 多亩、融各种人造景观、商贸旅游、餐饮娱乐等设施于一体的文化广场，其中北广场占地 100 多亩，投入建设资金 5 亿多元，据说它有 10 多个“世界之最”，其中包括最现代化的音乐喷泉、最豪华的卫生间、带烟灰缸的垃圾桶、最长的光带、最大的组合音响……确实是一个旅游、观光、休闲的好去处，有某公题诗为证：“水木清华楼殿新，繁花似锦草如茵。广场兼具园林美，览胜休闲乐万民。”可是，大雁塔呢？据说由于对周边地下水的过量开采，引起了地面沉降，致使古塔倾斜，至 1996 年，古塔已向西北方向倾斜 1010.5 毫米。虽然有关部门已经采取措施，也只是使倾斜速度趋于缓和而已。大雁塔——这个民族文化的经典，这座国人心目中的圣像，就像一位失去竞争力的迟暮老人，在现代气息和豪华浪潮的冲击下，被退居二线了……

西安是中国十三朝古都，一千多年前长安城的面积是今日西安老城区的八倍，她与雅典、罗马、开罗并称为世界四大文明古都，历史文化遗存恒河沙数，然而载入世界文化遗产名录的却只有兵马俑！在西安的老城区曾有一条与唐皇城同时期的古街巷，上个世纪 80 年代，有位外国古城保护专家携资金来西安，希望帮助保护这条较为完好的古民居街区。但是，外国专家的努力，终于抵不过开发商的推土机，原汁原味的古民居街区，如今变成了灯红酒绿的酒吧一条街。那位外国老专家只好手捧着这条街的一幅幅老照片老泪纵横！在所谓的古玩一条街，真真假假的“古董”、琳琅满目的工艺品将高雅和低俗、文化与商业搅合在了一起。不修边幅的字画店老板们，在店门前喝茶抽烟聊天打牌；成群结队的时尚女郎用流利的英语向“老外”推销商品；也有一些老太太级别人物，口中蹦着半生不熟英语单词向外国人打招呼，手里拿着纸和笔，用阿拉伯数字跟老外讨价还价……很显然，后者不是前者的竞争对手。曾几何时，这里也是一片古老民居街区，如今沿街的仿古建筑，原先却是一幢幢货真价实的古建筑！

笔者并非主张无条件地保留一切古老的东西，社会在发展，时代在进步，新陈代谢是事物发展的必然规律，有了现代化的高等学府当然就无需保留板凳方桌的私塾学堂（作为文物保护的中国历史上的著名书院除外）。但是，对一些确实有价值的历史文化载体的处置，决策者们是否需要强化一点文化意识，三思而后行，慎之又慎，手下留情呢？笔者清楚记得若干年前，北方某市为拓宽一条马路，竟然轻而易举地拆除了一座元代建筑的门楼！尽管引起了学界的哗然、民众的公愤，但是，失去的就永远失去了，再也回不来了。笔者也曾目睹了欧美一些发达国家的大城小镇，历史与现实衔接的非常完美，他们好像没有“拆迁”之说，现代化新城的崛起，丝毫不影响古旧建筑的存在，原始风貌保存得相当完好。更没听说他们因此而影响了旅游业的发展和GDP的增长。

历史表明，一个民族的生命形态与她的文化形态总是互相生成、互为因果、结伴运动的。历史文化潜移默化地作用于民族心理和人格的塑造，帮助一个民族、一个国家乃至全世界共同创造新的人类文明，提高人类的生命质量。一切历史文化遗存都是民族精神、民族智慧的结晶，是老祖宗留给我们的不可再生性资源，对待她们，也应该像对待自然界的某些不可再生性资源一样，不能为了追求GDP的增长和所谓的政绩，做急功近利的破坏性、牺牲性“开发利用”。在这方面，我们已经有了沉痛的教训，付出了惨重的代价！我们既需要现代物质文明的光辉，也需要民族历史文化的灿烂,如何在两者之间找到一个平衡点，恐怕就寄希望于决策者们的良知、学养和科学发展观了。

1998年，美国前总统克林顿访华时专程到西安，站在古钟楼上说：“要了解一个民族，就要了解这个民族从哪儿来。”我们作为炎黄子孙、华夏儿女，是否更应该知道自己是“从哪儿来”的，同时也要明白要到哪里去？坐在由西安返回北京的航班上，我品味着克林顿的话，有些失落，有些茫然，有些困惑，于是就有了以上的这些不伦不类的文字。

流浪之心

一位很知名的学者说，现代旅游似乎已经成为一种没落艺术。原因是“虚假”成分太多。比如有的旅游者拿一张在杭州虎跑品茶的照片给朋友看，并夸夸其谈，当然是件很风雅的事，所怕的就是他很重视照片，而忘却了茶味。在巴黎、伦敦，在意大利、美国，这种现象随处可见，他们的时间和精力几乎全部消耗于拍照片之中，反而无暇去细看各种景物了。这些风光照片世界各地都可买到，何必跑着花力气去拍呢？目的无非是“留念”并作为展示自己的资料，一个人到的地方越多，他所记忆和值得夸说的也就越多。这种以此为资本而夸夸其谈的场合，我实在经历得太多了，却没有开多少眼界、长多少知识。那么，怎样才是真正意义上的旅游呢？

一个真正的旅游者或旅行家，必须以流浪之心去体验旅游的快乐、诱惑和探险意念，要忘其身所在，尤其要彻底转换自己的社会脚色，无论你是什么“长”、什么“家”、什么“总”，无论你地位有多高、权力有多大、金钱有多多，你必须恢复到自然人的本来面目，以无责任、无应酬、无公文、无访客、甚至无自我为要点，静心独处。有位朋友独自去陌生之地旅游，恰遇一僧人，闲聊中告知此地无一朋友。僧人说：“无所特善视者，尽善视普世人也”。没有特别的朋友，就是人尽可友，普爱世人，就能处身于当地人中，领略他们的可爱之处，从精神上与当地的自然和人文环境融合在一起。可见流浪之心能使人在旅行中与大自然更加亲近，悠然享受与大自然融合之乐，达到“幽然独处”的境界。夏日登南方某山，大雾弥漫，不见一物，很失望。继续登高，终见极远处云雾中突兀出一怪石，友人介绍：此乃“倒植莲花”，遂心下称奇：哪儿来的莲花，还倒植？及至山顶，四周一片云雾，什么景物也看不见，只有远处隐约可见的山峰。友人说：我们特来看“虚无一物”。静心思悟，倒真的产生了观看景物似乎什么也没看到、观看虚无反而看到许多事物的感觉。正所谓：有易觉之心，便有易觉之目。

流浪之心具有独特的艺术活力，它属于高层次的审美范畴，它能使人将目光和意念转移到个体生命的自由培育和解脱上，从而回归到自然中去实现生命价值的完善。现代人生命价值观的误区和缺失相当普遍，远远不能以比较健全的现实主义去抑制不可思议的理想主义。一夜暴富的梦想，天上掉馅饼的奇迹，也成为一部分人追求的真实目标。好大喜功，急功近利亦成某些人士毫无自觉症状的通病……由此而导致的社会弊端令人触目惊心！大到“毒奶粉”、“周老虎”、主流媒体造假，小到手机诈骗、随地吐痰……不一而足。如果我们能以一颗流浪之心回归自然，并从自然的流畅运转中引悟出生命价值的完美境界，也许我们的社会会越来越文明，我们的生活会越来越美好。

流浪之心是自然美学反映出来的生命精神和生命意味，没有色彩和样式，它是无为而无不为、摆脱世事纷争和功名利禄而悟出的神游之道，当它与自然交汇，便升华为一种人格美。这便是流浪之心在我们生命中的价值。

这篇小文所表述的理念，是由一位朋友的为人之道激发而来。这位朋友说："我有一颗流浪的心，随着年龄的增长，这颗心的跳动亦未见减弱，只是暂时把它放在了角落里"。我不知道这位朋为何把这流浪之心暂时搁在一边，但我相信它一定能很快回归到他的生命里。理由是：他曾经拥有它，它现在仍然属于他！

秋天抛落的绣球

中秋时节，辛勤一夏的绿色渐渐淡出人们留恋的视线，红与黄成了这个收获季节的基本色调，尤其是那被文人百咏不厌的红叶，简直成了秋天的形象代表。可是，您知道吗，还有一个敢与红叶相媲美的多彩生命，却在静悄悄地履行着完善秋色之美的义务，默默地为人们奉献着滋心润肺的甘露，它，就是石榴。

对于石榴，自古以来咏其花者居多，赞其果者甚少，是因为那花儿开的“燃灯疑夜火，连珠胜早梅”，让人浮想联翩么？是因为那花儿开的娇艳热烈，芳华四溢，让人灵感顿生么？“浓绿万枝一点红，动人春色不须多”（王安石）；“只待绿荫芳树合，蕊珠如火一时开”（马祖常）；“庭中忽见安石榴，叹息花中有真色”（金元格）；“花中此物是西施，芙蓉芍药皆嫫母”（白居易）……古人的赞誉远比今人的审美发现精彩而深刻！早在明代的插花理论中，石榴就被列为“花主”，辅以被称为“花客卿”或“花史令”的栀子、蜀葵、石竹、紫薇等，足见其在万紫千红中的显赫地位和人们对它的宠爱。梁武帝的名句：“芙蓉为带石榴裙”被演变为美丽女子的代称。形容男人被美貌女子征服为“拜倒在石榴裙下”。可以想象，暮春初夏，金灿灿的阳光穿过浓密的翠枝绿叶，对那一朵朵欲藏欲露的石榴花儿紧追不舍，越发惹得那花儿粉嘟嘟的小脸儿媚中寓羞，微启的红唇含娇带嗔，能不撩拨得人们心醉情痴、神魂颠倒么？人们的追捧便在情理之中了。

其实，石榴的干枝强健，自然曲转，八方伸展，造型也十分优美；绿叶晶莹，婆娑阿娜，也相当秀丽；“丹葩结秀，花实并丽”，悬挂于枝头的累累硕果更是美不胜收。阳光哺育，星月滋养，当它将烂漫献给了春风，将青涩留给了夏雨，就完成了花向果的蜕变，生命便归于热烈后的内敛，激情后的平静，沉稳而不失风韵，妩媚而不显妖冶。遥而望之，焕若随珠耀重渊；近而察之，烁若列星出云间。挂于枝头的累累硕果，在向人们展示成熟之美的同时，也向人们奉献出自己的辛勤积累，那冰壶玉露、水精万粒的果实，给予人的物质美感，更是别有一番滋味。倘若这美丽的生命集结在一起，形成一种规模，那将会是何等地壮丽呢？

走进山东枣庄市的“冠世榴园”，已是蝉啸秋云，暑去槐黄，早就错过了石榴花开一片霞的季节，那火红而美丽的生命已走完它灿烂的历程，进入“果实星悬，光若玻础，如珊瑚之映绿水”的另一种辉煌，累累果实有的仰天微笑，有的低眉沉思，小者如碗，大者如盘。顾名思义，“冠世榴园”即世界之冠，是否如此，无可考证，但此园石榴的栽植面积为12万亩、530多万株、48个品种确凿无疑，石榴经济与观光旅游已融为一体。这530多万棵石榴，龙干虬枝，朴拙苍劲，枝叶牵手，连片成林，群木荟蔚，鳞次栉比地分布在山坡上，俨然是一个飞霞飘落的锦绣王国！万绿丛中那若隐若现的硕大的石榴，红的像玛瑙，黄得像金钟，白得像水晶，“流霞包染紫罂粟，黄蜡纸裹红瓠房”，星星点点，光艳闪烁，宛若秋天抛落的一个个绣球，飘忽在绿色的波涛之中，好一派千顷汪洋，四海烂熳的迷人风光！有了这五彩缤纷的石榴，秋色就有了节日的礼花，就有了喜庆的灯笼，秋色就更灿烂完美！

石榴又名安石榴、丹若、沃丹、金罂，原产于中亚地区，西汉时期引入中国。石榴树的干美、枝美、叶美、花美、果美。但是，如果只看到它这些外在的美，着实有些委屈了它。有人称石榴为天下之奇树，五洲之名果，滋味浸液，馨香流溢。千房同膜，千子如一，御饥疗渴，解酲止醉。可见石榴与其它观赏性花卉相比，至少还有两个特点值得称颂，一是它花果共丽，具有同等的观赏价值，其果汁液香甜可口，有丰富的营养价值，且根、枝、叶、花、皮、籽皆可入药，有多种医疗保健作用，既为人们提供了高尚的精神享受，又为人们提供了淳美的物质实惠。二是其花、果具有浓郁的文化含量，它花开火红热烈，色彩鲜艳，昭示着吉庆繁荣；中国人视石榴为吉祥物，又名安石榴即含吉祥安泰之意；千子同房，是安定、和睦、团圆、昌盛的象征；将“榴”赋予“留”之意，谓之“送榴传意”。据史书载，北魏安德王延宗纳李氏女为妃，当他临幸李家时，妃子的母亲赠送给他两个大石榴，延宗不解其意，随行大臣告诉他，石榴房中多子，王新婚，妃母欲子孙众多。后世人们便以石榴喻之多子多福。石榴之美，美在自然，美在真实，美在表里如一，美在生命的全过程！

据说石榴的生命很耐贫瘠，甚至对水分也没有过多的企求，无需施肥和浇灌。即使是果实的贮存，对温度、湿度等外部条件也没有特殊要求，而且持久而不变质，乃至果皮脱水变干，仍然色泽依旧，籽粒鲜亮甜美。如今庭院中的石榴越来越趋向于观赏性，而集观赏价值与经济价值于一体的规模性种植，则在旷远山野，它们在天地之合、阴阳之谐中汲取精华完善自我，以自然之道流衍出无穷无尽的生命美景，以情感勃发的态度伸展着个性自由，生命远比在庭院中热烈而奔放。因而它的青春是那般的灿烂，即使是一轮生命的终结，那果实依然美轮美奂。它给我们的启迪是，自然界的生生灌注是最洁净的生命力源泉，我们对生命的认知应该感悟多于静思，剖析超溢理智。使自我生命与自然生命相一致，将大美融会于血脉之中，造就开拓灵魂自由伸展的空间力量。

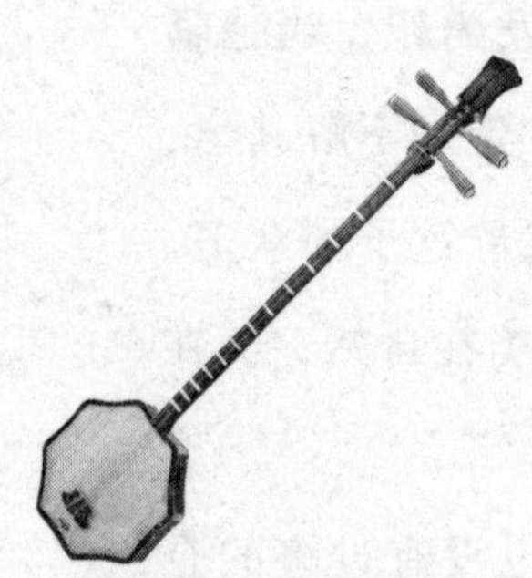

巴山蜀水人有情

西班牙戏剧家P·卡尔德隆·德拉巴尔卡在《人生是梦》一剧中，以一场梦来象征人生，描写了由于人们难以看清和正确选择生活所提供的各种可能给予，从而导致了人生的紊乱。卡尔德隆认为，客观世界所能给予人的自然权利和社会利益是个无常的变数，如果除此而外人们再也看不到别的，那就可能会陷入灾难。贯穿该剧的主题思想是，在超乎自然的神界与受时空、因果律限制的尘界之间，有一种灵性的力量或灵性本原，启迪人们认识自己的本质，了解自己的来源与归宿。劝导人们：当某种强加于尘世的力量触动人类良心的时候，为了他人的利益，可以摒弃个人的利益。这似乎比某些空洞高调的政治口号更贴近实际，更富于哲理，更有感召力。

近日到四川地震灾区，站在高处俯瞰震后的北川县城，见证了灾难，触动了灵魂，我敢断言，即使是好莱坞的灾难大片，也制作不出如此惨烈恐怖的景象！灾难的残酷和生动的现实同时告诉我们：某种强加于我们的力量，既制造了人间悲剧，又触动了人类的良心，自然规律与人类的自然权利是紧紧联系在一起的，然而人类良心却是超乎自然而独立存在的。当灾难强加于这个世界，人与人之间的利益冲突消失了，人性精神和人道主义无处不在，良心便升华为天使般的慈爱与战胜恶魔的力量！卡尔德隆的观点不无道理！

在距北川县城大约30公里的安昌镇，有一处临时搭建的板房，简易却很规整，紧张而有秩序的工作气氛弥漫于这个小小的空间。这里就是山东省援建地震灾区前线指挥部。在这里工作的是从省直29个厅局抽调的50多名干部，总指挥徐振溪（时任山东省政府副秘书长）把他们凝聚成一个临时大家庭，一个军事化团队。他们担负着北川及其周边灾区恢复重建的一线指挥任务，领导协调本省17个地、市的对口支援工作，将要完成100多亿元的投资建设项目，其中包括易地重建一个全新的北川县城。他们要在这异境他乡生活、工作三年！他们创造的不朽业绩将镌刻在巴蜀大地上；他们感动于这个世界的精神本源和火热激情将彪炳于华夏历史中，所以无须再作任何形式的描述。我要告诉读者的是，这里的生活和工作条件比原单位相差甚远，他们绝大多数是年轻人，有的正在热恋之中；有的新婚燕尔；有的孩子刚满周岁；有的子女参加高考；有的父母年迈多病……可以说“家家都有本难念的经”。但是，他们毅然决让地暂时放弃了这些本应享受的权利和应尽的义务，在灾后重建的第一时间，撇家舍业、无怨无悔，以战斗的姿态奔赴这不是战场胜似战场的生死考验之地！如今，他们已经在这里战斗了一年有余，灾民安置初战告捷，各项基础设施建设正在有条不紊地向前推进。在这里，他们唯一的“抱怨”是：“每当风雨交加、电闪雷鸣的夜晚，思念家乡和亲人的感觉便阵阵袭来”。但是他们又毫不犹豫地实践着自己的承诺：“灾区人民满意之时，才是我们凯旋而归之日！”这就是他们最真实的心声！是他们最真实的工作、生活和精神状态！在当前人们的价值观念呈多元化存在的社会现实中，他们的行为和品格难道不值得每一个有良心的人作认真思考和鉴照吗？虽然他们像天使般地在巴山蜀水间诠释着真情和关爱，但他们不是天使，他们是人，是有血性有情感的人！所以，对于这些援建工作者的人格和情操冠以“高尚”实在是并不过份！

在都江堰市，我要会见的是民政局长蓝天雪，等了整整一天，直到夜幕降临，她才从纷杂的事物中脱身而出匆匆赶来。对于她这种“怠慢”和迟到，我非常理解，在地震灾区，平时不显山不露水的各级民政部门，如今却成了“不管部”，站在了政府工作的最前沿，成了灾区群众衣食住行的大管家。政府的关怀，全国人民的支援，全都要通过他们事无巨细的工作落实到每个人头。能把如此琐碎繁杂的工作打理得有条不紊，让群众都满意，那魄力、那水平可要相当了得！因此，在没见到蓝局长之前心中就已经对她有了几分敬意。及至与她相对而坐，心中那几分敬意便在不经意间衍化为由衷的敬重和敬佩了。这位民政局长，不仅名字富有诗意，而且是一位年轻、漂亮、干练的“川妹子”。也许是由于她在大学里读的是中文专业，言谈话语、举手投足之间都充满了优雅的文人气质，骨子里透出一种毋庸置疑的亲和力。我想，也许就是她这种人格魅力，才使得她能与最基层的群众作零距离接触和无障碍交流，把矛盾丛生、困难重重的工作，处理的得心应手、游刃有余吧？她既是群众利益的代言人又是政府的形象代表，她将两个角色融合得天衣无缝、完美无缺，体现了政府职能与群众利益的高度统一。这一点，如果单凭人格魅力恐怕是难能所为的。对此，在随后的交谈中我渐有所悟。

这位教师出身的民政局长，对自己的工作有独到的见解，对自己的责任有深刻的认识。她认为，民政工作的特点在于它广泛的社会性和深刻的人性化。理解人、尊重人、关心人、爱护人，保障民生人权，维护人的尊严是民政工作的核心价值观。将“人道主义”的理论概念和“以人为本”的工作原则转化为自己的行为方式并服务于工作对象，是民政工作者应尽的人道主义义务和理所当然的社会责任。她略带几分幽默地把日常民政工作的主要服务对象概括为五类人：最需要救助的人，即老、弱、病、残、孤、困等社会弱势群体；最值得敬爱的人，即复、转、退及荣誉军人；最渴望幸福的人，即结婚、离婚者；最失去理智的人，即精神病患者；最与世无争的人，即为死者作殡葬服务。其工作职责直接与人们的衣食住行、婚丧嫁娶、生老病死相关联，几乎涵盖了人生的全部内容。蓝局长潇洒地伸展了一下双臂，极其优雅地说：“瞧，这就是我们平时的工作，救灾的非常时期，工作任务就远不止这些了。如果没有爱心、没有真情能行么？这些事务性工作看起来很平凡甚至有些婆婆妈妈，但政策性很强，它关乎到政府形象及社会的和谐稳定。作为一个民政工作者，必须具备的基本素质起码有两条，一是要有高度的社会责任感；二是要有强烈的爱心和人情味儿。要自觉地与老百姓作换位思考，设身处地的考虑老百姓的利益。”她郑重地把她的助手刘副局长推荐给我：“我们的工作岗位很平凡，但我们可以作出感动中国、感动人民的事迹。我们的刘副局长不仅平时工作出色，在抗震救灾中表现更突出，是受党中央、国务院、中央军委表彰的五百位英模人物之一，是我们学习的榜样。从他身上您可以看到我们民政工作队伍的影子和我们的工作状况，感受到最质朴的品格和情愫。”遗憾的是，由于篇幅所限，我不能将一个活生生的刘副局长和他的感人事迹详尽地介绍给大家，但是我可以肯定地说，倘若我们的各级干部都能像他们那样情牵大众，心系民生，为民着想，为民行政，何患社会和谐稳定，国家长治久安？人民需要他们，国家需要他们！

（赘语：文中涉及的人和事，仅是我在短暂的职业接触中简单的理解和肤浅的感受，远不及他们的实际状况丰富、深刻、感人！如果哪位有识之士能进行深入采访，说不定能创作出一部闪耀人性光辉、弘扬主旋律的大著作抑或影视大片，不失为功德！）

走马武夷闻茶香

武夷风光久负盛名；武夷岩茶极负盛名！

从江西上饶驱车南行百余公里，便进入武夷山景区了。武夷山水方圆六十余公里，峰峦突兀独立，不与外山相连，诸峰竞秀，神形毕肖，飞瀑起凤，幽谷腾蛟，素有“奇秀甲于东南”之誉。依笔者拙见，武夷风光有三大亮点：一曰峰，二曰溪，三曰茶。

“山环六六峰”（三十六峰），群峰突起，拔地摩天，奇雄各异，峻秀迥然。大王峰又名天柱峰，雄踞于九曲溪口，壁立千仞，峰顶如冠，林木森森，腰身微细，泉、瀑、洞、潭，罗列其间。南壁有直立裂罅，宽仅尺余，有木梯和脚踏石孔可攀，登顶四望，可见群峰朝拱，若王者至尊。天游峰巍然高耸，如鹤立鸡群，常年烟雾缭绕，置身其巅，云海在脚下奔涌，似徜徉于天庭，故名“天游峰”。玉女峰挺拔峻秀，峰岩温润光洁，峰顶草木参簇，宛若山花插鬓、亭亭玉立的少女。玉女峰与大王峰隔二曲溪水相望，其间横亘一堵黛色岩石，名曰铁板嶂。峰下有浴香潭，是玉女沐浴之处，右侧圆石为玉女的梳妆台。相传大王与玉女相爱，但铁板嶂从中作梗，将其阻隔，大王、玉女只好隔水泪眼相望。其它如接笋峰、一线天、天心岩、六曲仙掌峰、天车架等三十六峰九十九岩，皆钟灵毓秀，各有各的神态，各有各的灵气，各有各的佳景，各有各的故事，姿容百变，气象万千，目不暇接，美不胜收！

“溪曲三三水”（九曲溪水）于群峰之间争壑奔腾，驰峡越谷，穿插迂回，时而激浪飞溅，时而波平如镜，宛如龙游叠翠，蛟腾碧波。宋代李纲诗云：“一溪贯群山，清浅萦九曲；溪边列岩岫，倒影浸寒绿。”水至六曲松鼠涧，急流夺谷而出，下游数百米处，有乱石塞谷截流，巨石相倚成洞，溪水曲转而上，流入一石门，其上有楹刻：“喜无樵子复观弈，怕有渔郎来问津”。越过石门，眼前豁然开朗，岸畔有田园、茅舍、清池、小涧，桃李摇曳，竹林婆娑。蓦然回首，仿佛来处并无门径，正是：桃源昔何似，此中疑与同！这便是六曲溪上的著名景观“小桃源”了。溪水是武夷山的灵魂，山挟水转，水绕山流，俯望能赏水色，侧耳可听溪声，伸手即触清流。可谓曲曲含异趣，湾湾藏佳境！山与水的完美结合，使武夷景观有了动感的节律和美妙的气质！

武夷山区属亚热带季风气候，雨量充沛，水质甘洌，云绕山嶂，雾锁峰腰，生态环境良好。造物主的青睐，使武夷山的物种资源极为丰富，亚热带岩生性植被群落盖世无双，故所产岩茶也成为茶族中一绝。顾名思义，岩茶生于武夷峰峦绝岩之上，而非田园泥土之中，南北朝时期即已著称，名为“晚甘候”，宋、元入贡朝廷，为此，元大德六年（公元 1302 年）在四曲溪南设“御茶园”，由官府督制贡茶。现茶农利用岩凹、石隙、石岸等广为种植。岩茶属乌龙茶类，绿叶红镶边，自然形态艳丽，炒制后如梅干菜，其形不佳，但质地绝好，冲泡后色汤如玛瑙，“岩”韵醇厚，清香甘爽，轻啜细品，齿颊留香，心脾酣畅。唐代卢仝有《七碗诗》云：“一碗喉吻润，二碗破孤闷，三碗搜枯肠，四碗发轻汗，五碗肌骨清，六碗通仙灵，七碗两腋习习清风生。”

武夷岩茶品种繁多，以产于九龙窠的“大红袍”最为名贵。九龙窠是一东西向深长谷地，两侧是怪石嶙峋、南北对峙的九座危峰，犹如九条巨龙欲腾又伏，峡口高耸峰岩浑圆如珠，形成九龙戏珠之势，久负盛名的“大红袍”便生长在这峡谷之中。在峡谷北侧的峭壁上，叠列着一大一小两个盆景式古茶园，树龄340多年的老茶树，仍挺拔苍劲，枝繁叶茂。相传明朝有一秀才赶考，途经武夷天心永乐禅寺，忽患重病，治而不愈，眼看考期已近，秀才心急如焚。寺中方丈采九龙窠之茶让其服用，即刻痊愈。后秀才皇榜题名，高中状元，衣锦还乡之际，将钦赐红袍披挂于九龙窠茶树之上，以报救命之恩。“大红袍”以此得名。《红楼梦》中贾母最钟爱的“老君眉”便是此茶。

受当地陪同小周盛情之邀，我们有幸在她家中品尝了正宗的“大红袍”。严格说来，小周家应算是一个颇具规模的茶企业，从种植、采摘，到加工、包装、销售，形成了一条完整的产业链。目前，他们每年生产各种等级的岩茶近千斤，除供应国内固定客户外，还远销南非。在小周的引导下，我们参观了整个制茶工艺流程，而后按照规范的茶艺程序招待我们品尝了功夫茶。首先冲泡的是武夷岩茶中的“水仙”，尚未品饮，便已觉清香缥缈，淡沁心肺，微呷轻饮，满口生津。三泡过后，便明显感到神清目明，筋骨轻松。然而，与后来依此品尝的机炒“大红袍”、手炒“大红袍”和被主人称之为“镇宅之宝”的家藏顶级岩茶——金骏眉比较，却属步步登高，渐入佳境。每道茶皆以三泡为止，观其色，泽润鲜亮。闻其香，有的胜似兰花，含蓄幽远；有的甘若蜜桃，清润馥郁；有的则醇如奶油，深沉而柔绵。品其味，皆浓、醇、清、活，余香无穷！尤其饮至第四道“金骏眉”，岩韵突起，馨香似天外飘来，别具一格，让人欲追欲寻，非饮而不可得。然上口却又不忍遂咽，徐徐咀嚼入喉，舌有余甘，气血畅逸，欲飘欲仙！至此，品茶已不仅仅是一种生理和心理享受了，而是上升到了精神审美境界，心灵感觉便进入了逍遥自然无鞯无绊的状态，印证了“茶禅一味”之说的真实性。

数次游走武夷，皆有不同感受。这次走马观花看武夷，不料武夷茶香却为我留下了如此深刻的印象！

徒步跨越十亿年

大约在十多亿年前，宇宙混沌，地球荒蛮，日月交替，寒暑相推。在这个尚无生命的星球上，凶猛的海侵与剧烈的造山运动进行着力的较量和生死角逐，出水为山，地陷为海，以亿年为间隔，反复演进……在两三千万年前，大自然基本完成了对地球的雕琢，造就了山与海的和平共处和许多千古不朽的地貌杰作。在地球一隅，华夏东南，便有一处天地钟灵、自然化育的人间仙境，那里地势嵯峨，断层密布，群峰入云，峡谷纵横，万溪争流，瀑布飞悬……这就是位于江西省上饶市玉山县境内的三清山！

在地质史上，三清山自十多亿年前，经历了数次山海循环的沧桑巨变，终于从沉睡了五亿年的海底崛起，山岳大幅度抬升，伴随着水力侵蚀作用的强烈下切，使地势高低悬殊，峰岩谷溪交错。大约 1.8 亿年前地下岩浆侵入活动形成的黑云母花岗岩，经长期风化，形成了这一地区相当奇特的地貌构景。天工地匠，仙刀神斧，将它雕刻出 48 座奇峰，89 处怪石，皆寄神于形，千姿百态。似器物者可以乱真，如生灵者鲜活欲动；更有群仙众圣、俊男靓女，风骨自然，飘飘然出没于云光霞蔚，悠悠然隐现于层峦叠嶂，朦胧迷离，出神入化！瀑布由断崖跌落，清流在峡谷回旋，幽潭藏玄奥，古林寓深沉，冰川遗迹刻录着历史脚步，溶洞奇观昭示着岁月变迁；云海神光，变化莫测，仙姿丽质，卓尔不凡。天地间洋溢着空灵超然之美，时空里充满了玄妙仙逸之趣。三清山，那沐浴千万年时光的青春肌体，着天地灵气、日月精华编制而成的盛装，从远古向我们走来！

据《玉山县志》载："三清山因玉京、玉虚、玉华三峰峻拔，犹如道教所尊玉清、上清、太清三位教祖列坐其巅，故名。"。道教崇拜由"道"人格化的三清尊神，即元始天尊玉清，灵宝天尊（亦称通天教祖）上清，道德天尊（亦称太上老君）太清。道教把"天"分为三个境界——玉清境（精微天）、上清境（禹余天）、太清境（大赤天），由三位教祖分别掌管。"遥见仙人彩云里，手把芙蓉朝玉京"，三峰海拔均近两千米，宛若三位道教祖师打坐太虚，其形惟妙惟肖，其神栩栩如生，仙风道骨，气凌霄汉。"三清"身前背后，时而有祥云缥缈徘徊，时而有紫气袅袅浮动，尤其在朝霞升腾或夕阳欲坠之时，苍茫群峰蒙眬于凝重的黛色之中，惟玉京、玉虚、玉华三峰金光灿灿，仙踞于透明而深邃的蓝色苍穹里，道风灵动，仙气迷离。在这神秘而奇异的气氛感染中，不经意间似闻晨钟暮鼓、玉音仙乐之悠扬，如临烟岚变换、虚无缥缈之境地！俨俨然如神如仙，飘飘然于海上三山！

三清山这水气岚光、雄奇灵秀的气象是大自然的造化；然而，它那洞天福地、神仙之府的气质却是道教文化的浸染所致。道教是中国土生土长的宗教，源于古代的巫术和求仙方术，东汉时期，张道陵创立五斗米道，奉先秦道家老聃为教祖，以《老子五千文》为主要经典，道教渐臻形成。至东晋，葛洪撰《抱朴子》，对战国以来的神仙方术加以整理阐述，丰富了道教的理论体系。相传三清山即是葛洪修炼之地，至今有保存完好的葛洪炼丹炉、炼丹井等遗迹，以及其后历代道教建筑群体和石刻数百处。道教以老子提出的“道”为基本信仰和教义，认为道生宇宙，宇宙生元气，元气构成天地、阴阳、四时而生万物。三清山的古建筑格局，十分巧妙地融入了道家的哲学思想，体现了道家的宇宙观。三清宫是三清山古建群的中心建筑和主体建筑，位于三清福地的九龙山口，背倚九龙，面朝紫薇，前有三大清潭，曰：涵星、清华、映辉；后有万松林间不竭之泉；东有龙首山盘云谪守；西有虎头岩蹲踞拱卫。不仅张显了龙蟠虎踞之气势，而且得紫薇、玄武、青龙、白虎之地利。以三清宫为中心向八个方位辐射而建的八座建筑，分别占据了《伏羲先天八卦图》的乾、坤、兑、离、震、巽、坎、艮八个卦象。在景物造型方面，则体现了“有无相生”的易变法则，渗透着道家动与静、虚与实、巧与拙、藏与露的辩证思想。至于众多的摩崖石刻和楹联，则蕴含了更加丰富的道家思想哲理的精髓。演教殿有石刻楹联：“法本自然演玄元之正教；经传原始阐道德之真科”三清宫石坊刻联：“登殿步虚升太虚上之无上；入门求道悟真道玄之又玄”凡此种种，都显示了三清山道教文化的源远流长，无愧于“充满玄机奥秘，天然道教博物馆”的美誉。

三清山的险、奇、秀、绝，三清山的诗情画意，三清山的文化风貌，都是自然功力与人类智慧在时空中相融合的结果与结晶，是历史的传承与恩赐。当我们以时光旅行者的身份进入她的文化腹地，恰如用天文望远镜观看遥远的星系，是在看早先时刻的宇宙。这意味着宇宙不能以我们今天看到的状态存在于无限久远的时间，过去一定发生过某些事情。是的，过去发生在这里的事情，是我们伟大的先人与大自然的和谐相处与精诚合作，他们所创造的一切物质文明，无论构思多么奇特，造型多么别致，意蕴多么深邃，都与这里的峰、岩、泉、瀑、溪、林，甚至云、霞、雾、雨的禀赋灵性、神韵风骨浑补天成，营造了“天人合一”、“神形合一”美学效果，为我们留下了一幅自然与人文衔接得天衣无缝的历史画卷！

作为宇宙里的高等生物的人，当然不会满足于自身的生存和种族绵延，而是一代代不懈地探索着存在和生命的意义。在这方面，当今的人们是不是应该学一学我们的老祖宗，别那么功利、更别那么急功近利地把自然文化资源变为资产去进行破坏性、掠夺的经营！以保持人与自然的和谐相处、协调发展。即使是添加新的内容，也不要打造得那么做作和蹩脚。千万别指望使现代的文明回返以前并改变历史和自然！真希望我们续接到这幅历史画卷上的是更加和谐协调光辉灿烂的美丽图画，而不是一块块丑陋的补丁！

逃离闹市

来深圳数日,被高楼大厦玻璃幕墙折腾得头昏脑涨，被灯红酒绿俊男靓女搅和得眼花缭乱，豪华餐厅水晶灯下的盛宴，酒店房间的高标准消费，都向我的神经发出“尽快逃离”的指令。于是驱车东南方向，进驻南澳镇辖区内的东涌村。这里真可谓海上仙山，世外桃源!

东涌村位于大鹏半岛的最东端，距深圳市区约 60 公里，游蛇般的公路两侧，是海拔不高但地势险峻莽莽苍苍的山岭，植被葱茏茂密,颇有热带雨林的风貌，远黛近绿，时而青天白日下偶见暗泉明溪泛光粼粼闪烁其间，时而云拂雾罩里朦朦胧胧恍恍惚惚如临太虚幻境。车过南澳，就只有一条双向两车道公路，蜿蜿蜒蜒穿行于绿谷，尽头便是东涌。村口设卡，进出必经。

东涌是一个袖珍小渔村，凸出于大鹏湾和大亚湾交界处，东南方面向南海，西北面紧依七娘山，地理位置相对封闭，开发痕迹不多，村落古朴，环境基本保持了原生态。村东南一隅是山岭环抱宽度仅有 800 米的海滩，沙细如粉，洁白似银，海水清澈见底，长年多风平浪静，是游泳、潜水的绝佳胜地。沙滩上有数把遮阳伞星星点点，浅水中泊几艘小快艇晃晃悠悠，动静和谐，相映成趣。游人寥寥，或漫步沙滩，或嬉戏水中，一派静谧祥和气氛。外海潮流畅通，盛产鱼虾贝类鲍鱼海胆紫菜，游人可乘快艇观赏龙潭、穿鼻岩、情人洞、三宝石、龙虾岩等海上自然风光，也可下海捕捞鱼虾贝类，或自烹，或交由海鲜档代为加工，食之鲜香无比，别有风味！

上岸不足百米，建有千余平方的小广场，设桌椅，供人小憩。与广场相连的山崖下是长约200多米的绿地花园，奇花异木中，一字形排开10余幢木造二层小别墅，室内亦陈设原木家具，其它硬件设施均可上“星”，感觉舒适方便卫生，绝无豪华张扬气息。推窗凭望浩渺大海，青、绿、蓝层次分明，细浪微微荡漾，涛声隐隐约约。精致的凉台上有小巧的桌椅，可泡茶啜饮，可酒菜小酌，倘若兴致所至，以文会友，品书画，论经籍，那将是怎样的一番情趣，是何等的一种境界，只好由朋友们去体验，去想象了。

我在此小憩之时，正逢夏日农历八月中，将入夜，暑气消退，海风习习，天光渐隐，苍穹深邃，极目东望，在天人感应的意念中，隐藏在遥远的海平线下面的冰轮玉盘浮摇而出，冉冉升起，恍惚间便皓月当空，银光倾泻，天海一色，旷阔高远。亦真亦幻的海上仙境便从苍茫幽暗的神秘中渐显出来，身心也随之进入一个神话般的世界。你可以任意神游于宇宙，情驰于长空，尽情领略“海上生明月，天涯共此时”的情感意境，体味超然物外，宠辱皆忘精神境界！这种感觉，非身临其境而不可得。

当代中国的浮躁世风，无孔不入地侵袭着人们的精神，刺激着人们的神经，健康的心理和轻松的精神状态，已经成为我们每个人的日常生活需求，在自我调节的同时，我们也需要客观环境的抚慰和疏导，从而释放种种郁闷、纠结和烦恼。东涌村清静、袖珍、目前外来干扰较少，环境和氛围完全可以过滤生命杂质，具备让人身心放松的功能。因此我便突发奇想，若把东涌村鼓捣成一个心理健康辅导中心，比开发为旅游景点更能发挥其优势，对社会的贡献更大。君不见如今有些人患上抑郁症，不是上吊割腕就是跳楼自焚，一旦发现这种病人，让他来东涌村住上几天，再请心理专家给他辅导辅导，没准儿还真能救他一命。救人一命胜造七级浮屠啊。这权作笑谈，因为本人人微言轻，没有这个能力和能量。倘若有哪位大人物或有识之士赞同笔者的观点，不妨来试试，也算积点功德造化。

即将离开东涌村，我喜欢这里的幽静自然，喜欢这里的原始质朴，喜欢这里的风土人情，喜欢这里的文化格调。虽然我不能把这些带走，但是我愿把希望和祝福留在这里：请决策层手下留情，别再让开发商的推土机染指这片难得的芳草地，保留这一方净土吧！

宝岛印象

在首都机场登上台湾中华航空公司的“空客”，经过三个小时的飞行，到达台湾桃园国际机场，天气异常晴朗，空气格外清新。由于人为的原因，海峡两岸隔绝了60余年，然而，踏上这片与大陆血脉相连的热土，却没有太多的陌生感，人文环境的格调是朴实、宽松、祥和、亲切的，气氛是暖融融的，心里是甜丝丝的，轻松愉快的感觉如影随形，自然而然地形成了我接受她、她接受我的情感融洽和主客观统一。这种观念意识与社会环境的无障碍交流及迅速相互融入，是不是应该归于相同的历史文化背景拟或是人性向人性化的回归呢？

桃园机场是一个大型国际空港，候机大楼是一座三层的灰色建筑，看上去朴实无华，大气稳健，形式很普通，风格不张扬。候机大厅内十分整洁，各种标示一目了然，旅客川流不息，但没有杂乱无章的熙熙攘攘，没有眼花缭乱的商业广告，没有充斥于耳的嘈杂喧哗，各部门的工作有条不紊，效率很高，节奏协调，运转流畅。安检、通关十分便捷，工作人员亲切温和，彬彬有礼，无论你是抵港还是离港，迎接你的都是真诚关切的目光、轻声细语的问候和热情周到的服务。

台湾是一个内质沉稳、和谐、均衡、自然、崇尚实际的地区，她的每一座城市都显示着朴素的成熟，它所传递给人们的信息是气质庄重、内涵充实、经济繁荣、文化健康，社会结构温厚而坚实，运行朴素而自由，没有客观方面造成的精神紧张和心理压抑（如提防小偷、担心受骗等），感觉不到纸醉金迷的浮躁和灯红酒绿的奢侈。建筑比较陈旧，却整洁、美观、庄重、大方，除台北、高雄等大城市，几乎看不到霸气十足、鳞次栉比高楼大厦，即便是标志性建筑，如金碧辉煌的圆山大饭店，高达508米的“101”大厦，也与周边环境有机地融为一体，相得益彰地协调与和谐，体现了中华文化的兼容并蓄和中庸理念。农村村落规模很小，由于土地是私有化的，建筑比较随意，多数是独栋小楼，错落有致，简洁明快，星星点点地散落在蓝天大海的背景下或青山绿水的怀抱中。由于台湾当局采取了许多藏富于民的政策，税赋很低，有很多产业门类是零税赋，所以城市农村都显得比较富庶，一派悠闲自在、静谧祥和的景象。无论是在东西海岸还是在中部山区，最金碧辉煌的建筑是庙宇，最庄重大方的建筑是学校，最朴实简约的建筑是各级权力机构和警察局，它们都以各自的风格标示着台湾地区的社会价值取向，形成了以人为本的社会氛围和富有生活美学含量的人文环境。

环境是人类之间特定的情感联系和地域文化相结合的统一体，是人们生活实践所依赖的客观自然条件，它为人类的生命活动提供了物质前提，它的根本意义是在潜移默化中塑造人们的品德和气质。它是一个民族、一个国家、一个地区人文本质最显著的标志。台湾地区的社会安定，治安良好，民风淳朴，人际关系中渗透着中华传统文化优秀元素，温良恭谦让的风尚随处可见，人们的公德意识和文明程度很高。在台北故宫博物院，除了藏品的珍奇和先进的展出手段令人感叹外，为数不多的年轻志愿者的工作更令人感动和感慨。为了保持参观环境的安静，讲解员的解说是通过无线传输发送到每一位参观者的耳机中的。尽管如此，仍有清纯秀丽、浅笑盈盈的小姑娘手持“请轻声细语”的小贴士牌，像一个个活泼可爱的小卡通轻盈优雅地游弋在各个展厅里，形成一道温馨可人、赏心悦目的流动风景线。这个小小的创意所融入的人性化关切让人不思便得其解，使道德评价的力量化作习习春风、淙淙甘泉进入人们的心田，其作用和产生的效果，通过情感渠道的传递得以无法计量的放大和拓展。在这座华夏文化宝库里，你感受到的不仅仅是他们富有人情味的接待，周到细致的服务，温文尔雅的提醒，而且看到了他们身体力行地对民族精神的诠释和对民族文化的实践，像进入了礼仪道德学校，深受博爱与文明的熏染，让你不由自主地产生心理共鸣和提高公德及文明意识、审视和规范自己行为的主观愿望，自觉融入你所置身的环境并成为这种环境的营造者之一，同时有一种莫名的自豪感在心中油然而升！

坐落于台北市信义区的“探索馆”，以丰富的实物、图片和数字多媒体全方位展示了台北市的过去、现在和未来，它就像一部电子百科全书，观众可以在参观过程中通过互动方式满足对台北市的一切知识欲求。与“探索馆”连为一体的是全开放式的“台北市政府”，没有警卫，没有传达，一切人员皆可随意出入。中央大厅的宣传台上，摆放着印制精美的折叠手册，供人们自由取阅，上面详尽地标明了市政府的位置及周边的公交车站、各部门所在的区位、楼层、市民当家热线的电话号码和廉政肃贪中心的直拨电话号码，在手册的醒目处印有“迈向廉政，邀您同行，请共同支持建立廉洁社会”的宣传语。在一楼大厅内设有一个“请愿区”，是群众反映民意的地方，大概相当于大陆的“信访办”，环境与市政府的其他部门别无二致，工作人员和蔼可亲，轻松悠闲。我端着相机在哪里转悠了很长时间，想拍一幅“请愿者”的照片，但结果令我大失所望，没有看到一个“请愿者”，只拍到了“请愿区”的空镜头。

在台湾东部，有一条花莲至台中的公路，全长186公里，几乎全部是在崇山峻岭的崖壁上开凿出来的，形如古代栈道，在万丈峡谷中飞龙走蛇。车行其上，仰望只见一线蓝天，俯视难探幽幽谷底！这条公路是国民党撤退到台湾后为了发展山区经济而修筑的。当年蒋经国曾寻求英国和德国的帮助，但两国专家实地勘查后都认为在这样的地形地质条件下修筑公路简直是不可能的，未敢介入。后又寻求日本合作，但日本人的条件太苛刻，要求取得公路两侧各10公里内50年的矿产开采权为合作条件，被蒋经国断然拒绝。于是，他就力倡自力更生，带领大陆去台的老兵和青年学生，用铁锹洋镐上阵拼搏，从1956年到1960年历时近四年，牺牲212人，终于建成了这条举世罕见的山区公路。如今，在这条公路经过的太鲁阁大峡谷，有为牺牲者建立的纪念堂，在花莲去台老兵安居的公寓大院里，有一座铁锹和十字镐的组合石雕，标志着他们的不朽功勋。这条雕凿在悬崖绝壁上的东方巨龙，令人信服地折射了顽强不屈的民族精神！

台湾拥有独特的自然环境，区域内同时呈现出热带、亚热带、温带等多样化自然生态，高山、湖泊、森林、峡谷和星罗棋布的温泉，均洗涤耳目，滋养心神。慈湖含烟吐秀，空碧悠悠；日月潭水光潋滟，山影叠翠；阿里山云雾苍茫，古木森森；野柳的海蚀奇岩，鬼斧神工；太鲁阁峡谷壁立千仞，瀑布飞流。台湾最南端的岬角鹅銮鼻，是巴士海峡与太平洋的交界点，风光旖旎，如翠玉般在海天之间熠熠生辉。建于1882年的白色圆柱形灯塔，光力可达20海里，至今仍巍然屹立，为夜航的船只指示航向，被誉为“东方之光”……宝岛的自然风光美不胜收，每一寸山山水水都值得细细品味，但她那符合人类进步愿望和先进理想的人文环境，给我留下的印象和思考更为深刻！

四季风韵

春的韵律

春打六九头，“立春”的铃声响过，春天的大幕徐徐拉开，春之交响曲便回响在人间。

风，是春的主旋律。古老的中华传统观念认为，春神东帝，方位在东，日出于东，春来自东。“东风解冻，蛰虫始振，鱼上冰”，风已暖而水犹寒。风最早从春神身边向人间走来，携着温暖，用她的万般柔情拂过大地，唤醒万物，参与一年之晨曲的咏唱。“不知细叶谁裁出，二月春风似剪刀”，“梅花落处疑残雪，柳叶开时任好风”。春风以她那千般精巧描红绣绿，为山川原野更换新装，为大自然注入活力，让生命充满希望和憧憬。自然若无韵致，则流于浅薄，若无起伏，则失之平直。人们热爱并赞美春天，正是由于风成为春天的领唱使其产生了自然的韵致和起伏。春风吹青了芳草，绿油油，嫩茸茸，铺陈于漫山遍野，起伏如浪。“一树春风千万支，嫩于金色软如丝”。春风吹拂，千丝万缕的柳枝随风起舞，柔嫩夺目，秀色迷人，只有风中之柳，才有如此的婀娜多姿！春雨若无风的引领，也会显得淅沥而无生机，倘若它随风潜入夜，那就是另外一番景致和意趣了。春风春雨，携手而至，踏着韵律舒缓的步伐，飘飘洒洒，在静谧的春夜，诉说久别人间的衷肠，吟唱春回大地的深情！用酝酿一年的灵感，营造着如烟似梦的意境，悄悄打扮着萌萌复苏的生灵，待人们从春眠不觉晓中醒来，已是众卉新姿，万物欣然！春风吹梦，梦追春风，于是人们便有了健康饱满的心境，随着春风的脉动，去追求美好的憧憬……

绿，是春的抒情。欧洲一位古典音乐家说，纯粹的绿色是小提琴以平静的调子表现出来的，因为她有强烈的抒情性。绿色是春天的先行色彩，具备特有的镇定、平静及柔和，具有鲜明的活力和内在感染力。她往往在冬的苍老生命覆盖下悄然萌发与绽放，“草色遥看近却无”，“最是一年春好处”，她以极其缓慢的、渐变的抒情旋律将盎然的活力注入春天的交响，奏响春天对大地的眷恋，倾诉春天对万物的深情。用初始的鹅黄展示生命的可爱；用渐变的嫩绿证明生命的向荣。在不经意间，她把人们的思绪和视线引向山川原野，将自己的生机与热情无限放大，鼓励人心在空间放飞，领略在绿色引领下大自然色彩的千变万化，感受烟柳芴蒨、露草芊绵的飘渺意境，催化激情的升华，激发生命的鼓胀，天人合一，为大地歌唱！

云，是春的流动音符。春天的云，闲适、恬淡、柔和、飘逸。她将自己悠闲的吟唱恰到好处地融入春之交响，她的旋律清凉明快，柔顺灵巧，犹如一双纤纤玉手，轻柔地脱去人们心灵的冬装，牵动着他在空中自由翱翔，时而沐着春风，时而驾着春雨，时而掠过峰峦，时而飘过旷野，那般地放达恣意，那般地信马由缰！春天是人们解放心灵、放飞情感的季节，云，是最好的寄托。她看似单薄，但她容得下千般热情，万般奔放；能承载爱的深沉，情的厚重。她无拘无束，随心所欲，是春之曲的散板，将冲出心扉的所有情愫，任意挥洒在蓝天上，飘逸在春风里，把遐想牵引到无限空间。春天的云，把一切灵性带入天堂，把一切吉祥洒向人间。我赞美她！

春的韵律，在天地间流动，奋之以万物；在人心里流动，黜俗而归雅；在生命中流动，则能与大道融合，与自然交汇——这便是生命的最高境界！

春天在心里

这篇小文章的题目原本想叫做“抒情春天”，但觉得太唯美且标准太高，怕糟蹋了好题目，更怕糟蹋了春天。改为“春天抒情”又觉太俗。其实，人对自然的感受是在自觉认可下的积极接受，是很内在的。本文的灵感即来自凉台上的几盆吊兰、蝴蝶兰、水仙等花花草草，它们本身很小，但它们的世界很大。是春天赋予它们鲜活的生命和勃勃生机，它们又用青翠欲滴和姹紫嫣红来装扮春天。更可贵的是，它们以自己的真实力量激活了人们心里的春天！

被激活的春天在心里飘荡起蓝色的氤氲，为山花烂漫的原野披上浪漫的轻纱；情感为自己设计了最佳造型，精心装扮起来，在馨香飘逸、落英缤纷中轻歌曼舞，传杯摆盏，为的是迎接那颗梦幻中的心灵。无须群贤毕至，无须丝竹管弦，一觞一咏，倾诉幽情，或倦于涉猎，或旷达不拘，或取或舍，或静或动，心随情逸，肝胆相照，有一个默契，有一个真诚就足够了！与大千世界春日韶秀，鸟唱嘉树，百卉敷荣，轻鲦出水的熙攘不同，心里的春天，却是这般温柔，这般清逸，这般含蓄的热烈，这般深藏的激情，是因为它远离酒酣畅洽，谈议横生的世俗，在另一个超然幽雅的时空里，等待着与梦幻中的心灵进行一次别开生面的、关于春天的对话……

古往今来，人们总是把春天与生命联系在一起，要么以春赞美生命的灿烂；要么以春哀叹生命的暂短。无论积极还是消极，这都是一种深刻的省悟，是对人生现实性和人生精神性的感觉。本能和情感的人生，原本就是灿烂和短暂的，这是人生的诗意。认识到这一点，我们便不再设计一个永生的渺茫希望，就能设法过一种合理的、真实的生活。“事如春梦了无痕”，苏东坡将人生的诗意融入了他的诗句，所以他才那么深刻坚决地热爱人生。古代文人们在欢娱宴乐的时候，常被“人生不再”“生命易逝”的悲哀感觉所烦扰，在花前月下，常有“花不常好，月不常圆”的伤悼，李白在《春夜宴桃李园序》中有名句：“浮生若梦，为欢几何?”，王羲之的《兰亭集序》，通篇着眼生死二字，虽苍凉感叹，却自有无穷逸趣。他们都把这种感觉表现得极为亲切和淋漓尽致。但在客观上，他们却身不由己地下意识地选择了在现实环境下尽量过着快乐生活的人生之旅。现代人与之不同的是，多了些对环境的浅薄，少了些对生命的深刻。生命的韵律之美被我们忽略了，这实在是一个绝大的错误。因此，我们应该把春天召唤到心里并成为永恒，赋予它精心哺育生命的责任，只要生命存在，就让它处于春暖花开的状态，过好每一天，让生命的全过程都如春天般的美好！我们应该像莎士比亚那样，把人生当作人生看！

春天在心里，我们的生命就能和草木为友，与土壤相亲，我们的灵魂便能在温软的泥土里蠕动，犹如婴儿在母亲怀抱中温柔舒展，那是一种自然的享受。当我们悠闲地陶醉在天堂般的享受之中时，我们那五尺之躯，何尝离开土地一分一寸呢?

收藏春天

沾衣欲湿桃花语，吹面不寒柳叶风。春风温柔，春雨多情，春花妩媚，春柳婀娜。春天，几乎囊括了生命之美的所有元素，成为天之骄子，人间的宠儿！

春天是一首诗。阳和方起，她便梳理四季精华，排章酌句，未尝轻发，酿成含蕴隽永的诗意，向人间缓缓释放着深微情思和幽韵温香，一切景语皆情语，声情摇曳，神韵绝尘，将深邃美妙的世界隐藏在惝恍迷离的艺术氛围之中，吸引人们去探寻其中美的真谛。便将天地皆作纸，难书融融春意情。阅读春天，似见她无所用意，却是猝然遇景，借以成章，触处生神，物我流畅，统摄天人之气，以类万物之情，浪漫的诗意将自然之美融会于人的血脉中，优化着生命状态，创造着人与自然的和谐，流衍出刚柔相济意味深远的醇美，激荡了人性的畅想！哦，原来春天的诗意竟然是天人、刚柔、两性之间永远存在的同情的互感，体贴的相伴和相互分享内在本质而产生的彼此悦幕；是自然与人类灵魂的互相渗透与结合！这是生命在持续发展中所孜孜以求的目标与化境！于是，心海里便浮现Guillaume Geefs的塑像：一位裸体美女优雅地在雄狮身旁祈祷："爱，你什么时候才来注意我们！"耳畔萦绕着Siegfreid Sassonn那诗意盎然的声音："在我心中连老虎都在嗅玫瑰！"

这就是春天伟大而高尚的情感行为和情操境界！是灌注了热烈与深沉的抒情诗！真乃登山则情满于山，观海则意溢于海，天地万物之情尽在融融春意中！

春天是一支歌。那处处啼鸟，那潇潇风雨，那山林的呼吸，那溪谷的悠鸣，是她婉转甜润的歌喉。她携着施与万物生灵的爱抚，轻轻吟唱着，踏着细碎的舞步向我们走来，情调自然欢畅，词语典丽明快，温存着将冰冻的清梦慢慢融化，融化为心中的一泓春水，荡起相思的涟漪，激起情感的微澜，画船红粉棹歌声，双浴鸳鸯几含情！一气回元，思含万物，这情，这爱，便是春歌里飘荡的音符；这思，这念，便是春歌荡气回肠的旋律。春天的歌是爱的絮语，她以柔声的呼唤为纽带，将自我生命与自然生命衔接在一起，呼唤燕子衔泥筑爱巢，花开蜂酿蜜；呼唤山青水绿风澹澹，鹤舞出精神；呼唤天布德泽地生暖，香气动兰心；呼唤梦里千山新芽绿，香茗酬知音！自然之爱里闪烁着人性之光，芳馨弥漫于意念的空间，渗入生命的每一个细胞，天光澄和，风物闲美，山水怡情，心使志生，美好的憧憬在春的绵绵爱意里孕育萌动。尽管东风暗换年华，生活在有序地更迭演进，烂漫意想却摆脱了现世桎梏，自我物欲被自然变幻之力消融，以理性唤醒感性的博爱意识，追随自觉的情感复归，进入完美的人格境界。莫道“事如春梦了无痕”，梦里有爱，便会永恒！

春天是一幅画。上苍之手为她构图着色，志存精瑾，丹青妙极，选择了自然界中最富有孕育性的某一顷刻，把其中就要过去和正要到来的景色凝聚在一个点上，将自然运行的过程打造成美的静止。放性山水，逸气纵横，思与神合，寓有天趣。遥望有远山如黛，俯察有青青芳草，云淡风轻，傍花随柳，千红极尽妍态，暗香独步徘徊，“春色怡人淡复浓，南山花放北山红。杨柳吹作千条丝，唤侣黄鹂弄晓风。”谁能不说这是一幅春光熟透景色旖旎的图画呢？然而，春天之美并不着重于她以和谐的色调、精美的构图温暖着我们的视觉，而在于她饱蘸了生命的色彩而温暖着人心；在于她将万趣融其神思所给与人类的风神气韵的传达和情性飞扬的激发；在于她饱含了特定的生命信息和神奇的自然活力，催生了人类所独具的情思、灵性和智慧！春天之美，美在她以内敛的功力统帅着以德配天的全粹大美，集气于平和宁静，涤除尘垢与杂念，令人达到的心灵妙境；美在无为而无不为，无拘无束、流畅完满、通达自由的化育之道所缔造的逍遥人生！春天之美，美的深沉，美的纯真！

谷雨已过，立夏将至，阳春如落日绮霞，渐渐从天边隐去。韶光不能永驻，原是人间永恒的遗憾，古往今来有多少人曾为之嗟叹！既然留春无术，那就收藏春天，把春天的浓情、深爱、纯美收藏在心底，生命便是长青之树！

听春雨诉说

半梦半醒，半盲半聪，似闻天地之合，阴阳之调，恍惚飘渺，朦胧隐约，恰似若有若无，虚实共振……这生于绝弦的繁会之音，令寂寥周行的蒙昧渐渐扶摇于清醒的自觉意识，魂灵从冬眠中苏醒，哦，春雨来了，离去一年今又回，还是那么悄然沉稳，还是那么轻柔飘逸……于是，官知止而神欲行，便于空灵中听到了她的娓娓诉说：

我有云的基因，我有雪的遗传，我有雷电的血脉，我有彩虹的夙愿。我的生命发端于苍穹而生长于化生万物的春天，以沛然不息的脚步，如日月经天穿越时空，如江河行地走过四季。酷暑陶冶，严寒砺练，面无沧桑，身无纤尘，修成外在的阴柔仪表，练就骨子里的执著与倔强。我拒绝了云的挽留，摆脱了风的纠缠，一路走来，带着上苍的嘱托，带着人间的希望，锲而不舍地追逐着一串串干裂的脚印，实现生命与大地的拥抱，灵魂与万物的亲吻！虽然来也匆匆，去也匆匆，却在暂短的团聚和交融中，滋润了姹紫嫣红美姿娇态，泽彼了晴空明月绿水青山。那是我深情的编织，那是我挚爱的装扮！我把蕴藉盎然生命的秩序与流韵，播撒在山川原野、江河湖海，任他们生生不息地繁衍，而我只能回眸一瞥而无法流连，带着几分慰藉，带着几分释然，我悄悄地、悄悄地抛下千丝万缕的牵念，转身投入下一个轮回会，走向来年的春天……

春雨去了，走的那么平静，那么坦然，那么风神潇洒，那么不滞于物，以优美的姿式和洒脱的神态，终断尘念，突入新界，情感勃发地畅神于万物的生生化育和气象万千之中，在大千世界里追觅自由。天马行空，淡然无极，以自然主义的个性，不卑不亢地行进在生命存在的极致之途；俯仰自得，游心太玄，挥洒出一派诗的意境，书写了完美的人格精神体验。她将在日月精华的滋养中流衍出无穷无尽的美景，成长为夏日的彩虹，展示绚丽的生命。

我赞美春雨，她不像夏雨那样刚直粗放，暴烈地鞭笞大地的肌肤，狂野地扰乱人们的思绪；也不像秋雨那般清冷忧郁，苍凉地摇落季节的芳华，凄凄地浸染人间的梦幻。春雨是天然母爱的升华，原始质朴，纯真伟大，通润天地之间而不事张扬，抚爱人间万物却无逐利之欲。她总是在万物复萌需要哺乳的时候，在千草百卉饥渴难耐的时候潸然而至，敞开襟怀，将生命化作甘霖，绵绵密密地挥洒，只为润物，不求人知，犹如母亲对子女施爱。

春雨是亲情的挥发，她绝尘超俗，轻柔灵动，亲切温良，从不伤害任何细微的生灵，给身心带来抚慰，对精神赋予宁静。她将真善美的物象化为内在的神韵，心无偏邪，思无杂念，真情广施天下而不求回报，心血普济众生而无怨无悔，任物换星移，任乾坤飞旋，每年，每年，她都最早将大好春光呈现人间，让人们先见画，后会意，在心里充满欣欣然的勃勃生机。君不见严冬方尽，余寒犹厉，春意何在？若是有微雨初起，两脚儿轻轻走过大地，便会留下春的印迹，逗露无边春色。纤细的草芽儿冒了出来，远远望去，朦朦胧胧，仿佛一片极淡极淡的青青之色，惊喜之意便掠过心头。人，随着春雨的到来，便来了精气神儿！不禁使人想起韩愈的著名诗句：“天街小雨润如酥，草色遥看近却无。最是一年春好处，绝胜烟柳满皇都。”一场春雨一场暖，春雨，就是这样摄早春之魂而来，引领人们的精神，走向广阔的大自然，去想象和体味烟柳菊蒨，露草芊绵，莺啭花香，澄鲜怡目的大好春光。这便是春雨奉献给人类的深情，周而复始！

第一场春雨来了，去了。待她再来时，又是一年。我期盼，我等待！

夜闻春雨声

忘记了是从什么时候开始，生物钟里自动添加了一个“程序”：每天凌晨两三点钟，总要从梦中醒来，而且意识出奇的清醒，要么看会儿书，要么记下曾经冥思苦索不得求解的问题而此时却又偶得的答案，要么听一段舒缓的轻音乐，方能重新入睡。此前某日凌晨，照例醒来，耳畔有细碎之声若隐若现，似起于阴阳调畅，天地之和，孤高岑寂，空灵婉转。初始如微风轻抖玉帛，奄忽灭没，晔然复扬，和润清逸，自然宣畅，不染纤毫浊气。继而如纤纤玉手揉抚丝弦，宛若清泉白石，皓月疏风，黜俗而归雅，舍媚而含淳，形神并洁，逸气渐来，临缓则将舒缓而多韵，处急则犹运急而不乖，油然生出安闲自如之景象，尽是潇洒不群之天趣。难道真的是松之风竹之雨，涧之滴波之涛？不禁披衣而起，推窗寻望，借助于微暗的天光，弥蒙中果见飘飘洒洒的春雨，正轻抚园中的婆娑修竹，演绎着鸾凤和鸣、温润舒越的天韵，两相涵濡，无滞无碍，声色之来，由乎自然！那般的清远恬适，顿时令人体气欲仙，游思缥缈。于是，睡意全无，便胡思乱想起来。

记得去年大约也是这个时候，在京郊度假村小憩，去时风和日丽，柔柳细枝，初染鹅黄，明川幽谷，暗含微绿，那刚刚盛开的梨花，远似白云落坡，近如雪飘天地，就像山水画中的留白，给人以洁净无暇、无穷无尽的想象空间，心中便埋下了留恋的种子。夜来忽闻风雨之声，来得虽不凄厉，却也担心着山野那娇嫩的梨花：是否会像李清照笔下的“远岫出山催薄暮，细风吹雨弄轻阴，梨花欲谢恐难禁”？天刚放亮，便迫不及待地推门而出，迎面而遇的却是朗朗晴空，洁净得让人不忍染指，透明得令人不敢触碰，山峦背后那清澄的天幕，已被尚未露面的骄阳涂抹上一片绯红，好一派明媚春光锦绣天地！那一经风雨的树梨花，却是越发开得狂放热烈，花瓣儿轻沾莹露，欲含欲滴，俨然如贵妃浴罢，娇媚得撩人心弦，动人魂魄！难怪古往今来有那么多的名士文人，喜用“梨花带雨”来比喻丽人的妩媚娇艳。白居易的《长恨歌》中有：“玉容寂寞泪阑干，梨花一枝春带雨”；《封神演义》中描写妲己之美是：“乌云叠翠，杏脸桃腮，浅淡春山，娇柔柳腰，真似海棠醉日，梨花带雨”；元代乔梦符的《扬州梦》中有“淡妆呵，颤巍巍梨花带雨”……太多了，不一而举。“梨花带雨”原本是形容美女流泪的样子，应是忧伤不掩花容、悲切烘托月貌、美艳中含了娇嗔的，不知是哪位慧眼独具的美学家，将其作了更高层次的审美抽象与升华，使得这种美学形态只能心会不可言传了。我喜欢盛开的梨花，不仅是因为它静雅清素，洁白无瑕，给人以玉壶秋月、莹彻剔透的感觉，而且在冥冥之中萌生了一种风拂雨润的生命律动和顾盼思恋的情结，梨花盛开，竟成为我生命中的盛大节日！

春天的雨，温顺而缠绵，洋洋洒洒地释放着无尽的爱意，抚慰着大地的灵魂，赋予大地勃勃生机。文人们多借春雨抒情寄意，歌颂大自然的美好，已是司空见惯。“一夕轻雷落万丝，霁光浮瓦碧参差，有情芍药含春泪，无力蔷薇卧晓枝。”一夜细雨滋润，大地春色更浓，花卉草木，千姿百态。浮光闪闪的琉璃瓦下，灿然盛开的芍药，似在含泪饮泣；蔷薇攀附着其它树枝，如佳人娇卧无力，百媚自生。这远近兼顾、动静结合、情姿并生的随意点染，竟然描摹出一幅雨过初晴的精巧画面！散发着百媚千娇、情思绵绵、清新婉丽的韵味！而平民百姓、尤其是农民，则更注重春雨带来的实惠。“耕人扶耒雨林丘，花外时时落一鸥。欲验春来多少雨？野塘漫水可回舟。”且不管它几经春雨润泽，百花争开竟放，汇成万紫千红的海洋，河水初涨，波光粼粼，鸥鸟拍打着翅膀徐徐下降的春光美景，最抢眼夺目的是：农民们手扶农具在田边地头谈笑风生的生动画面。他们在说什么呢？显然是在预支丰收的喜悦！

“小楼一夜听春雨，深巷明朝卖杏花。”发乎自然的韵律，最能触动人的灵感，诱发人的思绪与遐想。舜在南风过耳后，“作五弦之琴，以歌南风，曰：南风之薰兮，可以解我民之愠兮”。他因风声而思考到民间的不满情绪。《诗经·郑风》中有风雨三章，曰：风雨凄凄……风雨潇潇……风雨晦晦……所抒发的情感完全是由风雨之声激荡而出！欧阳修秉烛夜读，秋风骤至，有感而发，写出了凄切寂寥的《秋声赋》，抒发了人事扰劳，摧残身心的感叹！苏轼于嘉祐年间，在凤翔府任签书判官时，非常关心农事和民间疾苦，因天旱不雨，“民方以为忧”，他也为之忧。忽一日喜雨从天而降，旱象解除，庄稼可望丰收，民众兴高采烈，他也高兴的难以抑制，看着飘飘忽忽的雨丝，听着淅淅沥沥的雨声，他不仅举酒庆贺，而且将正在官府内修建的亭子命名为“喜雨亭”，写下了千古名篇《喜雨亭记》，反映了他与民众同忧患共喜悦的思想情感。一个封建社会的士大夫，尚且能心系民众，与民众同呼吸共命运，虽比不上“先天下之忧而忧，后天下之乐而乐”的精神崇高，但毕竟体现了为官一任，造福一方，关注民生，爱民为民的思想。这难道不值得当下某些公仆们反思自律、学习效仿吗？

“好雨知时节，当春乃发生。”但愿这春夜喜雨，不仅滋润万物，勾画美景，而且能清洗人心，荡涤灵魂！

又是一年清明时

“清明时节雨纷纷，路上行人欲断魂……”，唐代诗人杜牧的这首小诗，以朴实无华的语言，和谐圆润的音节，描绘出一幅别开生面的图画，反映了作者凄迷纷乱的心境。清明，虽然是花红柳绿、春光明媚的季节，然而这天却偏偏是那种“天街小雨润如酥”的细雨纷纷，这正是春雨的特色。“雨纷纷”恰到好处地传达了那种“做冷欺花，将烟困柳”的凄迷而又唯美的境界。这真是情在景中、景即是情的一种绝艺！

清明是二十四节气之一，本来不是什么节日，但被自古以来的人们演绎成了色彩、气氛和情调都很浓郁的民族节日。一年一度的清明节，是家人团聚，或郊野踏青，或祭祖扫墓的日子，但诗人小杜却孤身赶路，又遇细雨纷纷，衣衫尽湿，岂不触景生情，平添愁绪？所以，诗人用了“断魂”二字竭力形容那种十分强烈、又并非明白表现在外的很深隐的感情。否则，下了一点小雨就“断魂”，那不太小题大做、没有来由了吗？可见，特定的环境、特定的氛围，很容易牵动人们的思绪，铺设人们的心境，放大人们的情感。

细想起来，中国的清明节，太多地注入了人的心理元素，一旦与自然元素相结合，就形成浓郁的节日气氛。“清明”由“节气”演变为“节日”可能就是这个道理。在我国北方的大部分地区，“清明断雪，谷雨断霜”，此时，冬去春来，气温渐升，万物复苏，阳和景明。人们也褪去冬的束缚，久眠苏醒般地舒展开来，焕发出新一年的生机。“清明前后，种瓜点豆”，热火朝天的春耕大忙随之而来。生机盎然的大好春光，呼唤人们走向田野，走向大自然。于是，踏青扫墓，远足郊游等活动便应运而生。加之历代文人墨客以各种方式的赞咏，为“清明”注入了丰富的文化含量，节日气氛愈加浓烈。按照传统说法，清明扫墓的习俗与“清明寒食”有关，这就不能不提到清明前两天的“寒食节”。

相传春秋时晋国贵族介子推跟从晋文公流亡国外，文公回国掌权后，封赏跟随他流亡国外、患难与共的臣属，但偏偏就把介子推给忘了。介子推没得到赏封，心里很不平衡，一赌气，带着他的老母亲躲进绵山（今山西介休东南20公里处）隐居起来了。后来晋文公想起这件事，很内疚，便派人到处寻找介子推，终于得知他和老母隐居绵山，经多次动员，介子推就是不肯出山接受赏封，晋文公便想了个愚蠢的办法，放火烧山逼迫介子推下山。哪知介子推相当固执，待到山林烧光，方知母子二人已被烧死。后晋文公以绵山作为介子推的名义封地，遂名介山。同时下令自介子推被烧死的这天起，禁火三天不准生火烧饭而寒食，以示对亡臣的悼念，这便是与清明相连的寒食节的来历和形成祭亡扫墓习俗的由来。这个说法始于晋、宋，但据《周礼·秋官·司烜氏》记载：“仲春以木铎修火禁于国中”。汉代郑玄注：“为季春将出火也”，所谓火，是指恒星中的“大火”即火星，古人认为，春天见于东方的苍龙七宿属木，而季春三月黄昏时“大火”星从东方升起，“惧火之盛，故谓之禁火”。也许这才是寒食节的真正来历。还有一说是古时从寒食节禁火三天，到清明重新起火，叫“新火”，宫廷往往在清明这一天赐给近臣新火，这是荣宠的表示。宋代《春明退朝录》载：“四时变国火，……至唐时，惟清明取榆柳火（钻榆柳木所取之火）以赐近臣戚里，本朝因之”。但清明扫墓的习俗与介子推之死有关似可信。

总之，清明节是一个具有民族文化特色且历史悠久的传统节日，它寄托着今人对先人的追念；浓缩了华夏儿女一家亲的民族情结；凝结着古老的民族精神，是一种强大的传统力量，对中国人民文化心理的形成和中华民族的团结，具有深远影响，是华夏民族优秀的非物质文化遗产。

又是一年清明时，我们未必像数百年前的杜牧那样，在细雨纷纷中孤行于山野，但通过他笔下的“牧童遥指”，我们仿佛看到，在隐约红杏的梢头分明挑出一面“酒幌”，若远若近，含蓄着无尽的兴味。也许我们正沐浴在灿烂的阳光下，徜徉在立体的新绿中，享受着大自然的馈赠，陶醉于天伦之乐。无论何情何景，我们都不会忘记：缅怀仙逝的亲人，感恩常眠的英魂！

夏日风景　即兴文章

夏天是生命旺盛的季节，人与自然相当默契地进行着蒙太奇切换，共同演绎着丰富多彩的浪漫故事，一起编织着光怪陆离的蓝色梦幻，结伴儿挥洒着汹涌澎湃的炽热激情！夏天是大自然灵感闪光的季节，日月星辰、山川原野、江河湖海都是它书写的灵动的文字，姹紫嫣红是它每个章节的题图尾花，偶尔不期而至的风雨雷电，那是它谱写的激越诗篇，彰显着它那粗犷的个性，让人们领略了震撼心灵的力度之美。夏天是慷慨勤奋的季节，它令天降甘霖，地生暖风，清洗蓝天，擦拭日月，滋润山林，喂养江河，让日月星辰灿烂，大地生机盎然！夏天是人们既爱又恨的季节，它强迫人们退去严密而臃肿包装，自己轻松且较本色，与他人相见也多了几分真实。然而，它那热你没商量的霸道，却给人们平添了一些心浮气躁。人们在诅咒它的同时，又百般的亲近它。因为只有在夏天，人们才能与大自然有肌肤的亲密接触，作敞开心扉的对话。

春赞柳，夏赏荷，秋吟菊，冬咏梅。出水芙蓉几乎成为夏季舞台上的主角，文人雅士们争相描摹的主题。人们不仅欣赏它的娇艳阿娜，更赞美它出污泥而不染的品格。“荷风送香气，竹露滴清响”，孟浩然的佳句佳境，照耀古今，与日月同辉！在艺术作品中，最富有意义的部分是技巧以外的个性，

"荷风竹露"则放大出一番秀媚靓妆：天清日朗，风物明媚，芰叶吐华，芙蕖濯濯，朝光澄鲜，芳香袭人。这是否很容易让我们联想到妃子之笑，西施之颦呢？我那朋友将她的"蕴香茗名阁"开设在荷塘之畔（笔者曾撰小文《误闯蕴香品茗阁》，亦收入本书），实在是精明绝顶的选择！试想，当披咏疲倦、意绪纷乱，于凤日晴和或轻阴微雨，邀佳客知己或文朋雅友，至清堂斋馆，画舫荷亭，避暑气，品香茗，素心同调，彼此畅适，清言雄辩，脱略形骸，是何等一番风流情趣！加之阁主天生丽质，才艺缤纷，又有极好的人缘，想必每日都宾客盈门，高朋满座了！

夏天向人们提供的精神资源是丰富多彩的，你可尽情地利用它装饰你的生活，点缀你的生命。瞧我那位冰清玉洁的朋友，竟借着夏日的高天，兴致勃勃地作了一次激情飞行，去亲吻曾经哺育她的膏粱厚土，拥抱曾经熏陶她的北国风光，追寻她儿时的梦幻，享受另一番天伦之乐。把她那几近完美的幸福，又来了个锦上添花，情不自禁的大声疾呼："幸福得晕头转向！"同时向朋友们发出信号：乐不思归啦！瞧她那得意劲儿，就知她心里有多甜！不过，也有的朋友不太乐意出走，尽管时而赤日炎炎，时而狂风暴雨，但她禅心入定，平静如水，端坐芭蕉荫下或凤尾竹间，早饮蜂蜜柠檬水，午品茉莉花香茶，晚啜果粒糖酸奶，养颜蓄锐，披阅诸子。兴致所至，精撰美文，或抒幽情，或论人生，字字珠玑，声声入理。不过，在她率真放达的年轻生命里，调皮和狡黠的小精灵，总是在不经意间跳出来，与不拘小节的文友过招，从不言败。看得出，她也是在快乐地快乐着。

今年的夏天，欣逢盛事，举世瞩目的奥运会即将在北京举行。不少年轻人欲借此喜庆共结连理。我那童心未泯的战友的宝贝闺女就要出嫁了，这位准泰山大人的兴高采烈溢于言表。以其善词赋格律之长，为女儿广征婚联贺辞，忙得不亦乐乎。这一独特创意，非乐观豁达之心、简约朴实之性而不能为之，实为我辈学习之楷模，效仿之榜样！遗憾的是本人才疏学浅，否则也杜撰几字凑凑热闹。

夏天似乎是在有意地考验我的另一位朋友。她的儿子要参加中考，自己则正在读大本成人教育，还要应对考试。每天都要顶着酷暑或冒着风雨在路途中颠簸数小时，其辛苦程度不言而喻。但她的学习兴趣始终不减，认真程度令人敬佩！她从艰苦中提炼出快乐，鼓励着自己，教育着儿子。她戏言考试都把自己"烤糊"了。真是天道酬勤，据说，她的儿子考上了重点高中，她自己的考试成绩也不错，不久即可拿到本科文凭。不过她说，取得学历、拿到文凭是次要的，重要的是学到了真知识。夏天过去便是收获的季节，我这位朋友就要丰收了。这也是一种幸福！让我们一起分享她丰收的喜悦并祝贺她！

夏天是生命旺盛的季节，到处都是亮丽的风景。顺手撷英的这几朵小花，来自与朋友们的交流，绝无剽窃之嫌。好在本文不作商业用途，亦无盈利目的。谨祝朋友们夏日安康、快乐、幸福！权作稿酬。

秋雨秋风二重奏

下雨了，这是一场既缠绵悱恻、又超旷空灵的雨，她是接到盛夏那火红的请柬款款而至的，来传递秋的信息。她来的从容不迫、温文尔雅，反客为主，把夏天客客气气地送出季节的门槛儿，将淡淡的清爽和微微的凉意挥洒得铺天盖地，草木生动，云烟明晦，使人们从潮热与浮躁中解脱出来，顿时觉得血流畅快，筋骨舒展，生命细胞自由地活跃起来，心灵空间无限放大，精神天地得以拓展，让人下意识地否定了古今文人对秋天萧瑟悲凉的渲染。

在夏与秋的节点上，这场雨是如此的善解人意，飘洒得有声有色，绮丽灵动。她毫不掩饰自己的丰沛，以清新纯洁的生命，洗净秋空，着色山林，玉珠滚落，幽然谷应，奏响了空灵微妙、令人心骨俱清、体气欲仙的秋之旋律。风竹敲秋韵，道寂寥周行。风也爱恋着这个季节，以其清亮的音色，舒缓的节奏，十分默契地加入秋雨的和弦，一起演奏着原始生命的主题，好一首婉转动荡、无滞无碍的天籁乐章！

乐者，生于度量，本于太一，为阴阳相调，天地之和。伟大的音乐总是和宇宙相协调的。那秋雨的疏野清奇，秋风的悠扬流畅，相得益彰地演绎着化生万物，覆载众形的神秘力量，体现着自然界风调雨顺，声和音适，万物运动的条例和秩序，恰到好处地流衍出秋色秋韵那意味深长的意境。

西方哲学认为，音乐是思维着的声音，没有音乐生命就没有价值。这是因为音乐是观念性的，并诉诸听觉，具有反映和影响人类情感的功能，激发人的意象和色彩感。中国传统文化认为，音乐产生于情感表现的需要，强调了人的不同心境与人心所产生的不同声音之间的对应关系，说明了人在不同的心情支配下，能产生不同的音乐想象，从而进入某种精神境界。秋天是四季中气质最好的季节，她不温不火，不卑不亢，充满了成熟的风韵，滋养人心雅健超谐，激扬性情旷达高远。倘若用心聆听与她相伴而至的风声雨声，你会感觉到她的音律是那样的丰富饱满，如劲松迎风般的博大浑厚，修竹沐雨般的疏朗俊逸，山涧滴泉般的清丽空灵，波涛扬声般的跌宕雄伟！对此，古人则更钟情于她委婉细腻的情调，有更为抒情的描摹：乍响瑶阶，旋穿绣闼，更入画屏深处，喁喁似诉；只有一枝梧桐叶，不知多少秋雨声；雨色秋来寒，风严秋江爽；蟋蟀独知秋令早，芭蕉下得雨声多……这风声丝丝，清雨滴滴，犹如琵琶弦上说相思，委婉的旋律中寄寓着浓烈情感，轻轻敲击着人心最敏感的触点，唤起与这天籁之音的共鸣，若流风回雪，如飞燕游龙，感心动耳，荡气回肠！

倘若星云流动，时光暗转，秋风轻挽秋雨的臂膀悄然而去，澄澄蓝天，艳艳骄阳，仙仙白云，皎皎明月，那便是夏日繁华演尽，一个独特的宇宙、崭新的意象便铺展开来，风雨音符化作色彩的旋律，山川染黛，丛林涂胭，那一望无际的金黄，在大地上腾升起丰收的乐章，这便是风声雨声临别时的馈赠！大自然的全幅生动画面，足以表现了我们胸襟里蓬勃无尽的灵感气韵，引领我们进入某种精神境界，这就是人与自然的呼应与和谐。

据宗白华先生研究，人与自然界和社会的接触，因主体意识和关系层次的不同，可以产生若干不同的境界，通常有：为满足生理物质需要而有功利境界；因人群共存互爱的关系而有伦理境界；因人群组合互制关系而有政治境界；因穷研物理、追求智慧而有学术境界；因欲返璞归真、瞑合天人而有宗教境界。功利境界主于利，伦理境界主于爱，政治境界主于权，学术境界主于真，宗教境界主于神。而介乎于后二者中间的，是难以名状的一种精神境界，先生把它称为“艺术境界”。它以宇宙人生的具体为对象，来观赏和认识它的色彩、秩序、节奏、旋律等等，借以窥见自我最深心灵的反映，化实景而为虚景，创形象以为象征，使人类最高心灵具体化，肉身化，这就是艺术境界。艺术境界主美！至于你在秋风秋雨中能进入哪种境界，那就看你的修养和造化了。

秋凉即景

秋凉游走京北山区，最惹人眼的是山林中的柿子树。此时,浓浓的夏绿已被自然之手召唤而去，晴空明彻高远，山野旷达开阔，叶疏果密的柿子树们，便高高地举起黄澄澄的酒杯，把山风灌醉，歪歪斜斜，脚步不稳；把把田野灌醉，豆角拖腔，冬瓜酣睡，蓖麻伸着巴掌叫五魁；把秋阳灌醉，脱去白云杉，丢掉雨拐棍，慷慨地挥洒金光，浪漫地拥抱大地；把自己灌醉，红着脸庞，招着手儿，邀请人们来年再相会……

“林中有丹果，压枝一何稠……风霜变颜色，雨露如膏油。”“忽见林色曙，零落见残星”，描写柿子的古诗词对其赞誉颇多。据文献记载，柿子在我国已有三千多年的栽培历史。古书上说，柿树有七绝：果多寿，叶多荫，无鸟巢，少虫囊，霜色可玩，佳食可啖，落叶可书。柿子给予人们的物质实惠和精神享受，实在太多，太多！据说，唐代郑虔任广文博士时，穷得学书法无钱买纸，他知道慈恩寺内有棵大柿树，便天天检取霜叶为纸，写诗作画，合成一卷呈皇上，唐玄宗见了大为赞许，在卷尾批道：“郑虔之绝”。

有了柿树，秋天便少了些萧瑟，多了些喜幸。我喜欢柿树！

回眸那个秋

秋天的背影渐渐远去，它把自己的辛勤和积蓄留给了山，留给了水，留给了高远的蓝天，留给了广袤的大地，天地之间色彩斑斓，果实累累，风爽雨润，鹤唳龙吟。正所谓：一日之气夜清新；一年之气秋清新。回眸凝望，沉心静思，对渐行渐远的那个秋，竟然生出了些缠缠绵绵，恋恋不舍，它用宜人的爱抚，给了我身心的愉悦，精神的收获，时光因此而充实，生命因此而丰满。我感谢秋天！

这个明媚的秋天，我与网络打起了交道，冥冥中，在这个虚拟的空间里，我开拓了眼界，增长了知识，并且结识了不少真实的朋友。他们虽然性别不同，年龄参差，身份有别，阅历各有千秋，但其共性是心正品端，善良淳朴，本色透明，珍情重义，热爱生活，旷达乐观且才情兼备，身怀触目风景，皆天地文章之功力。他们以真挚的情感、深刻的思辨、明净的睿智、优美的文笔，共建起充满关爱与温情的精神家园。在这里，我感受到之青的古道热肠、情深意笃的大丈夫气概，冯平光那坚毅深沉、刚柔相济的凛然气度和思发胸臆的激情；领略了祝玉琴聪慧率真、六艺芳润而又不失灵秀俏皮的淑女风范，徐风触实若虚、浓淡相宜却又颇具情感冲击力的飞扬神韵；由衷地钦佩朱金玲的机智幽默和张显个性的活泼，刘凤苓简单明快和崇尚自然的天性；更欣赏陈萱笔下那绮丽俊逸的流动之美和那举重若轻的深刻，月儿阴柔委婉、含蓄细腻的情调和余音缭绕的意蕴，还有夏梅芳那随意洒脱、一挥而就的韵外之致、味外之旨的意境，赫辰顺手撷英的朵朵花絮……他们以自己的文笔个性阐释了前瞻新锐的社会认知，反映了与时俱进的生活理念，展示了健康阳光的心态，抒发了多彩多姿的情感，文理自然，姿态横生。冥心玄照，凝神谛听，谙其理，受其益，可谓人人皆为我师，成全了我交新朋友，学新知识，将知识转化为生命力的初衷！这些朋友在字里行间所喷射出的精神甘泉，彻底荡涤了我对网络的偏见，从而确信正义和真诚、信任和友谊、知识和学养、良师和益友在虚拟世界的真实存在。我收获了友谊，更新了知识，焕发了生命！

在这个清朗的秋天，摆脱俗务缠身，超越惰性羁绊，我大踏步地走近了大自然，去亲近它、拥抱它。我来到了豪放狂野的草原，劲风恣意，绿波舒卷，它以大道合一的化育，将我的生命无限放大，任我信马由缰地驰骋，心融蓝天，魂归大地，天地与我并生，万物与我为一，意念超越时空，灵魂自由翱翔，目无纤尘，胸无杂念，浮世繁华，红尘功利，均随风而去。我获得了心地的明净，精神的轻松！终于渐悟了男儿胸怀当如草原的俗理。我走进了茫茫林海，乔木千章，藤萝交荫，仰视不见天日，俯察极目咫尺，置身其中，我领悟到生命的深邃和生命力的强劲！风刀雨剑不能伤其筋骨，霜侵雪击不能毁其意志，皆因生存环境培育了它们粗放顽强、傲然视物的品质；皆因在自然力的肆虐面前，它们能枝连枝根连根地共同抵御。这难道不是生命的默契么？哦，原来这伟岸粗犷、擎天立地的生物群落中脱颖而出的栋梁之材，不仅仅是有阳光雨露的哺育，同时也经受了风雪雷电的摧残磨砺。置身于它们之中，我真实地感到了自己的渺小与软弱，深感男儿本当威武不屈、刚强自立！受到一次心智的启迪，接受了一次精神洗礼！

在这个跃动的秋天，我终于完成了一次观念的蜕变，更新了全套的摄影设备。在此之前，我拒绝数码，包括小巧方便的傻瓜卡片机。固执地为自己的因循守旧、陈腐愚昧寻找种种借口，丝毫没有察觉到自己已被先进的信息时代远远地抛在了后面。你拒绝先进，先进就抛弃你，毫不客气！人与时代之间，似乎也存在“你不给我个说法，我就给你个说法”的对立统一关系。当然，我的这个蜕变主要是在朋友们的引领下完成的，看到朋友们那琳琅满目、颇具专业水平的摄影作品，老朽不仅心动，而且行动了。

伤春、悲秋似乎是自古以来人们的情绪规律。宋代欧阳修的不朽名篇《秋声赋》，状物写景，有独到之处，具有很高的艺术成就。但是，由于作者仕途坎坷，晚年才居高位。回顾一生，他心情郁闷伤感，从而产生了清心寡欲、与世无争的思想，写出了凄切、寂寥的《秋声赋》。描绘了秋声萧杀、摧残万物的凄惨、萧条的景象，抒发了人事忧劳、伤害身心的感叹，反映了悲秋伤感的情绪。然而，这种悲秋情绪，往往是由人们的自恋派生而出。其实，四季皆有盛景，秋天并不悲凉，即便是萧瑟的秋风，扫除的也仅仅是枯枝败叶，是对新一轮生机的催生。

回眸渐行渐远的那个秋，我有些缠绵，有些留恋！秋，来年再见！

秋水，那流动的情感

“你若不去啊，望穿她盈盈秋水，蹙损她淡淡春山……”。(王实甫《西厢记》)。正所谓：水是眼波横，山是眉峰聚。“黄昏卸得残妆罢，窗外西风冷透纱。听焦声，一阵阵细雨下，何处与人闲磕牙？望穿秋水，不见还家，潸潸泪似麻。又是想他，又是恨他，手拈着红绣鞋儿占鬼卦。”（蒲松龄《聊斋志异》)。常言说，眼睛是心灵的窗户，眼睛是人身体最有灵气、最能传达感情的器官。中国的文学大师们用秋水比喻女性的眼睛，刻划其幽怨期盼缠绵悱恻的心理活动，可谓细腻到了极致，形象思维发挥到了无以复加的地步。那一泓荡漾的秋水，于空寂处见流行，于流行处见空寂，以虚托实，以实衬虚，构成了中国人的生命情调和艺术意境的实像。那秋水就是喷涌而永不枯竭、流动而永不凝固的情感啊！

寄情于水不是文人的专利，仁者乐山，智者乐水，世上的仁者智者很难界定得一清二楚，所以乐山乐水也就不可能泾渭分明，但水是被人喜爱的必定无疑，这可能与水的习性大有关联。水是生命之源，表里澄澈，可鉴日月；惊涛拍岸，冲流不逆；立寒暑而载沉浮，越春秋而挟时光；聚滴结流，莽莽滚滚；集溪纳涓，浩浩淼淼；可为云为雨为霓为虹驰骋长空妆点大千世界；终入河入江入湖入海澎湃千秋惠及芸芸众生！水性洁可漂污浊；水性真可淘杂质；水性善，可利万物，古人将最善喻之为水，上善若水且善利万物而不争，其品格是何等地可贵啊！故水最接近于“道”。水的性格看起来似乎是极其柔弱且很易就范，实则柔中寓刚，有滴水穿石，无坚不摧的力量；有既可载舟亦可覆舟的个性！当然，水也有淹没良田吞噬生命为祸为害之时，被说成是“水火无情”、比喻为“红颜祸水”等等，不过那不能怪水而多半怪人。尤其是当代，首先是人没能善待水的母体大自然，给你点颜色看看，警示你一下难道不应该吗？你无情无义，伤害了红颜，将“知己”变成了“祸水”，受点惩罚、承担点责任不是很正常吗？

我生性喜水爱水，情感的流动人格的发展受一派清波的影响至大至深。此话并非自诩为智者，而是因为我生于长于一个景物明清、泉水密布的城市。我年幼时家住在老城的西城墙根下一条小巷的四合院里，城墙外面便是川流不息的护城河，那水清澈得勾人魂魄，水草在清流中飘飘摇摇，总让人联想到美人鱼那舞动的身姿。院内有一口水井，与其说是井，不如说是泉池，青石砌成的井台略高于地面，底部有清晰可见的几孔细细的泉眼，永不停息地向上喷吐着一串串珍珠。井内水位几乎与地面取齐，常年不变，伸手可及，日常饮用做饭随时舀取，水质清醇甘洌，即使是当今最知名品牌的矿泉水也无法与之相媲美，因为那纯天然的甘甜，能让人记忆终生！至于洗衣服，则大可不必费力气舀取井水，出得家门，下了石阶，随处可见清泉从石板缝中汩汩而出，寻一个低洼处便可轻松漂洗起来。至今依稀记得，沿小巷走向南端的繁华街区，若在夏秋，多半是要脱掉鞋袜，卷起裤脚，趟行在泉水断断续续的石板路上，脚下十分光滑，清凉的泉水流过脚背，心里有麻酥酥的感觉。整个一条小巷都是清水石上流，一点都不夸张。及至冬春，路面干燥而绝不见冰碴儿，泉归何处就不得而知了。出小巷北口，横隔一条路，便是闻名遐迩的一片湖水。在我儿时，偌大的一片湖水尚处于野趣横生的原生状态，夏季是一望无际的红莲绿荷，朝光澄鲜，淡香袭人，常见有女子划着只容一人的椭圆形木盆飘荡穿插于绿翠红娇之间，时隐时现，在碧波中采集莲蓬。湖滨的浅水处蒲苇丛生，显几分幽深，藏几分神秘，时而有水鸟扑扑愣愣地飞落。最浅处阡陌纵横，被分割成一片片水田。有一些比我大的孩子光着膀子，头上扣一片硕大的荷叶，手握尺余长的木棍儿上用线拴一只蜻蜓，边摇边唱着自编的儿歌，在金灿灿的阳光下奔跑于阡陌上诱捕其它蜻蜓……我羡慕他们的自由奔放，直到现在！

这便是我生命的摇篮，是在我心灵中铺展开的第一幅美丽画卷，是我的智力启蒙。若干年后，朦胧中我发现，似乎就是在这里，我开始认识生活，开始感悟人生，开始发现了美。那淙淙流淌的泉水，那微澜泛起的湖面，让我获取了深沉的静照是飞动活力的灵感，甚至激发了我少年心中会当水击三千里的豪情，编织了直挂云帆济沧海的梦想！我的生命得益于家乡水的哺育，我的灵魂得益于家乡水的滋养，我由衷感谢家乡的水，我终生思念家乡的水！

大江东注，天河西倾，少小离家，逝者如斯。然而家乡的水犹如我体内的血，一直在我生命中流动着。白露收残暑，清风衬晚霞。我虽然想象不出家乡的秋水是不是如美人儿的眼光眼神那般的盈盈清澈委婉多情，但我相信，秋色有了秋水的映衬便有了灵动，有了韵致，便不再萧瑟，不再悲凉。君不见艳阳高照与秋水潋滟是多么的相得益彰么？山光的苍茫与秋水的明澈是多么的和谐么？那雨打芭蕉风拂梧桐与泉水叮咚瀑布飞鸣的韵律是多么协调么？那皓月千里与一碧万顷的拥抱是多么浪漫么？那浮光耀金、静影沉璧的美景是多么富有诗意么？秋色中因有了秋水而生动而多情！

哦，我心中的秋水，我流动的情感！

这个冬天来得也温柔

久居京城，对于冬季割肉刺骨的小刀子风、阴霾昏暗令人窒息的天空、像皮鞭抽向人间的清冷雪粒，既深恶痛绝，又习以为常。所以，每年的这个季节，大多时间“猫”在屋里，不到万不得已，绝不在户外活动，对于老天爷的这副德性，咱惹不起躲得起。当然，按照弗洛伊德的理论，心情与环境是有直接关系的，这个季节的心情大多很压抑，情绪低落，心头不时被无可名状的伤感所袭扰。此时的生命质量就像中国当前的股市，直线下跌，指数几乎为零！

今年，北京的冬天却一反常态，在人们不经意间，她已如淑女般款款而至，来得客客气气，彬彬有礼，没有对自然界的任何事物进行暴力摧残，花照样开，树照样绿，水照样清，秋的体肤似乎是完好无损。入冬以来，几乎每一天都是清空明澈如镜，苍穹无限高远，阳光慷慨大方地挥洒自己的温热，呈献自己的明媚。微风和熏，暖意融融，人们轻装薄履，扶老携幼，走出家门，与“水泥森林”中有限的绿地亲热和谐，享受这难能可贵的冬天的温柔。看上去人们的精神非常舒展，生命状态如春天万物生灵般萌动勃发。这可能是由于冬天的温柔造就了人们一个好心境。据说，心境是能够影响人们行为方式的一种情绪状态，一个人心境的好坏，能强化或钝化他的五官感受能力，心境开朗欢愉，感觉就更加敏锐，就有盎然的生活情趣；心境抑郁愁闷，感受就会迟钝，就可能对一切事物、包括美好的事物失去兴趣。马克思说过：“忧心忡忡的穷人甚至对最美丽的景色都无动于衷”。其实，我国古代伟大的思想家荀况老先生早于马克思两千二百多年就知道这个理儿，他说：“心忧恐，则口含刍豢而不知其味，耳听钟鼓而不知其声，目视黼黻而不知其状，轻暖平簟而不知其安……”总之，如果没有一个好心境，就吃嘛嘛不香，看啥都不顺眼，听什么动静都是噪音，坐着躺着都不舒服。瞧，这不仅说明人的心境与生活质量和生命质量关系之密切，同时也证明人的心境与自然环境有不可分割的关联。我国古代哲学思想就把人、天、地结合为一体，犹如“八卦”中的符号，既是有序无序的结合，又是必然与偶然的合一，天下事物即以如此结构而存在。所以，自然环境与人的心境，是有些感应联动关系的。这并无悖于“境由心造”的哲理。

《内经》载：“上古之人，春秋皆度百岁，而动作不衰”，关键在于“法于阴阳，和于术数”，“人以天地之气生，四时之法成”，说明了生命本质与自然界的其他事物，有同声相应，同气相求的感应之理，生命的真谛在于顺应自然。但是很遗憾，现代社会中，由于和人类息息相关的自然环境受到了越来越严重的人为因素的破坏，当前人类便面临着双重危机，即人类生存的外部环境的恶化，以及由此而造成的人体内环境的污染，已经严重威胁着人的健康与生命。这无异于人类自己对自己的残害。“人本于天，天本于道，道本自然，”我们不应该忘记老祖宗的教诲，再让自己的愚蠢行为继续下去了！

今冬北京的天气晴暖，固然与整个大气候有关，但明净清新的空气却与人们环保意识的提高和政府对环境的治理有关。这又告诉了我们一个浅显的道理：大自然是有灵性的，你对她好，她就善待你；你伤害她，她就会给你点颜色看看！只要人人都能热爱自然，尊重自然；只要政府能真正具备“科学发展观”，不急功近利，不搞竭泽而渔、杀鸡取卵式的所谓“发展”，人与自然的和谐就不应该成为难题。用不着像某位院士那样呲牙咧嘴丑态百出地大叫：政府要收“呼吸税”，每人二十元！没主意就别乱出馊主意，真不知这位院士是有先天性神经病，还是当了院士后患上了神经病！赶紧将他从科学院转移到精神病院，别再放他出来祸害人！

“夫大人者与天地合其德，与日月合其明，与四时合其顺”，《易经》提出了“四时”的概念，指出大自然有它自己的运行规律，这个规律是不可违背的。北京的整个冬季也不可能都阳光明媚，温暖如春。我期盼着京城第一场雪的到来，但愿她飘飘洒洒，纷纷扬扬，来得也温柔！

冬天无雪

京城今冬无雪。无雪的冬天不是名副其实的冬天，如同春天无风、夏天无雨、秋天无霜，是季节的残缺，自然的病态。相传天上有三位神仙，掌管人间下雪事宜，周琼姬掌管芙蓉城，董双成掌管贮雪瓶，内装无数雪花儿，每当人间需要下雪的时候，姑射真人就用金筯取出一片雪花儿挥洒出去，人间便纷纷扬扬地飘起漫天大雪……造物主把雪花儿赐予冬天，使之于苍凉之中凭舔了些生机，于沉寂之中增加了些情趣。这颇具浪漫色彩的传说，寄托着人们对冬雪的无限情意和美好愿望。

人与自然是灵性相通、情感互动的。外物刺激人的感觉、诱发人的情感，而人的感觉和情感则又把外物加以融会，达到心物相契，这也许就是天人合一的原始表现吧？自然肌体的残缺和病态，给人的感觉也很不舒服，这是因为生命与生态失去了动态的协调与平衡。雪是冬天的产儿，当洁白的绒花儿纷纷扬扬地降落人间，冬天才像初产的母亲，把在胸中蠕动的喜悦和冉冉而升的爱意向大千世界播撒，与世间万生万物共分享！即使是云暮天寒，冰星冷月，也是深含着母性的喜悦和爱意，来的那么义不容辞，那么融通默契，那么合情合理，那么自然顺畅，这便是生态对生命的呵护与规范。当峰峦银装素裹，原野曲线飘逸，江河银袖长舞，冬天才有了丰庾的肌体和成熟的风韵，营造出天寒闲逸的氛围，人类方可与其产生精神层面的交流和气化运动，这是亘古不变的自然法则。无雪的冬天是枯燥的，干瘪的，死气沉沉缺乏灵动的；无雪的冬天，腊梅因失去伴侣而黯然失色，翠竹因缺少装扮而消弭生动，松柏因没有衬托而失显傲然，文人因灵感受挫而文思枯竭……真不敢想象，无雪的冬天过后，春天将会是什么样子？

倘若无雪的冬天仅仅是造成了人的精神压抑与感觉的不畅那也罢了，可是，“瑞雪兆丰年”啊，这句流传久远的农谚不仅是实践经验的总结，而且是有充分科学依据的。在我国北方地区，冬天的雪，尤其是来一场铺天盖地的大雪，对越冬农作物大有裨益，它具有防冻保暖，增墒肥田，杀死病虫害等作用。《本草纲目》载：“腊前三雪，大宜菜麦，又杀虫蝗”“用雪浸五谷，则耐寒而不生虫”。现代科学研究表明，雪水的生物性质与生物细胞内的水的性质非常接近，能表现出强大的生物活性，植物吸收雪水的能力比吸收地下水的能力大2—6倍，雪水中的氮化物比雨水多5倍。入冬以后，一旦大雪纷飞，厚厚绒绒的积雪覆盖大地，就预示着来年夏秋的丰收。农民对冬雪的期盼与喜悦就不言而喻了。

唐代李隆基曾赋《野次喜雪》：“拂曙辟行宫，寒皋野望通。繁云低远岫，飞雪舞长空。赋象恒依物，萦回屡逐风。为知勤恤意，先此示年丰。”可见，饱食终日的封建帝王在欣赏玩味“飞雪带春风，徘徊乱绕空”美景的同时，也不忘关注和祈求瑞雪兆丰年！他大概是知道“民以食为天”的道理的。

冬天无雪，是不是大自然对人类的残酷呢？这能独怪老天么？天之过？人之祸？

今日立春，谨以小文记之。

雪的灵性

自然造化万物，唯雪独领风骚，她以绒花素雅、轻盈飘柔的天赋丽质，以高洁清丽、凡而不俗的品格，赢得了古往今来帝王将相的追捧，名人雅士的赞咏，芸芸众生的喜爱。雪，不像雨那样狂躁，不像风那样张扬，不像雾那样暧昧，更不像雷电冰雹那样暴戾。我喜欢雪，因为雪有让人感动的灵性。

雪是关爱大地的女神。雪，总是来得悄无声息，轻轻地飘，柔柔地撒，抚摸着山川，亲吻着大地，哪怕狂风肆虐，吹得它身不由己，它仍然在空中飞旋，拼命挣扎，以轻柔的脚步降落，不忍心伤害一砖一瓦，一草一木。它唯恐打扰了沉睡的田野，划破时空的静谧，惊醒世间万物的甜梦。“已讶衾枕冷，复见窗外明。夜深知雪重，时闻折竹声。”即使对风花雪月予以特别关注的诗人，也只是在夜空复明、闻竹折枝的时候，方知雪已经下的很大了。当雪精疲力尽，难以飞舞，她又匍匐于山川原野，敞开自己软绵绵的胸怀，呵护着体下脆弱的生命。尽管有风暴骤起，她也恪守本份，安详如初，紧紧覆盖盖着大地，绝不趋炎附势、助纣为虐，参与对异己的摧残。

雪是秋天丰收的希望。“瑞雪兆丰年”是天下百姓对她的最高加冕。因为她给人们带来吉祥和福音。“飘飘满天地，聊将贺岁丰”，飞雪在完成空中生命历程之后，最终便心甘情愿地牺牲自己，将身体化作母乳，化作甘露，滋润万物，哺育田野，为它们注入勃发成长的新鲜血液和力量。当田野泛绿、万物复苏，雪已完成它一个轮回的使命，于是，便将自己滋养的丰腴的大地，无偿赠予人们，并呼唤人们开始新的劳作，秋天的丰收便有了希望。

雪是善解人意的天使。没有雪的冬天是单调清厉的，倘若有一场纷纷扬扬的暖雪降临，大地便平添生机，人间便充满欢愉。所以，在隆冬，在初春，她大都是如期而至，用她的巧手装点关山，银装素裹，分外妖娆，原驰蜡象，气象万千；用她的温柔陪伴人们“堆雪人”、“打雪仗”，在银花飞舞中欢快嬉戏，尽享天伦；用她的品格诱发文人的灵感，争相描摹、赞咏，铭其心志，抒发激情。雪，理解人们急于逢春的心情，所以从不与春争宠，而是作为使者，最早向人们传递春的信息。“新年都未有芳华，二月初惊见草芽。白雪却嫌春色晚，故穿庭树作飞花。”人们尚在等待迟来的春色，雪却耐不住了，竟然纷纷扬扬，穿树飞花，自己装点出一派春色，以满足人们期盼春天的欲望。这是何等可贵的精神！

雪是高洁品格的象征。古往今来，人们赞咏的多是雪的品格，它在寒冷中诞生，从苍穹中走来，驰骋于乾坤，泽彼于天地，不择贵贱，不选高低，一视同仁，博爱无垠，奉献己身，无怨无悔。雪，纤纤柔弱而不失尊严，天生丽质而不显轻浮，不管它飘落何处，均位踞其上，但她从不自恃高贵，从不傲物索群，君子之风，与日月同存。雪，洁白无瑕，明快真实，自身纯净，更容不得玷污，倘若杂染其身，宁可化解自己，也将染指暴于光天化日之下，独善其身！文人墨客，往往赞雪与赞梅同笔，“春近寒虽转，梅舒雪尚飘”，“庭前一树梅，寒多未觉开。只言花似雪，不悟暗香来。”“衔霜当路发，映雪拟寒开。”大概就缘于梅、雪品格的共性吧。

雪是温柔梦境的故乡。春夏秋冬，四时即景，盎然，当属春风；勃发，当属夏雨；高远，当属秋云；空灵，当属冬雪。她最易煽动人的思绪，点燃人的情愫，激发人的灵感，是人们幽发思亲、思乡、思情、思故情怀的催化剂，是营造温柔之梦的高手。当我凝神于空蒙的漫天皆白，眼前便幻化出老母亲的满头银发；当我迷醉于大地的银装素裹，耳畔便缭绕故乡的呼唤；当我置身于洁白的缤纷落英，脑海中便浮现飞天散花的身影；当我展开双臂迎接不期而至的第一片雪花，悠悠往事便牵出无限缠绵；当我随她轻盈的脚步去追寻春的气息，心头便涌起无限憧憬！飞雪来了，我的梦便开始！

我盼望着一场飞雪的到来，愿将灵魂投入她一尘不染的世界，与雪共舞！

温柔中的恐惧

驾车外出曾两次遇大雾。一次是在白天，上高速公路时天气尚好，行约三四十公里，便有如烟似絮的雾气，不知起于何处，好像注入了发泡剂迅速膨起，在天地间弥漫开来，霎时间四周的景物消失殆尽。一切交通标示和车辆的大灯、雾灯、尾灯、刹车灯，似乎都溶化在它那轻飘飘软绵绵的温情里，即使眼珠儿瞪得要蹦将出来，也难寻那些行车安全要素的踪影。乳白色的雾涛，从四面八方翻卷滚腾而来，全方位将我们包围着，涌动着……人说雾是地面的云，我们的车子完全飘忽在了云海里，车内暗淡无光，车外雾海茫茫，完全没有了方向感和方位感，无异于闭着眼睛开车。此时此刻若踩一脚刹车那是相当危险的，因为后面车上的司机在一两米之外，根本看不见前车的刹车灯光！无奈之际，驾驶员只好盲人骑瞎马，摇下车窗玻璃，探出脑袋，死盯着车轮下勉强能见的道路白线，蜗牛似的缓缓爬行，车上的每个人都紧张得大气不敢出一口，瞪大眼睛死盯着车窗外，作着什么也看不见的无效观察。这个时候，我们真正体会到什么是“专心致志”什么是“精力高度集中”什么是“紧张”，什么是“恐惧”，体会到“心都提到嗓子眼儿”的感觉……在不到二十公里的路段上，我们看到了两起惨不忍睹的车祸，几辆、十几辆大小汽车追撞在了一起！真是温柔的雾中充满着恐惧！好在前行不远，便摸索着进了服务区，停下来等了两个多小时，浓雾渐渐散去，虽然眼睛还在发胀，浑身的筋骨仍在酸痛，但心头轻松了许多，敞亮了许多……

另一次是在夜间行车遇大雾，能见度比白天那次更糟糕，好在高速公路上已经没有其它车辆行驶，我们便有一人下车在前引导，缓缓前进，进了服务区，浓雾遮住了一切景物和灯光，尽管有人在车前引导，车子还是差一点开上餐厅的台阶……更让我们狼狈的是想在服务区的宾馆住下，却已人满为患。选择只有两个：要么在车上“蜗居”（能不能冻坏另当别论，在车上等到什么时候，那就更难预知了）；要么继续前行四公里在出口下高速，进入一个中等城市去找宾馆。我们选择了后者，下了高速公路，距市区还有十多公里，在一辆出租车的引导下，用了三个多小时，进了市区，找了大小十几家宾馆，甚至连洗浴中心都问了，却一个空床位也没有找到。在极度身心疲惫和失望的状态下，我们几乎乱了方寸，不知我们几人之中哪位是幸运之星，最终还是在一家宾馆找到一间别人预定而没去住的套房（当然价格不菲），此时已是凌晨一点……

两次雾海历险，驾车的是一位技艺高超、胆大心细的车手！在惊心动魄的行车过程中，这位驾驶员始终是临危不惧，镇定自若，从容不迫，毫无紧张表现和急躁情绪，这种冷静和自信，在很大程度上缓解了我们的恐惧心情，使我们稳住了神儿，心底产生了些安全感。可见在关键时刻关键人物的表现，对一个团队的精神状态会产生重大影响。为此，我们认定此人就是我们的主心骨，是我们的幸运之星！

雾，生于阴阳磋和，起于天地之间，其态似水，但不愿融入江河而随波逐流，失去自我；其形如云，却不愿随风飞升而飘飘然，改变本色。她神秘地来，如庄子之梦，哲学之羽；她悄然地去，似筝之轻颤，琴之余韵。在自然现象中，雾是温柔的，是营造梦幻和朦胧美的高手。我曾沐浴在庐山的云雾中，感受她的奔放飘忽，变幻莫测，渺渺苍茫，浩浩无际，气势恢弘的雾海奇观。她既吞山隐峰，冥合万壑，又轻撩你的衣袂，微抚你的面颊，大气磅礴中释放着融融爱意，像一位伟大的母亲！我曾荡舟于西湖的薄雾里，她从耳际飘过，她在指间流淌，将温润甜腻的抚慰，渗入你的心脏，融进你的血液，传遍你的全身……她轻俏娇柔，文静细腻，委婉含蓄，飘渺得盈盈若舞，如梦似幻。就像含情脉脉少女，妙拟冥造着湖光山色，描摹着一幅幅水墨丹青，起从水面萦层嶂，犹似帘中看画屏。使青山佳色更加隐然可爱，湖光波影的变幻更加神秘莫测、难于名状！我曾领略过伦敦那灰濛凄迷的浓雾，吞噬教堂尖顶的残缺美；也曾观赏过重庆那轻纱烟岚缭绕变换营造的"海市蜃楼"。如今却又经历了雾中行车的恐惧，体验了它给人们生活造成的灾害性影响。对于雾的功过应做怎样的评说呢？

雾，润泽红尘，朦胧山水，既是装点大自然的霓裳羽衣，也是掩盖贫穷丑陋的遮羞布。农民喜欢雾，是因为它是雨雪的兆示；游人喜欢雾，是因为它将风光点染得更奇美；艺术家喜欢雾，是因为它营造了朦胧；情人们喜欢雾，是因为它提供了神秘；盗贼和阴谋家喜欢雾，是因为它能掩盖他们的丑行！而我喜欢雾，则是因为我们的一个小团队共同经历了一次温柔中的恐惧！虽谈不上患难与共，却因此而看到了彼此的心灵，从而成为至亲至爱！无论你对它作怎样的评说，雾，就是雾，谁也改变不了它！

绽放在蓝天便是花朵

天空中的自然物，除了日月星辰，还有变化莫测的云。它像一位魔幻大师，以高超的表演技艺，在蓝天大舞台上塑造着千姿百态的生动形象，演绎着难以诉说的大自然奥秘。它静则如娉婷淑女，点破青光万里款款而至，淡若素缟白绢，妍似锦帛绣缎，轻盈飘逸，柔美秀婉，牵动着人的思绪飞扬，浮想联翩！它动则如威武勇士，跃马挥戈从苍穹一路杀来，粗狂勇猛，挟电带风，如瀑布飞泻雷鸣空谷，似沙场点兵惊心动魄，龙阳涌动，刚健闪烁！也许正是由于它形态和气质的无穷变幻，也就激发了人们对它多角度的审视和多维性的思考。

当天幕澄澈高远，祥云轻拢漫涌，游弋在日月星光明暗闪烁的节奏中，便平添了些厚重深邃，流衍出几分宗教意味和神秘感，营造出一派仙气飘渺，神妙玄澹的天界意境，如临海上三山，打坐菩提树下，引人入虚探玄，追逐空灵，本性化育在檀香袅袅、梵音缭绕之中。“姑射之山，有神人居焉”，十足地应和了古人那高天望素云的神思遐想：彩光浮玉辇，紫气隐元君。飘渺中天去，逍遥上界分。

当阳气升腾浩荡，乱云飞渡，来不可止，去不可遏，它更以磅礴之势来张显抗鼎之力，瞬间便积成千山万峰，重重叠叠，气势汹涌，吐纳日光，含霞饮景，欲结暑霄之雨，先闻万钧雷霆！力动雄健，震撼乾坤！

倘有多愁善感飘逸散淡的性情中人，往往会把自己潜在的心理因素反映到事物的个别特性上，作为人的精神品格的外在映照并从中获得心灵的启迪。于是便用诗性智慧欣赏和探索它那自然形态的变幻，体悟它与人生的关系，产生各种情感反应。有人睥睨“闲云生叶不生根”的轻浮庸散和“清风相引去更远”的皎洁孤高；有人将“闲云”与“野鹤”联姻，构想出逍遥至美的生命境界，并以此模式来营造自己的精神家园。元稹那脍炙人口的千古名句“曾经沧海难为水，除却巫山不是云”，将“巫山云”与“沧海水”相提并论，称其为绝，并不为过；宋玉在《高唐赋》中喻男女情爱为沧海之水、巫山之云，深沉绵邈，幻化多姿，为人世间无与伦比。如此种种，都把云的唯美推向了极致。唐代诗人李邕，文高气盛，狂傲不拘，终为官场所不容，他把自己比喻为晚霞映照缭绕孤山之巅的彩云，色彩斑斓中凝结着藐视世俗的情绪，“影虽沉涧底，形在天际游。风动必飞去，不应长此留。”托情寓物，表现了他坚毅深沉，超然洒脱，心如惊鸿，随风而去的人格。唐代诗人来鹄却又借夏云变幻无常的特性，抒发了另一种别样的情感：“千形万象竟还空，映水藏山片复重。无限旱苗枯欲尽，悠悠闲处作奇峰。”面对大片农田干旱欲死的禾苗，人们满以为漫天飘忽的云能化作甘霖解救它们的生命，然而，它却是高高在上，怡然自得，千变万化，弄姿自媚，最后随风飘散，化为乌有，人们也由盼望到失望，从而产生了被作弄后的一腔愤懑！咏物诗不能没有物，但纯粹写物，即使逼真，也不过是

"袭貌遗神"，毫无生气。诗中"云"的形象，既有自然界中云的特点，又概括了社会生活中某一类人的特征。那让人们充满希望的云，其实只不过是故作姿态，戏弄民心，根本就无意化甘霖降大地以解救干旱欲死的禾苗。不言而喻，这正是旧时代那些看来可以"解民倒悬"，实际上"不问苍生"的权势者的尊容。这人格化了的"云"难道我们不曾相识么？

对云的赞美羡慕也罢，褒贬憎恶也罢，只不过是人们寄情于物、抒发感怀的一种思维方式，就云本身而言，它与自然界的其他美好事物别无二致。"蓝蓝的天上白云飘，白云下面马儿跑……"这意境高远的美丽画面是没有任何力量可以颠覆、可以否定的。不过，洁白的云团要在蓝天的衬托下方能唤起人们的审美想象力，产生空间美的感知。正如红梅傲雪更显风骨，芙蓉出水倍加清丽，春意盎然烘托了牡丹的高贵，秋高气爽透析出菊花的雅韵。白云只有绽放在蓝天，它才是花朵！倘若乌云密布，天幕低垂，不见一丝蓝天，那就无异于黑格隆洞的舞台上没有背景，没有灯光，云，还能在这个舞台上展示它的美么？看来，任何美都不可能是孤立的。

柳梢上的梦

我的梦飞上了柳梢。柳枝无极软，春风随意来。春风的爱抚使得柳丝儿有些飘飘然，梦，也跟着春风得意，就像打秋千一般，荡来荡去，荡来荡去……有些迷醉，有些晕眩。

梦，孕育在柳枝上的颗颗金粟之中，它紧缩着身躯将梦包裹在自己的怀里，生怕在春寒料峭的时候把梦冻醒。它给了梦一个暖融融金灿灿的三维空间，任梦恣意飞旋，飞旋出太阳的金丝；飞旋出月亮的银缕；飞旋出季节的旋律；飞旋出春潮乍起；飞旋出我灵魂的逍遥生命的太极！梦，缠绵于鹅黄的柳芽儿之上，它给了梦一片辉煌的天地，让梦任意徜徉，徜徉在梅花细雨的关山小路上；徜徉在艳杏烧林、缃桃绣野的芳景中；徜徉在山鸟惊飞、蜂蝶嬉戏的绝尘里，听啁啾起落、婉转唱和；徜徉在奇思妙想点缀天然，心骨皆清性情飞扬的流转间，毫无理性束缚，我之非我！梦，萦绕在飘逸的柳叶儿上，它给梦营造了自由无忌的苍穹，让梦尽情翱翔，翱翔在蓝天追日逐月；翱翔在云端呼风唤雨；翱翔在随缘自适超逸悠游的精神王国里；翱翔在俗虑怀尘爽然顿失的玄妙意境中；翱翔在银河系里观古今于须臾；翱翔在时空深处抚四海于瞬间，器量弘旷，神姿高扬！

多情柳枝惹春梦，惜枝恋叶意浓浓。在这个多梦的季节，婆娑轻扬弱不胜莺的杨柳，鹅黄著枝，轻罗笼烟，以其独具的灵性与才情，逗引春意盎然，风光无限，撩拨人心荡漾，精神畅展。梦，就像展开翅膀的天使，在离愁别恨、爱海情天里飞翔，飞翔……牵引着勃发的情感仰观宇宙，俯察大地，从现实境界进入心灵境界，盘旋着做一个身心一元空灵无比的季节神游。正如古罗马修辞学家、美学家朗吉弩斯所言：大自然把人投放到宇宙这个生命的大会场里，让他不仅来观赏这全宇宙的壮观，而且还热烈地参加其中的竞赛，宇宙便不再把人当作一种卑微的动物，从生命一开始，大自然就向我们人类心灵里灌注进去一种不可克服的永恒的爱。因此，这整个宇宙还不能满足人的观赏和思考的要求，人往往还要游心驰骋于八极之外。这八极之外是否还存在着一个更加丰富的情感世界呢？人们以柳寄情的传统，或许能从一个侧面给出我们一个比较明了的答案。

中国古代有折柳赠别的习俗，因此，春柳便成为抒写离愁别怨不露筋骨的高手。“几处伤心怀远路，一枝和雨送行尘。东门门外多离别，愁煞朝朝暮暮人”。这人人心中所有而笔下所无的触物悲情缠绵纠结，当来自于杨柳初发、依风迷春的情态启迪，以及她那丝丝愁绪随风乱的情绪感染，以至使人的想象力产生暴发性升华，将极其优美的灵性赋予依依袅袅的柳丝，使她不止于有限的自然境域，而是焕然出不可目观、只能心会的人格美。“古渡欲牵游子棹，离亭柳赠旅人鞭。一声长笛河槁晚，回首苍茫几树烟”。在古老的渡口岸边，那柔软摇曳的长长柳枝，像一位羞涩的少女，舍不得情人远行，似乎要牵住即将起航的小船；暮色苍茫中船上的情人，也频频回首，恋恋不舍地望着如烟的杨柳，好像在向情人作无可奈何的离别。她的阴柔，她的清丽，演绎了一场“触我春愁偏婉转，撩他离绪更缠绵”的人间情景剧！

世上千草百卉，万木敷荣，艳姿馥郁，数不胜数。然而，人们却对山坡水滨无根可活的杨柳情有独钟，无论是撕扯不断的离愁别怨，还是“月上柳梢头，人约黄昏后”的风流浪漫，都将深沉细腻的情感寄托于司空见惯的杨柳，这似乎不在于她外在的形态美，美而无韵便成呆，无情便成僵，而在于她那大众化的情致和韵味儿。个体的情韵只具有个别的意义，即使是极真极纯，亦是情韵之末流。大众化的群体情韵，其内涵是个别性和普遍性的统一，个别中体现着一般，是一种高尚的情韵，具有很强的亲和力，很容易被广泛接受和推崇，而且不仅仅局限在情感审美领域，往往会推进到社会审美层面。清同治五年（公元1866年），左宗棠奉命西进抗击侵疆俄军，见沿途赤地如剥，黄沙飞扬。左将军传令，凡大军经过之处，必植树相迎，否则，无论巡抚县令，提头来见！此后，军至何处，树即栽到何处。左军一路厮杀到北疆，凯旋而归时，沿途已是“千里陇原，柳絮阿娜”。但他也看到一株柳树被驴啃吃而死，于是下令将啃树之驴牵到酒泉鼓楼下当众处死，并宣布：若有人将柳树致死，与此驴同罪！震慑威力无穷。当地群众将左宗棠所栽之柳命名为“左公柳”。甘肃巡抚杨昌浚赋诗赞其功德：“大将西征人未还，湘湖子弟满天山。新栽杨柳三千里，引得春风度玉关。”这种对爱柳人和柳树的赞扬，大大超越了卿卿我我缠缠绵绵的情感审美范畴，杨柳的人格化和内在气质也得以无限放大，百姓对杨柳的热爱可见一斑。

杨柳，并不珍奇名贵，她的美誉却不胫而走进入寻常百姓的心扉并备受推崇，这完全缘于她那大众化的情韵朴实的美！我赞美她，所以，梦也情不自禁地飞上了柳梢！

月亮的眼神

己丑岁末，瑞雪初晴，夜空清澈，天幕深邃。弯弯的月牙儿，终于在万籁俱静之后，缓步轻移，迟迟而上，恰似那清纯少女微微恬笑，又像那月宫婵娟淡扫蛾眉。遥望她款款游弋在向她闪烁致意的群星中间，方悟到“众星拱月”原来“拱”的是一弯新月而非一轮明月！因为月光朗朗之夜是看不到几颗星星的。新月被“拱”是由于她虽然在夜空中拥有绝对优势，却又适时地悄悄收敛，含而不露，不以自己的光芒去淹没星星的闪亮！世人对月亮的钟爱和吟咏，大都以晴空的满月为主角，尤其是中秋之月更是备受青睐，即使是诗圣李白也“小时不识月，呼作白玉盘”，而温良妩媚的新月却往往被忽视和冷落了，这真是一个不大不小的审美误区。因为满月、半月、新月都有她独特的个性美。

月亮美，美在她的眼神。天宇澄澈，皓月有情，那冰轮玉镜，光华荡漾，清辉流泻，她的眼神是那样大气开朗，慷慨无私，亲和灵动，情浓意深。春风春鸟，夏云暑雨，秋月秋蝉，冬月凄寒，自然物感，摇动性情。那来自苍穹的溶溶月光本来就聚集了人类许多漫无边际的幻想，为芸芸众生营造了情感爆发胸臆宣泄的氛围，更何况静谧良宵，水光悬荡，必然是以情驱物，以物引情，诱发人们的情感自由奔放，纵横无碍地恣意泛滥。于是便有了“床前明月光”的千古绝唱；有了“举杯邀明月”的孤独彷徨和放浪形骸；有了“海上生明月，天涯共此时”情感渴念；有了“人有悲欢离合，月有阴晴圆缺，此事古难全”的宿命哀叹和灵魂呐喊；有了“月上柳梢头，人约黄昏后”的含蓄和浪漫；有了朱自清先生笔下的荷塘月色；有了孤高桀骜的精魂，有了对人生和苍天的诘问……

半璧悬空吐冷艳，怎奈乍圆还缺，恰如少年洞房人，暂欢全，依前离别。虽然半月只是暂时的缺憾，却是不能承受的生命之重，月娥似有相思泪，只待莹莹向人间。她的眼神是那样的幽怨凄美，空灵飘逸，嫣然深藏相思，情怀欲涨。她似乎压抑了太多的惆怅与伤感，隐忍着太多的苦和情，欲罢不休，欲发不能，惘然若失，寂寞难排。她因此而依恋长夜，相伴黎明不知眠，欲将那浓浓的心事向着山山水水诉说……素波撩心，托物寄意，情之苦者应为缺月，情之深者应为世人。月的圆缺为事物之常，有其规律，也说得清楚，道得明白，总有十五圆月夜，破霾八荒时。悲欢离合、凄清怀人的心间的隐秘可就难以名状了。于是离人便有了期待和希望，不管它有多么渺茫，总是一种可贵的精神，一种蓬勃的力量！

新月如佳人，出海初弄色。女子之美莫若水盼兰情的媚眼儿，那一弯新月恰似媚眼儿半带羞情，迷离朦胧，犹如嫦娥巧笑倩兮，柔情似水，长波妒盼，遥山羞黛。然而她的风情万种给予人们的心灵震撼远不如她对人生玄机的揭示。君不见云际婵娟出又藏，她来也悄悄，去也悄悄，从不扰夜空宁静，从不与群星争辉，即使阴影儿将自己遮去大半，仍经天行地，不为所屈，用那明媚的眸子，讲述天上美丽的神话，注视人间悲欢离合！一勾弯月带三星，这其中隐含的那个“心”字，不正是说弯弯新月最富有人的灵性，人的品格么？玄妙之意，出于物类之表；幽深之理，伏于杳冥之间。故常情难以所言，世智难以能测。那冰雕玉琢的新月，给了我太多的启迪，太多的思考！

月之美，美在她的眼神，她摄魂动魄，激荡性情。月下听禅，旨趣益远；月下说剑，肝胆益真；月下论诗，风致益幽。贵妃醉酒未必是被酒醉,也许是醉于那东升的玉兔,转縢的冰轮。

己丑除夕，爆竹声声，普天同庆。我期待天际那安详恬静的一弯新月冉冉而起，独不忍舍！

天际那颗星

遥远的天际有颗星星，我不知道它属于那个星座，也不知道它的名字。它像一颗晶莹的宝石，镶嵌在深邃的夜空，无论我在何时何地，都能毫不费力的找到它，找到它那永远向我闪烁的明亮眼睛，那是它会说话的眼睛。于是，我与它之间，就有了跨越时空的交流，有了直达心灵的沟通。

嗨，今儿是冬至，咱们吃饺子吧。

好，我最爱吃饺子了。

你喜欢吃什么馅儿的?

大白菜的。

我也喜欢，再放些鲜肉虾仁儿，加点儿香菜末儿。

馋死我了……

我们用心儿牵着手，欢快在纷纷扬扬的雪花儿中。雪，是上苍的圣洁使者，是丰年的吉兆，是洒向人间的祝福。它隐去了日月星辰的身影，摆脱了风霜雷电的跟踪，空蒙苍穹，万籁俱寂，惟有亿万精灵轻歌，亿万绒花曼舞，那温情的韵律与诗意的浪漫和弦；那飘落的轻柔与美妙的温馨共鸣。它用细腻的洁白和敦厚柔软，覆盖着远山近岭，赋予大地幽美的曲线和婀娜的体形，纯洁的灵魂在其中跃动。它把我那静谧的精神家园拥入怀抱，呵护着装满缠绵的小屋，任炉火正红，任春意融融，香喷喷的饺子热气腾腾……

圣诞节，平安夜，星为我弹奏一支克莱德曼的钢琴曲，我为星朗诵一首裴多菲的抒情诗。造型别致的高脚杯，暗红浮动的葡萄酒，我们同时举起，在时空中碰杯，在生命里互敬。这是一个别开生面的Party，在星的家园，在飘渺的太空！我们陶醉在银装素裹的童话世界里，一起用普罗米修斯的火种，共同点亮圣诞树的彩灯，请所有的亲人以及认识和不认识的朋友，来摘取我们的礼物，我们的祝福，我们的真心真情！在这如梦如幻的意境里，我们向万能的上帝请求：收取潘多拉的魔匣，把从中逃出的所有邪恶、不幸和灾难统统装回去，让人间像这皑皑白雪般纯洁；把关在里面的希望放出来，让所有善良的人获得爱和幸福！漫天飞舞的雪花儿悄悄告诉我们：万能的上帝接受了我们的请求……

春天来了，星约我去看油菜花儿。啊！一望无际的金黄，这原本雍容华贵的帝王之色，铺陈在广袤的大地上竟然如此朴素和谐，没有丝毫的霸气与张扬，沉稳大气中隐约可见精巧的娇柔，朴实无华里竟暗藏着妩媚典雅。它那悠然自若的神态，就像极具修养的淑女，微风吹来，便很优雅地向人们鞠躬施礼。它的阴柔并不意味着无力，而是意味着无争。君不闻那飘逸在天地间的馨香，把整个春天都熏染了么？它以柔和的力量抓住了我们内心的一切，深深感动着我们的灵魂，它那本色之美的韵律在自然中发展流动，宣告着它存在的价值并不只是供人们欣赏赞美，而是将为人们做出丰厚的物质奉献而不求颂扬，这才是它生命的本质和内在的明了性。前提既定，力量现存，于是它永远顺乎自然，生生不息，连绵不断……让我们一起向它致敬！

遥远的天际有颗星星，我不知道它属于哪个星座，也不知道它的名字。它只告诉我：它是一颗吉祥之星，愿所有善良的人们都能看到它那闪亮的眼睛……

静心思悟

禅悟归心静

最近与一位学中文的外国朋友闲聊，他说很喜欢中国的佛教文化，尤其喜欢禅宗。理由是佛教诸宗皆有禅学，而禅学中的一悟可解千愁，能使凡心归于宁静，是一种比较便捷的修行方式。很显然他的理解过于肤浅，但听起来也不是全无道理。笔者不是佛教徒，对佛教文化也无专门研究。不过朋友的一番高谈阔论，倒激发了我探寻一些佛教文化知识的兴趣，便读了点书，有了点感想。

有学者研究，在佛教中，比起其它宗派来，禅宗兴起较晚，但思想渊源却由来已久。梁武帝时，菩提达摩从印度来到中国，是为中国禅宗初祖。禅宗重视“悟”的心灵体验，认为佛非心外，强调“道由心悟”。传至慧能六祖，与其同学神秀分为南北二宗。北宗主张“渐悟”，即经过一番修行之后而逐渐觉悟。以慧能为代表的南宗禅学主张“顿悟”，是一种偏重于非理性的思维，认为，求禅之道不需要奔逸山林、据理争辩、终日清谈，而只要相信“即心即佛”，于自心之上顿现真如佛性，即可作佛成圣。完全不需要在山水间求飘逸，于清谈中求出尘，只要一刹那间“妄念俱灭，若识自性，一悟即至佛地”。这对于一部分人来说，无疑是一条解脱身心疲惫的最佳途径。这也许就是那位外国朋友理解和认可的便捷修行方式。

现在人们似乎越来越热衷于谈论关于佛的话题，身边有些年轻朋友甚至皈依成为居士，我对他们的信仰并无异议，也不怀疑他们的虔诚。而有些朋友对“佛”的敬仰则怀有某些“功利”性目的，有的为祈升官发财，有的为保健康平安，有的为求消灾避祸，等等，等等。总之，他们对佛的感情投入是要回报的，这也不足为怪。因为现代人的物质欲望已经占据了生活理念的制高点，灵魂已被物欲挤压得相当干瘪，几乎成为可有可无的东西。社会潜在的弊端也一个又一个地暴露出来，点燃了人们压抑已久的欲望之火，引发了积郁心间无可名状的风暴，生成了一个近乎狂躁的精神层面。人们的精神需要安抚，心理需要平静，佛学的某些义理和倡导的理念恰好暗合了这种需求。在这种情况下，人们不必对深奥的教义、佛理和禅机做深入研究理解，便可拿来作为意念引导，成为一种下意识地心理调节机制，“禅悟”的精神功能就在于此。比如，别墅、高档公寓、一般民居，说到底它们都是房子，本质上没有区别，都是为人挡风遮雨的，然而却被面积的大小、装修的豪华程度掩盖了它的本质，从而成了富有、气派、身份、身价的区分符号。如果“悟”不出这个道理，就可能成为气喘吁吁一辈子的“房奴”，如果“悟”透看开了，便可能轻轻松松地生活一辈子。所谓“家有良田千顷，只睡五尺高床”也是这个道理。美国匹兹堡大学有位教授说：“人有理性、感性两部分，只有其一是不能存活的。科学是发现真理的方法，禅是安静心灵的方式……禅能补救西方感性的不足。西方人知道，他们的问题在心的不安，禅能告诉他们安下心来。所以这些年禅在西方大受推崇。”当代社会的中国人何尝不是如此呢？近读一篇文章中有如下意思：对于一个平常人来说，安慰世界也许只是附加值，真正的价值在于能够拯救自己，只有心地平稳安静，凡事能提得起放得下，才能处处青山绿水，天天好日子，夜夜是良宵。还能有人不向往这种生活、追求这种境界么？

曾读过李密庵的《半半歌》，现全录于下，与朋友们共赏，看其中是否有些“禅悟”的味道：看破浮生过半，半之受无用边。半中岁月尽幽闲；半里乾坤宽展。半郭半乡村舍，半山半水田园；半耕半读半经廛；半士半姻民眷；半粗半雅器具，半华半实庭轩；衾裳半素半轻鲜，肴馔半丰半俭；童仆半能半拙，妻儿半朴半贤，心情半佛半神仙，姓字半藏半显。一半还之天地，让将一半人间。半思后代与沧田，半想阎罗怎见。饮酒半酣正好，花开半时偏妍；半帆张扇免翻颠，马放半缰稳便。半少却饶滋味，半多反厌纠缠。百年苦乐半相参，半占便宜只半。若有此悟，还不心静么？

人生的诗意与禅意

读过丰子恺先生的几篇文章，记得有这样的情节：有一少年为先生整理房间，将其翻扣在桌上的怀表正放过来，将放在茶壶后面的茶杯移到了茶壶前面，把一顺一倒放着的两只鞋子调整过来，见墙上挂立幅的带子耷拉在立幅的前面，便把它藏在了立幅后面。先生夸少年勤谨，少年却说不是勤谨，是因为这样摆放让它们不舒服，自己看着心里也不舒服。怀表翻扣在桌子上，看它多气闷！茶杯躲在它母亲背后，教它怎样吃奶奶？鞋子一顺一倒，教它们怎样谈话？立幅的辫子耷拉在脸前面，像一个鸦片鬼！于是先生恍悟道：这就是美的心境，就是文学描写中常用的手法，就是绘画构图上所经营的问题，就是人生中的诗意。

抗战胜利后在重庆，丰先生有五个儿女，每每晚餐，先生喝着小酒，子女陪伴左右，或谈家事，或论学业，其情浓浓，其乐融融。他在文中写道："他们的身体在我的晚酌中渐渐高大起来。我在晚酌中看他们升级，看他们毕业，看他们任职，看着成群的儿女长大成人，照一般的人生观说来是'福气'，照我的人生观说来只是'兴味'。这好比饮酒赏春，眼看花草树木，欣欣向荣；自然的美，造物的用意，神的恩宠，我在晚酌中历历地感到了。陶渊明诗云：'试酌百情远，重觞勿忘天。'我在晚酌三杯以后，便能体会到这两句诗的真味。我曾改古人诗云：‘满眼儿孙身外事，闲将美酒对银灯’”。先生的晚酌，确实酌出了无尽的诗意！

由此可见，我们不能把人生的诗意简单的理解为生活中的风花雪月、浪漫情怀，它其实是人们的一种生命意识的审美活动，是从审美角度对现实生活的体验和感悟并从中提炼出的心得。它既是一种客观存在，又要依赖于人们的心智发掘；既是一种抽象的理念，又是一种具体的感觉，兼具形而下和形而上两种属性。我们的家庭生活和社会生活是一个多元化的物质世界和精神世界，从小处说，柴米油盐里掺杂着酸甜苦辣，人情世故中饱含了阴晴冷暖。从大处讲，人生之路上常有成败得失，大千世界里隐藏福祸善恶。只要我们的生命摆脱蒙昧自发的状态，以清醒自觉的意识进行甄别和选择，用美的心境去过滤原汁原味的生活，取其精华，去其糟粕，并将其输送到生命之中，让幸福愉悦的感觉在血脉中流淌，让灵魂的香味弥漫于生活空间，人生便有了诗意。诗意在平实的生活中，诗意在每个人心里，犹如朋友们常说的：要用心生活，过好每一天，生命也就成为一支歌、一首诗了！

“用心生活”是颇有些禅意味道的，因为它是一种心灵体验，是通过“悟”而达到的一种人生境界。心可以包罗万物，生化万境，百千法门，同归方寸，河沙妙德，总在心源。心量广大，能含日月星辰，山河大地。禅宗义理称：人人皆有佛性，只不过是像平静的水面上起了波纹，明亮的镜面上蒙了灰尘，自照不出了。这波纹和灰尘就是人们所眷恋的外境现象，即为所谓生存、名利、情爱、权力等等疲于奔命，从而埋没了本具有的佛性，不能从烦恼和痛苦中解放出来。所以禅宗讲究的就是一个“悟”字。在禅修中出现的体悟称为“心药”，一如身体生病需要用药物来治疗。当我们为烦恼业障所蔽，便应通过体悟——将心自然安住，清明而不散漫，心无所缘，不为升起的念头所牵引，尽可能随时把心保持在自然、简单、明晰的状态中，以恢复心理和精神的健康，达到对五欲八风，情无舍取，悭嫉贪爱，我所情尽，垢净俱亡，摆脱功利束缚的净心境界，实现轻装人生。“如果你嘴里含满了食物，你怎么能歌唱呢？如果你手里握满金钱，你怎能举起祝福之手呢？”（纪伯伦诗句)。如果我们在现实生活中能用心憬悟人生，舍弃一些刻意的追求，丢掉一些心灵包袱，目光穿透浮华烟云，不断修正人生目标和价值取向方面的某些偏差或谬误，便可规避许多痛苦和烦恼的袭扰，使平凡的生活如山泉溪水，自由无滞，变得轻松欢快起来，何乐而不为呢？

人生的诗意与禅意具有生命内在的逻辑关系，禅意是诗意存在的前提，从文化心理上看，禅意直接影响着人们的人生观和价值观。从文化结构上看，可以说是禅诗一味。“诗为禅客添花锦，禅是诗家切玉刀”。许多僧人以诗的形式或示法，或开悟，或于景物中隐喻禅机，或于事理情致中直道禅法。有许多诗人将禅理引入诗词，融禅趣，采禅典，借禅语，以教化人生，抒发感叹。其目的都是为了从纷繁的世界中发现清明的天地，通过世俗生活的情景，触发深邃的精神觉悟,将人生推向一个唯美的诗意境界。

“莫听穿林打叶声，何妨吟啸且徐行；竹杖芒鞋轻胜马，谁怕！一蓑烟雨任平生”。心中多一份禅意，生活便多一份诗意！

安之若素的灵魂

有位朋友，以自己的善良和真诚，无条件地成全了他朋友的一个心愿，对方知恩图报，表示要根据他的需求报答他，我这位朋友却说："要是报答就不必了，如果是帮助我可以接受"。我想，我的这位朋友在将"报答"改为"帮助"的时候，绝对没有时间斟词酌句，不是在玩文字游戏，而是随心而出的自然表述。但这一改动，使得事物的本质发生了根本性变化，将其中潜在的功利性和交换性元素过滤得干干净净！将二人的关系升华到毫无利益干扰的纯洁高尚境界！将我朋友那纯朴、豁达、透明的心灵展现得一览无余！

另一位朋友，工作体面，生活殷实，家庭幸福，但也回避不了现实生活从激情浪漫向舒缓平静的过渡。她的过人之处就在于能以中庸的心态，驾驶着满载幸福的小船，绕过人到中年极易遭遇的急流风浪和暗礁险滩，悠然自得地划向甜蜜的心海。在她用心谱写生活乐曲的时候，总是努力从平淡中发现和捕捉微妙的灵感，甚至家人睡梦中的鼾声也成为她心理音乐的美妙音符，从而变奏出起伏婉转悦耳动听的旋律，使生活的色彩像玫瑰，味道像蜂蜜。她也有不期而至的莫名烦恼，每每此时，她就面向大海，高声朗读徐志摩的诗，然后大喝一声：让烦恼走开！打开心门，让快乐进来！于是，朝阳依旧，欢畅依旧，童心依旧，幸福依旧！她视朋友之间的友谊如水晶，若有半点瑕疵，也会逊色不少。因而她主张朋友应该同站在心灵的制高点上，你看着我，我看着你，互相审视灵魂深处。她的人生秘籍是，保持一颗纯真的童心，过一份清清爽爽的日子。

还有一位朋友，文采飞扬，思辨深刻，沉稳冷静，聪慧过人。然而由于客观因素的制约，却被囿于一片狭小的天地，才能难以施展，抱负无法实现，外人看来，可谓虎落平阳，龙困浅滩。但我这位朋友却没有丝毫怀才不遇的牢骚，从不抱怨命运的不济，而是用炽热的激情冶炼纯净的人格，以执著的沉默磨砺清越的风骨，处动不喧，处静不枯，以平常之心过平常日子，举重若轻，坦然宁静，脚踏实地的演绎着平淡无奇然而却超越自我的人生。这是何等的以静制动的人生智慧！是金子总会发光，是雄鹰总要翱翔。透视这位朋友的心灵，看似随遇而安的平淡，实际上是以内敛之功力进行着自我完善和精神积累，是一种蓄势待发的状态。“不须更待妃子笑，风骨自是倾城姝”，这恐怕才是我那朋友的真实写照。

全方位审视我这几位朋朋友，尽管是从不同角度、以不同方式展现了他们的内心世界和生活品质，但是他们那个安之若素的灵魂和从中衍生的人生观念却极为相似，给予我的思想启迪是相当深刻的。

通常，我们会用“幸福”作为检测生活品质的标准，按照中国人极其朴素的逻辑习惯，“幸福”又往往从反面提炼出来：无病无灾、无忧无虑、无扰无难、无愧无疚……便是幸福。这让我想起了南怀瑾先生的如是说：“人生就是三句话：

莫名其妙的生来，无可奈何的活着，不知所以然的死掉……活着为了追求快乐、幸福，可见你活得不快乐，不幸福，活得无可奈何”，这就是佛学所讲的“苦”。佛的慈悲就是教人通过修持跳出来，找到那个没有痛苦的极乐世界。南先生说，不是只有阿弥陀佛的世界才是极乐世界，凡是离苦得乐的境界，都是极乐世界。所以，幸福是一种境界，是一种心灵感受，是一个安之若素的灵魂，是一种人生的自然态度，而不是含有某种企图和努力意义的“目的”。这与哲学意义上的心身协调、精神和谐是同一个道理。所以，人生在世全部的生理活动，就是怎样使欲望、情感和理性三位一体，和谐相容而不产生失衡，便是理想人生。否则，模糊而缺乏批判精神的理想主义就会侵入人们的观念，它足以能使人碰在现实的墙壁上，受到一个比幻灭更猛烈的撞击！

安之若素的灵魂，能教会我们如何规避命运与现实碰撞甚至对立的风险，教会我们如何打理天赋的几十年时间，一步一步地把眼前的事情办好，一步走好，步步皆好。当然，其间的技巧性调整是需要人类自己的心力修炼的，如同我那朋友们面向大海的释放；以无言的内敛应对现实的残酷；下意识的施爱而无所求。为此，我有充分的理由相信：这几位朋友一定会幸福并继续幸福着！同时，祝愿所有的朋友们一生幸福！

勿以硬币遮双眼

有个朋友问我：给你两枚硬币，你能把整个世界遮起来吗？我说不能。他说能，这其实很简单，你把两枚硬币分别放在你的两只眼睛前面，你就什么也看不到了，整个世界也就从你的视线中消失了。细想，这一简单现象中似乎还蕴含着一些道理。

在现实生活中，有些时候我们往往把遇到的不尽如人意的问题当作两枚硬币，下意识地放在自己的眼前，遮天盖地，不仅两只眼睛不见天日，甚至心里也一片昏暗，弄得自己痛不欲生，这是一种很幼稚的思维方式。因为我们忽落了一个简单的事实：可以将两枚硬币（遇到的问题）拿离眼前，把它放远点，问题变小了，视野开阔了，心里亮堂了，自然可以用另外一种心情面对和解决所遇到的问题，

当你觉得压抑和郁闷时，就把这两枚“硬币”抛远点，仰望晴空，放飞心灵，让思绪在空中自由飘逸，让情感在天上任意游走。你的意念中应该充满亲人、朋友的音容笑貌，充满亲人、朋友对你的理解、关爱和信任。此时，千万不要以所谓的“理性”来束缚自己的情绪，要很随意地将灵魂置于静场，或邀朋友品茗、喝咖啡、听音乐、郊游，创造一个诱发心声一吐为快的幽雅环境，你可以春雨落地般的倾诉，也可电闪雷鸣般

的发泄！随心所欲地把所有的郁闷抛撒到原野里；把所有的压抑释放到蓝天上。然后让轻松的心情牵动着轻盈的步伐进入自己的芳草地。

当你遇到困难和挫折的时候，就把这两枚“硬币”抛远点，让自己的眼睛去发现自己的智慧。智慧就是财富；智慧就是力量；智慧就是武器。此时你应该调动全部智慧的大军，去围歼困难和挫折，并树立敢打必胜的信心。同时还要相信“上帝关上这扇门，一定会为你开另一扇窗”，天无绝人之路，只要你把眼光放远，就会发现脚下的道路其实很多，尽管蜿蜒崎岖，但前景总是光明的。前人总结的实践经验“山重水复疑无路，柳暗花明又一村”是有道理的。

当你悲观失望的时候，就把这两枚“硬币”抛远点，做一个潇洒的转身动作，从另一个侧面去观察生活，看待人生。想一想人生其实是一片森林，并纳了乔木、灌木和杂草，远远眺望，只见青松伟岸白桦挺立，近乎其间，才能洞悉荆棘当道，杂草丛生，这就是高贵者有其粗俗卑下，卑贱者有其高尚聪明的道理。看一看自己还有一个奇妙的生命，有健康的体魄，去体验这一切，有足够的智慧和能力创造新的人生景观，何不善待自己呢？体悟一下“世间自有真情”和“情”（亲情、爱情、友情）在生命之中的分量，就会发觉“情之一字所以维持世界，才之一字所以粉饰乾坤”的道理。有人说，情是人生的出发点，是生命的灵魂，星辰的光辉，花草的欢心，音乐和诗歌的韵律；情，能使我们快乐地去对付人生。美好的世界往往要靠我们自己去发现，去创造，“情”之一字功不可没。

忘记了是哪位先贤说过这样的意思：人，应该睁着一只眼睛做梦，在梦中比在清醒时更觉富有生气，在清醒的生活中也含有梦意，从而保留着充分的现实感去走人生的道路，没有虚幻的憧憬，就无所谓醒悟，没有过度的奢望，就无所谓失望。这就是精神的解放。人，应该做一个建于明慧悟性上的达观者，这种达观产生宽宏的怀抱，使人心理温和，丢开功名利禄，乐天知命地过生活。这种达观也产生了自由意识，放荡不羁的爱好，傲骨和漠然的态度。一个人有了这种自由意识和漠然态度，才能深切热烈地享受快乐人生。

居尘出尘　无缚无解

近读一位朋友的文章，眼前呈现一幕现代人的生活场景：紧张而忙碌的本职工作、无可奈何的社会应酬、必不可少的走亲访友、不得不做的繁杂家务……把日子塞得满满当当，以致在流年飞逝中猛然发现，静静地享受一顿烛光晚餐、体验一把观海泛舟、欣赏一次夕阳落霞……等等，许多浪漫情趣竟然仍在向往中尚未来得及实现，不免生出一番遗憾的感叹。不过，文章的语言俏皮活泼，笔调轻松欢快，行文优美洒脱，遗憾中流露着亦嗔亦怪，感叹中蕴含着精神充实。所以我感觉这位朋友未必是迫于生存、生活、生计的压力而疲于奔命的那种类型，很可能是一位敬业爱家、责任心和奉献精神特强的大贤，对于向往中的一系列浪漫，不是不能，而是不为。好在这位朋友已从米兰·昆德拉的作品中受到启迪，感悟到悠闲并非无所事事，生命中缺了悠闲，无异于大自然少了绿色等真谛，并且下决心学会享受悠闲。我相信并衷心祝愿这位朋友今后的生活中，一定会充满阳光和浪漫。

但是，我们也不得不正视眼前的现实：在文明日益进步中的社会生活变得愈加复杂，义务、责任、竞争、危机、名利、物欲、人际关系、社会环境等交织而成的隐性力量，会时常袭击人们的神经，给人们造成强大的心理负荷。积劳成疾、英年早逝者有之；不能承受精神压力之重、以结束生命求得解脱者有之。最近，拥有 300 亿资产、胡润富豪榜上有名、年仅 41 岁的某企业家不堪忍受抑郁症的折磨而自杀，再一次提醒我们，人是自然的生命。超越人为，固守天性，居尘出尘，无缚无解的生存理念是何等的正确与重要！

中国人的生存理念饱含浓烈的悠闲天性，这是由酷爱人生而产生，是经受了历代浪漫文学激荡和哲学认可的。老子认为，人的自然本性是无知无欲、柔静不争，像初生婴儿般的纯真质朴，因而，一切导致人类追逐名利权势的“圣智”（对人类精神的束缚）都应该弃绝。人有独特价值和独立人格，应以自然之道顺应天性，不应受任何外力束缚。在名利与生命之间，“身重于物”，生命贵于名利，为人处事的最高境界应是虚静寡欲、退守无争。然而，在物质文明高度发达的今天，老子所构筑的这一质朴温馨、纯真自然、安闲自适的社会生活图景，只能是现代人对生活的诗意栖居和期待。我们所能做到的，是超越人为，顺应自然，把尘世作为唯一的天堂，不要因过于注意冷酷琐碎的现实生活而扭曲了我们的生存理念。“盛名多累，隐逸多适”是对不自然生活的一种忠告，使我们从过分智能活动所产生的昏热中得以清醒，将我们的理性与本有的天性衔接起来，在矫饰的世界里保持着朴实真挚，达到德参造化、悠闲自适的境界。

其实，享受无缚无解的生活比享受奢侈浮华的生活要便宜得多。前者只需要一副热爱人生的自然天性做成本，便能产生超脱世俗意识的自负心情，它使人们聪明到不把周遭世界看得太认真，而把灵魂和人格看得比事业和成就更重大，居高临下地鄙视世欲功名。在中国历史上这样的榜样很多，诗人白玉蟾便是一例,他把书斋题名“慵庵”,对这种生活竭尽称赞之能事：

丹经慵读，道不在书；藏教慵览，道之皮肤。至道之要，贵乎清虚，何谓清虚？终日如愚。有诗慵吟，句外肠枯；有琴慵弹，铉外韵孤；有酒慵饮，醉外江湖；有棋慵奕，意外干戈；慵观溪山，内有画图；慵对风月，内有篷壶；慵陪世事，内有田庐；慵问寒暑，内有神都。松枯石烂，我常如如。谓之慵庵，不亦可乎？

由此可见，只要有一个恬静的心地和乐天旷达的观念，以及能尽情玩赏大自然的胸怀，便能居尘出尘无缚无解地享受生活，绝不需要优厚的物质条件。

祝愿朋友们：用智慧的胃口，来享受生活的盛宴！

人生中的那段路

朋友的女儿大学毕业后得到了一份在别人看来是相当不错的工作，但她仍不满意，时而在其父面跟前有所表现。其父并不施以说教，而是带她回到阔别多年的老家，住进自己曾经住过的老屋。次日凌晨三点多钟，他把女儿从梦中唤醒，二人一起踏上通往海滨的公路，步行二十多公里，在旭日东升的时候，来到海边的高档住宅区，这里有数家星级酒店，有高尔夫球场……一切都那么富贵而华丽。父亲把她领进一幢豪宅，告诉她："这是我刚买的新房产"。女儿瞪着两只迷惑不解的大眼睛久久不语。父亲说："从老屋到新宅的这条路，我从十多岁就经常往返，不过，那时是夏天推一车西瓜，冬天推一车红薯，后半夜从家里启程，天亮前赶到码头，就是现在的这片高档住宅区，卖掉后再赶回家去……而三十多年后我是开着自己的轿车走这条路，到原先卖西瓜卖红薯的地方买了属于自己的房子。需要说明的是，爸爸的每一分钱都是劳动所得，都是干干净净的。"他语重心长地告诫女儿：人人脚下都有一条路，当你走在这条路上能有所感慨、能悟出点道理的时候，这说明你认真生活了，还可能有点成就了。女儿略有所思，自那以后，工作十分勤奋，收入亦不断增长。

无独有偶。另一位年轻的朋友邀请我去参观她的企业，走在路上，她深有感触地说：“这条路我走了五年，走在这条路上，现在的心情跟五年前截然不同……”原来，五年前她接手这个企业时已濒临倒闭，她拿出父母和自己的积蓄给职工发了工资，补交了拖欠的水、电、通讯等费用，在恢复生产的基础上，进行新产品研发，三个月后，新产品打入韩国市场，一年后，产品进入北京、上海等国内大中城市及日本、欧美市场。现在，她领导的企业已成为省、市农业重点龙头企业和市级民营科技企业。前不久，她又与美国一家公司签订了一个合作生产项目，投产后年产值将达到3亿元人民币。其中的艰辛与努力不言而喻。

这两位朋友都表述了他们在不同时间、不同情况下走在同一条路上的不同心境和感受，要说其中蕴含着多么深奥的道理，也不尽然。只不过是触景生情，诱发了他们对人生某个阶段的回忆，这是一般人都会有的情愫。问题是我们能不能从这些感触中总结出一些具有实用价值的经验教训，同时上升到理论高度而使其具有普遍意义呢？如果能做到这一点，它或许能成为一笔无形资产和精神财富。遗憾的是我们很多人要么只把这种从创业到成功的感慨作为曾经的辉煌而沾沾自喜，背上了一个沉重的包袱；要么将其视为往事不堪回首的过眼烟云而当废品处理掉，殊不知被丢掉的很可能是极其宝贵的人生资源。我的这两位朋友的情况至少有以下几点值得借鉴与参考。其一，他们将自己的这段人生经历作为一个参照，把自己的过去和现在作纵向比较，在比较中发现自己潜在的品质优势和成功的主、客观条件，并将其转化为继续发展的动能，同时还能从中获取健康的心理平衡，达到“知足常乐，乐而知不足”的境界，使自己成为一个清醒的、明白的、可持续发展的成功人士。其二，珍藏自己的这段人生经历，并经过理性加工与提炼，使其成为可利用的人生资源，在适当的时候，要么赠与他人，要么鼓励自己。我的两位朋友已是这方面的范例，自不必赘述。其三，体现了对待人生的严肃认真的态度。他们把自己的过去、现在和未来用自强不息的精神链接起来，不文过饰非，不回避艰难，不获胜而骄，不放弃追求，不在任何一个环节上产生缺失，形成一套完整的人生系统，树立一个坚定的人生信念，铺设一条健康的人生之路。这才是无怨无悔的一生。

路，还是那条路。走在同一条路上能产生一些有益的联想和感触，是一种开悟，是自我认识的一个进步，是人生过程中的收获。要走好我们脚下的每一步，珍惜留在我们身后的每一个脚印，因为那是一笔财富！

你的那面镜子折射了什么？

无意中看了一部美国故事片，手法平铺直叙，情节平淡无奇，但看过以后却久久不能忘怀。故事叙述的是洛杉矶时报记者洛佩兹，在遭受工作和生活的一系列挫折后，郁闷中他邂逅了拉小提琴的流浪汉纳撒尼尔·安东尼·埃尔斯。纳撒尼尔拉的小提琴只有两根弦，洛佩兹却感觉到琴声带着他的思绪飞向了蓝天，这引起了洛佩兹的兴趣，激发了他探究纳撒尼尔内心世界的欲望。

原来，纳撒尼尔从小就极具音乐天赋并且特别崇拜贝多芬，音乐占据了他所有的思想以致灵魂，年复一年，他终于拎着大提琴踌躇满志地走进了朱利亚音乐学院，并很快成为学生中的佼佼者。可渐渐地，他开始控制不了自己，并产生了幻听、幻觉……他的世界与众人不再合拍了，学习了两年便辍学，后来得了精神分裂症，流浪街头拉琴。不久，洛佩兹撰写的文章《小提琴家用两根弦奏出整个世界》发表了，纳撒尼尔的故事感动了无数读者，并引起了专业人士的关注，一位音乐家将自己拉了50年的大提琴赠送给他，洛杉矶爱乐乐团还邀请他观看贝多芬音乐会的彩排。洛佩兹发现，当纳撒尼尔用大提琴奏出浑厚悠扬的乐曲时，他会陶醉地享受着琴声与他身心合一的片刻宁静；当贝多芬的乐曲奏响的一瞬间，他眼中便闪烁出天使般的神情！此后，洛佩兹费尽周折想帮助纳撒尼尔治疗精神分裂症，却遭到纳撒尼尔的强烈抵制甚至殴打，这使得洛佩兹有了一种挫败感。他开始反思自己对纳撒尼尔所做的一切，仅有行为上的关爱是不够的，更重要的是心灵上的沟通。最终，他找到了纳撒尼尔的姐姐，亲情唤回了纳撒尼尔的童年记忆，姐弟俩的手紧紧握在了一起。面对洛佩兹，纳撒尼尔深深自责，洛佩兹却说："有时候朋友也会互相惹对方生气的，是吧？这是友谊的一部分。埃尔斯先生，我很荣幸地成为你的朋友！"洛佩兹真诚地向纳撒尼尔伸出了手，纳撒尼尔紧紧地握住了它……

故事自始至终闪耀着人性的光芒，彰显着亲情和友情的力量，融融爱意在人物关系和故事脉络中缓缓流动，两个心灵的神秘结合，创造了一个美妙的人生意境，引领观众进入一个至真至纯的情感世界！

人的本质并不是单个人所固有的抽象物。在其现实性上，人的本质是一切社会关系的总和。虽然有了洛佩兹（此时还不能说他与纳撒尼尔之间形成了真正意义上的友情关系），纳撒尼尔不再孤寂，但身患精神分裂症的他，其生命本质仍然没能融入社会，当然，社会关系总和的要件——友情、亲情、爱情也与之无缘。所以，他排斥社会，社会也不接纳他，便在情理之中了。显然，纳撒尼尔的人生不是一个完整的人生。这不禁使人想起了冰心先生的一段文字："爱在左，情在右，走在生命的两旁，随时撒种，随时开花，将这一径长途，点缀的花香弥漫，使穿枝拂叶的行人，踏着荆棘，不觉得痛苦，有泪可落，却不是悲凉。这爱情，这友情，再加上一份亲情，便一定可以使你的生命之树翠绿茂盛，无论是阳光下，还是风雨里，都可以闪耀出一种读之即在的光荣了。亲情是一种没有条件，不求回报的阳光沐浴；友情是一种浩荡宏大、可以随时栖息的理解堤岸；而爱情则是神秘无边、可以使歌至忘情泪至潇洒的心灵照耀。人生一世，亲情、友情、爱情三者缺一，已为遗憾；三者缺二，实为可怜；三者皆缺，活而如亡。”准确地破译了完整人生的密码，道出了完整人生的真谛。无论亲情、友情还是爱情，其核心价值就是“爱”，它的理想意义在于以人类之爱为参照，在爱护人的生命，尊重人的权利的基础上，抗衡黑暗，感召世人，揭示人生，疗救社会，以求完美地解说社会，拯救众生。这似乎沾染了些宗教意味。宗教体现的是人性中最深沉的内容，表达的是人类与上帝（神）建立和谐关系的形而上的追求。所以，充满了诗化的博爱，渗透着宗教的感悟，便成为必然。发生在纳撒尼尔身上的故事，验证了这一逻辑推演，亲情唤醒了他沉睡着的生命本能，激活了他潜藏的人格意识，使其产生了超越自我天地的欲望和与社会融为一体的憧憬。友情则以拒绝功利、不求对称的真挚与深刻，确立了独立人格之间的彼此呼应和相互认可，从而使他解读了自己存在的意义而回归社会，留下的悬念自然也就迎刃而解了——对于纳撒尼尔，爱情的来临已是毋庸置疑的了。这不正是爱的力量、人性的光芒吗？

有人说，上帝给了每人一杯水。于是，你可以用这杯水泡茶、冲咖啡、酿酒、造醋、煎中药，可以调制酸甜苦辣各种味道和红黄蓝绿黑各种颜色。但这杯水的本质绝不会被摈弃和改变。这种本质，被称作人生！这意味着你可以选择人生的方式，你却改变不了人生的本质，即只有在社会中你才能独立而不孤寂，才能弥补意志无法控制的缺失。上帝也给了每人一面镜子，这面镜子就是人性！因为自然赋予人类太多的欲望，而对于拟制这些过多的欲望，却给了人以微弱的手段，于是，人类便介乎神与禽兽之间，时而倾向一类，时而倾向另一类，有些人日益神圣，有些人变成禽兽，大部分人保持中庸。然而，这种善恶的转化与抉择，往往是在一念之间。所以，时刻用上帝给的这面镜子照照自己的灵魂，看看它能折射出什么，对于我们在不断修正中创造完美人生是大有裨益的。倘若人人都能如此，社会将充满阳光充满爱！人间将会更美好！

潜意识崇拜

最近与一位老同学“真情互动”，有以下对话：

同学：你平生最大的缺憾是什么？

我：好像没有。

同学：没有缺憾就意味着完美，那你的生活还能有前进、有创新吗？

我：没有缺憾并不意味着没有追求、没有梦想，有追求、有梦想就能有前进，有创新。但那不是为了弥补缺憾。

同学：你的追求和梦想是什么？

我：随心所欲不逾矩。服从理性指挥，接受道德规范（我部分地偷换了概念，借机道出了自己的人生理念，但也可以说是追求）。

同学：理性和道德都是充满了变数的。尤其是道德与社会有不可分离的关系，社会是不断发展变化的，因此，道德也是动态的，并没有一个固定的统一的标准。况且，道德有时候会产生对人性的压抑而出现异化现象。你也接受这种“道德”的规范吗？

我：道德是一种客观存在，它的核心价值恰恰是“人性”。俞平伯先生说：“道德是人类一种广泛同情的实现。就是说道德是爱也没有什么不可。道德是个人一种良心的制裁。道德之生，乃借人之本能作用去顺应环境，有社会之后，便有共守的定条”。我想，俞先生说的这个定条应该就是“人性”。如果道德对人性产生了压抑，那是人们的道德观念出了问题，而道德本身并无责任，因为道德和人性是高度统一乃至一体的。

由此我们围绕着“人性”和“道德”展开了一场很有意思的讨论，最终我俩不约而同地发现：两个老夫子把简单问题复杂化、把生活问题学术化了。于是二人捧腹笑出了眼泪！之所以如此，是因为人们对许多物质和精神具有强烈的潜意识崇拜，在日常生活中潜意识崇拜并不显现在精神层面上，更多的是反映在下意识的行为方式中。这种崇拜一旦被意识到，也就是说，自己的崇拜对象一旦得以具体明晰，就会让人非得认真地研究个来龙去脉，执著地鼓捣个水落石出。我俩一番毫无专业水平的“研讨”大概就属于这种情况，结果是转来转去又回到了日常生活的原点上，让我们弄明白了：原来“道德”和“人性”早已作为我们的先天性崇拜，潜在于意识的底层，如果不是在不期然中我们把它折腾到显意识层面上来，根本不会去追根求源（学术研究另当别论）。其实，现实生活中我们的许多观念和行为正是来自于潜意识崇拜并受其规范。这可以从很多事例中得以验证。

有朋友问我：你在互联网上为什么取“青铜铸剑”为名？其实，我自己也说不清楚为什么，真的，完全是一种无思考、无意识的偶然行为，好像冥冥中突然冒出来这么四个汉字，可能是比较接近于自己的审美取向，于是就用了。后来细想，这也许是与自己的潜意识崇拜有关。本人步出校门，投笔从戎，做过军中小吏，干过准备杀人还没杀人（当然是在战场上杀敌人）的勾当，加之附庸风雅，又喜欢碰点中国传统文化，文武相济，所以兵器、尤其是中国古代的冷兵器，就在潜意识里悄悄埋下了被崇拜的种子。现在想来，我真的是对那具有时光生命、历史风骨的青铜古剑情有独钟。

史载：夏商时代，我们的老祖宗就以青铜锻造出锋利的宝剑。至春秋战国，青铜剑已是战场上决胜的利器，它的品质至关重要，剑身为青铜所铸，而剑锋则由天上飞来陨石所铸，称为“剑锋金”。当时，吴越两国都以铸剑精良而闻名于世，兵器技术冠绝一时。越王勾践剑和吴王夫差矛可为其中翘楚，技术之精湛，工艺之华美，举世无可与之匹敌。1965 年 12 月战国楚墓出土的越王勾践剑，历经 2400 多年仍然光洁如新，寒气逼人，试之以锋，20 多层白纸一划而透！剑身刻有“越王勾践自作用剑”8 个鸟篆铭文，有“天下第一剑”的美誉。

我崇拜青铜古剑，是因为它在中国历史上有着史诗般的经历，演绎了许许多多惊心动魄的故事。相传 2600 多年前，剑师欧冶子为寻铸剑之地，遍访江南名山大川，终入龙泉之地，见山林葱郁，天光地灵，有七口天然水井列如北斗，井水清冽见底，乃铸剑胜地，遂就地熔铜铸剑，汲水淬火之时，忽现五色龙纹，七星斗象，后人即把铸剑之地称为“龙渊”，所铸之剑称为“龙渊剑”。至唐代，为避高祖李渊之讳，将“龙渊”改为“龙泉”。从此，龙泉宝剑誉满天下，“观其华，如芙蓉始出，观其光，如水之溢塘，观其文，如列星之行”；“磨其锋锷，则水断龙舟，陆属犀甲，其不凡威力，可想而知”。欧冶子之后，又有干将、莫邪，名震于世。春秋时吴王阖闾下令干将、莫邪为其铸剑，所熔铜汁流不出炉，干将与其妻莫邪十分着急，若铸剑不成，夫妻二人将性命难保。莫邪竭尽全力，不顾安危，以身排难，被烧伤而亡，铜汁终于出炉，铸成两把宝剑，雄剑名干将，雌剑名莫邪。干将进雄剑呈于吴王，而自己珍藏雌剑，雌剑思念雄剑，常悲鸣。后人便以干将、莫邪为宝剑通称。越王勾践一生造就了许多不解之谜，他十年卧薪尝胆，终成灭吴大业，成为一种励志精神，在我们民族血液中流淌了两千余年，至今不衰。其兵刃勾践剑，不仅威震诸侯各国，而且充满神秘色彩，已成为中国历史文化中闪光的亮点。

我崇拜青铜古剑，是因为它从历史中走来，却不以自己的犀利而任意宰割和扭曲历史，自己也没被历史任意宰割和扭曲。它经两千多年血与火的砺练，风和雨的剥蚀，身不改其形，性不变其质，锋不失其利，志不移其威。当因铁器的出现而自己被冷落的时候，它没有消沉，没有彷徨，仍然君子谦谦，不卑不亢。当它被长埋地下之时，承受着沉重的压抑，生命从不向黑暗屈服，意志更不甘沉沦，而是尽情地吸纳天地之精华，积蓄岁月之力量，为改变命运创造希望。当它以历史见证者的身份重见天日，尽管斑驳的绿锈不掩其凛冽寒光，却又从不言昔日的辉煌，而是用古老的深沉向人们讲述着曾经的沧桑，引领人们去见识历史的真实面目和文化的灿烂光芒。当它被尊崇为文物，在亿万人追捧下，端坐在博物馆里，抑或被请到拍卖场上，它对自己角色的转换，身价的飙升不屑一顾，一如既往地用时光的经纬，编织着生命的图腾，守卫历史，昭示忠诚，彰显着威武不屈的秉性！

这，就是我的崇拜，我潜意识中的精灵！

人生方程式

犹太是发明了圣经、相对论和共产主义理论的智慧民族。犹太哲人喜欢用寓言讲道理。有一个人们耳熟能详的犹太寓言：一只狐狸穿过墙洞去吃院子里的葡萄，墙洞很小，狐狸钻不过去，只好在洞外斋戒七日，把身体瘦下来，钻过墙洞去吃葡萄。待到吃够了葡萄，身体长肥了，想逃出墙洞，只好再斋戒七日，最终还是一只瘦狐狸。不同的是它尝到了葡萄香甜的滋味，并供以后回忆。西方谚语说：人们 60 岁以前用生命换一切，60 岁以后用一切换生命，正负相抵，差不多等于零。犹太寓言与西方谚语说的是同一个道理：生命是一个过程，赤身而来，赤身而去。这正如道家的观念一样，生命由自然而来，死后回归自然而去。全部的实际意义均在这一过程之中，如同数学方程式中已知数和未知数的加减乘除开方乘方的运算。对于我们，方程式两端的数值并不是最重要的，是生不能带来、死不能带去的，重要的是中间的运算过程。有哲学前辈把这一过程归结为“生命的享受”。

由于人类的文化背景不同，对“生命的享受”的含义有着不同的理解。多数中国人的性情，受中国传统文化主体学说的熏陶，以及对其中人生哲学的认可，使得“生命的享受”成为一个不可定义的概念。两千多年前的孔夫子把“随心所欲不逾矩”作为生命享受的精神指标和行为规范，说明“享受”属于感觉。这种感觉的生物性反应，是心性的愉悦也就是通常所说的快乐。近代的一位美国学者在蟋蟀的鸣叫中听出了宁静的智慧和散文的平稳，发现了崇高的美感，找到了快乐的感觉。17世纪印象派批评大师金圣叹，在《西厢记》批语中记下了30多种快乐时刻，其中有夏七月，赤日炎炎，酷暑难耐，忽风雨骤至，身汗顿收，不亦快哉；冬夜饮酒，转复寒甚，推窗试看，雪大如手，已积三四寸，不亦快哉；做县官，每日打鼓退堂时，不亦快哉；债还毕，不亦快哉……快乐无处不在，快乐应该是生命的本质。人类的一切快乐都属于感觉，只有感觉才能领略情感和精神之美。

苏东坡一生写过不少“江上清风”、“山间明月”之类的诗句，陶渊明也作过“夕露沾我衣”、“鸡鸣桑树颠”之类的文字，他们并不是在空口谈论尘世农耕生活，而是躬亲过着这样的生活，并从中获得了平静与和谐的体验。白居易、袁中郎、袁子才等历史文人，都有过暂短的官场生涯，从政业绩也非同一般。然而由于文人的敏锐感觉和浪漫天性，他们厌倦了磕头作揖的勾当，不愿心为形役，所以宁愿辞官弃禄，回归田园过自由自主的生活。由此可见，生命的享受与物质条件并没有形成确定的比例关系。当然，如金圣叹、陶渊明等人的低成本的生命享受，必须要有一个恬静的心地和乐天旷达的观念，要有丰富的心灵和对简朴生活的爱好。总之，要深爱人生。这不是一种学说，不是一个信条，如果深爱人生需要一些理由来作根基，那便不是真正的深爱。当一个人对人生和大自然同时具有一种健康的信念时，就无需任何哲学或宗教的提醒，深爱人生便从心灵中自然产生出来。

活着的人都在用自己的观念和方式求解着自己的人生方程，清醒的运算是对“生命的享受”时时作适度调整，使其着陆于浓厚的尘世层面上并平稳滑行，在正常的本能上获得正常的满足，快乐终生。

近日与朋友的交流对上述问题多有涉及，有感而发写下了这段粗俗不堪的文字，旨在以这种朴实的方式祝愿朋友：人生快乐，快乐人生！

人生链接

人生过程中，要经历许多事情，有的像过眼烟云，犹如行进中涉河，到达对岸以后，就再也找不到你曾经趟过的水的痕迹。有的则是刻骨铭心，让你终生历历在目，甚至能对你的性格脾气、道德观念、价值取向、人生定位等产生重要影响。记得是在学龄前，父亲患眼疾，大概是痛得厉害，心情烦躁，我却不识时务地在他面前说了一句骂人的脏话（当时真的不知是什么意思，是从大人那里模仿来的），便迅雷不及掩耳地招来父亲一通暴打！这是我有生以来遭到的最惨烈的皮肉之苦。及至成年，我还敢以此为资本向《红灯记》中的男一号李玉和叫板：你有你妈那碗酒垫底儿，什么酒都能对付；我有我爹那顿揍垫底儿，什么酷刑我也不怕！半个世纪过去了，至今想起那恐怖的一幕仍不寒而栗。不过，从那以后，我再也不敢说脏话骂人了。即便是后来我对儿子的启蒙教育，也不是教他背唐诗宋词三字经，而是：不许骂人！我想，这或许是一种人生的链接，因为它使你至死不忘并对你的生命质量产生一定影响。

近日拜读朋友的一篇文章，题目是《鸡蛋里的人生》。初看觉得这题目拟得有些粗糙，细读内容却是感人肺腑，催人泪下，才发现再也找不到比这个题目更贴切的了。文中叙述了她的终生难忘，竟然是人生舞台上的普通道具：鸡蛋！

朋友的父母皆聪慧勤劳，为人正直忠厚，但家境贫寒，拮据的生活几乎伴随了他们一生。朋友幼年，体弱多病，妈妈便用攒下来的鸡蛋换钱，买点中草药熬了给她喝，苦苦的，不如鸡蛋好吃……但是，从此一颗母爱的种子便落入她幼小的心灵，嫩绿的人性意识渐渐萌芽：妈妈的鸡蛋是药，虽然苦，可是能治病呀。妈妈辛辛苦苦攒下的鸡蛋，自己一个也舍不得吃，换来了她的健康，换回了她的生命！少年读书，妈妈的鸡蛋是学费，为她换取了学习的安定与从容。青年进高等学府深造，费用加大，妈妈做起了鸡蛋生意，那操劳的身影，成为她奋发的助力器，为她积累了日后成才的资本。成家之后，鸡蛋已成为随时随地可买到的家常食品，但妈妈仍然自家养了土鸡，将所产的新鲜鸡蛋送到她小家的餐桌上。这时的鸡蛋，是妈妈的浓浓心血和亲情，是我那朋友日常的精神寄托和温暖源泉……人到中年、已为人母的她由衷地感叹：鸡蛋里的日子，平凡、艰难，惟有艰难，才知珍惜，才能成就一个朴实而精彩的人生！

朋友剖切的不是她的一个记忆，不是她的一个人生片断，而是贯穿于心脉的永恒，是在生命衍进中永不衰减的情感。她用文字把这种情感由抽象变为具象，她以感悟为透镜，把这种情感作了真实的放大，让我们真真切切地看到了：母爱如海！母恩浩荡！这是朋友的人生链接，是人性的伟大传承！然而，这其中的一切人生哲理，竟来自于普普通通的鸡蛋，这就不难理解她以“鸡蛋里的人生”作为自己的生命符号，是何等的朴素、真实、深邃与睿智了。莎士比亚名剧《哈姆雷特》中有一经典名句：“果壳中的宇宙”，它的隐喻是多重的，哈姆雷特认为，即便把他关在果壳中，仍然自以为是无限空间之王。及至后来，这一经典名句被最富有创见的科学巨人史蒂芬·霍金借用作了书名，把宇宙中所有的信息密码，统统装在一个“果壳”里。由此可以想见，“鸡蛋里的人生”所标示的，不仅仅是朋友的生存状态和人生经历，还有她在其中所形成的人格、意识、潜质和生命价值的全部信息密码。关于这一点，她那毫无修饰的文字，已经向我们比作了令人信服的展示。

事实上，我们每个人都有自己的人生链接和生命符号，那就是镌刻在灵魂上的不可磨灭的印记，及其对生命价值所产生的影响。这是人生资本的原始积累，是属于生命的无形资产，它和情感的自然、天性的真朴一样，将与生命同行同在，从而使我们产生一种领悟信仰的力量，在稍纵即逝的有生之年，能去审视、批判、认知，并在我们所了解的世界中去创造，燃起为永恒的事物而奋斗的激情，这是人格和意志的解放！这种解放是通过对于命运的思考而实现的。因为命运已被心灵所驯服，这心灵已被时间的炼火净化得纯洁无瑕！

人这一辈子的那点事儿

岁尾年首，新旧交替，生命随着时光之河一去不复返地向前流淌，时而卷起反思和感悟的浪花儿，方知去的已经去了，来的即将来临。这匆匆忙忙的日子，像生命中渗出的一颗颗水珠儿，悄无声息地滴进了岁月的汪洋大海，再也不见影踪。难道人真的是赤裸裸地来到这个世界，转眼间就赤裸裸地回去么？

年轻时血气方刚，争胜好强，受着非常正统的革命传统教育，凭借还算不错的自身条件，加上心无旁骛地工作，阴差阳错地被推进了某领域的中心地带，倒也“辉煌”了一阵，“风光”了一把。当然，也目睹了刀光剑影、紫电青霜的政治厮杀，历经了命运程序中的曲折磨难，靠着骨子里的那点自尊和自信，一步一个脚印地走到中年。有了些阅历，虽谈不上成熟，却也渐渐看破了人心不古，世态炎凉，社会复杂，宦海险恶，便很自重地坚持着为人处事的原则，又很自量地选择了与世无争的中庸，做人则本本分分，做事则兢兢业业，做学问则扎扎实实，不图虚名，不谋功利，一不小心反而混了个芝麻大的一官半职，积累了一点学术成果，虽然功不成，名未就，看着书橱中那几本署着自己名字的精装图书，倒也能聊以自慰。如今，即将或者说已经步入老年，渐悟清净人生须德静以恒，仁让慈孝，理乱不知，黜陟不闻。锁定了仰不愧于天，俯不怍于人的修炼目标，忘情富贵，不以否泰祸福为意；顺天应命，淡薄身外之物得失。心地宽阔了许多，欲求减少了许多，身心轻松了许多，精神自由了许多。生命依然旺盛，精力依然充沛，体格依然健壮！不仅生活的情趣与滋味愈发的浓烈，而且孳生了些“宇宙在手，万化由心”的神气！

人这一辈子，活得就是一个精气神儿，不避世，但绝不同污浊；可方圆，但绝不失人格；未必轰轰烈烈，但须干干净净，在遵循客观规律的前提下，完成自身的生存使命。倘若被非自然非正常的欲望牵着鼻子走，大约都活得不太素净。欲壑难平是个常理儿，凡人都很明白又都很难自抑，因而社会才成为名利场。其实，与其费心劳力地刻意追求那些被称为“身外之物”的名、权、利，倒不如专心致志地打理好属于自己的“身内之物”——百十斤重的身体和几十年的时间，只有这两样东西，才无须刻意追求，便真正属于自己。

身体是与生俱在的，生即带来，死即带去，揪一根头发也只有你自己有感觉，掐掐肉也只有你自己觉得疼。通常情况下，只有你自己的灵魂能驾驭他，没有任何外界因素能支配他剥夺他，是属于你一个人的不可再生性资源。人这一辈子生存所必须的一切物质和非物质条件，全靠“身体”来生产来创造，若是没有了这百十斤，就什么都没有了。所以要珍惜爱护他，使其处于良好的运行机制，保持健康状态！世界卫生组织把健康定义为“不但没有身体的缺陷和疾病，还要有完整的生理、心理状态和社会适应能力。”中华民族历来提倡“体魄健全”，体，是指人的生理、躯体；魄，是指人的精神、心理。

古籍载："心者，君主之官，神明出焉。"是说人的心中有一位能主宰一切的神明，那就是指人的思维活动、精神活动和生命活动。《系辞》说："君子安其身而后动，易其身而后语，定其交而后求，君子修此者，故全也。"意思是说人要通过心理修养，使生理状态处于语言和行动都要平心静气，专心致志，情志正常，精神不乱，形体不散，脏腑机能活动正常，正气旺盛。从而达到安于淡薄，少思寡欲，育语以养气，虚心以维神，即所谓"恬淡虚无，精神内守"的境界，方能养生防病，益寿延年。从防患于未然的预防医学角度，强调了良好的精神状态与身体健康的辩证关系。所以国人历来重视和畅情志，摄养心身，创造了豁达法、松弛法、自悦法等自我调控情绪的方法，以心养身，以达健康之目的。这些看似德性修养的理论和方法，实际上是身体健康的基础条件和重要标志，换言之，也就是说人的德性修养与身体健康有密不可分的关系。这些都与现代身心健康理念相吻合。

时间与身体一样是属于自己的，生命开始便获得了时间，生命结束时间便失去了意义。它是个一去不复返的恒数，在生命时段里，你无法透支、借贷、补偿、受赠或赠与别人。它因此而无比珍贵。常言道：一寸光阴一寸金，寸金难买寸光阴。富兰克林认为，时间是构成生命的材料。歌德说："时间是我的财产，我的田地是时间。"鲁迅先生则更直截了当地说，用经济学的眼光看，时间是一种财富。时间就是生命，无端地空耗别人的时间，其实是无异于谋财害命。记得朱自清先生在一篇散文中这样描述时间的流逝，大意是：清晨，房间里射进几方斜阳，太阳是有脚的，轻轻悄悄地挪移了；洗手的时候，它从水盆里流过；吃饭的时候，它从饭碗里过去了；沉思的时候，它又从凝然的眼前过去了；伸臂遮挽，它便从手边过去；夜晚躺在床上，它便伶伶俐俐地从身上跨过，从脚边飞逝了。睁开双眼和太阳再见，掩面叹息时光又溜走了一天时，新来的日影儿又开始在叹息里闪过了……先生的感悟是相当深刻的，并为此而“头涔涔而泪潸潸了”。生存的现实在时时刻刻地提醒我们，对于你所拥有的时间，你珍惜它、充分利用它，它便是资源，便是财富；你抛弃它，它也就毫不留情地抛弃你，任何人都不会有除此而外的选择。纵观历史，古今中外有成就的精英们，没有一个不是惜时如金的。

身体与时间构成了一个人的生命过程，这个过程有长有短，但它都记录了人生质量的优劣，反映了人生品格的高低。如果拥有一个健康的身体，利用好生命时段中的时间，幸福便会不请自来，还有必要再去苦苦追求那些身外之物吗？

新春在即，阳春之气蕴蕴焕发，万物复苏，大地萌动，愿与朋友们一起，用自己健康的身体去拥抱属于自己的大好春光！

玩转生活魔方

玩魔方，追求的是六个平面的色彩平衡，整体和谐的美感。其实就是一种驾驭技巧。生活不是魔方，当然不能“玩”，却可驾驭，其中也有技巧。

驭者即主导者，自己的生活应由自己主导，没有人愿意把日子过得一塌糊涂，而生活的本源形态，便是杂而无序，怎样把它整合得有条不紊，设计一个良好的管理模式，编制一个优化的运行程序，从而获取平衡与美感，这就需要驾驭生活的能力与技巧。其实就是人的修养和心态。

笔者父母没有多少文化，但有些做人的经验和原则。记得儿时他们对我的教育，几乎讲不出什么理论（讲出来我也不懂），只是教一些可操作的办法，诸如“学勤俭，学吃亏，扶弱救贫”等等。其中“学吃亏”最难。吃了亏心中不痛快是人之常情，吃了亏仍然心平气和，那就要“学”。细想来这学问还真的挺深奥。首先，当你认为吃了亏的时候，你要确认是不是真的吃了亏，这就与自己的品德修养有点关系了。过于患得患失，总想占点便宜，拣不到钱就像丢了钱似的，那还不天天有吃亏的感觉？其次是要懂点生活辩证法，那就是“得”与“失”的对立统一，得与失是一张纸的两面，相互依存，天底下没有纯粹的“得”，也没有纯粹的“失”，有得有失是规律，但在现实生活中，得到的与失去的未必对称，这也是规律，世上没有绝对的事物，公平合理也是相对的。再者，不要刻意追求不属于自己的东西。这年头儿，大官儿、大款、大腕儿那样的日子，能过得上的毕竟是少数，所以，咱们就得对自己有点“数”，在物质生活上追求点平凡，以使自己的心绪始终淡泊宁静；在做人做事上追求点卓越，因为追求卓越是人生向上的动力。当然，还有许多理论和实践可以学习借鉴，扬州八怪之一郑板桥说过：吃亏是福。我这点本事只不过是遵家训而行之的一点体会，还不一定正确，千万别让我忽悠成阿Q。

父母教我的另一招是：凡事要“看得透，想得开，做得到”，三者之间的逻辑关系相当严密，毫无理论发挥的余地，我也只有实践的份儿。笔者天生不是走仕途的料，当政治家没那福份，当政客没那天份，可老天爷偏偏在那风雷激荡的年代把我扔进了政治旋涡，苦苦挣扎的狼狈相便可想而知了。我曾两次面临被开除党籍、政治生命完结的危险境地，如果看不透想不开那还不得自杀呀。于是我就想，我没啥大错呀，无非是在极左的年代有些不合时宜的“小资”情调。再说，参与批判我的同志们都拿事先准备好的发言稿征求我的意见：您看，我这么批判您行不行啊？我就想，咱没干坏事，心里坦然；同志们理解，心下释然；咱有浑身的毛病，形势需要，当回靶子，理所当然。结果是两次逢凶化吉。后来与过去的朋友谈起此事，大家便开怀大笑。曾经沧海之后，我便遇事先看、后想、再做。日子过得还真不错。您瞧，这“看得透，想得开，做得到”还有点实用价值吧？

还有一招是“凭良心做人，靠本事吃饭”。人成年之后，不仅具有了强烈的社会属性，而且要自食其力，撑起家庭的一片蓝天。做事先做人，做人的标准是要有良心，有良心的标准是不害人，对得起任何人。我不相信轮回报应，但我相信因果报应，害人必然害自己，这是因果关系，这样的例子太多了。挣钱吃饭要靠真本事，本事有大小，却掺不得半点假，挣一碗，吃一碗；挣一锅，吃一锅。不搞投机钻营，不取不义之财。这样挣来的钱，花得才舒心，饭吃得才踏实。中国资深公务员李鸿章曾自拟一条幅很有参考价值：享清福不在为官，只要囊有钱，仓有粟，腹有诗书，便是山中宰相；祈大年无须服药，但愿身无病，心无忧，门无债主，可谓地上神仙。他那么一个高级干部当然比咱们老百姓对生活的期望值要高一些，咱们只要“有活干，有饭吃”就行了，但要凭良心，靠本事！

我们成熟了吗？

日前与友闲聊，一位是某大学教授，我国为数不多、颇具知名度、一不小心就能在电视上见到的某领域专家；一位是传媒老总、出类拔萃的成功人士。二位学识、成就、地位、名望说不上显赫，但至少是被人羡慕。论及各自的人生阅历和感悟，异口同声地提出一个命题：我们成熟了吗？他们自己的回答是否定的：我们不成熟！而且列举事业波折、情感纠葛、决策失误、思想困惑等方面的许多案例以证其观点。静而思之，颇有道理。

何谓“成熟”，恐怕很难定义。笔者才疏学浅，当然更不敢触及“定义”，只是有些思考。“成熟”似乎与“完美”有些沾亲带故。如果一个人处事无失误，为人无遗憾，可能就算一种成熟，也是一种完美。但这种情况只能存在于人生的某个阶段而不是终生。所以，成熟也罢，完美也罢，只是一个理想主义尺度。基督教思想最突出的一点就是完美的观念，但接踵而来的便是“赎罪”的理论，如果不先使一个人相信他是罪人(不完美、不成熟的人)，就无法劝导他成为基督教徒，继而向上帝忏悔。综观人的一生，整体上都是不完美、不成熟的，现实生活中没有成熟到不犯错误、不后悔、不留遗憾的人。因此，成熟和完美都是相对的，是要终生追求的，直到在稳定闲逸中长眠不醒。完美是上帝的尺度，而追求完美则是人的尺度；成熟是生命的目标，而不断成熟则是人的目标。

那么，人的成熟与否有没有一个理论和实践的判断呢？从日常生活观察应该是有的。从理论上探讨，“理性”可以反映一个人的成熟程度。理性，一般是指判断、推理等思维形式或思维活动。康德认为，人的认识能力有感性、知识、理性三个环节。知识把感性材料组织起来，使之构成有条理的知识，但它所认识到的只是“现象”，理性则要求对“本体”有所认识。黑格尔主张知识性是抽象的、形而上的思维；理性是具体的辩证的思维，也是认识的高级阶段。只有理性才能揭示宇宙的真相。为人处事的理性元素多一些，成熟程度可能就高一点。我们通常所说的“办事要过脑子”是否就是说要进行“理性思考”呢？

实践上对一个人的成熟判断更是五花八门，有的说老成持重，有的说容人容事，有的说办事干练，有的说与人为善等等，不一而足。但这些都是边缘性的，核心的判断还应该是看人的理性程度，因为理性既是一种理论指导，又是一种实践活动。这就是“理性”的理论和实践的双重性和双重应用。我有两位朋友，一男一女，二人在日常接触中由好感而生恋情，但他们各自都有家庭。在这个问题上应该说他们处理得缺乏理性，表现很不成熟。然而，在这种恋情持续的若干年中，他们又都作了很好的克制，从没越雷池一步，保持了各自在对方心目中的良好形象，在这个环节上，应该说他们处理得比较理性，表现得比较成熟。当他们意识到这种剑走偏锋的恋情有所危害时，他们又作了痛苦的情感调整和重新定位，使之成为保持了原始纯洁关系的好朋友，在这个环节上，应该说他们处理得非常理性，表现得非常成熟。所以，“成熟”是相对的，这种相对性，既表现在以客观事物为参照的横向层面上，也就是用客观标准检测事物的结果所显现的成熟程度；同时又表现在以主体为参照的纵向脉络上，也就是在同一事物的阶段处理上所显现的成熟程度。

云山雾罩地说了一通，旨在表达一个意思：人这一辈子就是一个修炼过程，活到老修炼到老，既修命（身）也修性（心）。道家说：“只修命，不修性，此是修行第一病”。我想是有些道理的。

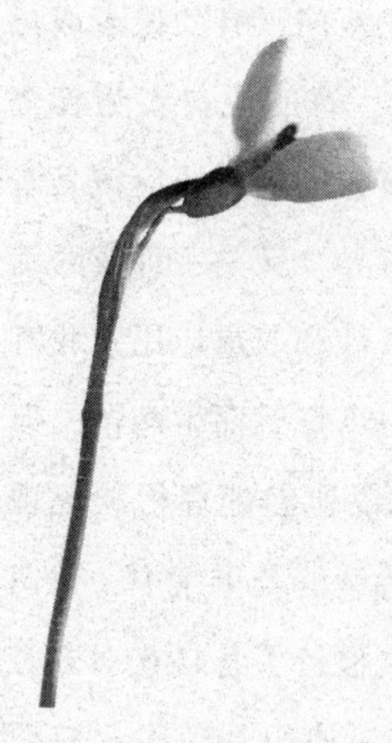

心 祭

"心"是什么？千万别认为这是一个幼稚可笑的问题！有谁认真思考过生物意义上的"心脏"与通常概念的"心"有什么区别吗？"令人心痛"是心脏"痛"吗？"心里很高兴"是心脏"很高兴吗"？"心静"是心脏静止不跳动了吗？"心碎"是心脏破碎了吗……当然不是！那么，通常所说的非生物意义上的"心"究竟是什么？近读朋友一年前写给父亲的祭文，"心"的概念在我的意识屏幕上渐渐清晰，渐渐放大，以致充满我整个意识空间！因为那祭文是她用心写的！是心祭！

她的父亲驾鹤西去20多年了，当属英年早逝。那时，她初谙世事，也许一个无可奈何的"哀"字便能了却一切。因为她依然知道，她无力与天争夺父亲。然而，异乎寻常的是，她非但未得了却，反而将慈父生前的一切悄悄播种在她尚未被开垦的心田里！她用清清的女儿泪浇灌；用浓浓的亲情血肥沃；用深深的执著爱耕耘。日复一日，年复一年，父恩成参天大树，父爱成挺拔修竹。姹紫嫣红的百花园，那是父亲的音容笑貌；碧绿如茵的芳草地，那是父亲的坦荡胸怀。那攀援的藤萝是她对父亲的思念；那香甜的瓜果是她对父亲的祭奠……这聚天地灵气的深邃，凝日月精华的厚重，并非朋友的刻意展示，而是她心的霍然苏醒，灵明洞彻。原来她已将悲怆哀痛化作

"心灵洞悉后的开悟"，使她对生命的意义、世事的纷纭，有了更深刻的理解和感悟。这是父亲的无形遗产，父魂的教诲！因而她开始质疑自己："对父亲的思念是不是也应该用悲伤的心情来禅释"？她应该用怎样的语言与父亲的在天之灵对话？

20年后，一篇别开生面、洋洋洒洒数千言的文字，向我们公开了这一心灵秘密。"在滚滚红尘中盼望着遥不可及的轮回"，这一空冥的夙愿，是她向父亲诉说的主题。字里行间，听不到叹息，看不到悲凄，找不到泪痕，太空却回旋起催人泪下的天籁之音："此刻，斜阳之下，黄土之上，长跪于您面前的女儿，您还能认出她儿时的模样吗？您还记得您抚摸过的那如瀑布般黑亮的发吗？"在这特定场景里，这句普通得不能再普通的话语，有谁能将它的含义和分量真正理解到位？我敢断言，惟我朋友！"您的光辉与睿智从来没远离过我，我是如此的幸运，因了您的爱长久的驻留在我心间，因了您与我今生的一段父女情缘……"这哪里是对逝者的诉说？分明是日渐成熟的女儿偎依在慈父膝下，在与父亲作推心置腹的长谈，是一幅亲情融融的画，是一首情意绵绵的诗！还有谁能不相信那位慈父的永生？当父亲那飘逸的灵魂渐渐远去融入蓝天白云成为千真万确的事实，她不再执拗，而是生出一番颇具禅意的感悟：生死的交替恰如在熙熙攘攘中看花开花谢，悲欢离合中叹生死离别。父亲在与病魔顽强抗争后的仙逝，是"如流星般照亮大地的潇洒陨落"。她祈盼终究要到来的那个轮回，仰天高唱：参透生死，天堂无处不在！

我那朋友，以这种最直观的方式告诉我：造物主何以将生命中不能承受之重的情感负荷让“心”来承担？那是因为“心”是只能意会，不可言传的情感组织；是兼容并蓄、丰富多彩的精神世界！一颗真正的、水晶般的“心”，在我意识的屏幕上定格，永远定格！

追　梦

梦，精神分析学的解释太艰涩太深奥。现代医学研究认为，梦是人在睡眠中出现的一种生理现象，人在睡眠时，如果大脑皮层的某些部位有一定的兴奋活动，外界和体内的弱刺激到达中枢与这些部位发生某些联系时就产生梦。梦的内容与清醒时意识中保留的印象有关，但在梦中，这种印象错乱不清，梦的内容大致是混乱和虚幻的。健康身体的生理机能处于良好的运行状态，梦也就成为人的正常生理需求和基本的生理活动，不做梦的人是没有的。既然大自然把做梦的权利赋予人类，那么，睡眠者那多姿多彩的梦境就无法剥夺。

在中国历史文化中，有三个经典之梦至今令人们津津乐道，一是昔日庄周梦为蝶，以为自己是一只生动活泼的蝴蝶了，很得意，忘记了自己是庄周。从梦中醒来后，发现自己又是形迹蠕动的庄周了。不知道究竟是庄周做梦变成蝴蝶了？还是蝴蝶做梦变成庄周了？这就叫做物质幻化。庄周是否真的作过这个梦只有他自己知道，但齐同万物的差异和是非，使其归于一致、合为一体的“齐物论”，千真万确是庄周提出来的，反映了他顺物融会，销泯对立的思想，引申出了一个“道”是一切物质本原的古典哲学体系。二是黄粱美梦。卢生在邯郸客店中遇道士吕纯阳，诉说自己的穷困潦倒，吕纯阳就借给他一个枕头，让其昼寝入梦。卢生在梦中历尽富贵繁华，梦醒时发现入睡前店主人做的黄粱米饭还没煮熟。这本是《枕中记》所载的故事，原意为吕纯阳对卢生的点化，后喻为虚幻之事和欲望的破灭。无独有偶，清朝有个书生，考功名失败，到了邯郸，想到吕纯阳点化卢生的那个黄粱美梦，感慨之中赋诗一首：“二十年来公与侯，纵然是梦也风流。我今落魄邯郸道，要向先生借枕头。”瞧，他要向吕纯阳借卢生用过的那个枕头，也体验一下黄粱美梦的滋味。这诗的意境的确很深邃，据说他因此而受到赏识，做了官，可最终还是以悲剧收场。第三个是南柯一梦。正版的见诸于明汤显祖的《南柯梦记》，淮南裨将淳于棼，因贪杯误事被罢官，郁闷在家，一日酒后在庭院中槐树下入睡，梦见紫衣使者二人迎其至大淮安国招为驸马，并重新过了一把官瘾。梦醒之时太阳尚未落山，身旁的酒还温乎，槐树下蚁穴历历在目……淳于棼顿悟，后在契玄禅师点化下作水陆道场，超度其全部升天，自己则立地成佛。这个故事意在奉劝人们看破红尘，宣扬了出世思想。山寨版的则将故事的主人公变成了一个好吃懒做的二癞子，并将情节做了演绎。这三个梦所说的道理大致是相同的，“富贵声华终幻因，黄粱一梦了终身”；“梦醒黄粱方悟道，心同明月可寻梅”。古代文人拿梦说事儿，喻事于理，参悟人生，虽然略带了些宗教性和功利性，但这种借题发挥的运用却是十分巧妙、相当深刻、非常到位的。可见梦在中国人的文化心理结构中所占的位置还是很重要的。

我几乎天天做梦，但醒来后就不记得了，不像上述三位记忆的那么具体清晰，更没受到什么点化或启发。但我能依稀感觉到自己是挺喜欢梦的，未必只是在睡眠中做梦，有时也竟然把一些小资情调浪漫情怀揉作梦幻独自享受，还时而将一些良好愿望美丽憧憬寄托于超越现实的梦想来自我安慰，不经意间起到了调节情绪鼓动精神的作用。很难设想如果没有了梦和梦想，人生将是何等的苍白与乏味。正如陶渊明的《桃花源记》是虚幻的，是乌托邦，《山海经》是荒唐荒诞的，仿佛是白日做梦，但是大家还都喜欢读。也正如现代人爱看古装戏，爱听千百年前演绎的历史故事并能陶醉其中，这大概是一种心理追逐。究竟追逐什么呢？日本作家夏目漱石认为，是在追逐“暂时脱离尘世”的感觉和快适的、安乐的、有营养的享受，当然还有说不清道不明的愿望和寄托。曾经读过林徽因的一首诗《别丢掉》，其中有这么几句：“一样是月明/一样是隔山灯火/满天的星/只有人不见/梦似的挂起……”这是一首理想的爱情诗，“月明”（明月）、“隔山灯火”、“满天的星”，和往日两人同在时一样，只是你却不在了，这月亮，这灯火，这星星，只像梦似的挂起……真个是“多情自古空余恨，好梦由来最易醒”，往事如梦！情深如梦！朱自清先生曾在一篇散文中写道：我羡慕着的，想象着的……全是梦。后梦赶走了前梦，前梦又赶走了大前梦。这样的来了又去，来了又去；像树梢的新月，像山后的晚霞，像田间的萤火，像水上的箫声，像隔座的茶香，像记忆中的少女，这种种都是梦。看来两位大家都通过反观自身而切入现实生活，来体现作品的主观意识，它告诉我们，梦是一种原始的、本能的、无法满足的欲望。

人自诞生之后，便在欲望的驱使下，迈着艰难的步子，追逐着不断变换的目标，满足着无法满足的欲望。就像磁针指向北极，树木指向苍天，没有什么深奥的道理。在人类的追求中，欲望总是把它当作追逐的最终目标，来哄骗我们编织形形色色的梦和梦想，使得我们能够把从欲望到满足，从满足到新的欲望的游戏得以不断继续下去而不陷于停顿，这便是人生之梦的幸运了！

明知人生如梦，却又追逐不舍，真乃意味深长！

心归何处

古往今来，大凡有点学问才气或有一官半职的，一旦失意，心所向往的要么是归隐田园过清闲日子，要么是祈灵宗教求精神解脱。归隐也罢，宗教也罢，无非都是以非理性哲学看世界，去参透人生的荒谬，以精神对抗意志，追求涅槃新生的境界。可是，有多少人能真正的如愿以偿或修成正果呢？当这种永久性的解脱无法实现的时候，于是就有人找到了另一种方式——心归艺术。明末清初就有这么一位，他就是八大山人——朱耷。

前不久有幸瞻仰了位于南昌市梅湖景区定山桥畔的八大山人纪念馆。纪念馆原为一座道院，相传两千多年前周灵王之子即在此开基炼丹，历经汉唐宋元明更迭，清初定名为“青云谱”。这是一座古朴苍劲、极具江南个性的园林。馆内收藏、陈列了八大山人的书画作品和生平史料。

八大山人（朱耷）系明宁献王（朱元璋的第十六子）朱权的九世孙，19 岁时，遭受了国亡家破的沉重打击，失去贵族生活的朱耷，极度失落，心理很不平衡，反对清王朝的情绪相当激烈。他 23 岁皈依佛门为僧，36 岁入青云谱，苦心修炼经营，使其初具规模，自己却过着“一衲无余”的生活。期间，临川县令胡亦堂闻其名，将他请至临川做客年余，这位王孙公子哥儿哪耐得住这份寂寞，心情十分苦闷，便佯装疯癫，撕裂僧服，徒步走回南昌。后还俗，潜心于书画，将儒、释、道思想融入丹青，以奇情逸韵,拔立尘表屹立于艺术之林。

八大山人善大笔泼墨写意，创作取法自然，笔简意赅，风格高旷纵横，意境幽深玄远，于宁静飘逸中见大气磅礴。全幅大纸，有时只画一鸟或一石，寥寥数笔，神情毕具。他一生对明王朝忠心耿耿，念念不忘，作品常以象征性手法抒写胸臆。如画鱼、鸭、鸟等，皆以白眼向天、向人，孤傲不群，愤世嫉俗，充满倔强之气。画山水多取荒寒萧疏之景，剩山残水，枯树衰草，愤懑悲怆，溢于纸素，正是“墨点无多泪点多，山河仍为旧山河”。其作品署名常以“八大”和“山人”竖连写，“八大”似“哭”又似“笑”，“山人”颇像个“之”字，寓“哭笑不得”之意。这就应了《说苑》中讲的道理：“钟鼓之声，怒而击之则武；忧而击之则悲；喜而击之则乐。其志变，其声亦变。其志诚通乎金石，而况人乎？”

其实，得意与失意只不过是名利场上的一幕幕悲喜剧，它的最高形态表现在人身上，就是对于生命的非理性占有和无限制的追求，是一个欲罢不能的消极过程。其悲剧和苦难是在所难免的。而艺术活动的意义就在于使人们能够在瞬间的审美静观中摆脱意志的束缚，丢掉现实的烦恼，以进入一种无知无欲无我的超然境界。于是，具有一定天赋和基础条件的八大山人们，便选择了这种较为明智的回归方式，应该说理论上或许是正确的，实践上却未必是成功的。因为这种方式只是一种暂时的反功利性精神寄托，肯定不是生命意志的“清洗剂”，而只能是生命精神的"兴奋剂"，其功能仅仅是通过富有感性色彩和生命节奏的审美活动，强化人们意志的追求，点燃被"失意"泯灭了的生命之火，从而使生命归入一种非正常的燃烧与活跃，是一剂治标不治本的汤药。正如八大山人虽然心归丹青，但精神本质却始终是"白眼向天"、"哭笑不得"，借作品宣泄骨子里的不平之鸣。

大千世界，芸芸众生，虽然谁都逃脱不了与名利的干系，但在名利场上精明者多是看客而非主角，鲜有大起大落的得意与失意，心不悬空，便是有了自然而真实的归属，生命就成了真实的生命，生活就成了真实的生活，人们也就不再专注于、致力于抽象的人生观念崇拜，从而获取了一个轻快的精神世界和自由意识的王国。与现实的亲密接触及其对人类社会的清朗理解，在很大程度上取代了人生观念中的精密哲学、佛家禅语和道家譬喻，使思想真正成为一种艺术，而不是一种科学。有位朋友善写诗，每首必出新意，近读一首新作，对其中的几句印象特别深刻："……意识中/潜伏着紊乱/突然间/被光撕裂开一道缝/哐当/一个声音发出/原来是我把墙撞了个洞……"作者那看似"荒诞不经"的形象夸张和思想大幅度的时空跳跃就像一个魔咒，迅速让读者的思绪乖乖就范，紧跟作者的"意识"，去经历强光击碎紊乱的过程（因为"紊乱"是潜伏着的，所以只有"光"才能将其击碎），这些"紊乱"是什么呢？可能是一个"乱纷纷，你方唱罢我登台"的杂乱世界，也可能是一个烟雾迷障混沌不清的观念王国。紊乱被击碎了，主观意识得到清理与整顿，便以强大的冲击力把"墙"撞了一个洞！这是一堵什么样的“墙”呢？可能是某些观念上的禁锢，也可能是某些行为上的束缚。那被撞开的洞是心灵回归的出路，是生命自由的通道，冲出去，就是蓝天，就是山川，就是大海，就是宇宙……诗的情趣都是从沉静中回味得来的，其中最精彩的当然是作者那闪光的灵感，即倏忽而至的顿悟，将毫不相干的观念串联在一起，以解决一个久思不得其解的问题，缔造一个全新的发现。从作品中我们不难看出作者产生灵感的“能入”和面对现实的“能出”，不经意间让我们领略了作者驾驭心灵、超越自我的本领！像这样一颗心，还用刻意去寻找一个什么归宿吗？

让我们从真实中走来，再向真实中走去。那便是心的归宿！

做人当如秋

一年四季，秋天是气质最好的季节。春，芳香四溢，融怡含笑，却有些妖冶的娇情；夏，蓊郁葱茏，苍翠欲滴，却有些盎然的张扬；冬，沉稳冷静，梦幻神秘，却有些黯然的暮气。秋，不温不火，不卑不亢，明净如妆，磊落高远，君子之风，翩然乾坤！秋天是气血内敛的季节，它经过了严冬砺练，吸纳了暖春滋爱，浓缩了盛夏繁华，仰观日月经天，俯视江河行地，成熟稳健地散发着友善亲和的气韵，慷慨大度地奉献着自己的辛勤成果，把怡人的清澈和收获的喜悦洒满人间！

天地运行，自然变化，万物皆含灵性，四时皆有气质，这与做人一般无二。孔子说："质胜文则野，文胜质则史，文质彬彬，然后君子"（《论语·雍也》)。意思是说，朴实胜与文采，未免粗野，文采胜于朴实，又未免虚浮，文采和朴实要配合恰当，既文雅又朴实，这才是个君子。在这里"文"是指人的外在修养，是表现于社会生活、人际关系中的言谈举止、衣食住行等方面的修养。"质"则是指人的内在品质，也就是基因型和后天熏陶的气质，是人格总体价值的体现。"文质彬彬"的人格观念，强调了人的内在品格美与外在风貌美的统一。这种人格美学描述，在自然界的体现，非秋莫属。所以，做人当如秋。

在中华民族传统里，有许多倡导人们自我修养的基本行为准则，它不是一种单纯的道德律令，而是在保持礼仪化的基础上，大量地转化为积极的道德情感和随意的道德行为，并与自然界互为隐喻和观照。如“太尉神姿高彻，如瑶林琼树，自然是风尘外物”（王戎云《赏誉》）。这是因为，自然之物的气质乃本色显现，没有丝毫虚假做作的成分。

秋，经历了风雨，见过了世面，清澈透明，心胸坦荡，信实不欺，不慕虚荣，将曾经的艳丽和风韵，化为沉甸甸的果实，不管是酸是甜，总是自己的孕育，自己的积淀，倾其所尽地奉献大地。这伸手可及的真实和可信的成熟，当属秋天最人格化的气质。正如人的成熟表现，有丰富的阅历和知识，具备清醒的逻辑和学者风味的思辩，既精雅温柔于人生的闲淡，又善于用哲理的眼光去观察事物。为人处事，秩序井然，举止文雅，态度温和，礼貌待人，节俭务实，勤劳谦逊，宽厚以仁。这种气质在社会关系中的表现，就是一种道德范畴和精神品格。现代社会的光怪陆离和秩序的紊乱，特别需要这种成熟的修养、稳健的气质来应对。

秋者，天之别调，是一个近乎人情的季节。古人曰：律己宜带秋气。它挟清风而纤尘不染，唤雷雨而自其固然。犹如儒家提倡之“五美”：惠而不费，劳而不怨，欲而不贪，泰而不骄，威而不猛。有学者称其为“近情精神”，是人类文化的高级理想，是中华文明的精华。儒家藉着与人心及自然的天然程序的和谐，自认可孔子便是近情者的代表。而人之所以崇拜他，也无非因为他有坦白的常识和自然的人性。所以，近情精神就是人性化思想，这是人际关系中的真理。现实生活中常有这种现象：一个无从答复、无法解决的问题，可能会由怜悯之情给出答案、得到解决；一个相当充足的理由、一个铁定的恩怨情结，常可由爱情打破它、化解它。不可逾越的障碍变成了平凡，疑惑和希望则成了姊妹。这种不合逻辑的行为，往往是最能打动人、感动人的。逻辑若剥去常识便成为不近人情，而常识若脱离开逻辑便不能深入情感的神秘境界。现代人可以藉儒道以正行为，藉佛教以净心胸，借山水风物、音乐美术以陶冶性情，更应该将这种近情精神的人格模式作为一种道德修养并注入到社会生活之中，使其成为人际关系中个体与个体、个体与社会之间的某种调节尺度，它最终的显示，应该是那句深入人心的口号：让世界充满爱！

做人当如秋，但决不能老气横秋！

春蚕吐丝

春蚕吐丝，吐出了人间绚丽华贵的锦绸云缎，吐出了中国历史文化园地中的灿烂奇葩，吐出了一条千古不朽的丝绸之路！汩汩山泉，日夜忙碌，汇成了条条川流不息的滔滔江河，咆哮奔腾，将生命融入浩瀚的大海！人之呱呱坠地，便呼唤着关爱，投入滚滚红尘，奔向茫茫未知的命运。据说，健康婴儿生下来，一定是两手紧握，拇指在内，这就是所谓的“护身拳”，小家伙来到人间便有了自我保护意识，却没有自我保护能力，所以，他最需要爱。还有一说是，婴儿攥拳而来为索取，是要抓住一些东西，包括物质的和精神的，孩子长到一周岁，民间就有了让孩子“抓周”的习俗，一般是摆上文房四宝、各种玩具、金银钱币等等让孩子抓，以判断孩子未来的命运。贾宝玉就抓了女孩子用的化妆品，所以他生性风流。其实，这只不过是家长对孩子的愿望寄托，无疑，愿望是良好的，寄托是真诚的。是否有些道理，是否灵验准确，便无从知晓了。

春蚕的生命光辉灿烂，山泉的生命波澜壮阔，人的生命则是千姿百态了。这是由于人的生命除了具有天性以外还具有个性。在高于自然界的智力领域进行开拓和创造，其动因不仅仅是知识的积累，同时也是个性的表现。研究表明，人的个性发展与文化背景、母亲的影响、启蒙老师、以及特殊的精神需求有关，有人将此称之为“文化摇篮”。近现代许多精英人物个性的形成，都曾受到母亲的强烈影响。鲁迅不但以母姓取笔名，并且塑造了酷似现实中的“鲁镇”，其作品中母亲的影子时隐时现；爱因斯坦由于受母亲的影响，从幼年就对古典音乐有所爱好，使他在幻想中产生了“有一种神秘秩序在制约着大自然那些表面上错综复杂的现象”的感觉；著名德国数学家大卫·希尔伯特“总是诚心诚意地陪伴爱好哲学的母亲”而深受康德言论的抚育；居里夫人对她的母亲无限热爱，认为母亲是世界上最娴雅、最善良、最聪明的人；杨振宁先生说：“我四岁的时候，母亲开始教我认方块字，花了一年多的时间，教了我三千个字。现在我所认识的字加起来，估计不超过那个数目的两倍。”这里所说的只是母亲对孩子的个性所产生的影响，而不是孩子的综合成长过程。事实上，在一个家庭中，由于父亲更多地参与了对子女的教养，整个家庭环境的品质，已成为孩子成长的不容忽视的客观因素。

日前与几位已取得“母亲”资格的朋友交流，她们的孩子今年有的参加高考，有的参加中考，均以优异成绩考取了较好的学校。这几位母亲在对孩子的教育方面，有其共同特点：只作原则规范，不作具体约束，平等相待，用心交流，从不固执己见，更不强加于人。其中的一位母亲曾给读初中的儿子写下了这样几句话：“风雨中我愿是你的伞，远航中我愿是你的帆，黑暗中我愿是你的灯，成长中我愿是你的书……”通过与儿子的交流，她发出了这样的感叹：“对孩子，你不能低头看!”上面提到的这几个孩子也都开朗活泼，学习轻松，善独立思考，课外知识比较丰富，个性意识已渐显露。其中一位公开宣称：不作读书的机器！还有一位拒不执行家长为其制定的暑期计划，尽情舒展着自由少年的天性。然而，她在诸多方面却都是最优秀的，她的心情是快乐的。面对这一现实，妈妈由衷地说：“对于女儿来说，快乐是最重要的；对于我来说，快乐也是最重要的。想严格要求她，又想让她自己把握自己，就这样在矛盾中前进吧！”几位母亲的共识是：个性的发展，往往能使孩子在某一领域里萌生出巨大的创造热情。这些事例对学界的观点或许能作一点印证。

事实上，每一个正常成长的儿童都是一个探索者，他们将要探索的自然、社会和人生领域充满了艰难险阻。如果他们的天性意识受到不恰当的束缚或者损伤，那么，他们生命中敏锐的根须就不能伸展出去获得广泛的营养，从而造成人格方面的先天不足，在充满变数的人生道路上，就会缺乏灵敏的应对能力和经历坎坷而仍能奋斗的坚韧精神。由此而言，上述几位母亲的观念和行为，也许会有可借鉴之处。假如每一位母亲都像春蚕吐丝，每一位父亲都像汩汩山泉，那么，他们的生命延续一定是光辉灿烂和波澜壮阔的！

病中遐想

自认为体质尚可，每天五公里的跑步，20个俯卧撑、百十个仰卧起坐也能轻易拿下，平时很少服药打针，甚至连例行的体检也不做。就在这沾沾自喜中，近日却偶感风寒，小疾缠身，体验了“有什么也别有病”这一颠扑不灭的真理。身体的不适是不言而喻的，但对于我这个不常生病的，却生出些新鲜感来。首先，无微不至的关怀和照顾比平时多出若干倍，有些受宠若惊的不习惯，这大概缘于我一贯不识抬举的秉性；再是感受到医生、护士们天使般的款款温情，便以为世界上真有天使，这可能缘于我至死也要保留一点的单纯；三是得到远近朋友们的热情问候，便觉病情好了大半，这多半是我骨子里的那点“江湖义气”和“浪漫情怀”在起作用。

人一生病就喜欢瞎想，为了说明我病中的“想”不是瞎想，而是有些根据和道理的，所以我把它叫做“遐想”。为何不叫做“联想？”主要是为规避鲁迅先生说的“看到手就联想到手臂……”的那种联想，不是还有一种电脑叫“联想”吗？怕“侵权”。

人在病中似乎还能做些事情，有些人还能做大事情。我国民乐大师刘天华先生，于贫病交加之中孕育创作了不朽的二胡独奏名曲《病中吟》，以低回高转，悠远绵长的旋律，表现了作者剪不断，理还乱的愁绪和对现实的无奈；以舒缓但有力度的节奏，表现了作者摆脱苦闷的愿望和斗争决心。汉代司马迁，在身心残缺的状态下，写下了历史名篇《报任少卿书》，其中“盖文王拘而演《周易》；仲尼厄而作《春秋》；屈原放逐，乃赋《离骚》；左丘失明，厥有《国语》；孙子膑脚，兵法修列；不韦迁蜀，世传《吕览》；韩非囚秦，《说难》《孤愤》。”这一脍炙人口的千古名句，成为激励逆境中人们奋发图强的座右铭。奥斯特洛夫斯基在病榻上完成了长篇巨作《钢铁是怎样炼成的》，为一代人树立了闪光的人生楷模。被称为智慧偶像的当代最富有影响的思想家之一史蒂芬·霍金，在轮椅上撰写了《时间简史》和《果壳中的世界》，以清澈明晰、妙语连珠的表述，把我们带到天文和物理的最前沿，真理在那里甚至比幻想更令人眼花缭乱，从而确立了世界科学著作的里程碑地位。就连没有多少智慧才华可言的西施，其病态中的妩媚和风韵，也让人觉得别有一番滋味。这种“病态美”的含金量恐怕是很高的，否则怎么会流传两千多年而不衰呢？

生病要进医院，一般感冒走完从挂号到打针输液的整套程序，没个千儿八百的人民币是甭想顺利过关的（在大城市的大医院）。有次我说头晕，医生顺手开一张单子：做核磁共振。瞬间，我的两千多元人民币便化作一张黑白菲林，结果还没查出病灶。阿弥陀佛，幸亏没查出病灶，关键是有无必要作这个检查。现在的大医院好像不是人给人看病，而是机器给人看病。后来还是我自己觉得可能是颈椎有点毛病，于是就每天坚持活动颈部，头也就不晕了。更让人郁闷的是，医院收费与其他垄断行业一样，完全是霸王式的，你弄不清楚他的合理成分究竟有多大，更没法讨价还价。说实话，我们这些靠“组织”养活的人倒无多大压力，可那十多亿农民兄弟呢？那城镇的下岗职工呢？唉，生自己的病吧，别尽想没用的了。

生病了，总想一些朋友，尤其得到朋友的真切关怀和热情问候，病痛的感觉就会减轻许多。由此而想到，真挚的友谊对于人的生活是多么至关重要！这方面的感慨太多，快过年了，让朋友们看这些无趣的文字，实在不好意思。不过，我高兴地告诉朋友们：我已痊愈，不是病人瞎想了，您也可以作为一段吉祥文字去理解，“病树前头万木春”嘛。

不必对自己太客气

朋友对我说，在工作与生活交织而成的繁忙和纷扰中，他时常处于“被动与主动”的错位状态，有些不想做的事也要无可奈何地“主动”去做，好像被一只无形的大手推着；有些想做的事情却又无可奈何地“主动”放弃，好像被一只无形的大手拉着。每每此时，“自我”便游离于“生命”之外，不知自己究竟是为自己活着还是为别人活着。我深知朋友是一位争胜好强的完美主义者，无论事业、家庭，凡事都要做出个“样儿”来，不为别的，只为让自己看着舒服，觉得满意。然而，这一目的往往是很难达到的。这样小心翼翼地侍候着自己的生命，客客气气地恭维着着自己的灵魂，感觉活得很累。这使我想起了一位前辈贤达说过的话：一个人对于自己可以有一种态度，一种不必客气的态度。说白了，人活着首先要把自己当主人，活个实实在在，从从容容，明明白白，真真切切。诚如胡适先生所言：生命本没有意义，你要能给他什么意义，他就有什么意义。与其终日冥想人生有何意义，不如试用此生做点有意义的事。

生命是自然的也是自由的，因而也是放达的。人，真的没有必要客客气气地为自己设定某种模式来禁锢和束缚自己，尤其在物欲横流，功利思想如水趋壑的现实中，大可不必在呜呜泱泱的潮流裹挟下去为自己争夺光环，追逐显赫。无所求但有所为应该是最自然的生命状态。近代以来，有一部极受文人追捧的书，名曰《浮生六记》，作者沈复（字三白）是苏州人，生活在清乾隆年间。他不是斯文举子，而是一位习幕商人，偶尔写几句诗文，也无所存心，既不为扬名天下的招摇旗，也不为荣华富贵的敲门砖，意兴所致，濡毫伸纸，不妆不点，无避无忌。统观全书，无酸语、赘语、道学语。有大家评论沈复的《浮生六记》，说它既不像信笔写来，也不像精心结撰，是“一半儿做着，一半儿写着”，虽有雕琢一样的完美，却不见一点斧凿痕迹；分明是天成的图画，却又处处吻合人工的匠意。妙肖不足奇，奇在全不着力而得妙肖；韶秀不足异，异在韶秀以外竟似无物。就像一块纯美的水晶，只见晶莹，而不见托露晶莹的颜色；只见精美，却不见制作精美的痕迹。固然不是有所为，却也未必是无所为，恰似“人如风后入江云，情似雨余粘地絮”，生命真实，活得洒脱，方有这无羁无绊、无拘无束的文心，才能写出这浑然天成的文章。正所谓“求之不必得，不求可自得”。这是一种何等的自然自在！

记得读过丰子恺先生的一篇文章《作客者言》，实录了一位先生到朋友家做客的经历。进得门来，迎面而遇的是主人热情有加的拱手作揖，鞠躬问好，弯腰几乎拜倒在地。客人自然也要作出相应的“互动”。经过一番折腾，客人刚刚选好一个出入方便、光线明朗的椅子待要落座，却又被主人强拉硬拽到“上座”，结果竟坐了一屁股燕子屎！主人敬茶时，由于过于客气而使客人手足无措，双方动作有失协调，客人“新制的淡青灰哔叽长衫上又染上了芭蕉扇大的一块茶渍”。待到用餐，那就更客气得让人难受：安排座位你推我让，使人筋疲力尽；斟酒布菜，令人应接不暇手忙脚乱；胃已撑得隐隐作痛，主人还不断强行往碗里添饭；席间对于主人热情洋溢的不知所云，还要挖空心思绞尽脑汁地予以迎合……待到席终人散，那位先生不仅要去药店买苏打片来消食，而且回到家中，“四肢疲劳，连脸上的筋肉，也因为装了一天的笑，酸痛得很呢”。看来客气未必能使人感到舒服。

在现实生活中倘若对自己太客气，那活得一定不会很轻松很自在，不会像沈复那般洒脱飘逸。那是因为客气中多了些虚假，少了些真实；多了些形式，少了些内容；多了些繁琐，少了些简约；多了些拘谨，少了些自由。我们有时非常向往闲云野鹤、天马行空的生活，实则却很难达到这种境界，这恐怕是对自己太客气的缘故。正如丰子恺先生所云：客气往往使人产生“顾虑周至，防卫严密，用意深刻”的感觉，“同下棋一样，我觉得太紧张，太可怕了”。俞平伯先生说：“生于自然里，死于自然里，咱们的生活，咱们的心情，永远是年轻的”。“生命至脆也，吾身至小也，人世至艰也，宇宙至大也，区区的挣扎，明知是沧海的微沤，然而何必不自爱，又岂可不自爱呢”。淡泊人生，热爱生活，做到“自爱”就足够了，不必对自己太客气。

我无意贬损客气，也不否认客气是种修养，更不反对人际间交往有些适度必要的客气。本文旨在表达的是“对自己”而不是对他人。即便是对他人，客气也并不完全等同于文明礼貌宽容大度，这是很容易界定的。我想，在这一点上，不至于使朋友们产生误解吧。

生命与生活

生命，是生物体所具有的活动能力，有强烈的自然属性；生活，是人类为了生存与发展所产生的各种活动，有明显的社会属性。二者是相互依存不可分割的。

汶川大地震，数万同胞的生命，在瞬间被吞噬，可见生命在自然力面前的不堪一击！可见人在大自然面前是何等渺小！它直观地提醒我们，人，不能傲视万物，尤其不能傲视自然。惟有研究它，顺应它的发展规律，求之人与自然的和谐相处，方能减少或避免自然界对人类的伤害。这一常识性道理其实并不难理解，你破坏了草原，就要产生荒漠化，人类就要受风沙的袭扰；你破坏了山林植被，山体就要滑坡，就要发生泥石流；厄尔尼诺，洪涝干旱……无一不是由于人类对自然的破坏而遭致的报复。遗憾的是，自然界一而再、再而三地向人类发出的警告，似乎并没能引起我们足够的重视，短期的功利性目的，鼓励着贪婪的胃口，向自然界进行着非理性掠夺，最终吞下的是人类自己酿成的恶果。严酷的事实告诉我们，以破坏生态、牺牲环境为代价的发展，就未必是硬道理了。

本文无意把汶川地震与其他自然灾害混为一谈，但是，任何自然灾害，都会对人们的生命造成威胁，对人们的生活产生影响，这是不争的事实。主流媒体公布的随机调查结果显示，汶川地震后，有81%的人们转变或改变了生活观念。其中多数人凸现了人与人之间应该互相关爱、互相宽容、互相帮助的精神理念，表示，当别人遇到困难时自己一定无条件地给予帮助；有的表示，要更加珍惜亲情，尽可能地多与亲人团聚；有的则认为，应该珍爱生命，提高生活品质，过好每一天……家在灾区附近的一位朋友告诉我，地震以后，他想透、看透了很多问题，学会了放弃，也学会了进取。今后要认认真真地做好自己想做和应该做的事情，把自己的生活安排得更健康，更充实，更富有情趣，同时不忘回报社会。总之，在多数人的生活理念中，爱心、务实、自信、社会责任感等人性和人本思想上升并占据了主导地位；物欲、懦弱、自私、冷漠等阴暗心理受到冲击和遏制。为此，我们不能不叹服：大自然真是恩威并用的人类的好老师！

英国哲学家、思想家伯特兰·罗素说，世界并非专为我们人类而存在，当不幸降临的时候，不要抱怨我们希望的破灭，要有勇气把我们的思想从徒劳无益的悔恨中解脱出来。像阿特拉斯神那样，不顾无意识力量的蹂躏行径，以自己的理想造就全新的世界。面对惨绝人寰的地震灾难，绝大多数同胞采取了这种智慧的态度。因为中华民族精神和中国传统文化心理特征，具有相当的坚韧性和稳定性。中国人的思想气质实际而精明，有一种冷静而内向的自我尊严，在生活上追求合理，重视安定，富有人性；在人生哲理上将现实与理想巧妙地融合为一种进步力量并从中获得了精神解放。

大自然教育了我们，大地震教训了我们，显而易见的效应是，我们的民族精神经受了考验，人本思想和人性精神得到了升华，生活理念有了突破性转变。我们不再因有虚幻的憧憬而迷茫；不再因有过度的奢望而失望。这也许能使我们明慧达观的生活观念更加完善，更加牢固，从而开辟乐天知命的生活新境界。“凡是心灵观照整个世界的人，在某种意义上就和世界一样伟大，他摆脱了被环境奴役的人所具有的恐惧之后，便体验到一种深沉的快乐。”这是否应成为我们思考的一个命题呢？让生命去实践，让生活来回答吧。

好好活着

近闻一位很年轻、很优秀的知识女性因不堪忍受家庭暴力折磨而自杀身亡，其中有无更复杂、更深层次的原因我们无从知晓，所以对这个事件的是非曲直也不好评说。不过，我们在扼腕痛惜的同时，如果能从中思考些问题，悟出点道理，以匡正我们的人生之路，倒是有些必要的。

生命问题、生死问题，是我们的老祖宗研究、谈论了几千年的老问题，上有理论学说，下有民谚俗语，可谓众说纷纭，汗牛充栋。一言以蔽之，生命对于人来说，是唯一的、最珍贵的、不容侵害、不能轻易放弃的。当然，人人都不免一死，那是一个自然过程的终结，倘若不是规律性的生命消逝，而是非自然力的毁灭，那就不正常了。不正常的现象自有它不正常的内在原因，一般来说，这种不正常的原因，来自于人类自身。“求生”是人类低层次的生物特性，与其它动物别无二致，所不同的是人类有了思想，有了创造性劳动，从而驱动着生命活动由“求生”不断向高层次演化递升，生命形态的本质也就发生了根本性变化，欲望与苦恼便相伴而生。肖伯纳说：“生活中有两个悲剧：一个是你的欲望得不到满足，另一个则是你的欲望得到了满足”。常言道，“生”也容易，“活”也容易，“生活”却很不容易。因为在现实生活中你面对的不仅仅是欢乐幸福，同时还要面对许多困难、困惑、挑战、竞争以及错综复杂的人际关系和各种社会问题，要承受来自各方面的冲击和压力。在私有制产生以后，人类便生活在这种愈演愈烈的状态下。所以，在我们数千年的传统文化中，就产生了许多指点和劝导人们超越现实、解脱痛苦的理论学说和经典名言。比如，释宗的因果，老氏的虚无，仲尼的礼乐；儒家的人情、伦理、入世，佛家的本体、心净、出世等等。这些理论学说和宗教观念基本上是侧重于对人本身的严格要求，追求人的道德完善，塑造人的完美的人格，倡导做个理想的“完人”，从而达到抛却功利，超脱世俗的境界，这当然有它的积极意义和一定的社会效果。但历史地看，它却忽视了人性的解放，用道德规范甚至用清规戒律制约着人性的发育和生长；忽视了对生命权力和生命价值的尊重，将生命的地位置于许多抽象的观念和冠冕堂皇的理由之下。这种文化心理结构的极端表现往往是以生命为代价，要么换取某种虚无缥缈的东西，要么作为解脱痛苦的一种方式。那位自杀的知识女性也许就是因为在邪恶面前束手无策而作了令人痛心的选择。谁都知道，这种极端行为没有任何实际意义。所以，作为一个自然人的第一要务，是活着，好好的活着！

现代人为了好好活着，学习、吸取历史文化精华，进行必要的心性修养，不失为良策之一。但更重要的是面对眼前变化莫测的大千世界，你不能改变它，就要应对它，而绝不能无所适从，束手无策。在现代社会生活中，人们面临的经济胁迫、生存竞争、观念冲突、社会变革等客观力量的冲击日益严重，难免遭受种种忧虑、烦恼和痛苦的袭扰，承受强大的精神压力。这就需要寻求一种排解和释放方式，来克服精神疲乏。研究表明，人们在职业以外培养一些兴趣，是排解精神焦虑、释放心理压力的科学而有效的方式，可以使人取得心智的和谐，保持平衡的意识，对世界有真实、生动的整体感，体验与欣赏多样的人生。罗素认为“每种对外界的兴趣，都会激发你的生命活力。”“一个人感兴趣的事情越多，受命运摆布的可能性便越小”。“凡是心灵观照整个世界的人，在某种意义上就和世界一样伟大”。胡适先生对即将毕业走向社会的大学生的谆谆教导中，就要求每个人进入社会，都要发展专门职业以外的兴趣，强调一个人要有他的职业，也要有他的非职业。丘吉尔是英国的政治家，政治是他的终身职业，但他在文学和历史方面都有骄人的成就，油画功力也不错。艾森豪威尔的终身职业是军事，但他打高尔夫的水平也相当高超，油画画得不次于丘吉尔。毛泽东是伟大的政治家、军事家，但他同时又是伟大的诗人和书法家。罗素认为，一个人无论他有多么沧桑，如果他对世界有兴趣，就能摆脱环境的奴役，战胜一切不幸。我想，那位优秀的知识女性如果能做到这一点，也不至于走上轻生的道路。

在日常生活中，人们需要培养有秩序的思想，养成精神生活纪律，保持健康灵敏的思维活动，以避免思维活动进入误区。人们的思维活动一旦进入误区，便会失去明智，也就是通常我们所说的钻牛角尖，认死理儿，就很难回首自拔，以致酿成事与愿违的后果。曾听说过这么一个小故事：四乘七等于儿？甲说四七二十七，乙说四七二十八。二人争执不下，便撕扯着闹上了公堂，请县官明断。县官问明缘由，当堂释放了甲，将乙按在地上打了屁股。乙大呼其冤！县官说，甲都四七二十七了，你还跟他较真儿，岂不比他还四七二十七么？岂不该打？那位四七二十八者，倘若能稍微变通一下思维方式，何至于挨县太爷的板子呢？

通常情况下，人们需要选择并确认一种合情合理的生活信念，但更需要正确认识自我。罗素说："一个人若能把思想和希望集中在超于自我的目标上，必能从日常生活的烦恼中获得解脱。"许多轻生者之所以轻生的原因，未必都是不能解决、不能逾越的大问题、大障碍，也许稍微调整一下思路，变换一种思维方式，问题就可能迎刃而解。无论现实多么不尽如人意，好好活着是人们至高无上的权力。

好好活着并非是窝窝囊囊的苟且偷生，而是在合理的思想信念中，保持对理想生活的希望、追求与肯定。以脚踏实地的创造来优化生命环境，提高生命质量。既不要把生活艺术化，梦悬空中，用镜花水月来装点现实生活；也不能把生活哲学化，以许多复杂的原理、公式来研究和求解现实生活。生活就是生活，只要能收放遂心，应对自如，便是智者的明慧。

生命诚可贵

———再说“好好活着”

生死问题是个古老的问题，也是一个硕大无边的问题，无论是纵向考察，还是横向研究，都能产生许多有理有据的观点，得出若干令人信服的结论。但无论怎么说，在人所拥有的一切中，生命是最可贵的，恐怕无人否认。在人人都明白的这个真理面跟前，仍然时有自毁生命的现象发生，这就值得研究了。我们承认，造成一些人轻生的具体原因很多、很复杂，但归根结底都是由社会、家庭等客观原因作用于人的主观因素所造成的一种恶果！没有人无缘无故的就不想活了。因此，我们在规劝人们要修心养性、树立正确的人生观、价值观、提高应对客观环境的能力的同时，更有必要敦促社会进行深刻反思！因为社会的责任在于构建充满人性和博爱的人文环境，减轻和缓解人们的生存压力；以正义的力量除暴安良，维护公平；以规范的人道主义尊重生命，尊重生命的权力！试想，如果社会能及时给前文提到的那位遭遇家庭暴力的知识女性以道义的支持和实际的帮助，她也许就不会走上绝路。这应该视为一种社会责任的缺失。

最近，从媒体上获知两个令人深思的事例。其一，1935年，纽约一位老妇人因偷面包而被送上法庭受审。她流着眼泪对法官说，她偷面包只是为了喂养她那嗷嗷待哺的孙子，请法官原谅她。但法律无情，法官仍然判她犯了偷窃罪，要么罚款10美元，要么拘役10天，二者可选其一。这时，时任纽约市市长的拉瓜迪亚站起来，脱下帽子放进5美元，然后对其他人说："请各位另交50美分罚款，为我们的冷漠付费，也为我们生活在一个老祖母要去偷面包来喂养小孙子的城市而受罚。"在场的人无一例外地向市长的帽子里放了钱。其二，"采取反暴力抗法的布局动作，注意要使相对人的脸上不见血，身上不见伤，周围不见人，还应以超短快捷的连环式动作一次性做完，不留尾巴。一定要干净利落，不可迟疑，将所有力量全部用上……"多么深思熟虑、精妙算计、理论化、技巧化的暴力行为啊！然而，它却堂而皇之地出现在国家正规出版社出版的《城管执法操作实务》一书中，作为经验交流，让人学习、实践!! 这让我们在对社会正义的理解上感到一种绝望的逻辑断裂！道理，不用再多说了吧?!

从人的主观因素上讲，文化背景的影响，心理素质的脆弱，人生观、伦理观、价值观等方面的偏差，人格、性格和心理方面的缺陷等等，都可能是造成轻生意念的原因。人无完人，这些方面的问题几乎不同程度地存在于每个人身上，你可以逐渐地解决、甚至不解决这些问题，但你不能不思考这些问题。因为，现实世界毕竟并不是完善的，而且如果使我们的判断依从于这个现实世界，就会有一种奴性的因素存在，而这种因素势必会把我们的思想冲涤殆尽。因此在一切事物中，最好将人从非人的权力暴虐下尽可能地解放出来。在稍纵即逝的有生之年中，去审视、批判、认知所要了解的世界，以获取独属的自由，获取控制外界生活的优势和驾驭外界生活的力量。这，需要思考！

生命诚可贵，贵在她来之不易，存之不易。我们有千万个理由珍视她，爱护她，而没有一个理由自己放弃她，毁灭她。在很多时候、很多情况下，即使生命要承受挑战、压力、痛苦、煎熬甚至折磨，生命也要进行本能的抗争，在逆境中闪现光辉。这一点，许多古人为我们做出了榜样。司马迁在《报任少卿书》一文中有一段十分精彩的记载，为我们提供了佐证："古者富贵而名摩灭，不可胜记，唯倜傥非常之人称焉。盖文王拘而演《周易》；仲尼厄而作《春秋》；屈原放逐，乃赋《离骚》；左丘失明，厥有《国语》；孙子膑脚，兵法修列；不韦迁蜀，世传《吕览》；韩非囚秦，《说难》《孤愤》；《诗》三百篇，大抵圣贤发愤之所为作也"。这些在逆境中仍然珍爱生命，顽强生存并成就大业的典范，难道还不足以使我们受到一些启迪吗？司马迁在写这篇文章的时候，也是因受李陵事件牵连，获罪下狱，受了腐刑，遭到奇耻大辱，个人尊严荡然无存之后，文中叙述了他从受侮辱到想"引决自裁"，从受刑不死到发愤著书，再到从俗浮沉，通其狂惑的心路历程。看来他也曾想到了自杀，但终于还是心有所悟，走出了阴影，道出了千古名句："人固有一死，或重于泰山，或轻于鸿毛，用之所趋异也。"并倾其毕生精力，著成我国第一部通史——《史记》。对司马迁，我们应作怎样的评价呢？

五月的鲜花

“五月的鲜花，开遍了原野，鲜花掩盖着志士的鲜血……”这原本是一首歌词，在那个特殊的年代，它曾鼓舞着无数热血青年，走上为民族解放与独立而斗争的道路。而如今它却拷问着我的心灵：你忘记了吗，一年前那个灾难的五月？也是鲜花开遍了原野，可是，它却浸染了我数万同胞的鲜血！是的，我在努力忘记着那惨烈的一幕，不忍再现那撕心裂肺的情景！但是，无论怎样的想忘却，可总忘不了、永远也忘不了瞬间被吞噬的数万同胞那鲜活的生命！忘不了生命最后那一声微弱的呐喊，忘不了眼神中最后那一丝对人间的眷恋！忘不了行进在去往天国途中那浩浩荡荡的亡灵，一步三回首，呜咽悲怆，泪雨覆倾！

我的父老乡亲，我的兄弟姐妹，你我远隔千山万水，从未晤面，素不相识。可是当你们去了另一个世界，我的心与您们的灵魂却突然没有了距离，一种撕扯不断、割舍不开的情愫似乎在自然地滋生，在迅速地蔓延……冥冥中我们好像曾经有过似真似幻的亲情和友情，是超越血缘关系的亲人，是没有时空界限的朋友。所以我知道，你们曾经是那样忠实庄严的生活着，为父母、为儿女、为妻子、为丈夫、也为自己，担负着那份责任，恪尽着那份义务，承受着那份命运！天行有常，风雨博施，大自然要报复和惩罚的本不应该是你们，你们最亲近土地，你们最热爱山川，你们本应在大自然的怀抱中辛勤地继续活下去，生命就像这五月的鲜花，无论是兰桂齐芳，无论是萧艾敷荣。你们还有太多的心愿未曾了却：父母的养育之恩尚未来得及报答，也许你正在为他们营造着衣食无忧、心身愉悦的晚年生活空间，事尚未成，心愿未了，你却无可奈何地走了，是不是留下了太多的遗憾、无尽的牵念？也许你为与妻子一次无谓的争吵而后悔莫及，正准备向她道歉；也许你突然意识到作为妻子的某次“失职”，正准备给他以加倍的补偿；也许你们为儿女的健康成长、励志成才，正辛苦并企盼着；也许你刚刚开始享受儿孙满堂的天伦之乐；也许你风华正茂，遨游在知识的海洋……然而，那恶魔却在你猝不及防的瞬间，无情地吞噬了你的生命，将你的付出，你的心愿，你的憧憬，你的希望，你的未来夷为一片片废墟，你带走了终生的遗憾，为幸存者留下了永恒的悲伤哀痛！人说苍天有眼，可他为什么眼睁睁地看着这无以复加的悲惨降落到人间？人说上帝善良，可他为什么不阻止邪恶的肆虐、魔鬼的猖獗？他的善良又在何方？苍天和上帝能惩罚制造灾难的恶魔、消除人间的灾难么？我在彷徨中寻求着永远也得不到的答案，但是我仍然不放弃真诚的祈求！为的是让你在那个世界里少一份牵肠挂肚，多一份安详宁静！

五月的鲜花，开遍了原野，死难者的鲜血和生存者的泪水浇灌了它。君不见，那姹紫嫣红中含着多少思念，那苍翠葱茏中溢着多少悲伤！让我们采集一束五月的鲜花，祭奠那五月的亡灵：安息吧，我不知姓名的亲人，我素不相识的朋友！

忘不了、永远忘不了的还有当灾难的恶魔扑向人间的时候，古老的中华民族迸射出的人性光芒和席卷华夏的爱心热潮。无须什么动员，不用什么号召，在同一时刻，亿万双关注的目光聚焦于那片灾难的土地，亿万颗焦虑的心飞向灾难中的同胞，那慷慨大度的捐赠，那毫无条件的援助，那感人至深的志愿者行动，那久违了的精诚团结、众志成城……在鲜花盛开的五月，迸射出照亮天地、穿透玄黄的光芒！那是博爱之光，那是人性之光，那是民族精神之光，那是人们心中永不熄灭的希望之光！让我们采集一束五月的鲜花，敬献给伟大的人性与博爱！

忘不了、永远忘不了的是那些奋不顾身、流血流汗、用生命抢救生命的英雄们。他们的姓名性别年龄身份都不重要了，重要的是他们精神和力量在中华民族历史上又矗立起一座永恒的丰碑！他将与民族共存，与日月同辉！让我们采集一束五月的鲜花，敬献给这座顶天立地的丰碑！

还有一个忘不了、永远忘不了的是我实在不愿提及的在灾难中暴露出的那一张张丑陋的嘴脸和比嘴脸更丑陋灵魂，譬如那个“做鬼也幸福”的家伙，此类为数不多，但他玷污了我们的道德肌体，污染了我们的民族精神。我们送给他们的当然不是鲜花，而是忠告：面对“5·12”灾难的亡灵忏悔吧，洗心革面，重新做人！

五月的鲜花，未必只是装点关山，昭示太平，它寄托着我们的哀思，净化着我们的灵魂，传播了爱心，彰显了真善美，同时也告诉我们：人世间值得思考的问题，还有太多，太多……

“情”需要“煽”吗？

“情”（通常所说的“情感”）为何物？它是人们对客观事物感受的心理因素，是客观对象与自己的关系的主观反应，是主体对客体的态度。这种态度与人的活动、需求、利害以至理想有密切联系。人的情感具有社会的内容和社会的意义，它在人的长期实践活动中产生和发展，并对实践起着反作用。列宁同志说过：“没有人的情感，就不可能有人对真理的追求”。

其实，从哲学和理论层面理解和论述情感，对于我们这些草根没有多少实际意义，因为我们人人都有情感，都知道情感是怎么回事。汶川大地震，造成数万同胞葬身于废墟，伤者更多。面对如此惨绝人寰的大灾难，几乎所有华夏儿女的心情都十分悲痛与沉重，并将这种心情化作实际行动，踊跃捐款捐物，更有大批志愿者奔赴灾区，冒着生命危险抢救废墟下的生命，为受灾群众提供各种服务和帮助，各地百姓还自发举行悼念活动，寄托对遇难者的哀思。……举国上下，万众一心，为救生命，宁舍一切，这种对灾区人民的同情和关爱之情还用“煽”吗？在这突如其来的重大灾难面前，全国各族人民以大局为重，毒蛇啮手，壮士断腕，团结一致，为国分忧，无条件地帮助政府做本应是政府做的工作，难道我们的政府及其公仆们，不应该向如此善良厚道的公民们深鞠一躬、道一声“谢谢”吗？这种百姓对政府的理解、支持之情还用“煽”吗？再看在地震重灾区跟在领导屁股后面的那张灿烂的笑脸（见媒体发的新闻照片，据说他是灾区的一位父母官），那种人性泯灭、良心丧尽、极尽谄媚、居心叵测的阴暗欲望之情还用“煽”吗？恐怕你无论怎样“煽”也不能把他煽得人性复归、良心发现！

在民族和国家的危难时期，在重大突发事件面前，媒体的责任和功能应该是向社会传播事实真相；公布政府的作为信息；反映人民的心声和愿望；坚定灾区群众战胜困难的信心和决心，而不是煽情和造势，无须再由品牌煽情手言不由衷、几近作秀地引领人们空流眼泪了。因为中华民族是一个成熟的民族，理性的民族，而且有悠久的人本思想理念和人道主义文化传统。世界范围内的华夏儿女，正在以实际行动向灾区人民传达血浓于水的情感，这是发自内心的、最真实、最高尚、最纯洁、最深厚的情感！倘若经过润色修饰、加工处理，是否变味儿，也未可知。

非常时期，有责任感的媒体、尤其是主流媒体，是否应该突破固有的惯性思维和行为常规，来个换位思考，设身处地地为灾区人民想想：他们到底急需要什么？恢宏的场面、浩大的声势、华装丽服、名人云集、惯用的煽情手法、稍纵即逝的慷慨激昂，不顾幸存者刚从废墟下被挖出来就将强光灯直打其面而激怒救援人员，闯进手术室干扰抢救工作而被医生怒斥……这些，究竟是谁的需要？经过酝酿的情绪和过分矫饰的表演，究竟能产生什么效应？任何事情都要有个“度”，过度了，人们就会产生逆反心理，不信你那一套，不买你的账，那你不白忙活了？为人也罢，处事也罢，都还是实在些好。我们的某些媒体为什么就不能从过分的自我意识中跳出了，朴朴实实地真正为人民服务一次呢？我们的公众人物为什么就不能老老实实地做一次无名英雄呢？据北京电视台报道，有一位普通群众捐了一百万，无论如何都不愿留下自己的姓名，至今人们不知他是何许人也，这才叫真情奉献呢！他给人的感动和心灵震撼远比那些招摇者强烈而真实！突发的灾难不是用来展示自己的平台，不是实现某些功利性目的的机遇，不是为某些集团利益服务的资源。还是确认好自己的社会身份，扎扎实实尽好自己应尽的社会义务，担负起自己的那份社会责任吧！

我无意贬损媒体，更没有否定媒体作用的意思（一介草民也没那个能耐）。而是作为一个受众所感受的传播效果，觉得有些问题该反思了……

凭良心做人　靠本事吃饭

“凭良心做人，靠本事吃放”，在某出版社为我儿子出版的个人写真集上，他将这八个字，用手写体牢牢地标记在首页他的照片上！我很赞赏他的这条人生格言并与其共勉，同时经常以此为标准考察他做人做事的原则和风格，督促其在日常生活中身体力行。

何谓“良心”？中外学者通过研究，对“良心”作了一个大体的描述：“良心”是对自己应尽的社会义务和社会责任的认同，是自我意识在道德方面的表现，是个人以自律形式积淀的道德判断力和自制力，是道德自律性的最高体现，是人们内心的道德法庭。“良心”在规范人们的社会行为中具有极其重要的作用，可以说，如果一个人没有良心，就没有道德行为。古希腊哲学家德谟科勒认为，良心是人们对自己行为善恶的自我判断力，是区分人与动物的界限。孟子也认为“良心”是人与兽之别：“人之所以异于禽兽者，几希。庶民去之，君子存之。舜明于庶物，察于人伦。由仁义行，行仁义也。”“……由是观之，无恻隐之心，非人也；无羞恶之心，非人也；无辞让之心，非人也；无是非之心，非人也。”换言之，如果一个人没了良心，那就无异于禽兽！说白了，良心是一种道德标准，是一种行为准则。

笔者认为，“凭良心做人”就是要使自己的主观行为在作用于客观事物的时候，产生社会道德规范所认同、客观对象欣然接受的效果，其典型的行为特征是“向善”，并广泛地表现在日常生活和社会活动中。我有一位非常要好的朋友，所有认识她的人几乎众口一词地评价她：“于人畜无害”，虽然粗俗了些，但说明她对任何人甚至动物都怀有一颗善良之心，都不会施以对其造成任何伤害的行为。在电梯间、楼道里看到被丢弃的花花草草，她也要精心侍弄至恢复元气，茁壮成长，而后被他人悄悄认养回去装饰自己的生活空间。这样的行为，可以说是对“良心”最具象的阐释。说一个人“没良心”，是一种贬损，并不是说他没有人类共有的这种本性，而是说他没有按照人类这种本性来确定自己的道德标准和行为准则。人们最常谴责的“没良心”行为是，不忠不孝，不仁不义，无廉无耻，无德无信，忘恩负义，恩将仇报……等等。宋代以朱熹为代表的理学家们，对“良心”的功用、机制及其道德评价、在道德修养过程中的地位和作用，作了精微深刻的阐发，提出了“天理良心”的概念，认为人无良心，天理不容。民间也以传统的伦理观念附会出许多因果报应的故事，如：某某因不孝而遭雷劈……这当然没有什么依据，只是反映了人们嫉恶如仇的情绪。但美德利于他人，罪恶伤害自己，却是颠仆不灭的真理。一个“没良心”的人，活着是孤家寡人，死了是孤魂野鬼，生命还有意思么？

“凭良心做人”不仅仅是善待了别人，同时也善待了自己。《药师经》里提到，每个人心里都有一个俱生神，它是隐藏在人的心灵最深层面的一种功能，就像一部摄影机，随时都在记录我们的言行和心念，当我们反观内照自己的所思、所说、所为，符合良心的标准，就会取得一份安宁，一份轻松，一种平衡的心态，这种精神状态，会与外在行为不断互动、信息相互反馈，形成人生修养的良性循环机制，生命里流动的便是"道德的血液"！人的一辈子还有比这更重要、更珍贵的么？

"靠本事吃饭"是人的一种生存状态，与"凭良心做人"有极其密切的内在关联和逻辑关系，可以说后者是前者的前提条件和道德基础。要在道德基础上构建和运用自己的职业技能，获取相应的物质报酬。在职场上不投机，不取巧，不钻营，不托关系、找门子、走路子，更不能出卖灵魂，丧失人格。在现代信息社会，要靠学识和技能参与竞争，与他人要在事业的同一起跑线上争先后，不在名利场上踩踏别人争高低。

靠本事吃饭，既要有真才实学，又要具备良好的职业道德。某些时候，职业道德甚至比职业技能更重要。听说过一个故事：在欧洲某著名旅游风景区，一对美国老夫妇找到一家酒店要住宿，但全部客房已满。这对老夫妇很失望，年轻的服务员便对他们说："我的工作间面积不大，但还卫生，您们就在里面休息一晚上吧。我值班坐在外面就可以了。"老夫妇接受了他的关照。第二天他们离开时与年轻的服务员交换了联系方式。此后不久，年轻的服务员接到了老年夫妇邀请他去美国做客的电话，于是他就去了美国。那对老年夫妇把他安排在一个富丽堂皇的酒店里，并对年轻人说，这个酒店是我们专门为你修建的，现在交给你来管理，你一定能管理好，经营好，因为我们看到了你的爱心和责任心！这个故事未必真实，但它告诉了我们一个道理：凭良心做人和靠本事吃饭在理论、逻辑和实践上绝对是统一的！这种统一的结果就是：善有善报！

善良是一种道德武器

我有一位非常要好的朋友，心地非常非常善良。她的善良事迹俯拾皆是，现举几例以证之。某日在地铁站的角落里，蜷缩着一位瘦弱的男青年，他在痛苦地抽搐着，行人皆恐避让不及，惟我这位朋友主动向前关切询问，原来这位外地来京的年轻人只是略染小疾而且囊中羞涩，我的这位朋友问明情况后便对其施以力所能及的帮助。自己的举手之劳，帮别人解决了燃眉之急，付出的未必很多，善良之心却是日月可鉴！谁都不可否认，善良是受人性支配的道德行为！是一种批判的武器！还有一例：大家都知道在家庭关系中，婆媳关系是最难处、最微妙的。然而，我的这位朋友却将婆媳关系打理得不是母女，胜似母女，亲密无间，其乐融融。她深知婆婆喜读书，便在每年的母亲节以书相赠，表示祝贺，于是“读书”便成为婆媳之间永远谈不完的话题，成为她们心灵沟通的滢滢渠道。细心的朋友们也许已经注意到这里面的两个关键环节：“母亲节”——她视婆婆为母亲；“赠图书”——了解婆婆并深知其爱好。要把这看似简单的问题处理的完美无缺，有一颗爱心是必须的！媳妇的一颗爱心，能征服一个装备精良的婆婆兵团！不信，您就试试。

最近，媒体曝出两条与善良有关但反差极大的新闻，一则是一位美丽的少女，在一场突如其来的暴雨中，为一位躲避不及的残疾老人撑伞遮雨，而自己却被淋的透湿，从而感动了千万颗善良的心；另一则是，一位好心的司机，救助了一位因跨越马路中间的隔离栏而摔倒在地的老太太，反被老太太诬赖为用车撞了她，一纸诉状将好心人告上了法庭，更令人不可思议的是，法庭竟然判决好心人承担百分之四十的民事责任，赔偿无良老太十多万元，从而激怒了千万颗善良的心！这不得不使我们思考到诸如道德滑坡、好人难做等一系列社会问题。

在中华传统文化基础上构建起来的中国伦理精神，特别强调个体至善，社会提倡的道德规范体系，其核心价值取向是个体的道德修养。即“穷则独善其身，达则兼善天下”，孟子提出的“存心”、“养气”、“寡欲”，孔子提出的“克己”、“正身”等等，都是这种价值取向的突出表现。我们不否认这种价值取向在社会进步和人类文明中积极意义，但是，要维护它的传承性及其对社会道德体系的影响，政府的职能和法律的公正是必不可少的。因为在个体与整体、个人与社会的关系上，以个体为善的主动性来完善人格，所追求的目标不是社会的公正与合理，而是个体遵循社会规范的一个条件，必然会导致在造就“道德人”的同时，维护一个“不道德的社会”。这是一个既浅显又深奥、既简单又复杂的问题。对于这个问题，我的那位善良的朋友比我看得透彻，因此，借用她的一段话来结束这篇小文，更能深入浅出地阐明我的观点：

“当你被善良人帮助以后，你会把着这种帮助转换为自己的行动，再去帮助别人。古人说，勿以善小而不为，勿以恶小而为之。如此这般，甲帮助乙，乙再帮助丙……那么，善良的种子一定会在大众心里传播、生根……真希望我们的社会人与人之间，互相尊重，互相关爱，让我们的修养和素质得到全面提升，创建一个真正的和谐社会”。

这，大概是一切善良人的共同愿望！

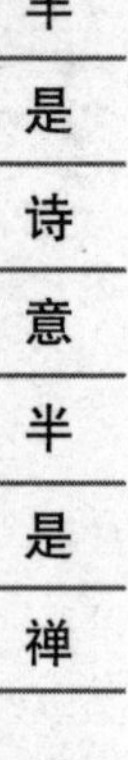

读书 做人

读书是文明社会中多数人不可或缺的生活内容。当手捧一本好书的时候，人便进入了另一个世界，你可能是正沐浴历史的风云；也可能是在与素不相识的智者对话，总之，你正在另一种营养状态下经受着潜移默化和人格提纯。苏东坡的好友黄山谷曾说："三日不读书，便觉语言无味，面目可憎"。他所说的"面目可憎"当然不是指形象丑陋可恶，而是说谈吐枯燥缺乏韵味，人的气质风度都会受到影响，可见读书与人的品格修养是有些关系的。中国人对品格的见解很有些学问，认为品格包含了品质优劣、格调雅俗、品第高下的意义，古代即以"品"来显示官职级别；喝茶与品茶显然不在同一个文化层面上；中国最早的一部评论诗的著作叫《诗品》；每个人的行为方式甚至某个动作都可能体现出他的品格。

古今中外的大家有关读书与品格涵养的记叙很多。李清照在这方面就有一段精彩的描述，她和丈夫赵明诚每次在国子监领到膏火银子后，便到庙集上去淘宝，买些残书简篇、金石碑刻，二人一边品茶，一边鉴赏阅读，那份雅致的情趣是常人难以企及的。原文见诸于《金石录后序》："余性偶强记，每饭罢，坐归来堂，烹茶，指堆积书史，言某事在某书、某卷、第几页、第几行，以中否，角胜负，为饮茶先后。中即举杯大笑，至茶倾覆怀中，反不得饮而起。甘心老是乡矣。故虽处忧患困穷而志不屈……收书既成，于是几案罗列，枕席枕藉，意会心谋，目往神授，乐在声色狗马之上。”写这段文字时，李清照已是老年，丈夫赵明诚已经故去，金兵袭扰中原，华北遍地烽烟，她的生活处于颠沛流离之中。即便如此，她仍以活灵活现的文字将自己读书的乐趣展示得一览无余。这是一种怎样的生命品格啊，难道不值得我们认真思考并从中受到些教益吗？

记不清是哪位先贤说过，少年读书，如隙中窥月；中年读书，如庭中望月；老年读书，如台上玩月。皆因阅历之深浅，为所得之深浅。诚如孔子所言，五十读《易》，那才能以成熟的智慧去领略其中的滋味。这说明读书与成熟的智慧是一个相辅相成、同步递进的过程。人所具备的成熟智慧，未必是学富五车，才高八斗，博学是学问的积累，而智慧则是一种胆力和判断力，是人类中稀有的、难能可贵的品格内涵，是一种美德。正如我们记住一件事只是表明了一个人的记忆力，而判断和辨别它的是非善恶就有了不同的标准和见仁见智的区别，表明了一个人的品格。一个真有学养的人，其实就是一个善于辨别是非善恶的人。林语堂先生认为，最令人难受的是遇见一个满腹经纶，但见解和态度则是完全错误的人，他们谈话时，无论是什么题目，总有一些材料要发表出来，但他们的见地，则是完全可笑可怜的。先生这段话至少向我们做了这样的提示：读书重在思维而非记忆；重在完善自己而不是对付别人。

最近看到一位声名显赫的教授在接受媒体采访时公然指责主持人提出的问题是“愚蠢的问题”，说什么“你们的领导太弱智，现在不弱智就不能当领导”等等，让人一下子由对他的崇拜转化为鄙夷！因为他以自己的所谓“学问”甚至名气作为资本，在大庭广众之下极其傲慢地对他人进行人格歧视！头上的名人光环终究没能掩饰住小人得志的猖狂，也许他还会继续猖狂地在某些什么讲坛上混上一阵子，但绝不允许他将公众对他的爱戴制造成枪炮子弹，忘恩负义、盛气凌人地用来伤害曾经爱戴过他的人！你既然是一位公众人物，那么公众就有必要也有资格对你的不良行为施以教训：注重自己的德性！人们不会用你们自以为是的态度来确认你们学问的真伪，也不会用“名人”、“权威”、“学者”、“教授”自己确定的标准去评判你的德性，因为德性是人的灵魂的自然流露，是发于内心而非选择，是不可逃避的事实。“心肠卑鄙的画家，绝不能产生伟大的画作，而心胸伟大的画家，也绝不会产生卑鄙的画作，就是有性命的出入时，他也是不屈和不肯苟从的。”因为那位有意损人的教授“很大”，所以就借用一位比他更大的教授的话来教训他！

要说那位喜欢损人的教授没读过书谁也不相信，但是，他把从书中获取的一部分东西用来做什么了？那可就要另当别论了。对于读书的目的，咱们老百姓有一个很朴素的认识，那就是获取知识，完善自身，服务社会。“知书达理”是对读书人最常规的道德检测标准，倘若你连这一点都不懂得，都做不到，你怎能为人师表？不管你名气有多大，都要先学会尊重别人，即使你真的是一只峨眉山的猴子也要如此，千万不能时时处处都那么居高临下、盛气凌人！你以为你是谁？你以为地球人都买你的账、都哈着你啊？希望中国传统文化能够塑造越来越多的真专家、德艺双馨的学者、教授，而不是在学术舞台上歪歪扭扭跳街舞小混混！这就需要真读书，读好书；学做人，做好人！

一个奇谈怪论所引发的思考

最近，有一个颇具声名和地位的专家接受媒体采访时说："老上访户99%精神有问题，都是偏执型的精神障碍"。"他们反映的问题都解决了，甚至根本就没问题"。也是这个专家，去年九月曾声嘶力竭地振臂高呼："三鹿奶粉绝对没问题!"其嘴脸令人恶心到了极致！令国人汗颜！确实是学术界的耻辱！

三鹿奶粉事件的真相已昭然天下，无须再与他争论什么。但对于群众上访问题，笔者实在想与那斯理论理论。笔者从政30余年，直接或间接地与上访群众打过一些交道，其中不乏"老上访户"。我所接触的上访群众，100%的精神正常、健康(我是凭直觉，而非凭鉴定)，他们中绝大多数人通情达理，善良秉直，所反映和要求解决的问题也大多实事求是，合情合理也合法。就在眼前，因房屋拆迁、土地征用等违规违法造成的上访事件甚至群体事件还少吗？难道他们的合法权益不应该受到尊重和保护吗？群众有苦有难有委屈不找政府还能找谁呢？群众上访是想通过正当途径解决自身无力逾越的难题，是对政府的信赖啊！难道政府不应该为他们做主吗？老百姓谁不想安安稳稳过日子？真正故意与政府较劲、无理取闹的能有几个呢？至于有些老上访户，绝大多数是由于他们的问题始终没得到解决而屡屡上访的，其中的原因是多方面、深层次的，不是本文要表述的主要问题。我要说的是，那个让人民喂得脑满肠肥的教授、专家，恐怕不一定比我接触的上访群众、了解的真实情况更多。因此，我有理由认为他的“精神障碍”论调是信口雌黄，是对群众上访行为的歧视和人格侮辱！

做人要厚道，要有爱心，有良知，要讲点人性。孔子说：“修己以敬，修己以安人，修己以安百姓”。修己就是首先要把自己的品质德行修养好，然后再去帮助别人。独善其身然后兼善天下。看来，那个专家兼教授在这方面是相当缺失的，你不去帮助别人也就罢了，怎么能红口白牙的侮辱自己的同胞呢？我们绝对不能设想他是喝西北风长大、现在仍然喝着西北风坐在专家教授的宝座上。人民养育了他，他却从感情上彻底背叛了人民，难道他的德行品质不应该受到质疑吗？难道他的不仁不义不应该受到谴责吗？他敢于冒天下之大不韪、不惜出卖自己的良心，究竟想换取什么，恐怕是司马昭之心，路人皆知了！

构建和谐社会，促进经济、文化和各项事业的发展，不仅需要政府的大力倡导，人民群众的积极响应，而且需要各方面、各领域的专家学者、有识之士，以高度的社会责任感，发挥自身优势，献计献策，进行文明健康的引导。由于专家学者的身份、地位和知名度不同于一般老百姓，所以他们的言行对政府、对社会能产生重大影响，这就要求我们的专家学者必须具备严谨的治学态度，必须有高尚的人格，必须有高度的社会责任感。我们不否认绝大多数专家学者在国家经济建设和社会发展中所发挥的重要作用和积极影响，但也要看到确有极个别人不顾社会公德和学术尊严，用一个肮脏的灵魂为代价，去达到自己不可告人的目的。这种人是社会的病灶，科学的天敌，正义的杀手。他们的存在对于决策者和广大群众尤其是弱势群体是很可怕的，因为他们头上罩着名人光环，手中握着学术权杖，可以变换运用各种权力，据说那个无良教授、专家，每年都为若干个死刑犯作司法精神鉴定。到此为止吧，谁还敢再往下想呢？

墨子说“仁人之所以为事者，必兴天下之利，除去天下之害，以此为事者也。”意思是说有道德的君子要做的事，必须是兴天下的利，除天下的害，要以这个作为目标。古有邹忌讽齐王纳谏，齐威王听了邹忌讲的闻直言不易的道理和除弊纳谏的建议之后，采取了一系列密切联系群众，广泛听取意见的措施，奖励敢于当面批评他、敢于当面给他提意见的人，“令初下，群臣进谏，门庭若市；数月之后，时时而间进；期年之后，虽欲言无可进者。”结果是社会和谐，国力强盛。魏征在《谏太宗十思疏》中有至理名言：“怨不在大，可畏惟人。载舟覆舟，所宜深慎”。民犹水也，水可载舟，亦可覆舟，可畏之甚。重视来自于人民中的呼声，谨慎处理群众反映的问题，方能体察民情，消除民怨，受到人民群众的拥戴，保持社会的稳定。历史的经验值得借鉴，历史的教训值得汲取。如果连这个常识都不懂，还当什么专家、教授？

别拿咱老百姓当托儿

近读郑板桥，觉得他有些话说的也不太靠谱。“三间茆屋，十里春风，窗里幽兰，窗外修竹，此是何等雅趣而安享之，人不知也。懵懵懂懂，绝不知乐在何处。惟劳苦贫病之人，忽得十日五日之暇，闭柴扉，扫竹径，对兰芳，啜苦茗，时而有微风细雨，润泽于疎篱仄径之间，俗客不来，良朋辄至……”(郑板桥《印跋》)。且不说“劳苦贫病之人”一生或一年中能有几个“十日五日之暇”，即便是“忽得”，他们之中又有多少人能有灵感生此雅兴，能有心思享此佳境？在同一篇文章中他还说“凡吾画兰、画竹、画石，用以慰天下之劳人，非以供天下之安享人也。”且不说天下“劳人”有几位能有幸目睹并具备欣赏郑老先生墨宝的水平，即便是他画的兰、竹、石又有几幅落入了寻常百姓家？也许他老人家的话反映了他的良好愿望和亲民思想，但愿望与现实之间毕竟是有距离的，而且有时距离还很大。正面理解他老人家的话有点儿不切实际不靠谱，如果以逆向思维方式去分析，他就有点儿拿咱老百姓当托儿来赚取民心的嫌疑了。无论正面反面，他老人家毕竟仙逝 240 多年了，他的言行似与今人关系不大，不去理会也罢。可是，当今有些人们的言行就另当别论了。

如今，常见媒体披露某些人获得了与其自身条件极不对称的提拔重用，且对某些“问号”、疑点不能自圆其说；某些人欺男霸女开车撞人胡作非为违法乱纪而实在无法逃脱制裁，人们往往会对他们的身份、背景提出理所当然的质疑。而有关人员或单位在回应群众的质疑时，大体都会说当事人的爷爷奶奶姥姥姥爷岳父岳母公公婆婆七大姑八大姨都是普通老百姓，实在搪塞不过去了要么巧妙回避，要么无可奉告。凡此种种，他们大抵不会是真正的普通同老百姓。这不是明目张胆地拿咱们老百姓当托儿吗？这些有权有钱的达官贵人为什么一出事就心甘情愿地往老百姓堆儿里钻呢？不难理解，因为他们知道老百姓恨什么、爱什么。当然也不可否认有个别二百五出于某种动机，对自己的真实身份和家庭背景不打自招，比如，那个李刚他爸的宝贝孙子！还有某些部门、单位，为了达到某种目的、追求某种效果，不惜牺牲公信力，不择手段，编造虚假信息，往咱老百姓身上移花接木。据传，最近走红的两位“民工兄弟”，其真实身份并非民工，倘若事实果真如此，人们就有理由往始作俑者的不良动机和职业道德上猜测了。当然，始作俑者并非两位“民工兄弟”，他们只是“被民工”的，应该没有多大责任，他们身份的真实性与咱老百姓也无关紧要，只要歌唱得好观众就欢迎，况且他们二位可能原本就是普通老百姓。可咱农民工招谁惹谁了？干嘛愣把这小广告往咱身上贴啊？这不也是拿咱农民工当托儿吗？搞点“实事求是”就那么难吗？如此种种，对咱老百姓的切身利益可能没有多大影响，充其量是咱被忽悠了一把。可是，如果是涉及到国计民生的重大问题也拿咱老百姓当托儿，那咱可就惨喽。

如今的“民意调查”可谓形式多样，五花八门，有官方权威机构的，有各类媒体的，也有民间机构的；有调查“幸福指数”的，有调查社会治安的，有调查市场物价的……尤其是官方权威机构的调查，可能会影响到有关政策的制定或修订，影响到权力层的决策，决定着公共利益分配天平的倾斜，所以调查数据中真实“民意”的含量是至关重要的。不客气地说，有些类似调查所公布的结果与老百姓的实际感觉很不一样，比如教育、医疗、房价、社会保障等领域中的某些具体问题和数据，这就不得不让人怀疑这些调查仅仅是以“民意”的名义，而非真实的民意，起码是存在一定的片面性。关注民生，首先要关注“民声”，听听老百姓说什么，才知道他们想什么，需要什么。咱们不是说要代表最广大人民群众的根本利益吗？多好的施政方针啊！但是，施政方针一旦失去民意基础将意味着什么，恐怕是个不难理解的问题。但愿在这些重大问题上，千万可别拿咱老百姓当托儿啊！

看天下谁是英雄

公元202年，刘邦打败项羽，建立了西汉王朝。在开国大典的庆功宴上，刘邦发表了感慨万千的演说："夫运筹帷幄之中，决胜千里之外，吾不如子房（张良）；镇国家，抚百姓，给饷饥，不绝粮道，吾不如萧何；连百万之众，战必胜，攻必取，吾不如韩信；三者皆人杰，唔能用之，此吾所以取天下者"。这就印证了老子所说的"知人者智，自知者明"的正确性。"自知"难，"知人"也不容易。"自知"难，难在总是以自己之长比别人之短，自我感觉良好，缺乏自省精神；"知人"难，难在总是看现象不看本质，以自己的好恶取人，主观意识太强。刘邦原本是个小基层干部，也就相当于现在的乡镇长之类，而且不怎么清正廉洁，是个酒色之徒。但他却有知人之智和自知之明，因而成就了霸业。他手下那帮子哥们兄弟文官武将，无一不是出身低微，张良是破落贵族，萧何是地方小吏，韩信是个流浪儿，周勃是吹鼓手，樊哙是杀猪的，灌婴是贩卖布匹的小商贩，娄敬是赶马车的，充其量相当于现在的小车司机，还有小混混、强盗之流。是风起云涌的秦末农民战争，把这些默默无闻的平凡之辈推上了历史舞台，演出了一幕幕威武雄壮、波澜壮阔的历史活剧。但也不能否认这是他们自身的潜在能力和潜在特质在一定客观条件下得以充分发挥的结果。在他们脱颖而出之前，有谁能预见到这些草根族会成为一匡天下的英雄呢？芸芸众生，每个人都存在成为“天才”和“英雄”的潜在能力和特质，但能否得到发挥、发展并成就一番事业，那就要看机遇和个人的努力了。一般来说，个人越是刻苦勤奋，自身潜在的能力和特质被发现和得到发展、成就事业的机会就越多。所以，不要忽视甚至歧视你身边的任何人！

近闻某市有一位农民工兄弟在公交车上为一位带小孩的女士让座，那位女士非但不领这个人情，反而朝着让座者翻了个白眼儿执意不坐，可是那天真的小宝宝却哭着闹着要坐，于是那位女士就冲着无辜的孩子呵斥道：“坐什么坐，你不怕脏啊？不怕得病啊？”天啊！她竟然是嫌农民工坐过的座位“脏”！不知那位女士是有“洁癖”呢还是有其他什么“癖”，而且也“癖”得忒介离谱了，忒介不知好歹四六不通了。试想，倘若那位农民工兄弟让给你的不是他坐过的座位，而是他过手的白花花的银子（假设为你丢的他捡的），你是不是因为“脏”而坚辞不收呢？笔者觉得从本质上讲，他比你干净！显而易见的是，他比你多了一颗善良之心和博爱之心！可见那位女士真的是只看现象不看本质，而且忒介自我感觉良好。

农民工是当今中国城市中异军突起的一支队伍，是现代化城市建设的中坚力量，他们所从事的工作，几乎全部是与“民生”息息相关的，不难设想，没有了农民工，我们的生活、我们的城市会一塌糊涂到什么样子！他们的劳动理应得到社会的认可，他们的人格理应受到我们的尊重！况且，农民工也是个藏龙卧虎的社会群体，不乏各类精英，IT行业，艺术圈里，文学领域……从农民工里脱颖而出的佼佼者并不少见。即使在平凡的工作岗位上，他们之中见义勇为者有之；助人为乐者有之。在我们阖家团圆欢度佳节的时候，有多少农民工兄弟仍然坚守在工作岗位上，辛勤劳动，创造财富，为所有城市人的安逸生活提供着各种服务与保障。难道他们不是城市建设的英雄吗？难道他们还不够高尚吗？

儿时看过一部电影，记得片中的列宁说过一句话："忘记过去就意味着背叛！"如果上溯几代，我们现在的这些城里人，恐怕都与"农民"脱不了干系，当初我们的前辈进城的时候也许就是农民工。多数情况下"背叛"是个贬义词，可能没有人愿意在自己身上得以体现，去背叛自己的爷爷或者是爷爷的爷爷。所以还是不要忘记过去，不要忘记自己是从哪里来的，这样，你对农民工就可以平等以待了，万一控制不住，在你漠视或者歧视农民工的时候，可以稍微手下留情，别像那位女士，使用杀伤力那么强语言，一句话扼杀了一颗善良的心。当然，还是学会尊重人为好。

改革开放以来，中国人民在接受世界先进经济文化思想，促进社会发展的同时，也面临着异质文化糟粕的冲击与挑战，一些人的思想观念和价值取向出现了与社会道德规范相悖的现象，贪污腐败行为、假冒伪劣产品等使政府的公信力和社会的诚信力受到一定影响，做好事反被诬赖的事件屡有发生，见义勇为、助人为乐、公平正义等社会公德意识在一定程度上受到削弱，"炫富"、"坑爹"、歧视他人的现象屡见不鲜……医治这些社会肌体的病灶，发挥政府和法律的作用是必须的。咱们老百姓除了自律之外，是不是也应该振奋精神，树立信心，弘扬正气，与之一搏呢？理由是：“人民，只有人民，才是创造历史的真正动力。”看天下谁是英雄？人民，只有人民！

八风不动

佛家“八风”是指：利、衰、毁、誉、称、讥、苦、乐，四顺四逆共八件事。顺利成功是利，挫折失败是衰，遭人背后诽谤是毁，受人背后赞美是誉，当面赞美是称，当面詈骂攻击是讥，痛苦是苦，快乐是乐。面对“八风”不惊不愠，不喜不悲，平静沉稳，泰然处之，那才叫真功夫，高修养，是一种物我两忘的境界。据说金庸老先生面对一位文学后生对其小说的攻击，便采取八风不动，泰然处之的态度。结果是金庸老先生的文学地位丝毫没受影响，而那位撼树的小蚍蜉却日趋没落。

人的一生会经历许多风风雨雨、曲折磨难，能做到八风不动的寥寥无几，对于一般人而言，八风不动只是个不断修炼的过程。孟子说：“有不虞之誉，有求全之毁”，“人之易其言也，无责耳矣”（有时会得到意想不到的赞誉，有时会遭到过于苛求的诋毁，那是人生中的常事，不足为奇）。孟子所言，也许对我们有些开导，能用平常心对平常事，就是与八风不动殊途同归的人生境界了。

公仆风范

1961年1月20日，肯尼迪宣誓就任美国第35任总统，他的就职演说中有句经典语言："不要问你的国家愿为你做些什么，而要问你自己愿为你的国家做些什么。"但在最后一刻，他又把讲稿中的"愿"字改为"能"字。这一个字的改动，体现了一个政治家的卓越风范，并把自己的表述由虚变实，把观点由抽象变具象，更加令人深思、回味。如果我们党和政府的各级领导干部、公务人员，能时常想想自己"能为国家、为人民做些什么"，那么，纳税人的钱就没白花。如果我们每个人都能时常想想"我能为他人、为社会、为国家做些什么"，那么，我们这个社会就会和谐多了。但愿这不是一个理想主义观点。

街灯与焰火

节日的夜空，升腾起五彩缤纷、绚丽多姿的焰火，它以妩媚的风情、妖娆的姿色，居高临下地把欢乐与喜庆撒向仰望观赏它们的芸芸众生。于是，它们博得了喝彩，受到了赞赏。然而，有谁注意到，在它们绽放色彩、展现姿态的同时，也无意中显现出它浮华与浮躁的本质，所以，它们制造的美景也稍纵即逝了。由此，我想到了立于地面的街灯。

在城镇，在乡村，一盏盏街灯避让着行人，避让着车辆，被安装在大街小巷的一隅。当人们需要它们的时候，它们便齐刷刷地亮起来。但是，自从它们被固定在那方寸之地，便没有人再正眼看过它们，哪怕是最需要光亮的时候。白天，太阳揶揄它；夜晚，月亮嘲笑它。然而，它却无怨无悔地承受着被人们遗忘的悲哀，承受着孤独与寂寞，日复一日、年复一年，默默地为夜行者送着光亮，送着微温……

街灯与焰火，哪个伟大？哪个平庸？

游走“爱情”画廊

打开邮箱，收到一封邮件，邀我加入一个群组，名曰“爱情总部”并为其写点文字，这可着实让我受宠若惊了，因为“爱情”对于老朽来说，早已是流水东去，逝者如斯。邀我加盟的朋友是位非常阳光率真的小才女，竟敢将一棵枯枝老树往花红柳绿的园林里移植而不怕破坏景观，真真的无拘无束大智大勇！我感叹并被她的气魄折服，便在心里嘀咕了一句：这小妮子，真够可以的！也就豁出去了，义无反顾地接受了她的邀请，即便是滥竽充数，也要有所表现，便撒下这一把粗劣的文字，免得辜负了我那才女小友不拘一格降人才的美意。

爱情，是一个琳琅满目、丰富多彩的画廊，我既无实践经验可推广，也无理论成果可介绍，只能以看客的身份游走其间，欣赏别人的作品，感悟她的博大精深，并撷英其中自认为的经典，或赏古，或鉴今。

《红楼梦》中的贾宝玉，是一个极富于感情的柔性男子，他说，女人是水做的，而男人则是泥做的。理由是：女人伶俐聪明，娇媚可爱，男人愚蠢粗鲁，面目可憎。《圣经》中说，上帝用泥土捏了亚当，但渐渐干裂了，上帝就加了水使其凝结，这种掺入亚当生命的水，就是夏娃。元朝大画家，赵孟頫，他的太太管夫人也是一位画家，当夫妻俩人到中年的时候，丈夫产生了审美疲劳，有些喜新厌旧了，想纳妾。管夫人为对其进行感化教育，便作小令一首："你侬我侬，忒煞情多，情多处热如火。把一块泥，捻一个你，塑一个我。将咱俩一起打破，再捻一个你，再塑一个我。我泥中有你，你泥中有我；与你生同一个衾，死同一个椁。"丈夫看了，既感动又惭愧，便打消了纳妾的念头。看来，爱情就是你中有我，我中有你的抽象；是性别元素相融合产生的默契与和谐；是人性的终极体现；是超乎于其他社会文明形式的最高级文明；是情感的艰难和高尚。

表示爱情是人类的天性，尤其是女人具有比男人更深刻的生物性感觉，所以，女人往往是爱情的决策者和营造者，并能将爱情装饰润色得无比雅致。秋芙是《秋灯琐忆》的作者蒋坦的夫人，蒋坦对他们的爱情生活多有描写。其中有秋月正佳之时，二人放舟荷菱之间，鼓琴吟曲，陶醉于四山沉烟，星月在水，琤琮杂鸣，不知天风声环佩声的诗情画意之中的情调，也有以诗文互相调侃的小情趣。如秋芙所种芭蕉，叶大成荫，秋来风雨滴沥，蒋坦枕上闻之，次日戏题断句于芭蕉叶上："是谁多事种芭蕉？早也潇潇，晚也潇潇。"隔日见叶上续书数行："是君心绪太无聊！种了芭蕉，又怨芭蕉！"字画柔美，乃秋芙戏笔。蒋坦感慨："悟人正复不浅"。夫妻爱情，均溶化在这亦怪亦嗔的调侃中，是何等的雅致！何等的甜蜜！秋芙喜欢下棋，但棋艺不精，时常强拉蒋坦对弈，蒋坦便戏举竹坨词逗她："簟钱斗草已都输，向持底今宵偿我？"秋芙调皮地以掩饰之辞回应："君以我不能胜耶？请以所佩玉虎为赌。"下数十子秋芙渐输，便纵膝上的猫儿搅乱棋势。蒋坦笑云：“子以玉奴自况欤？”秋芙羞涩地一笑，荧荧银烛之中，已见她桃花上颊……如此美妙的情爱，让人遐想无限！

《浮生六记》的作者沈三白及其夫人芸，都很富于艺术个性，他们一生很凄惨，但也很浪漫，是从心灵中流淌出来的那种真实的浪漫。有一年他们俩在一起过牛郎织女相会的七夕节，芸设香烛瓜果，同拜天孙。沈镌刻“愿生生世世为夫妇”的图章两方，沈执朱（阳）文，芸执白（阴）文，以为往来书信之用。是夜月色颇佳，俯视河中，波光如练。轻罗小扇，并坐水窗，仰见飞云过天，变态万状。芸触景生情：“宇宙之大，同此一月，不知今日世间，亦有如我两人之情兴否？”沈答道“纳凉玩月，到处有之。若品论云霞，或求之幽闺绣闼，慧心默证者固亦不少；若夫妇同观，所品论者恐不在此云霞耳。”待烛尽月沉，夫妻归卧……这一对情种夫妻，在特定的时间里、特定的环境下、以特定的方式，将他们渗入生命的恩恩爱爱，表现得那么与众不同！那么精妙绝伦！那么意境深邃！那么感人至深！

爱情画廊里，有浓笔重彩的轰轰烈烈，有泼墨写意的深邃高远，有日月同辉的千古绝唱，有昙花一现的奇光异彩，有终成眷属的情爱喜剧，有共赴生死的悲情哀歌……芸芸众生演绎着她，演绎了她，其中有你，有我，有他（她）……

情趣养神

人有三宝：精、气、神。神以精为根，以气为用。神是人的生命象征，是人的生命活动的总称，即人的坐、立、行、卧，动、听、言、视，也指人的精神、情志和思维活动。《黄帝内经》上说，人的思、虑、智、志、意、魂等均由神所主，故得神者昌，失神者亡。强调人要神气清净内守，不易躁动妄耗，要少私寡欲，抑目静耳，调摄神志，顺应四时，以达身、心、意三家相见，精、气、神三元合一，使人的生命机制处于高度和谐平衡的运行状态。

我国历史上杰出的医学家孙思邈（公元 581—682）一生不慕功名利禄，隋、唐三帝曾下诏授以爵位，他均坚辞不受，隐居山林，行医民间，广搜博采各地药方，研究医药和养生之道，他老人家活了 101 岁，尽 60 年之精力，撰成医药巨著《千金要方》和《千金翼方》各 30 卷。他认为“神仙之道难致，养性之术易崇”。他归纳的养生“十宜”首要的一条就是“啬神”，即要珍惜和保存人的精力，不要妄自劳作，透支心神。孙氏认为，人的生命如燃油之灯，油尽灯灭，灯油的多少无法改变，燃烧方式则有所不同，大炷必然耗油多，燃烧的时间短。人生有限，节护适宜，可益寿延年，“人之寿夭，在于撙节”，“撙节”就是养神的重要方法。

现代社会结构日趋复杂，敏感触点遍地丛生，来自于生活、工作、社交等方面的压力越来越大，人的心理负荷越来越重，体力精力的透支已成为普遍现象，许多人处于亚健康状态。所以，注重养生保健，以求益寿延年，就成为必须的和尤为重要的。中医传统理论认为，养生即养神，养神的方式方法颇多，简便易行且受现代人青睐者莫过于“情趣养神”。所谓情趣是指人们在日常生活中具有明显指向性和持续性的心理倾向，它在某种程度上反映了一个人对于生活的情感态度，也就是我们通常所说的“有什么爱好”。有的人喜欢旅游，有的人酷爱读书，有的人热衷于水墨丹青，有的人醉心于音乐舞蹈……无论哪种情趣，内容必须是健康的，方能益于养神。情趣养神可以让大脑和心情松弛安静，免受劳心伤神之苦，使人的情绪稳定，调和气血，调畅神志，身轻气适，精力充沛，从而建立良好的精神状态，实现强身健体、益寿延年之目的。

我有一位老领导，抗日战争时期他就在八路军中做文化宣传工作，后来成为我军的一位优秀政工干部，担任过重要领导职务。如今他已过耄耋之年，不仅保持了在部队养成的良好的生活习惯，而且培养了许多健康有益的生活情趣，电脑、ipad、3G手机玩得十分娴熟，开博客、发邮件、上传下载、编辑排版、PS照片、与远在异地的孙子辈们视频聊天等等操作自如。他步履矫健，耳聪目明，思维清晰，反应敏捷，每年都走南闯北，足迹遍布几个省市，触景生情，以情托志，拍摄大量照片，题材涉猎相当广泛，自然风光、人文景观、花卉人物、风俗民情……应有尽有。除由出版社选编出版外，便在网上发布，与朋友共享。据我对他的了解，年轻时代他就心胸豁达，淡薄宁志，无害人之心，无功利目的。加之晚年思想观念与时俱进，保持了广泛的兴趣爱好，生活丰富多彩，充满浓浓情趣，为自己制定了“少吃点，多动点，忍怒抑喜”的生活规则，并持之以恒地恪守，基本符合情趣养神的要旨，他的健康长寿便是必然的了。

我认识一对中年夫妻，宽厚善良，热情直爽，不以琐事累意，不为虚名烦心，淡然无争，神气自满。妻子自嘲为“傻”，丈夫自喻为“憨”，其实妻子活泼开朗，丈夫沉稳幽默，夫妻二人都属于凡事看得开、想得透、做得到，情商指标较高的大众精英。在周而复始的日常生活中，他们优势互补，配合默契，经常心有灵犀地搞点情趣创意，掀点小浪花儿，把平淡无奇日子过得有滋有味，有声有色。他们在而立之年去蹦极，不惑之年到草原去骑马。时而私车不开，公车不坐，步行上下班。有一次二人下班步行回家，没走多远，妻子穿的“凉拖”便“报废”了，本可以到附近商店买双新鞋，但他们为了找找童年的感觉，逗逗乐子，丈夫就把自己的鞋子给妻子穿上，自己打赤脚开始跋涉，就这样，一个“米老鼠”一个“赤脚大仙”，一路欢笑一路歌地回到家里……若干年后，他们仍然念念不忘这个小品式的生活情节。如今这对夫妻已年届五十，无论是形象气质，还是精神状态，都堪与年轻人有一比。这也许就是由于他们善于在生活中制造情趣，又以情趣来滋养心神的缘故吧。

“情趣”的资源丰厚，俯拾皆是，就看你愿不愿意利用、会不会利用了。清代养生家石天基非常注重“情趣养神”，他以“八乐”来调节心理，和畅精神：静坐之乐，读书之乐，赏花之乐，玩月之乐，观画之乐，听鸟之乐，狂歌之乐，高卧之乐。这些都是触手可及的，并不难做到，工作之余不妨试试。

岁月留痕

把日子过得精致一点

上帝把我的生命投放到了一个粗放的环境，我的身体便粗粗拉拉的很泼辣皮实；性格便大大咧咧的很不拘小节；生存理念也简简单单毫无创意。一向笃信吃饭喝水解决饥渴就行，穿衣戴帽御寒遮丑即可；好茶在哪儿喝都香，何必去坐茶楼？佳酿在哪儿饮都醇，何必去泡酒吧？大半辈子把自己整得像原始人似的，就差吃生肉喝生水穿树叶住山洞了。

在新技术革命浪潮的冲击下，自然科学与社会科学相互渗透，同步发展，在为人们提供着日益丰富的物质文化产品的同时，也不断改变着人们的生活观念，绝大多数人的衣食住行，正由以解决生存基本需求的粗放型向多彩多姿的精致型转化，这是社会进步与文明的表现。本人也在社会潮流的裹挟下，摆脱了近似于原始人的返祖观念，产生了把日子过得精致一点的欲望。于是，一改过去用搪瓷大茶缸子喝水的习惯，在客厅通体落地的玻璃长窗下营造了一个喝茶的地方，金丝楠木茶台和香樟木坐墩来自于西双版纳，随形就势地稍作加工，涂了透明的清漆，基本保持了它们的原始风貌。风雨剥蚀、土浸虫蛀的痕迹历历在目；自然断裂的横断面如千山万豁，已经炭化，凝固着历史上某个瞬间的神秘力量；难以数计的年轮浓缩了时空精华，演绎着变化莫测的古老故事。它以古朴苍拙的气质，彰显着大自然的鬼斧神工！

茶台脚边是一盆轮番盛开、幽香飘渺的栀子花，长窗两侧分别是一丛夏威夷竹和一株巴西木，均有两米多高，枝繁叶茂，青翠欲滴。在不太显眼处，则悬一幅蝴蝶标本贴画，倒使得这个小环境形成了一个生物链，越发地生动起来。乳白色的纱帘将光线过滤的温馨柔和而富有情调，一架古筝横置，既与客厅一隅的钢琴古今中西遥相呼应，又将茶趣小景从客厅的整体布局中分离出来，凸显了脱胎于大自然的韵味，形成清雅脱俗的独立风格。茶具是从封存多年的箱子里鼓捣出来的，有宜兴紫砂、景德镇青瓷，却是全新的还都带着款识，一套精致的玻璃茶具和电磁壶，是朋友新近送的。陈年普洱、龙井新绿、太平猴魁、铁观音、大红袍、碧螺春等也都是上好的。或独自烹饮，或与友品茗，均可感悟壶里乾坤、杯中日月的精彩，领略其性精真、其味浩洁、其用涤烦、其功致和的茶道精神。这当然比捧着大号搪瓷缸子狂饮凉茶要精致了许多！

把日子过得精致一点不是追求奢华，图谋虚荣，更不是摆谱、烧包。而是生活理念要科学、健康，生活内容要真实、富有情趣。两千多年前至圣先师孔老夫子就提倡把日子过得精致一点，教导人们“食不厌精，脍不厌细”，说是粗粮亦可细做，蔬菜鱼肉要切得细一点，发霉变质的食物不要吃。清乾隆年间有一位名叫沈复的文人，他与妻子“芸”的日子，可以说过得精致到了无以复加的地步。还是以喝茶为例，“夏日荷花初开时，晚含而晓放。芸用小纱囊撮茶叶少许，置花心。明早取出，烹天泉水泡之，香韵尤绝。”此创意非常人所能为之，这情趣是何等的雅致！他们的日常生活也是节俭而精致：“贫士起居服食，以及器皿房舍，宜省俭而雅洁。省俭之法曰‘就事论事’。余爱小饮，不喜多菜。芸为置一梅花盒，用二寸白磁深碟六只，中置一只，外置五只，用灰漆就，形如梅花，底盖均起凹楞，盖之上有柄如花蒂。置之案头，如一朵墨梅覆桌；启盖视之，如菜装于花瓣中。一盒六色，二三知己可以随意取食，食完再添。另作矮边圆盘一只，以便放杯箸酒壶之类，随处可摆，移掇亦便。即食物省俭之一端也。余之小帽领袜皆芸自做，衣之破者，移东补西，必整必洁；色取暗淡，以免垢迹，既可出客，又可家常。此又服饰省俭之一端也。”至于住的地方，为解决室内光线暗淡，芸便用白纸糊墙，室内便略显光亮；楼窗空无遮拦，芸就用黝黑的竹竿自制成帘，既可遮拦饰观，又不费钱。夫妻二人沧浪观月、太湖听涛、水仙庙赏花的雅致情趣令人神往；关于李杜优劣的讨论、卤虾瓜与臭腐乳的争执令人会心；“夏蚊成雷，私拟作群鹤舞空”的童趣令人喷饭；有关盆玩与插花的妙想令人击节……生活中的点点滴滴，无一不是一幅幅生动精致的工笔画！真乃是一对烟火神仙，浮生飘然若梦；两个人间才俊，赏尽无边风月！

沈复本是一位名不见经传的文人，他虽生于衣冠之家，但终身布衣，习幕行商，一事无成，算不得文人骚客，更谈不上搢绅栋梁，酷好诗书丹青，性喜丘壑林霞……如是而已。但是他热爱生活，能用双眸注视生活，用双手触摸生活，用心灵孵化生活，和他的妻子芸（林雨堂先生称她为“中国文学中最可爱的女人”），共同将丰富的感情元素注入日常生活之中，把日子打造得充实而精致。若干年后又用简约、俊逸的文笔和疏密浓淡的黄金分割率语言，对他们的“日子”作了“浮生若梦，为欢几何”的追忆和感怀，如同含住了生命的乳头，获得了人生的重温。这也许就是他那本小小的《浮生六记》得以风行于世的原因吧？

现代人的日子当然是越过越精致，这在生活领域的各个方面都能得以体现。衣食住行越来越讲究荤素搭配、营养均衡，崇尚自然、低碳环保；业余生活更加健康高雅、丰富多彩。我习惯了清晨和傍晚在林阴道、小河边遛弯儿，常见几位两鬓斑白的先生女士一起用手风琴弹奏“莫斯科郊外的晚上”、“山楂树”……随着悠扬的琴声，那人生往事便如轻烟袅袅升腾，如清梦依稀重现。时而遇到衣着光鲜的男男女女，坐在路边的长椅上，为自己整洁漂亮的宠物梳理毛发并对其温声细语，其情其景养目养心，让人情不自禁地陶醉在一片恬静安详和融融爱意里。不过，也曾耳闻沉湎于麻将桌前昼夜奋战者有之，酒场饭局上猝死者有之……可见，对于过精致日子倘若没有一个正确的理念，科学的态度，行为就容易跑偏，那日子不仅精致不起来，反而会一塌糊涂了。强身健体、益寿延年是人们对生命质量的精致追求。然而，曾经有多少人为此打鸡血、喝“红茶菌”，走火入魔似的练不伦不类的什么“功”？眼下又被某些人忽悠得五迷三道，拼命喝绿豆汤，弄得肚疼拉稀……倡导科学健康的生活理念和方式，让大家的日子越过越精致，政府有责任，媒体有责任，人人有责任！

祝愿朋友们：日子越过越精致！

我的书房

朋友做客寒舍，问我：你最喜欢家里的哪个房间？答曰：书房。我的书房不算大，除必要的陈设外只能容下我的部分藏书。但也不算小，它是浩瀚的知识海洋，是广阔的思想天地，是宁静的精神家园！它的基本格调是：整、洁、素、静。墙壁是洁白的，只悬一幅四尺镜心国画。房门、垭口、踢脚线和书橱是亚光的象牙黄，中和了纯白的呆板且提升了整体的雅静气息。室内的书橱、电脑、书桌等色调淡雅和谐，造型简洁明快，摆放井然有序。盆景、绿植精巧婉秀，悠闲自若地挥洒着灵动的气韵，恰到好处地调和着张弛气氛。灯光的布局巧妙而柔和，不经意间延伸了它的明暗适度、冷暖有知的情调功能。占据整面墙的玻璃大窗忠实地为我过滤着闹市的嘈杂却又让我将远山近水花园绿地蓝天白云星空月光一览无余，最大限度地为我提供着万物生长所必需的阳光，营造了室内四季的明媚。置身其中，心无杂陈，从容平静，可专心致志读书，可怡情悦趣写作，可随心所欲思考，可轻轻松松做人。

书房，过去也叫“书斋”，含“斋戒”之意，指素洁清静专心做学问的地方。大人物们的书房都有个名号，以寄情、表意、明志或自勉，譬如乾隆皇帝的书房因藏有晋代“三王”稀世墨宝名帖，故谓“三希堂”；清代大才子纪晓岚的谓之“阅微草堂”；蒲松龄的谓之“聊斋”；林语堂的谓之“雅舍”……咱这才疏学浅的无名之辈，连附庸风雅的份儿都没有，哪配有什么名号？直呼其为“书房”心里就觉得有些高攀发虚了，其实就是在家里有一个读书写字思考问题的独立空间罢了。既然把它叫做“书房”自然就少不得书了，它们手拉手肩并肩“顶天立地”地占据了我这间屋子的半壁河山，各有各的形象风格，各有各的气质内涵。精装工具书和学术专著一般都面孔威严，身姿厚重，睿智练达，器宇轩昂，让人肃然起敬；古籍经典则是中规中矩，严肃沉稳，高韵古风，柔致玄鉴，令人尊崇有加；文学艺术类的大都精巧秀气，清新俊朗，温文尔雅，委婉含蓄，使人赏心悦目……真的是“书卷多情似故人，晨昏忧乐每相亲”！我的藏书都是若干年来积累下来的，近些年来已经极少买书了，一则是因为网络媒体异军突起，部分地替代了图书的功能；二是不知从何时起，圣洁的图书队伍中混入了一些令人作呕的糟粕，经典被演绎的面目全非，历史被戏说的支离破碎，文学被编造的乌七八糟；成功秘笈，做人诀窍，职场韬略，社交技巧，麻衣相术，星座命运，杜撰的轶事，猎奇的八卦，挑着“文化”大旗的，顶着“名人”光环的……这其中究竟有多少是传播知识，为人释疑解惑的？还有那些你抄他摘的伪著作、盗版书，纯属赃物，凡此种种，我是不会用人民币为它们签发进入我书房的通行证的！书房是立学立身涵养灵魂的地方，所以必须是干干净净的。

书房是一个知识环境，一个文化氛围，是精神巢穴，生命禅堂。进入书房，就像进入了宗教境界，油然而生的是对知识的信仰和崇拜，感应出一种开发生命潜能、渴望创造和自我实现的欲求和激情。因此而会情不自禁地在广博新颖的知识洪流中展开双臂奋力向着富于生命的未来游去，在付出与获得、理论与实践、奋斗与成功之间进行着能量转换。有的时候，书房就像一艘直挂云帆的航船，当你在一本好书的引领下进入一个全新的知识领域时，你就像屹立船头的航海者，视野开阔，心胸激荡，在博大精深的知识海洋中尽情地吐故纳新，在未知的领域里勇敢地进行探索与发现，思想与时代同步，精神与世界共鸣，从而成为一个完全清醒的世界公民！书房又像一座人类历史的瞭望塔，倘若你肯用心用功，便可纵览天下风云，巡航人类文明所经历的每个过程。当几内亚的土著还不会计数，把一堆土豆称作“许多”的时候，美国的航天技术人员却在肯尼迪海角为阿波罗号绕月飞行而精确读秒。飞越这样的文明沟壑，有一双丰满而坚强的翅膀是必须的！当你在事业上感到力不从心时，书房可能就是一座加油站，将知识燃料注入你的智慧发动机，以增强运转动力，助你开拓前进之路，攀登成功之峰！雨果说，书籍是造就人类灵魂的工具，那么书房就是造就人类灵魂的工厂了。知识是一种获得，道德也是一种获得，阅读是对灵魂的雕琢和赏赐，你从中获得的是生性的颐养，情操的陶冶，道德的提高，灵魂的净化。正所谓：立身以立学为先，立学以读书为本。当然，我们在认识读书的重要性的同时，绝对不能忽视实践的作用。读书是为实践知识提供理论依据，而实践则是帮助理论在进一步推导中变得更加真实可靠，从而塑造我们趋于完美的人生。

培根说：读书可以作为消遣，可以作为装饰，也可以增长才干。书房同样也可以作为这三种形式而存在，关键在于读书人赋予它怎样的功能与价值。据说，李敖的书房面积有近两百平方米，装修相当豪华，藏书七八万册。遗憾的是他已经把它连同藏书一起变卖了。我所见的毛泽东主席的书房非常朴素，方方正正的木质书架上摆得满满当当，全部藏书大约有十万多册。老人家读书非常认真，在他认为重要的章节段落中，都用红、蓝、黑等色笔作了标线和圈点，在他读过的书中，写了眉批的有四千多本。对一些有争议的历史人物和事件，会找来多种版本反复对照比较，综合分析，得出自己的结论。《拿破仑传》他就读过俄国人、法国人、美国人、英国人写的多种版本。为了弄清“雪满山中高士卧，月明林下美人来”章句的出处和全诗，1961 年 11 月 6 日，毛泽东连写三信给田家英，请其查找资料，终于查清此两句出自明人青丘子高启（季迪）《梅花九章》（其一）之颔联：“琼姿只合在瑶台，谁向江南处处栽？雪满山中高士卧，月明林下美人来。寒依疏影萧萧竹，春掩残香漠漠苔。自去何郎无好咏，东风愁寂几回开？”足见读书求其甚解之精神！

有位名人说：世界上最壮丽的宫殿是图书馆。而我心中最壮丽的宫殿是我的书房！

营造美妙的记忆场

生活不是一本流水账，而是一首抒情诗，因为生活的本质是美好的。这不是一个学术观点或者宗教教义，这是每个认真生活的人都能体验到的真实。否则，人们为什么都有求生的本能和欲望呢？这种真实所涵盖的内容是十分宽泛的，其中包括健康、有益、富有创造性的生活方式；以及人们内心世界蕴含的牵引和推动个体生命趋于完善的本质力量；还有以恰当方式充分显示伦理价值的追求、激情和想象，如亲情、爱情和友情，信念、信仰和理想等等。庄子说：“天地有大美而不言”，孔子说：“里仁为美”，就是认为大自然有美好，社会生活有美好，人类的各种物质活动和精神活动都有美好。能够感觉、感知、感悟这些无处不在的美好，就是认真生活，就是感性认识的完善。在人类的知识体系中，理性认识由逻辑学作解释，而感性认识是不是应该由美学作解释呢？因为美学的精确意义是“研究感觉和情感的科学”。

我有一位交往甚笃的朋友，我们有时候能在同一个时间里说出几乎是同样的一句话，不约而同地做着或做出了几乎是同样的一件事，每每此时，就会无比兴奋地感觉到我们人格的高度一致和情感的高度融合，有一种不可言喻的美妙感从心底悠然升起，并形成难以磨灭的记忆。人们通常把这种现象称为

"心灵感应"或"心有灵犀"，而我则把它命名为"美妙的记忆场"，永久保存在生命的信息库里。因为它有一个发生、发展的缔造过程，并为我们提供了别开生面的高级享受，在情感交流中获取了精神滋养。

在现实生活中，每一个值得记忆的美好片段，都是在人们的理性思维指令下完成的感性行为，感觉美需要一双善于发现美的眼睛；缔造美则需要一颗善于甄别美的心灵。能印证这一观点的事例实在太多了。

明朝末年，有位客居杭州的安徽富商名叫汪然明，他热衷文化，熟谙风雅，在西湖畔有园林别墅和私人游艇，经常邀集文人雅士、社会名流赋诗作文，吟咏酬唱。他与当时的才女、名妓柳如是的交情和书信来往已成为一段文史佳话。他与名妓张宛浮生一刻的情缘更成为他留驻于时光的美妙记忆。明清时期有一种很名贵的香料"伽南香"，此香不适宜焚熏，但其散发的天然香气十分宜人，于是大的就用来制作假山摆件（名曰"香山子"），小的就制成数珠、扇坠等配饰品。汪然明有一张名匠制作的紫檀床，一只汉玉鸳鸯嵌枕，一件绿结伽南香山子，一张嘉文锦席，都是床榻之间举世难求的高贵之物。然而他却暗暗遗憾没有人能配得上使用这四件珍奇之物。在一次聚会上，他与张宛不期而遇，并产生了深深的仰慕之情。但张宛清高孤傲，对汪然明的多情凝视置之不理，使得这位风雅大款很是郁闷。直到三年之后，张宛遭恶人迫害，情急之下，投奔汪然明，他不计前嫌，热情地接待了张宛，并在自己的私人会所"朱萼堂"为她举办了一个名流毕至的 PARTY。张宛不改孤高性情，又因情绪不佳，倦暑困顿，中途退席。汪然明十分体贴地将她安置在陈设着檀床、玉枕、香山、锦席的室中休息。当时的情景是：“其日酷暑熏蒸，香山与兰花芬馥，宛仙神情若倦，因试枕之，不觉熟睡。予启北窗，绿荫笼榻，香风袭人，观其艳态，真海棠睡未足也。”这是一幅生动而绝妙的睡美人画卷！汪然明用情感和灵感一手营造了这美妙的记忆场！尽管他们之间什么故事都没发生，但这千金难买的一刻，这意绪缠绵的蕴藉，足以让汪然明刻骨铭心终生。以至后来他特意撰写了《梦香楼集》，刊行于世，引得他那班文朋雅友纷纷作文赋诗追捧唱和，就连那位冷美人张宛，也为之动情，步韵和诗，“以志主人情重”。

还有近现代的一位名媛，她就是出身于书香名门的凌叔华，她知书达理，性情温婉，气度非凡，美貌与才情相得益彰。上个世纪 20 年代，印度诗人泰戈尔等一行艺术家访华，齐白石、胡适、徐志摩等文化界的名流，特意为他举办了一场私人招待会，凌叔华也在其中，地点便选定在凌叔华家的大客厅。她采纳了母亲的提议，那场招待会只吃茶，不吃饭。提前一天去订购了一百枚新鲜玫瑰老饼，和一百枚新鲜紫藤萝花饼，用家中的小石磨磨了杏仁茶，这应节的时令茶点，很是投合了诗人、画家们的情趣。凌叔华精心营造的简单清雅的场景，犹如她的绘画风格，创造了一种“萧然淡简的意境”，给艺术家们留下了美好而深刻的记忆。直到 20 多年后，参加当年招待会的达兰·波士在给凌叔华的信中，还对玫瑰老饼、紫藤萝花饼、杏仁茶以及当时的气氛津津乐道，赞不绝口。

美妙的记忆场是要用心营造的，未必都需要多么好的环境和物质条件。记得某年访问革命圣地井冈山，时值初冬，当地的主人为我们精心安排了一场篝火晚会。当夜幕降临，深邃的晴空中新月迟上，群星璀璨，在晚稻收割已毕的田地里，燃起了熊熊的篝火。我们与当地群众围着篝火载歌载舞，激情奔放，那松涛呼应的高亢歌声，那竹影相伴的翩翩舞蹈，那湿润的泥土芳香，那跳跃升腾的烈焰，交织成一个原始、粗放而自由的空间，这是一个让所有人都能尽情舒展情怀、释放生命的空间。这充满象征意义的生活仪式，表达的是我们对于美好时光的深刻理解和细细把握！是一个难以磨灭的记忆场！

美感中的知觉、思维、情感、想象、记忆等更高级、更复杂的心理现象，都是在通过感觉所获得的感性材料的基础上产生的。它既是人们主观意识的发现，又对人们的主观意识产生感染和熏陶。孔子说，“知之”未若“好之”，“好之”未若“乐之”，强调了人格在发现和创造美感意境中的主导作用，其中修养和学养是重要元素。在平凡的生活中尝试着创造一个个美妙的记忆场，将它们衔接起来，就是一幅美妙的生活画卷！

踢碎香风抛玉燕

每天晨练，常见花园中、绿地旁有几位矫健男女踢毽子，领军人物是我比较熟悉的一位朋友。他们虽然年近半百，却是个个身手不凡，技术娴熟，花式巧妙。飞旋转身，弹跳腾跃，体态轻盈灵活，四肢舒展飘逸，姿势变化多端，动作柔中寓刚，时而如飞燕展翅，时而若蛟龙探海！真实地再现了《帝京岁时纪胜》中的生动画面："踢毽子者，手舞足蹈，不稍停息，若首若面，若背若胸，团转相击，随其高下，动合机宜，不致坠落，亦博戏中之绝技矣。"他们人人都那么阳光灿烂，那么朝气蓬勃，宛若一群欢乐嬉戏的孩子，童心童趣飞扬在自由的晴空里！那由彩色羽翎精制而成的毽子，在他们身体翩跹腿脚的起落间，就像一只驯服的小鸟，在空中腾跃翻飞，划出一道道优美的曲线，闪动着清新和谐的韵律，朝霞中，绿地间，他们演绎的这支欢快明丽的晨曲，如鸿鹄之鸣而入寥廓！

踢毽子是我国民间的一项体育游戏，大约起于汉代，到了南北朝，踢毽子就很盛行了，并且技巧和难度也大大提升，成为一种竞技比赛活动。唐代释道宣《高僧传》记载："沙门慧光年立十二，在天街井栏上反踢蝶，一连五百，众人喧竞异而观之。佛陀因见怪曰：此小儿世戏有功"。蝶，就是毽子，反踢，就是用脚外侧踢，一口气连踢五百下，可见腿脚功夫甚是了得！于是，佛陀就把这个12岁的孩子收为少林寺的小和尚。此后，少林寺的僧人们就把踢毽子作为练习武功的一项辅助性训练内容。

踢毽子是男女老少咸宜的活动。活动量可自由控制，常踢毽子可以锻炼腿脚和腰腹部，提高下肢的柔韧性和灵活性，还可锻炼身体的平衡能力，消除大脑疲劳。中老年常踢毽子，能促进全身的血液循环，增强肌肉与神经的互动和联系。数人一起踢，还能增进群体意识，锻炼群体性的协调、配合及默契能力。这项群众性的传统体育活动，有益健康，兴味盎然，被誉为“生命的蝴蝶”。踢毽子的花式男性居多，但技高者多为女性。光绪皇帝的瑾妃，就是踢毽子的发烧友和高手。一般女性踢毽子讲究的是姿态优美，不脱文静端庄的仪态，踢毽子时头不动，肩不晃，双臂自然舒展，做到这些虽然也不容易，但仍属初级水平。至于高水平的是个什么样子，有句古诗形容得好：“踢碎香风抛玉燕”！体育锻炼的方式很多，但踢毽子相对于太极拳和其他运动方式，显然是多了几分趣味性和童心童趣。

人到中老年之后，若能保持几分童心童趣，将是一笔可以任意挥霍的财富。那皎然无染、宠辱不惊的心态，那漫不经心却又真气饱满的情绪，甚至想象力加恶作剧，都会成为妆点生活和鼓动生命的资源。童心不是装出来的，童趣不是造出来的，而是一种精神状态的自然流露，是一种价值观念和思想境界，是在现实生活中看得见摸得着的行为具象。有位中年朋友说的好：“我就是为快乐而活着。我永远认为我的物质生活是丰富的，精神生活是充实的，前提是与自己的期望值相比较。”

所以这位朋友总是快乐得像只百灵鸟，原始的童真从骨子里源源不断地涌出。曾见她双手叉腰杏眼圆睁，煞有介事地教训自己养的猫咪们："是哪位这么不够意思随地大小便？熏得全家狂叫，把'嫌疑人'揪出来！"游泳时呛了水，却认为是"中午不想喝咖啡，晚上却喝了口游泳池的水。都是跟对面游过来的那哥们儿撞车撞的！"其童心淋漓尽致，童趣一览无余。当然，这位朋友也是踢毽子的高手！

童心是天真纯朴的，童趣是多彩多姿的。一种平常的景物或事物，通过童心的联想或想像，会变得美丽而奇特。然而，它的真实内涵却是天真烂漫、纯洁无邪、无忧无虑、无牵无挂的自然心态。随着年龄的增长和社会环境的影响，人们的阅历丰富了，有了城府和心计，功利性追求日甚一日，童心童趣便荡然无存，其结果便是：活得太累了！如此说来，倒是真有必要学学我那位朋友的境界和活法，拟或是踢踢毽子，至少可以找回点童年的乐趣和感觉。

试试吧，朋友们！

闲侃西瓜

记忆是个古怪的精灵，它紧紧抓住那些瞬间存在但不能永恒的事物，巧妙地潜伏在人心深处，有的时候你想把它鼓捣出来，冥思苦索、绞尽脑汁，它却始终是无情无义地吞噬着你的脑细胞，连一点淡淡的印象都不肯施舍给你，这大抵是些当初就平淡无奇或者是你根本就没当回事儿的事物。而有的时候你用不着搜肠刮肚、刻意追寻，只要稍微有点诱发因素，它便活蹦乱跳地涌入你的思维空间，闪回重现生动完整的往事场景，这多半是些当初就别开生面、令你刻骨铭心并且终生在意的事物。近日应亲友之邀，到闻名遐迩的西瓜之乡京郊大兴区的庞各庄镇，参观了西瓜博物馆，领略了瓜园风光，品尝了品质优良的西瓜，不仅开了眼界，长了见识，而且导火索般地引爆了尘封的记忆，使我沿着时光隧道回到了孩提时期……

儿时的一年暑假，到农村的亲戚家小住。亲戚家种了几亩西瓜，我去的时候正是蔓儿拖着长腔、叶儿伸着巴掌、绿油油的西瓜满地熟睡的伏天。瓜田中央是一间长方形的半地下窝棚，简而不陋，尖顶上覆了厚厚的茅草，南北通透，地面以上的东、西墙壁用土坯垒就，外面抹了细细的泥浆，整洁光亮，湿润的泥土气息中有隐隐的原始芳香，尽管天地间骄阳似火，窝棚里依然清爽阴凉。自瓜秧开花到西瓜收摘完毕，就一直有人昼夜住在这里，不为防人偷瓜，那年月几乎是天下无贼，住在那里，实为田间管理方便和驱赶祸害瓜田的野生动物。盛夏酷暑，赤日炎炎，有行路人口干舌燥、饥渴难耐，无论相识与否，只要打个招呼，瓜田主人便可请其进窝棚落座，大啖清凉脆甜的西瓜，直到“吃饱喝足”。那时幼小的心灵中尚未滋生回归自然、眷恋田园之类的浪漫情怀，只是觉得新鲜好玩，并垂涎于想吃随手就摘的大西瓜，于是就天天赖在瓜田里，住窝棚，吃用柴草火烤的老玉米（比当今酒店里的烧烤香多了），与亲戚家大我几岁的哥哥厮混在一起。

记得那片瓜地的土质特好，黄土与细沙的天然配比恰到好处，不粘结也不松散，久旱而不干裂，暴雨而不泥泞，除种了西瓜外还种了少量甜瓜，绝对不施一滴化肥农药，危及西瓜安全生长的虫儿全靠手工捉拿。所以那瓜儿长得摸样也俊，细皮嫩肉，色泽光艳，吃上一口，甜得老想就地打滚儿翻跟斗！瓜田的边边角角种满了茄子、辣椒、黄瓜、长豆角等蔬菜，从夏到秋的田园生活，全靠吃它们了。我们时常在火辣辣的阳光下，光着身子匍匐前进在一汪碧绿瓜田里，尽管被晒得脑门儿上嗞嗞冒油儿，整个身子成了巧克力的同类，仍然兴致勃勃地翻弄着瓜秧，搜寻藏在蔓叶下面已经熟透的西瓜，将它们轻轻摘下，抱到窝棚里码放得整整齐齐。现在想来，那时的情景简直就是一副活灵活现的三维动漫：两个小棕熊抱着硕大的翠绿西瓜，在瓜田里歪歪扭扭，扭扭歪歪……虽然当时的那副尊荣不堪与鲁迅笔下的闰土在瓜田里“项带银圈，手握一柄钢叉，向一匹猹尽力刺去”的英姿相媲美，但是“那猹却将身一扭，反而从他胯下逃去了”，却也使我现在的心理稍得了些平衡，因为我曾亲手在瓜田里逮住过一只野兔。

在我厮混在瓜田的数日中，有朗朗晴空，也曾遭遇狂风暴雨。记得有一天傍晚，天幕低垂，黑云翻滚，狂风过后，瓢泼大雨伴随着电闪雷鸣便接踵而至，天地一片混沌，小小的窝棚被隔绝成一个孤立的世界。躺在松软的地铺上，闻着铺草和泥土的混合芳香，听风声雨声雷鸣声在旷野里肆虐，不仅没有丝毫恐惧，反而感到一种天然的舒适、异样的安详、神秘的宁静。这种感觉也许来自于童心对自然界的单纯理解，来自于当时天下太平的社会环境，来自于窝棚里那盏泰然自若的马灯发出的抚慰人心的光芒，总之，至今我也未能找到一个令自己信服的标准答案。

可以想象，身处瓜田之中，又是主人的亲戚，若是吃起西瓜来，不仅疯狂，而且很有创意。一般是在瓜田里选择已经成熟却未熟透、皮色鲜亮、个头适中的，用镰刀将其从瓜蔓上割下，抱到田边的树阴下，放在湿乎乎的土地上用拳头轻轻一击，那西瓜便应声脆裂成几块，瓤似红玛瑙，籽像黑珍珠，清香甜润便丝丝溢了出来。于是，人手一块，或蹲、或坐、或站，大吃特吃，西瓜水便顺着下巴流到赤裸的肚皮上……真个是内外清凉，惬意无比！哪像现在，即便是想追求点野趣，也要支起小帐篷，铺上塑料布，用瑞士军刀将那半死不活的西瓜细细解剖。如果是在傍晚来了吃瓜的兴趣，我们就抱着西瓜到坡下清澈见底的大沙河里，奋力在河床挖一个大坑，这水下作业着实艰难，因为边挖边会被流水冲来的沙石填平，需几人通力合作方能成功。然后将西瓜置入其中，再借助河水的冲力，覆以碎石细沙，一来防止西瓜被河水冲走，二来可起到“冰镇”作用。此时已是长河落日，西天飞霞，宽阔的河面上暑气消散，微风送爽，金鳞闪耀，玉波涌动，三五孩儿们（当然包括我）赤身裸体，弄水嬉戏，与鱼儿同乐。及至多半个时辰，借助于残余的天光，取出“冰镇”于河底的西瓜，爬上河岸的沙滩开始名副其实的“瓜分”。待到每个人的肚儿撑得都像爬上天际的圆圆月亮，便拽着“鸭子步”去寻找各自的归宿了……

自那以后，就很少再去过农村，即便去了，再也无缘住窝棚、啃柴草火烧烤的老玉米了，更无缘于抱着西瓜在大沙河里“天浴”。成年以后，西瓜倒是年年都吃，多是在空调制造的凉爽环境里，坐在沙发上或餐桌旁斯斯文文地吃。不过，要让我回忆何时何地与何人共享，打死我想不起来了。

文化“杂糅”

圣诞前夕，被朋友们从京城“绑架”到太原去过“平安夜”。时值周末，华灯初上，各大酒楼、饭店已是人满为患，餐桌的“翻台”犹如烙大饼，走一拨翻一拨，待到我们酒足饭饱，已是午夜。出了饭店，眼前的景象让我惊呆了，宽阔的马路上人如潮涌，机动车辆就像搁浅的船只，被淹没在人海之中，寸步难行。车是没法开了，只好被裹挟在人潮里随波逐流。大街小巷、犄角旮旯都有市民在放“孔明灯”。孔明灯又称“天灯”，被公认为热气球的始祖。相传三国时期，诸葛亮被司马懿困于平阳，无法与外界联络，只好制作大型灯笼，点燃后空飘出去传递信息，以求救援。后来就被民间在节庆时用来祈福许愿。此时太原的上空，有无数盏孔明灯从四面八方冉冉升起，橘红色的灯火悠然自得地飘逸，在天空中汇成了灯的海洋，煞是壮观！狂欢的人群一直持续到凌晨三点多钟，仍然有增无减。据说，太远周边地区的有钱人都在市内的宾馆酒店包了房间，出现了各大宾馆酒店爆满的局面。当地媒体称，当天太原的境况是：马路挤，商店忙，饭店满，住宿难，娱乐狂，商场、餐饮、娱乐等各种场所，都通宵达旦营业，平安夜这个可以尽情狂欢的日子让太原市变得异常疯狂！那场面的恢宏，那气氛的热烈，绝对不亚于欧美！尤其是在平安夜大放孔明灯，真不失为中国人洋节中过的一大创意。我的朋友把这种现象叫做“文化杂糅”，我想这是很有一番意思的。

圣诞节是基督教徒纪念耶稣诞生的节日。公元325年，在尼尔凯宗教会议上把每年的12月25日定为圣诞节。每到节日基督徒们都要举行隆重的纪念仪式。圣诞节前夕，教徒们要高唱圣诞歌曲以报“佳音”，节日零时各教会要举行“子时弥撒”，天将破晓要举行“时爽弥撒”，在欧美等国家，人们还要聚餐、狂欢，这就是“平安夜”。中国并非基督教国家，但近几年来圣诞狂欢的声势越来越大，尤其是在城市，其节日气氛大大超过了中国的某些传统节日，这是一种别开生面的文化现象。

文化作为一个复杂的总体，它包括知识、信仰、艺术、道德、宗教、法律、风俗以及人类社会里所得到的一切能力与习惯。凡是人类独有的、超越本能的一切活动及其产品，都属于广义的文化。它是人类创造的一切物质财富和精神财富的总和，是人类社会结构的主体。中华民族有五千多年的历史文化积淀，这无疑是全人类的共同财富，是国人的自豪与骄傲。但是，任何一个民族的、地域的文化生长与发展都不可能是孤立的，都要吸收融合异质文化元素作为营养来丰腴自己的文化母体，拓展自身的生命结构。否则，无论这种本土文化有多么深厚的历史积淀，无论它在某个历史阶段有多么的强势、多么的辉煌，都不可避免地要出现断代甚至消亡。不要小看了中国人“洋节中过”的这种文化“杂糅”，它表明了大众文化意识的觉醒，表明了中华传统文化吸收融合异质文化的能力和创新提高的决心。过去那种躺在“五千年文明史”上沾沾自喜、故步自封的文化心理，在高度发达的信息时代，别无选择地进行着自行蜕变，破茧而出的新文化理念，逐渐发展成文化社会的主流，一个多元文化空间，正在神州大地上生成、发展、壮大，从而成为一个特定历史阶段的标志，对中国经济社会的发展将产生深远影响！

我们不妨稍微认真思考一下：美国的历史不过三百多年，几乎没有什么历史文化积淀，可她的经济社会为什么高度发达并经久不衰？除了政治体制和社会结构等决定性因素外，还有她是一个移民国家，多元文化异彩纷呈，从世界各地吸纳了人力资源和智力资源的精华为其社会服务，成为她的经济文化社会的支撑力量，也是重要原因之一。日本、韩国等东亚国家和一些东南亚国家，对中国历史文化的吸收和融合，也对我们起到了一定的启示作用。我们既要珍惜和保护民族的传统文化，不搞历史虚无主义；又要善于吸收外来文化的优秀成分，不搞自守排外的狭隘主义。吸收融合异质文化，是为了创新发展本土文化。任何一个国家，任何一个民族，只要敞开胸怀，拥抱世界，她的未来就会充满希望！当然，这需要勇气和自信！

给力“文化杂糅”，我们为你欢呼！

名家雅集　翰墨飘香

盛夏，邀书画名家数位，雅集于黄海之滨。海风习习，酷暑退避；凭窗临海，观浪听涛。诸位名家虽然曾经担任或仍在担任着领导职务，又都是全国书画界重量级人物，但均低调出行，不干扰地方政府，不惊动各级官员。不仅“无丝竹之乱耳，无案牍之劳形”，而且无应酬之烦恼，无俗务之累心。落得个清闲自在轻松愉快，心无旁骛地挥毫泼墨，在纷扰浮躁的世风中，开拓了一片书画映秀，翰墨飘香的芳草地！

王楚光先生年近八旬，精神矍铄，精力充沛，作风质朴，性格爽朗，能下海搏击风浪，可登山极目风光。他原任中央国家机关工委副书记，后任国务院参事室副主任、中央文史馆副馆长。他书法功力厚重，笔能扛鼎，力透纸背，擅长隶书。作品沉稳果敢、奇崛憨直又奔逸超纵、神采奕扬，颇具汉魏之风。本人有幸求得其墨宝：“大隐于市，大智若愚，大道至简，大悟皆空”，已悬挂于书房，时时明目、洗心、省身。

任玉玲先生曾供职于中国科学院、国家科委等部门，曾任广西北海市市长，现任国务院参事室参事，全国政协常委，是一位成就卓著的经济学家，多次参与为党和国家领导人起草报告的工作，是“863 计划”和“星火计划”的筹备、实施者之一。他率先提出农村应实行免费义务教育，率先建议免除农业税，率先提出解决“三农”问题的三大战略、十大突破，被公认为是“影响中南海决策和总理最得力的智囊人物”。他的书法造诣与他的政治业绩并驾齐驱，其草书运笔流畅，刚柔相济，走墨连绵，势不可挡；风格自由奔放，体势雍容大度，狂怪中透着飘逸，飞驰中露出舒缓，如腾蛇赴穴，骤雨旋风，力动之美，跃然纸上，体现了书家超理性的精神气息，大有盛唐狂草再现的风范！他的书法作品多次参加全国性书展和书法大赛，荣获奖项若干，天津人民美术出版社近期出版的全国十大书画名家介绍，将其艺术造诣和书法作品列为重要内容。承蒙任玉玲先生抬爱，为我书写了六尺条幅：“重善行，思利他，敬天爱人”，我将其作为终生自勉。

杨遇泰先生原任北京文史馆副馆长，现为北京文史研究馆馆员，中华文化学院客座教授，中国书法家协会会员，北京美术家协会会员，北京篆刻研究会会员。他是集书、画、篆刻于一身的艺术大家。篆刻师从著名金石家钮隽先生并得古文字学家、金石家康殷先生悉心指导，篆刻作品多次在全国书画展赛上获金、银、铜奖，并收入《当代印人名鉴》等图书。山水画启蒙于周吉、王仲华先生，后从师于刘松岩先生学习传统技法，作品在国内20多个省市及韩国、美国、日本、东南亚各国展出，并获联合国和平美术教育工作者书画大赛铜奖、台湾工笔画邀请展致佳评奖。青山绿水《峨眉叠翠》被毛主席纪念堂收藏。作品专集入选《中国国画二十家》等典籍。82岁高龄的著名画家孙菊生先生高度评价杨遇泰先生是“书则行草带楷，亦帖亦碑；画则宗南宗北，笔墨升华……旁及金石之趣，能使方寸之石，别有天地”。台湾黄正襄先生论其画作：“用笔豪放，设色典雅，千里江山，一望无际，宛若置身其中”。杨先生虽然名噪画坛，蜚声四海，却虚怀若谷，平易不宣，创作愈加严谨，作品日臻练达。此次雅集，贡献精品20余幅。

张志和先生1992年师从启功先生攻读文学博士学位并学习书法艺术，曾供职于中央办公厅，后任国家行政学院历史文化专业教授，现为故宫博物院研究员、中国书法家协会理事，享受政府特殊津贴的专家。张先生长期从事书法艺术理论研究和实践，著作相当丰厚，已出版各种字帖及书法论著20多部，发表论文120余篇。张志和先生的书法，得启功先生真传，楷书刚健疏朗，安雅蕴藉，入古出新，自成一格；行草如清风出袖，明月入怀，出于性情，风神洒脱。作品凝结自然之灵气，蕴含法度之精华，结体内紧外放，笔画遒劲俊雅，韵律优美，意境深远，显现出独特的美学特征。他自撰并书写的书法巨制《中华颂》，如今就陈列在人民大会堂金色大厅。就书法艺术而言，他承继启功先生的学养风范，毫无愧色！

陈鹏同先生是中国画研究院专职画家、大写意花鸟研究生课程指导教师，徐悲鸿艺术学院客座教授，北京民族画院特聘画家，中国美术家协会会员，现供职于文化部人才艺术中心。他的作品多次参加全国美展，获得数十个奖项，出版画集、专著十多部。陈鹏同先生多次应聘为中央和国家机关作画，其作品在中央和国家机关的办公和接待场所多有陈列。这次雅集他与上述几位书画名家及中央办公厅老年大学国画教师李先龙先生、国务院参事室司长付春然先生等合作的水墨巨制《春色满园》、《秋江帆影》，为世间不可多得之精品！

以上提到的几位先生，都有一定的领导职务和社会影响，有很高深的书画艺术造诣，但在熙熙攘攘的世风中却是如此沉稳平静，摈斥功利、超然世俗，其人格品德可为楷模，学养风范令人敬仰。他们是我心目中平易近人的好公仆，德艺双馨的艺术家！是我永远崇敬的良师益友！

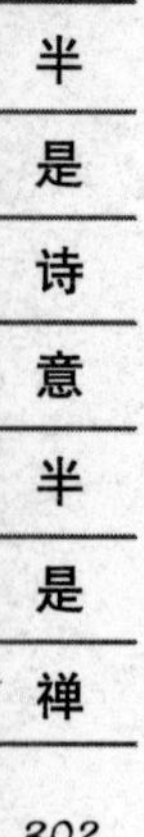

应酬与雅集

当代人的聚餐聚会越来越多，同学同事，亲朋好友，红白喜事，节日庆典，生孩子过生日……找个由头撮一顿实属正常。还有一种没有由头只有目的的聚餐聚会被人们称作“应酬”，几乎所有的应酬无不带有功利色彩。提职加薪，升学就业，当兵提干，军转安置，跑项目，批地块，搞资金，评职称，混学历，拿资质，参加大赛，获取奖项，看病住院，开刀化疗，打官司上访、局子里捞人，火葬场排队加塞提前火化……凡是需要通过非正常手段达到目的，往往都需要主办“应酬”活动。而被“应酬”的，要么是位高权重，在某个领域里能呼风唤雨，手眼通天；要么是头上有光环，身后有背景；要么是手里有银子，脚下有路子，“上面”有根子，办事有门子；还有一批胡吹海唠、今天是某领导的“亲戚”、明天是某名人的“朋友”、在他们嘴里没有不认识的人、没有办不到的事、混吃混喝的江湖骗子。“应酬”的形式无非是吃饭喝酒，桑拿捏脚，卡拉 OK……有声有色，热闹非凡，开销动辄成千上万甚至数万数十万，这其中有多少是来路正当的？有多少是自掏腰包的？这种应酬造就了一个个“天上人间”，却污染了人们的道德灵魂，毁坏了社会的健康肌体，撂倒了“缺钙”的“人民公仆”。这种“应酬”没有情谊，只有交易，环境可能很豪华高雅，格调却很低下庸俗。其实主办“应酬”的未必心甘情愿，被“应酬”的未必心安理得。他们之间是求人和求于人的关系。

聚会也罢，“应酬”也罢，其实就是一种交际方式，一种社会活动。它滴水映日般地折射出大千世界，反映着人间百态，体现着社会风气。还有一种聚会，我们的先辈们把它叫做“雅集”，是没有丝毫功利色彩的文人聚会，从形式到内容都很名副其实。“流觞曲水”是人们耳熟能详的典故，即在清幽之处，文人墨客依次坐于曲水流波之滨，酒杯由水上漂流而下，当酒杯止于某人面前，此人便取而饮之，并“罚”赋诗作文。晋穆帝永和九年（公元354年）三月初三，书圣王羲之与当朝名士41人雅集于会稽山阴之兰亭，“此地有崇山峻岭，茂林修竹，又有清流急湍，映带左右，引以为流觞曲水，列坐其次，虽无丝竹管弦之盛，一觞一咏，亦足以畅叙幽情”。这次雅集，虽然只是当时士大夫们务清谈、鲜实效、无经济大略的感叹，有些触景兴怀、俯仰若有余痛、苍凉感欺的情绪，但流觞曲水，开怀畅饮，情致高雅，逸趣无穷。诸位贤达，敞开心扉，抒达胸怀，高谈阔论，诗篇荟萃。雅集结束，由王羲之醉笔走龙蛇，写下了千古名篇《兰亭集序》，成为中国文化史上的灿烂篇章！

最经典的雅集莫过于北宋英宗的女婿——驸马爷王诜在驸马府策划主持的西园雅集了。这驸马爷是位淡泊功名利禄却又多才多艺的文化人，能书画，善辞赋，广交苏轼、黄庭坚、米芾、秦观、李公麟等众多文人雅士，经常聚在一起析奇赏异，酬诗唱和。公元 1087 年盛夏，王诜突然心血来潮，要请诸位好友到西园（驸马府）来消夏避暑，于是亲自提笔书写请帖，总共请了 15 位嘉宾，其中有无须说明身份的苏东坡、苏辙，苏门四学士黄庭坚、秦少游、晁补之、张耒，疯疯癫癫的石癖米芾，“十年不登公卿之门”的画圣李公麟，道士陈太虚，高僧圆通等。西园之中，古松盘郁，怪石嶙峋，清流潺潺，微风习习。硕大的石案上，笔墨纸砚，香茗鲜果，一应俱全；古筝瑶琴，置于松间；家姬富贵风韵，童子彬彬有礼。苏东坡挥毫泼墨，即兴赋诗；米芾有童子研墨铺纸，精心伺候；几位学士侃侃而谈；苏辙则手捧书卷倚石而读；圆通身着袈裟端坐蒲团讲经；太虚青袍鹤发立于桧下论道……李公麟睹景生情，灵感突发，乘兴用白描记录下眼前的情景。但见图上松桧梧竹，小桥流水，极园林之胜；文人雅士风云际会，挥毫用墨，吟诗赋词，抚琴唱和，打坐问禅，衣着得体，动静自然；书童侍女，举止斯文，落落大方。李公麟画毕，米芾自告奋勇挥毫写下了《西园雅集图记》：“李伯时效唐小李将军为著色泉石，云物草木花竹皆绝色动人，而人物秀发，各肖其形，自有林下风味，无一点尘埃之气……水石潺湲，风竹相吞，炉烟方袅，草木自馨，人间清旷之乐，不过于此，嗟呼！汹涌于名利之域而不知退者，岂易得此耶！自东坡而下，凡十有六人，以文章议论，博学辨识，英辞妙笔，好古多闻，雄豪绝俗之资，高僧羽流之杰，卓然高致，名动四夷，后之览者，不独图画之可观，亦足彷佛其人耳！”李公麟的画与米芾的字珠联璧合，造就了一件中华历史文化的瑰宝！由于这次雅集过于完美而激起了后人复制的强烈欲望，但这流转千年而不失色的文化盛宴，是今人能复制的了的么？

看看今天的“应酬”，想想古人的“雅集”，我们在汗颜的同时，难道不应该稍稍地做一点道德和良知的反思吗？毋庸讳言，本文所圈定的“应酬”，无疑是种腐败行为，其原因是人所共知的。倘若我们的公权力真正姓了“公”，也许灯红酒绿的“应酬”就会少一些，清清淡淡的“雅集”就会多一点。我们作为社会中的个体，无力改变现实，但完全能以自律来抵御污染，未必去效仿古人的形式，学一学先辈们的情趣和格调总可以吧？

万物之情　美不胜收

近闻一个新概念："云计算"，请教专家，得以通俗浅显的解释，原来这是一种新型的计算模式，能把信息资源、数据、应用作为服务，通过互联网提供提供给用户，实际上就是整合服务器资源，是一种合理的资源共享。就像拼车族拼车，或者说像把一家一户的小发电机整合为一个大发电厂，通过整合的信息资源，就像云彩一样随处飘移，取之不竭，用之不尽。于是，科学家们便充分发挥艺术想象力，为它取了个漂亮而浪漫的名字：云计算！对使用者来说，"云"中的资源可以按需随时取用，无限扩展。据说，在不断变化的商业环境和频繁调整的产业链中，云计算能为企业发展带来巨大商机和竞争优势。专家说，陶醉在"云"的领域里，能感觉到一个无比美妙的虚拟世界，有色彩，有图画，甚至有音乐，飘逸变换，灵动神奇，科学变成了艺术，进入了美学领域！我相信专家的描述不是故弄玄虚而是真实的感受。这让我想到了当代辉煌的理论物理学家史蒂芬·霍金。

史蒂芬·霍金教授是一位智慧的偶像，他的思想富有创建充满灵感。在科学巨著《时间简史》发行一千万册之后，又一部《果壳中的宇宙》，以清澈明晰妙语连珠的表述，把我们带到了理论物理的最前沿，他以独特的热情邀请读者进行非凡的时空遨游，借助于色彩缤纷的图像，把宇宙变成超现实的奇境，他用通俗的语言解释制约我们宇宙的原理，真理在这里甚至比幻想更丰富多彩。《果壳中的宇宙》典出于莎士比亚名剧《哈姆雷特》："即便把我关在果壳中，仍然自以为是无限空间之王"。哈姆雷特几百年前的吟唱，却与人类的宇宙观完全相符，这说明艺术和科学是相通的。史蒂芬·霍金，这位被禁锢在轮椅上40多年的科学巨人，从卷帙浩繁的莎士比亚名剧中，将其"果壳中的宇宙"选来作为书名，可见一切有志创造的人都可以从艺术中获取灵感，从而开辟一片美学天地。这从中国的美学理论中也可以得到印证。

中国的美学思想的源流之一，是《易传》中具有美学意义的哲学观点："始作八卦，以通神明之德，以类万物之情"，其中就含有"艺术形象是以情感对天下万事万物的模拟"的意思。这一源流，为注重现实的儒家美学思想和注重自然的道家美学思想提供了理论依据，使其成为中国古代美学的两大主流。这就意味着无论是在自然科学领域，还是在社会科学领域，只要你注入心血，投入情感，你就会创造美学成果，获得美的享受。

近读一位80后画家的作品，发现两千多年前老祖宗创建的美学理论，与这位青年画家的创作思想竟然吻合得丝丝入扣。她觉得"艺术就该是创造的"，"是幻想与大脑的激情碰撞"，"创作无疑是需要耗费大量心血的"。她认为，"无论做什么样式的艺术，真诚最重要"，"融理智与情感于一身"。正如她的作品《手心爱》的那双手好像在触碰她的心灵世界，诉说着无限温情；《生命之树》的那棵树承载的仿佛是时间和生命，过去和未来。她的画是心灵的预言，无论世界多么混乱、嘈杂，她也要执著地穿越芜杂，找到最本真的“原心”。这恰与庄子的逍遥自然和反功利主义的审美观相印照。庄子认为，一个真正的画家应该有率真的性情和顺其自然、超越现实功利的审美态度，应该摆脱诚惶诚恐的心理和“非誉巧拙”的利害之虑，保持精神虚静松弛，神闲而意定的创作状态。庄子说：“凡重外者内拙”，“重外”即有所矜持，不自由，不专一，精神不集中而另有所图。这种人往往“内拙”，其精神境界、审美水平、创作态度都与一个真正的艺术家相差甚远，因而也就难以创作出真正优秀的作品。正如汉代蔡邕所言：“欲书先散怀抱，任情恣性，然后书之”。实践证明，作画时若心不在画，或不能摆脱某种规范的约束，或处于功利追求之中，其审美激情就难以激发，所以就不会有好的作品问世。而用志不分，外不从物，精神自由无碍，创作主体和创造客体就能融合为一，达到“物化”境界，反倒能任其心意而得到佳作。

科学和艺术，都是人类生产实践活动和社会实践活动的重要内容，是以独特方式感悟生命和开垦生命的美学创造，须投入真情实感，注入鲜红的心血，方能结晶而成，惟“内足”而非“重外”者能为之。“重外”者在现实功利的驱使下，所创造的美学价值充其量是光鲜一时的走秀，而“内足”者所奉献给人类的美则是真实的、内在的、富有生命力的精神和物质财富。诚如那位“云”专家、史蒂芬·霍金教授，还有那位年轻的画家李骏逸。

有情人未必成眷属

2008年10月，美国女作家汉娜·帕库拉在她的新著《最后的皇后》中，披露了一件隐藏了60多年的秘密：上个世纪40年代，纽约的《女性世界》杂志以增刊形式全文发表了一篇爱情小说《往事如烟》，随后华盛顿的《和平》杂志全文转载，半个月内发行30多万册，欧美一百多家报刊也争先恐后地全文转载或节选，一时成为西方史无前例的文化盛况！这部爱情小说的作者就是当时的民国第一夫人宋美龄！

《往事如烟》全文3万多字，写于1945年夏秋之际的重庆，书稿由一位民国驻美使馆人员转投，作者署名“东方女”。此举采取了严格保密措施，出版人无法联系作者，便将大笔稿费暂存花旗银行“东方女”的名下。在《往事如烟》中，宋美龄以细腻的文笔，浪漫的情愫，真实生动地再现了她与初恋情人感人肺腑的故事，以一个普通女人的心态诠释了真实的人性，打造了一个爱情经典，揭示了中国女性特有的精神世界。

宋美龄的初恋情人名叫刘纪文，广东东莞人，自幼聪慧灵气，长得眉清目秀，很是讨人喜欢。上个世纪初留学于日本早稻田大学。1914年夏天，刘纪文到美国去看望留学的好友宋子文，在哈佛大学图书馆邂逅了去看望哥哥的宋美龄，当时宋美龄是在著名的卫斯理女子学院留学，二人一见钟情，相见恨晚，宋美龄将一副金手镯送给了刘纪文作为定情物。1917年春天，刘纪文由日本回到广东，宋美龄也从美国回到上海，二人保持着书信往来。1922年春节，宋美龄到姐夫孙中山家中拜年，第一次见到了蒋介石，从此刘、宋关系逐渐疏淡。1927年12月1日，蒋、宋在南京举行了婚礼。此前，宋美龄向时任南京国民政府最高首脑的蒋介石提出要善待刘纪文（此时刘纪文为南京市市长）蒋介石很爽快地答应了。1929年5月，刘纪文与“金陵佳丽”许淑珍举行了盛大婚礼，宋美龄亲自为刘纪文挑选了礼物，并送上一个很大的花篮，在上面题藏头诗一首：“往昔进履殿恩晖，事倍争效鸟双飞。如今寥廓横空喜，烟花浪漫至如归。”每句首字相连便是后来宋美龄撰写的小说标题《往事如烟》。

1956年刘纪文在美国洛杉矶病逝，享年66岁。此时，宋美龄也年届花甲，平时足不出户，只发去信函吊唁。1997年宋美龄女士100岁华诞，她非常感慨地列举了自己一生中诸多个“惟一”，其中就有曾撰写过惟一的一部爱情小说。

宋美龄作为中国乃至世界女性的杰出代表，是历史不可否认的一代伟人。她曾以自己独特的风格，化解了中国现代史上的一个个政治危机；她曾为挽救民族的危亡亲临抗日前线；她曾在风云变幻无穷的国际舞台上展示亲善大使的风采；她关注并躬亲慈善事业，亲手创办了中小学校、医院和康复中心；她曾以普通女性的爱心关怀帮助军队的基层官兵、幼稚园的儿童、在校学生；她是一位才华出众的知识女性；她是一位贤良的妻子，大众的母亲；她是一位有血有肉有情有义有爱心的普通人。她在得知宋庆龄病危及逝世的消息后，曾多次痛哭并为二姐向上帝祷告。她是一位虔诚的基督徒，研读圣经和祈祷是她生活中的必修课，她把心灵交给了上帝，将自己融化于上帝的旨意之中，笃信“我在世为客旅，我家乃在天国”。她最喜欢的祷文是：“主啊，请接受我的全部自由、我的记忆、我的了解和我整个的意志。我所有的存在，我所有的一切，都是你赐予我的。现在我愿意将它还给你，凭你的意志处置。只要将你的爱和你的仁慈赐给我，有了这些，我便足够富有，我不再奢求其他。”

宋美龄与刘纪文的失之交臂及其与蒋介石的婚姻，是由社会、政治、家庭等诸多复杂原因造成的，有情人未必成眷属，但她作为一个有情有义有爱心的非凡女性，的确是值得我们敬仰的！她以人性为生命核心价值的人格观念是值得我们尊崇的！

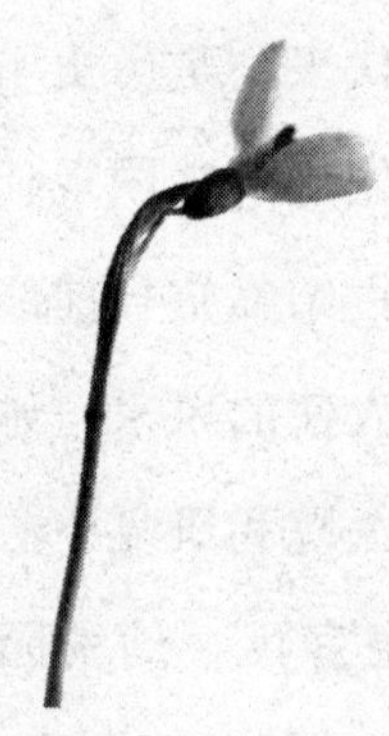

一溪残梦东流去

“武岭突起于剡溪九曲之口，独立于四明群峰之表，作中流之砥柱，为万山所景仰，不偏不倚，望之岿然……岭上古木参天，危崖矗立；其下有溪水潆洄，游鱼可数；牧童渔父，徜徉其间，乐且无穷；其幽静雅逸之景象，窃比世外桃源无事他矣！而隔溪之绿竹与岭上之苍松，倒影水心，澄澈皎洁，无异写真，其有岁寒君子之逸致乎！”这是台湾中学国语（语文）课本上的一篇课文《武岭乐亭记》中对溪口风光的描写。溪口位于浙江东部奉化县境内，以剡溪之水东流遇武岭头和溪南山阻隔成口而得名。武岭门，踞武岭山脊，扼溪口古镇门户，原先只是一个小庵堂，旁设茶亭，供过往行人歇息。1929 年拆建为仿古城楼，两层三间，飞檐翘瓴，双面额书“武岭”，面东（向外）为国民党元老于右任所书，面西（向内）为蒋介石所书，体现蒋介石对前辈的尊重。进入武岭门便是三里长街，1887 年（光绪十三年）10 月 31 日，蒋介石诞生于此。街中“丰镐房”是蒋介石、蒋经国父子的故居，名称出典西周以丰邑、镐京为国都，借“丰”“镐”二字作为蒋介石及其胞弟瑞清的房号，瑞清早亡，蒋介石兼祧承袭，故称“丰镐房”。

蒋介石作为中国近现代史上不可忽略的重要人物，除有宏伟的政治抱负和强烈的民族气概外，他还是一个很真实的自然人，他对自己的家乡和家乡的父老乡亲怀有深厚而真挚的感情。他最后一次回家乡是 1949 年 1 月 22 日，此前，由于国民党军队在东北和华北战场上连连失利，对于蒋介石来说，已经酿成不可收拾的政治危机。1948 年底，国民党上层的政治分歧明朗化，在以李宗仁为代表的“主和派”的政治压力下，蒋介石于 1949 年 1 月 21 日发表引退文告，但这并不意味着他放弃总统职位，因为在中华民国宪法中没有关于总统辞职的规定，而是按照第四十九条规定“总统因故不能视事时，由副总统代行其职权”，将职权交予副总统李宗仁代理。当日下午，蒋介石怀着一颗破碎的心，乘坐“美龄号”专机离开南京，飞抵杭州。次日，飞抵宁波栎社机场，转乘汽车回到家乡溪口。

蒋介石对家乡有一种特殊的恋念，自从他投入血雨腥风的政治生涯，每当得意或者失意，都要回家乡看看，借以慰藉要么欣喜要么郁闷的那颗心。1947 年 4 月 2 日，是他在抗日战争胜利后第一次荣归故里，整个溪口镇张灯结彩，锣鼓动地，爆竹连天，男女老少，欣喜若狂，一派节日气氛！蒋介石偕宋美龄、蒋经国偕方良步行在欢迎他们的人群中，满面春风地向群众打招呼致意，蒋介石和宋美龄还走到几位年长者面前，拱手行礼致敬，气氛极为热烈和谐，浓浓乡情亲情弥漫于三里长街。然而时隔不到两年，当他再次回乡的时候，气氛却是大相径庭。在武岭门前，蒋介石、蒋经国一行下车与列队欢迎的学生和乡亲们见面，他神情漠然，气氛清冷，他微微仰起头来，眼神茫然地向武陵门上镌刻的“武岭”二字注视了片刻，便匆匆离去。

这次回乡，蒋介石似乎预感到是与故土的诀别并有所心理准备。他嘱咐蒋经国，务必抓紧邀请几位学者，考证溪口蒋氏祖先的来历，尽快了却他修谱、进谱的心愿。他在丰镐房，面对蒋氏祖宗牌位虔诚行礼，此后，又在这里会见了所有的亲友，深情地叮嘱他们，今后要自己保重。1949 年春节，是蒋介石在大陆过的最后一个春节，他在丰镐房与家人及随员吃过团圆饭后，又在武岭学校大礼堂设宴与溪口众乡邻共度新春。席间，他发表了充满感情色彩的讲话，表达了他对家乡的热爱和眷恋，表达了对父老乡亲的无限牵挂。

“慈庵”是蒋母墓旁的一座中西合璧的建筑，是 1923 年蒋母六十冥寿时，由时任黄埔军校校长的蒋介石修建的，目的是作为日后他回乡扫墓的住所，以示他不忘母恩，谨守墓园之意。“慈庵”内供奉着蒋氏先祖的神主牌位，墙壁上悬挂着孙中山先生的手书对联：“安危他日终须仗，甘苦来时要共尝”。蒋介石这次回乡，多次到母亲的墓前祭奠并住在慈庵。在他最后离开溪口之前，又一次带着儿子、儿媳、孙子、孙女，沿着曲曲折折的山路来到母亲墓前。他最后一次环视了坟墓周边的环境，目光停滞在镌刻在墓碑两侧的挽联上：“祸及贤慈当日顽梗悔已晚，愧为逆子终身沉痛恨靡涯”，不觉悲从中来，颤颤巍巍地跪在地上，行三拜九叩大礼，满面泪流，唏嘘哽咽：“不肖子瑞元，此刻前来辞别您老人家，儿平生惟有一愿，长居慈母身边，侍奉左右，以报您老人家养育之恩。而今日一别，不知何日再来谒母慈容，竭尽孝心……”此时，蒋介石早已老泪纵横，泣不成声。

1949 年 5 月 25 日，蒋介石心系亲人，梦萦家乡，带着终生的遗憾，黯然东渡……

一个人，无论他的信仰是什么，他的社会角色是什么，他的人格高低，生平贵贱，那都是他的社会属性，是后天所具有的非本质东西。而有血有肉有灵魂有人性，则是他的自然属性，是先天所具有的本质性的东西。所以，无论对谁，我们都要平视，大可不必去崇拜甚至迷信什么“权威”、“权贵”之类；更不要俯视着去贬损自己的同类，尊重人、尊重人性，就足够了。

一个历史横断面的剪裁

1971年8、9月间，毛泽东主席巡视我国南方几省。我奉命参加了其中一个阶段的接待工作。当时我在江西南昌，9月1日深夜，我接到指示，到毛泽东主席即将下榻之地待命。汽车穿越市区，驶上郊外公路，大约半小时后，在一个不太显眼的路口转弯进入一片丘陵地，公路两侧植被茂密，行约两三公里，眼前出现一片灯火辉煌的建筑，它坐落在四周环山的一片小盆地里。从地形学上看，这组建筑选址是很有军事眼光的。

汽车在副房门前戛然而止，这是一座颇像四合院的现代化建筑，廊檐下是十多间工作人员住的客房，迎门是一间很大的会客厅。服务人员把我领进客厅，当地的一位领导分配了工作任务，宣布了工作记律。第二天上午，一架子爵号飞机抵机场，我们去迎接了时任中央办公厅主任的汪东兴同志一行。下午7点多，我和当地驻军的一位领导带领迎接毛主席的车队出发，到达指定地点后，天色已暗，我们在铁路专线的站台上等候毛主席专列的到来。大约9点多，毛主席乘坐的专列徐徐开来，稳稳当当地停靠在站台旁。专列上的工作人员打开车门，放好上下车的踏板，彬彬有礼地请当地主要负责人上车，我们则在站台上等候。我们与专列上的警卫人员和工作人员较熟悉，彼此互致问候，很随意地交谈，这就大大缓解了大家的紧张情绪和激动心情。

过了一个多小时，毛主席在当地主要负责人的陪同下走下列车与我们工作人员见面，大伙迅速聚拢到他老人家身边，毛主席身穿睡衣，脚穿黑色布鞋，身材伟岸，精神矍铄，面色红润，两眼炯炯有神，只是头发几乎全白了。他操着浓重的湖南口音向大家问好，我们都按捺不住激动的心情，很想用当时极为流行的方式表达对他老人家的崇敬和热爱，但由于事先宣布过纪律，我们只好从心底发出祝愿，并轻声回答“主席好”！大家虽然很想与主席多呆一会，但当时的天气仍然很热，便请毛主席赶快去下榻地休息。

我乘坐的车与毛主席的车队保持着一定距离，严格控制着车速，十分警觉地观察着道路两侧的情况，当我们到达毛主席住房门口时，两位服务员已在恭候。大约两三分钟后，主席乘坐的汽车开到。他老人家下车后，并没有急于进房休息的意思，站在门前又一次与我们见面亲切交谈。当他看到当地一位领导干部时，发现是在1970年九届二中全会上见过的，便主动与这位同志握手，仔细打量着他说：“哦，熟人，熟人”并顺口叫出了这位同志的名字，同时风趣地说：“你是道理呢还是道德呢?”因为这位同志的名字中有一个“道”字。毛主席非凡的记忆力令人叹服！他和蔼幽默的讲话引得大家发出一阵轻微的笑声，气氛立刻欢快活跃起来。虽然时至午夜，毛主席仍无倦意，兴致很高，他昂首举目环顾四周，询问当地气候，自然环境，以及这座建筑的情况。此时，我清晰地看到毛主席额头上挂满了细密的汗珠，在大伙的劝说下，他才微笑着与我们告别，走进房间。

次日，应毛主席召唤，福州军区司令员韩先楚、南京军区司令员许世友、福州军区副政委程世清，到毛主席住处，聆听了毛主席的谈话，这就是后来全党同志都知道的毛泽东主席视察我国南方与沿途省市负责同志谈话的内容。

第三天下午四点，毛主席在离开下榻处之前，又一次接见了工作人员。我们依依不舍地把他老人家送上专列，列车徐徐开动了，灿烂的阳光为我的生命留下了一道金色的年轮。

时值毛泽东同志诞辰纪念日即将来临之际，谨撰小文，以示缅怀。

中南海里的普通居民

1949年6月，毛泽东主席由北京西山双清别墅搬进中南海，居住在明清历代皇帝每年春季举行“演耕”仪式的丰泽园，1968年8月18日迁入“游泳池”新址，直至1976年9月9日去世。

毛泽东是位震惊世界的巨人。一位国际友人说，他一挥手就能改变世界风云！真正伟大的人，从来都把自己当成一个最普通的人。毛泽东的伟大，在他平凡的行为中得到了充分体现。在党的七届二中全会上，毛泽东提出了四条约法：不做寿，不请客，不送礼，不用人名起地名。1956年4月在中央政治局会议上又把它充实为约法六章：不做寿，不送礼，少敬酒，少拍掌，不以人名作地名，不要把中国同志和马、恩、列、斯并列。他始终身体力行着这些“约法”，从不搞特殊。他和普通工作人员一样，领取了中南海出入证和中央人民政府徽章。他每次参加党和国家的重大会议，都是拿着会议秘书部门发的证件亲自签到参加会议。在人民大会堂开会时，他总是先到118厅（北京厅）等候。

毛泽东曾说：“即事论法论理，私交论情”。他经常用自己的工资和稿费资助亲友，但从不以权力为其谋私利。建国初期他回绝了许多要求来京谋职的亲友，在给杨开智的信中写道

“不要有任何奢望，不要来京”。“一切按正常规矩办理”。在给同窗好友毛森品的信中说：“吾兄出任工作极为赞成，其步骤似宜就群众利益方面有所赞助表现，为人所重，自然而然参加进去，不宜由弟推荐，反而有累清德，不知以为然否？”在给毛宇居的信中说：“泽连来信叫苦，母丧未葬，脚又未愈，兹寄人民币三百万元（旧币，相当于现人民币三百元），以为丧葬治病之费，不要来京。”并说明“这些钱均是我自己的稿费，请告他们节用”。至于毛泽东个人生活的简朴，那更是广为人知并传为佳话。1957年7月实行工资制以后，毛泽东全家的经济收支都由工作人员掌管，他全家每天的生活费用是3元，其中还包括招待私人客人的支出。保姆的生活费、给孩子看病用的汽车费、医疗费、身边的工作人员外出陪他吃饭的餐费，都是从他工资中支出。毛泽东的住处没有电风扇，没有空调，一把黑色折扇跟随了他20多年，盛夏酷暑，他经常是一边摇着这把扇子，一边全神贯注地工作。他在丰泽园用的大铜墨盒，是用自己用了多年的小铜墨盒与杭州汪庄招待所交换来的。

一位哲学家说：“在处事之道上，习惯胜于格言。习惯是活生生的格言，变为本能，变为血肉”。生活习惯时时处处显示一个人的修养、追求、品德和人格。毛泽东像普通人一样，也有自己的许多独特的生活习惯。他习惯于向大海的狂涛、高山的险峻挑战，他珍惜雪的洁白，崇尚梅花的耐寒，酷爱诗词古籍，喜欢听京剧，充分显示了它的博大胸怀和斗争精神；显示了他对美好、纯洁、和谐人生的追求。他喜欢躺在床上办公，习惯于用铅笔批阅文件，上个世纪五六十年代，他用的是德国制造的斯德楼牌 6B 铅笔，1967 年上海铅笔厂试制出了红星牌、中华牌铅笔，此后他就一直使用这两种铅笔，每次外出视察，至少要带 30 多支铅笔，床头桌、沙发旁、办公桌都要放几支铅笔。毛泽东习惯于用放大镜而不习惯于戴眼镜，在他一生众多的照片中找不到一张戴眼镜的。直到 1975 年摘除白内障后，才根据医生的要求配了两幅眼镜。他习惯于用梳子和篦子不时地梳头，这样可以促进脑部血液循环，减轻疲劳，恢复精力。他很喜欢喝茶，根据医生的建议，每天起床后喝一杯兑有葡萄糖和柠檬汁的红茶，开始工作后喝“龙井”，喝完后喜欢吃掉杯底的茶叶。他众所周知的生活习惯是喜欢吃辣椒，吃红烧肉，饮食非常简单节俭。他抽烟很凶猛，而且喜欢抽劲大的国产烟。1968 年毛泽东患感冒，抽纸烟咳嗽，李先念就把自己抽的特制雪茄送给毛泽东，后来他就一直抽这种雪茄。

作为一位政坛领袖，毛泽东性格坚毅，作风强硬，他只信奉原则；作为生活中的毛泽东，他有丰富的情感世界和精神生活，非常注重情谊。他曾亲拟电文安慰病中的徐海东：“静心养病，天塌不管……”对于民主人士更是情深谊长，他与宋庆龄友谊深厚，交往甚笃，称宋庆龄为“亲爱的大姐”，把宋庆龄赠送给他的枕头保存了多年。柳亚子以《感事呈毛主席》发牢骚，毛泽东即复诗《七律·和柳亚子》，回顾旧交，指明前程，“莫道昆明池水浅，观鱼胜过富春江”，激发其为人民工作的热情。对于身边的工作人员，更是情同手足，有工作调离者，他总是依依不舍。

毛泽东就是这样一位伟大的领袖，一位平凡的公民。他的伟大在于他的历史功绩；他的平凡在于他的本色不变。毛泽东是人，不是神。他永远活在人民心中！

拣拾灰烬中的小珍珠

我叙述的不是一个故事，而是一件真事儿。

时间；当代；地点：中国某城市；人物：某名人后代，大家闺秀（以下简称“秀”）。

男大当婚，女大当嫁。秀女初长成，理所当然地有了自己的情感世界，寻寻觅觅中一直没有意中人出现。倒不是因为高不成低不就，而是没遇到一个能使她产生感觉的异性。时光在不经意间悄悄流逝，心中一片苍茫的她，似乎不再刻意寻求情感的归宿。有一天她独自走在街上，身后开来几辆卡车，她蓦然回首，见车上是拉着游街的犯人，这在极左思潮横行的年代，是司空见惯的。当她的目光掠过其中一名犯人的时候，心头产生了瞬间的强烈震撼，那犯人的神态气质，不正是自己虚拟想象和苦苦寻觅的吗？可那是一个与自己毫不相干的死刑犯！没有任何客体的信息感应和心灵互动，她的情感却在瞬间迅速升华膨胀，弥漫了她的全意识，以至于在后来的若干年中都挥之不去。她无力击碎那瞬间思维的定格，作着欺骗自己的梦中期待。秀已暮年，至今未嫁。

我有几次把这件事讲给朋友们听，朋友的反应不一。有的不屑一顾，哼一声：神经病！有的则摇摇头作不可思议状；有的长叹一声，表示同情。我对此事有自己的理解和感受：这是一个感人至深的唯美故事！我们从中看到的是一个残缺不全的情感结构，由于源自秀的心灵冲动，纯粹是内在的，下意识的，无辐射的，绝对不会产生任何客观感知对象，更不可能形成一个完整的情感回路。然而，它却凸现了一种特殊的美学形态：残缺美！就像维纳斯雕像，如不断臂，反而不美；就像一位朋友写的一首祭奠母亲的诗，美就美在那是她从心灵深处流淌出来的凄苦的倾诉，这倾诉是没有任何寄托的无奈，是毫无具体目标的宣泄。这两桩事例，从形式到内容都不是常规美学元素的常规性组合，而是以特殊美学元素结构为内涵的美感形态。正是它们的残缺，给人们留下了极大的审美想象空间。正是它美学内涵的特殊结构，才使它不同于任何文艺形式展示的爱情悲剧或亲情悲剧。它是在现实生活中以独特方式感悟生命和开垦生命的人性美，并对人们的心灵产生强烈撞击。这就是它特殊的美学价值。当然，我也不认为一切残缺的都是美的，把杨贵妃和西施的胳膊砍掉就未必美；出土的古陶瓷的残缺就美，家里吃饭用的瓷碗缺一块就不美。因为它们不含特殊精神环境衍生的特殊美学元素。

中国传统的审美观念认为，滚滚红尘不仅需要用美去提升，而且现实生活本身就有享之不尽的美的宝藏，审美与现实生活是不即不离的关系。李泽厚先生说，美作为感性与理性，形式与内容，真与善，合规律性与合目的性的统一，与人性一样，是人类历史的伟大成果。把美与人性都归结为人类历史的伟大成果，我想，秀的行为便不难理解了。有一句人们普遍认同的话可以对我的观点作出通俗的解释：没有一颗美的心灵，就不会有一双发现美的眼睛。林语堂先生说，在灰烬里拾到一颗小珍珠，是比在珠宝店橱窗内看见一颗大珍珠更为快活。但愿人人都能善于发现灰烬中的小珍珠，把它拣起来，或珍藏于心中，或奉献给大家，都是很有意义的。

英国诗人雪莱与中国农民刘文波

雪莱是18世纪末至19世纪初英国伟大的浪漫主义诗人，有不少佳作名篇传世，艺术成就斐然，在世界文坛上声名显赫。刘文波是20世纪中国北方农村普通得不能再普通的农民，终生面朝黄土背朝天，一穷二白，默默无闻，身后只留下了一个感人至深的故事。我把这两个毫不相干的人物捏鼓到一块儿绝不是恶搞，而是在拜读朋友的译作——雪莱的诗歌《无常》及其评析时，下意识地把刘文波从记忆深处牵了出来，并觉得这两个生活在不同空间的人物的精神世界却具有惊人的相似之处。

雪莱出生在英国的一个小贵族家庭，自幼聪颖，常以“被囚禁的精灵”自居。曾就读于伊顿公学和牛津大学，其间与小女子海里霭相识相爱并私奔结婚，为此，父母与他断绝关系。1816年在瑞士与拜伦结为莫逆之交。其《西风颂》中的佳句“冬天既已来到，春天还会遥远吗？”为世人所传颂。他的《无常》，是一首吟咏爱情、感叹人生、充满瑰丽想象的不朽诗篇。诗人借助自然现象及其规律揭示了人生的真谛。他认为，人生的幸福和快乐并不在于持续时间的长短，而在于它的质量强度，美好的事物虽然稍纵即逝，但带给人们的幸福和欢乐却能永久地存留在心中，恰如“嘲弄黑夜的闪电”，瞬间闪耀但刻骨铭心的美感冲击力，是漫漫黑夜不可比拟的。在这首诗的最后，作者用巧妙的语言，引领读者进入深层次思考，“趁宁静的时光仍在缓缓流动/你且入梦——再从梦中醒来/醒来哭泣”。看似矛盾的诗句却揭示了一个哲理：人不能没有梦，虽然梦终究要醒来，但梦中毕竟有希翼，有追求，也是一种人生力量。尽管在梦醒时分面对残酷的现实我们会哭泣，但也决不放弃我们的梦。放弃梦，无异于放弃人生！英国诗人的哲理在中国农民刘文波身上得到了验证。

刘文波在他生活的小山村里属于极其聪明但不精明、能感知外部世界向往新鲜生活却又很安分守己的传统式农民，年轻时仪表堂堂，虽然读书不多，却洋溢着一些“博学多才”的文化味道。在村里人绝大多数还是文盲的时候，他就读了《西厢记》、《水浒传》等文学作品；在村里多数人尚不知汽车为何物时，他就知道有一种小汽车叫“美国吉普”；在村里人眼中只有自己的一亩三分地的时候，他就知道世界上有一个国家叫“毛里求斯”……他似乎是村里的一面镜子，将外部世界光怪陆离的天地反射给村民们，以至让人觉得他那么与众不同而对他肃然起敬。他二十多岁的时候，与村里一位美丽贤淑的姑娘相爱了，他们心心相印，情投意合，爱得死去活来。在当时视自由恋爱为大逆不道的社会背景下，他们的恋爱只能是秘密进行的“地下活动”。可是，到了谈婚论嫁的时候，却遭到双方父母的强烈反对，理由是俩人同村同姓（其实已经出了“五服”）。这在当时是个不可逾越的障碍。二人经过一番力所能及的抗争，却没有像雪莱和海里霭那样选择私奔，而是向命运交缴械投降——姑娘在固守爱情阵地数年后，迫于强大的家庭压力，不得不嫁到邻村，刘文波则独自一人生活。

此后的几十年间，两人虽然近在咫尺，却再没有过任何接触，没当面说过一句话，但谁也没忘记谁，都把那段“黑夜的闪电”的美好时光深藏心底。刘文波每隔几天都要到姑娘家村边的小树林中远远眺望她的家门，为的是看姑娘一眼。而姑娘每次都如约似的走出家门，或挑水，或担柴，总不会让刘文波失望。那神奇的心有灵犀，那不可思议的默契，也许是上苍对他们的补偿。伴随精神备受摧残，还有物质的极度贫穷，姑娘家的日子过得十分拮据。刘文波看在眼里，痛在心里，他便在农闲时到县城当搬运工，赚些钱来，通过若干亲朋好友的环节，编造种种托辞谎言，拐弯抹角转交给姑娘以补家用。令人难以置信的是，此举竟能坚持数十年，而姑娘始终不知是她心上人所为。

刘文波一辈子生活在梦里，83岁驾鹤西去，终生未娶。姑娘已年过耄耋，现仍健在。她的记忆力已衰退至忘却了自己的生日，但每年刘文波的“忌日”她却都要烧纸焚香,以示悼念！

雪莱用诗篇颂扬不朽的爱情；刘文波则用爱情谱写了不朽的诗篇！

每个人的一生中都会有一次“黑暗中的闪电”，那是两颗真心摩擦出的灿烂火花；是两个生命碰撞出的万钧雷霆；是两个灵魂共同营造的梦境！即使不能终生享用她，也要终生珍藏她！我们歌颂真情真爱，因为她是不朽的，永恒的！

(本文受.silentcloud的译文《无常》的启发，并引用了其中的一些章句，在此深致谢意！)

回放镜头的剪辑

快过年了，不少朋友都倦鸟归林、游子回乡，投奔天伦之乐了。忘年小友 X，脚跟底装了弹簧一般，蹦蹦跳跳像欢快的小鹿，也踏上归途，回家、爬山、吃妈妈做的鱼去了。她的家乡，大概是在山东半岛烟台、威海一带，若干年前我曾在那里临时工作过近一年，时间虽短，一些刻骨铭心的记忆却永远留在了那里。因此，她那欢快的情绪，一下揿动了我记忆的回放按钮……

秋。我到当地下乡工作的时候是秋天，小麦将播完，苹果正收摘。村后，大片的苹果园呈梯田式分布，层层叠叠，从山坡脚下罗列至山顶。此时已是果密叶疏，红肥绿瘦，秋阳高照，彩霞落英。山风中流淌的果香，犹如当地纯朴豪爽的汉子，将一杯醇醇的美酒送到你的面前，让你未饮先醉！果园深处，繁忙的采果少女像翻飞起舞的彩蝶，欢声笑语，如摇曳的风铃，一串串不绝于耳。这声色俱佳、亦虚亦实、亦真亦幻的天上人间，羞退了混云浊雾、陈杂噪乱，甚至连远处村庄里的鸡鸣狗吠，也需要在意念中添加了。不经意间，在果园边缘写生的一少女身影映入我的眼帘，她极其随意但在当时又很时尚的装束，在眼前这幅大自然的画面上显得别具一格，如瀑的黑发用一条素洁的小手帕了了草草地扎成“马尾巴”戳在脑后，略显肥大的衣裤，无论如何都裹不住她那涌动的青春。不知是哪方水土造就了她白玉般的娴静、玛瑙般的温润和翡翠般的冷艳初萌，对于造物主给予她的偏爱，任何人都会产生羡慕、嫉妒和愤愤不平。她那持画笔的修长手臂，流畅而有韵律地在画板上挥洒，犹如观音摇着橄榄枝，把善良和美好洒向人间；那碧泓般的眼神光，在画板上流淌，流淌……画面便五彩斑斓，洒满希望！高傲的秋阳好像也青睐于她，献媚似的为她周身镀上金色的轮廓光！此情此景，真不知是她在画画，还是画在画她！无意中，这画面便摄入我的脑海。若算起来，那女孩儿现在也将步入中年，她是否收获了那画面上的一切？

冬。转眼入冬。这里的冬天，早晨的太阳最娇艳，农家的土炕最温暖。冬日，天刚放亮，东方便现一抹玫瑰红，随着天幕由鱼肚白渐变为宝石般的蓝澈，一轮红日便跳跃着爬上天空。在高山和海滨看日出看的是太阳喷薄而出的气势；在胶东农村看日出看的是太阳冉冉升起的娇艳。当太阳完成了自己的圆满，那红，几乎改变了她的质感，那么沉厚，那么浓重，那么娇嫩，那么柔软，像沸腾的钢水，又像鲜亮的果冻，红得让人心醉。我敢说，那红，是大自然的唯一！倘若雪后初晴，上苍滴落的那滴殷红的鲜血，便成为文人们用来装点关山的“银装素裹一点红”了！

胶东农村的冬天多雪，当厚厚的鹅绒覆盖了原野、村舍，一切都融入了这洁白的童话世界。家家户户的土炕都暖得很奔放，以相当真挚的热情全方位地拥融着你，或躺或坐，你都会感到筋骨疏松，血脉畅通，沉沉欲醉，悠悠欲仙。在万籁俱寂的雪夜里，睡在暖烘烘的土炕上，听窗外飞扬的雪花儿演绎着缠绵故事，渐渐入睡，那梦，你一定会作得很美，很美……清晨，柴草燃烧的原始清香与硕大铁锅飞逸出的氤氲，会轻轻把你唤醒，一口大铁锅里同时煮出的多种美味早餐（这可是胶东主妇特有的烹饪技艺），把一家人号召到小炕桌周围，新一天的温馨就此开始。那气氛，那意境，对什么是“人间烟火”，作了最标准的诠释。如今那里冬日的骄阳是否还那么鲜亮，土炕是否还那么温暖，便无从得知了。所以，那心灵菲林曾摄入的美好，是至死我也不愿忘记的！

春。春天像一个顽皮的孩子，挣脱了冬的怀抱，携着微微风，伴着蒙蒙雨，一路欢歌一路笑地走来，人们舒展筋骨，展开双臂热烈拥抱它，并跟随春的脚步，去问候小草，看望杨柳。村后的果园也热烈响应春的号召，争先恐后地展现俏丽与繁华。养精蓄锐后的村庄、田野，焕发出勃勃生机，洋溢着新的活力。一袭春装身姿挺拔的女教师带领着孩子们，踏着歪歪扭扭的春风，把歌声笑语撒落在明媚的春光里。万物复苏，人们繁忙，丰收的希望伴随饱满的种子，一起播撒在肥沃的大地上……

夏。小麦成熟，花蕾结果。夏天来了，我却要走了。带着她给我的美好，带着我对她的祝愿，我走了……

茆檐无苔　果蔬自栽

本文标题是从王安石那里借来并加以改造而用之。原诗为："茆檐常扫静无苔，花木成畦手自栽。一水护田将绿绕，两山排闼送青来"。所描绘的乡居清悠、田畴莳花、溪水绕绿、峰峦送青的自然而舒泰的图景，恰似我一位朋友的现实生活写照。这位朋友原本是位领导干部，还不到法定的退休年龄，便提前让贤，辞官弃录，在家乡租下150多亩土地，做起了当代贾思勰。

贾思勰，何许人也？他是我国历史上杰出的农业科学家，但史料典籍对其生平鲜有记载，只能从他的著作《齐民要术》中查到一些零散资料，知其大约生活在北魏末期至东魏初期(公元五世纪末至六世纪初)，做过高阳（今山东青州）太守，毕生致力于农业科学技术研究。他"采据经传，爰及歌谣，询之老成，验之行事"，总结前人的生产经验，并亲自观察、试验和实践，终于在东魏初年撰写成不朽的农业科技专著《齐民要术》。"齐民"就是平民，"齐民无藏盖"（《史记·平准书》)，如淳注："齐等无有贵贱，故谓之齐民，若今言平民也。"可见《齐民要术》是为平民百姓的治生之道而总结出来的一些生产和生活经验。其内容与平民百姓的生计息息相关，堪称一部农业家庭生产与生活的百科全书，在我国乃至世界农业科学技术史上具有极其重要的地位。

我这位朋友的家乡在山东省寿光市，恰恰是当年贾思勰任太守时的治辖之地（今寿光距青州约20公里），还有学者通过论证认定贾思勰就是寿光人士。如今这里已是闻名遐迩的蔬菜之乡，全国最大的蔬菜交易集散地。由国家六部委和山东省政府联合主办的国际蔬菜科学技术博览会，每年的4月下旬至5月下旬在这里召开，来自世界近百个国家和地区以及全国各地的有关人员云集于此，进行蔬菜生产、加工等科学技术研讨、信息交流和参观学习。每年博览会期间来此参观学习的流动人员均高达数百万人次。朋友在这块地盘上租地务农，是不是有点班门弄斧、相形见绌呢？答案是截然相反的。

驾车从济南沿济青高速公路向青岛方向行驶，在第13号出口下高速，向北行驶约十多公里，便有生机盎然的绿色气息扑面而来，一片别具一格的田园映入眼帘，常绿灌木组成的围墙规整而严谨地环绕四周，略加修饰而不失朴拙的蓬门，在绿色仪仗的簇拥下，宛若彬彬有礼的亲善大使，迎接着来访的客人。我前往造访时值仲秋，进得园门便置身于横竖成行的近百亩冬枣林中，所有的冬枣树都像在统一指令下生长的，高不过两米，干如铁，枝如虬，满树的枣儿，颗颗剔透晶莹，犹如玛瑙一般，正待采摘。我那辞官归田的朋友——这园林的主人告诉我，这园中的每一棵枣树，都是从原生地引进的一流优良品种，栽培过程中没施过一粒化肥，挂果期从不喷洒农药。他鼓励我们即摘即食，绝对安全。我便随机抽样地摘取品尝，果然颗颗皮薄肉细香脆甘甜无比，吃到嘴里爽得直拨愣脑袋，便说这枣简直就像“摇头丸”，朋友却说是多种维生素糖丸。这倒名副其实，因为这冬枣的含糖度在20%以上，并含有人体所需的多种维生素。

恋恋不舍地走出冬枣林，看过了瓜棚豆架、鱼塘鸡舍和其他水果蔬菜的种植区，眼前又出现一片齐刷刷绿汪汪的韭菜地，大约有30亩。这是我有生以来见过的最奇特的韭菜。它单株最高的达1.42米，一般都在60公分以上（均为地上部分），每棵都十分粗壮，梗如白玉，叶似翡翠，挺拔舒展，鲜嫩水灵。早就听人说过，通常情况下，对韭菜种植威胁最大的，是有一种地下害虫专咬它的根，菜农便在土壤中施以剧毒农药以杀害虫，这种农药很难降解，便成为一种不安全因素，使韭菜成为一种人人想吃、愿吃但又不敢吃的蔬菜。但这里的韭菜却一滴农药都未曾施过。我向朋友求解杀虫之奥秘，他说，从技术角度讲太专业，你也听不懂，通俗地讲，就是用物理方法给土壤消毒，杀死虫卵，然后给韭菜挂上“蚊帐”，使外界的害虫无法侵入。我怀疑这么大个儿的韭菜中看不中吃，朋友便用一桌“韭菜宴”招待我们，煎、炒、烹、炸、拌，满桌清一色的韭菜，味道清香爽口，食之不厌，尤其是凉拌生韭菜，原汁原味，极其鲜美，确实非同一般！究其原委，朋友答曰：除品种优良外，本园韭菜所施肥料，非豆饼而不用，绝无丝毫化肥农药污染，这是经国家有关部门检测鉴定的！如今，朋友“手栽”的冬枣和韭菜，都获得了中国绿色食品发展中心的绿色食品认证，并在国家工商总局注册了“独根红”商标。韭菜的内外包装获取了专利权。

在这别开生面的田园里，我那朋友活得不闲不忙，张弛有度，充实而有节律，明慧而富有诗意。他的理念是，民以食为天，食以安全健康为本。他做的是一项事业，旨在以小规模小投入进行纯绿色农业实验，出精品，创品牌，做示范，搞推广，让咱老百姓吃的安全，吃出健康，成为食品汪洋大海中的“安全岛”，绝不以盈利为目。虽然产品基本不投放市场，但却不胫而走，被人们赋予“送健康”的内涵而作为高档礼品送往四面八方，在当地亦呈稀缺难求之势。我那朋友不仅在当地成为绿色农业的领军人物，其名声也随着他的产品远播全国各地，北京、西藏、新疆……很多省市慕名而请他进行技术支援和帮助指导，他都义不容辞。据我所知，仅在北京，他就帮助建起了两个各数千亩的绿色蔬菜生产基地。所以，谓之当代贾思勰亦不为过。

本人纯属外行，上述介绍亦浮皮潦草。如果有哪位朋友想莅临考察，亲眼目睹之实情，品尝风味独特的纯绿色冬枣、韭菜、鲜鱼、鸡蛋……那就跟我打个招呼，在金秋时节我陪同朋友们一起到他那里去做客，届时，我那朋友肯定会热情接待各位。记住喽，他的名字叫：李培基。

真正的奇迹

吴振奇是深圳正奇实业公司的董事长，在他的办公室里悬挂一幅张志和先生为其书写的横幅《三品堂》，遂向吴先生求解此为何意，他却三缄其口。于是从有关人士的介绍中得到了答案。

上个世纪 80 年代初，吴振奇怀揣东拼西凑的 2000 多元钱从家乡汕头来深圳打拼创业，从走街串巷收购废品做起，凭着吃苦耐劳、锲而不舍的精神和诚信朴实、敦厚善良的人品，业务得以快速发展，生意越做越大。到 2000 年已闯过艰难困苦的原始积累阶段，实力逐步增强，发展基础基本夯实，便投资 3200 万元正式创办正奇实业公司。他一步一个脚印，一年一个台阶，经过 20 多年的发展，目前已拥有 4 家全资企业，主营废旧物资回收和再生利用、商贸、房地产开发与租赁、工业园区建设等业务。

正当他事业如日中天，生意红红火火之际，他又聘请了一批科研和技术人员，投入 2000 多万元，历时 3 年，研发了 IGBT 超音频电感应加热处理废弃塑料还原燃油项目，获得了国家知识产权局授予的发明专利和实用新型技术专利，并达到了应用水平，进行了小规模生产，效果良好。有关专家通过对其技术原理、工艺流程、环保效果、产品质量进行实地考察后认为，这是一项符合国家产业政策、环保节能、利国利民、造福于社会、有良好发展前景的朝阳产业。为此吸引了国家有关部门领导、清华大学及相关科研单位的科研人员前来参观指导，在他们大力支持帮助下，使其项目的科技含量大大增强，先进程度不断提升，生产工艺日臻完善。

这一项目的研发思路，源于塑料垃圾对环境造成严重污染的现实。资料显示，目前我国每年的城市生活垃圾中大约有1000多万吨废弃塑料；其他废弃的包装塑料大约有5000多万吨，这些废弃塑料的无公害处理只占5%左右，其余部分大都采取填埋和焚烧的处理方式。焚烧会产生大量毒害物质，如二恶英等，将看得见的有形污染变成了看不见的无形污染。填埋不仅要占用大量土地，而且降解过程需要100年以上，也会造成隐形的二次污染。两种处理方式的经济成本和社会成本都很高。运用吴振奇和他的科研团队研发的这一科技创新技术，可以从1000公斤废弃塑料中还原提炼650公斤混合油（经过分馏处理可生成达到国家标准的93号、97号汽油和0号柴油）；产生15%的可燃气（可联接燃气发电机组发电）；产生150公斤碳渣（可从中提取42%的炭黑，其余为热值4950大卡的固体燃料），整个生产流程处于全封闭状态，是一项低耗能、零排放的全新技术。经过这种技术处理的废弃塑料，再利用率可达99%以上，在节能环保领域里创造了一个真正的奇迹！如果运用这项新技术对全国50%的不可再生性废弃塑料进行无公害处理，每年可产生700万吨以上的燃料油，相当于一个中型油田的年产量！这一效益可能会对我们国家的环境治理和能源战略安全产生积极影响。

目前，为了大规模推广应用这项新技术，他们又注册了“深圳市正奇绿色环保能源科技开发有限公司”，吴振奇和他领导的企业，拟在近期内建成200台反应釜，年产燃油12万吨，碳渣2.7万吨，可燃气2.7万吨，产值6.2亿元，上缴税金7500万元，安排就业岗位1000个。吴振奇和他领导的企业，由于具有强烈的创新意识，具有雄厚的经济实力和技术支持，其持续发展能力令人刮目相看。他们的远期发展目标是，建成每年无公害处理100万吨废弃塑料、产值35亿元、收益18亿元、上缴税金4.5亿元、安排5000个就业岗位的大型能源再生企业，再创一个真正的奇迹！

来自国家有关部门的领导，在考察了他们企业后，对他们的业绩表示了充分肯定，对吴振奇的创业精神给予高度评价，认为吴振奇先生靠收购废品创业起家，靠生产油品发展壮大，靠良好的人品赢得信誉，并成为他事业成功和企业不断发展之本，于是就有了吴先生集“三品”于一身的说法。著名书法家、故宫博物院研究员张志和先生得知此情况后，挥笔为吴振奇先生的办公室题写了《三品堂》三个大字。这就是我所寻求的答案。必须说明的是：现在吴先生的办公室，仍然是在创业初期盖的铁皮房里，为的是不忘记自己走过的路，不忘记当初给予他支持和帮助的朋友们，虽然简陋点，但有了张先生题写的《三品堂》，蓬壁也熠熠生辉！

美丽人生二重奏

趁到外地出差之际，看望了过去的一位老领导。他原是我军的一位高级将领，让我吃惊的是，已是耄耋之年的老将军，精神矍铄，思维敏捷，体魄健壮，身手矫健。更让人想不到的是，这位穿越枪林弹雨，趟过炮火硝烟，横枪跃马，驰骋沙场几十年的英雄战将，竟然舞文弄墨，耍起了笔杆子。退休之后的十几年间，已正式出版三本“大部头”，共计一百多万字。其中一部诗集，收入了他的原创诗歌六百多首，所涉题材极其广泛，意象鲜活，骨气端翔，音情顿挫饱满，韵律光英朗练，字字洗心饰目，句句金石之声。儒雅倜傥，跃然纸上！还有一位曾经的领导，也年近八旬，原先连光圈速度都弄不明白，三四年前竟然操起了数码“单反”，天南海北地拍风光、人像，且大有成就，不仅出版了摄影集，而且有六幅奥运题材的摄影作品入选《2008 北京奥运摄影展》。烽火岁月燃烧了他们的激情，铁血年代染红了他们的青春，在那个特殊的历史时期，他们以独特的方式演奏了铿锵激昂的生命之曲。如今，他们坐湖山郡，胸藏丘壑，兴寄烟霞，意浮蓬岛，潇洒浪漫的旋律，回荡在他们的生命空间。历史与现实的奏鸣，合成了一支美丽人生二重奏。

一天有上午、中午、下午，一年有春、夏、秋、冬四季，一个人有童年、壮年、老年。人生没有什么好坏，每个“季节”都有精彩。只要循着“季节”生活，保持严肃有序的动作，朝着正常的目标前进，生命的韵律之美就会在时空中回旋。这种人生观念，在古老的《周易》中就已经表述的十分清楚。伏羲作八卦，兼三才而两之，故《易》六画而成卦。“三才”即人、天、地，这说明原始卦形的三画分别代表人、天、地三种事物，这就是太极生两仪，两仪生四象，四象生八卦，经过重卦以后，便是六十四卦。“仰则观象于天”、“俯则观法于地”、“远取诸物”、“近取诸身”，就认定了人是宇宙之精华，作为极富灵性的生命体，本身就是天地间最值得珍爱的一种存在。一切美的观念和范畴，都植根于人的生命活动，并且为了生命意义的高扬而不断更新和拓展。“天行健，君子以自强不息”、“地势坤，君子以厚德载物”，从自然界的无限运转和丰厚，人们可以激发不断进取的意志，养成宽宏敦厚的德行，增强奋斗不息的毅力。总之，自然界是人的发展与完善的源泉和动力，因此，人必须遵循自然的流变，体悟自然的神妙，从中获得生命完善的启示。

曾与一位至爱亲朋谈论人生话题，竟有惊人的共识：人的生命是一个未知过程。在这个过程中，有的是我们的经历，或刻骨铭心，或已经忘却；而余下的则是一个神秘的未知，人生之美便隐藏在这个未知里，从而激发了我们的探索兴趣。一个将军如果预先知道可以绝对获胜，甚至连双方伤亡的细节都能准确预料，他对战争还有兴趣吗？读一部小说，便是追求一个多变的、不可测度的结局，如果你对其中的情节、细节已经了如指掌，还用去读吗？不过，有一点是完全可以预知的，那就是生命的结局——死亡。死亡，是人类唯一的平等，每个葬礼的行列里都有一面旗帜，上面写着“人人平等”！所以我们相约，有朝一日，但愿能同赴天国！这也算是一种浪漫主义吧？

每个人的人生过程中都有酸甜苦辣、喜怒哀乐，每个人都要经历磨难挫折，都会有胜利收获，每个人都有一个自然的终结。这就是所谓“命运”，“命”为本体、为坯模，“运”为机制、为动力，命必运，运则活，活则生。这就特别强调了人的生命体的本体属性和潜在的属性，以及运化属性和可操作性。生命的本质是一种精神享受活动，是对人的渴望创造和自我实现两大欲求的精神满足。因而人生过程是多元组成的，生命本体却是一元美丽的。

热爱生活，让生命美丽的旋律飞扬，飘荡……！

磨盘枣

这是我重新拾起的一片飘落的记忆。

大约是在上个世纪 90 年代初，应某市邀请去参加一项活动。当时的人和事一概忘了，惟“磨盘枣”的故事在脑海里翻腾了近 20 年，并一直感动着我。

当地是闻名遐迩的枣乡。时值初秋，连片成林的枣树们骄傲地屹立在艳阳下，有的干如铁，枝如虬，展现着苍劲；有的筋骨阳刚，枝杈舒展，透射着健美；有的直立挺拔，绿冠如伞，满含娇嗔，争先恐后地向人们诉说着自己的辛勤。徜徉在香甜弥漫蜜意浓浓的枣林里，好像阿里巴巴钻进了满藏珠宝的山洞，但见在绿叶簇拥下的一颗颗枣儿，身形饱满，珠圆玉润，红的像玛瑙，绿的像翡翠，让人爱得心痛，迷得心醉。不经意间，鬼使神差地让我发现一棵枣树，怕羞似的躲在同类中间。近看，它的枝叶并不繁茂，挂果也不甚多，但果实形状奇特，不是圆形，也不是椭圆形，而是像两个算盘珠摞在一起，样子有些朴拙憨厚。陪同人员顺手摘了几颗送我，捧在手里仔细端详，见其通身光泽剔透，绿中泛白，点点不规则红晕，自里向外散发着娇羞，用“细皮嫩肉”来形容绝不过分。轻轻送入口中，细细品味，肉质酥脆，汁液清爽，香气淡雅，甘甜浓郁，当属枣中极品！陪同人员告诉我，这是磨盘枣。向其求证所以然，答曰，您看它像不像农家用的石磨，上下两盘叠在一起？我愕然，怎么也想象不出香甜可爱的小枣与坚硬笨拙的石磨有什么内在联系。于是，便听来了下面的故事。

时间：从前；地点：当地；人物：青年男女。情节：当地处于冲积平原，一马平川，方圆数百里难见山丘，通常司空见惯的石头便成了稀罕之物。当地一劣绅，靠银子铺路，得官府之青睐，谋得一些权势，钱权结合，便由劣绅荣升为恶霸。于是就以权杖势圈地造庄园。这恶棍（称其恶霸有些抬举他，干脆叫他恶棍）没多少为文化，却偏又好附庸风雅，总想把自家庄园造得跟苏州拙政园似的。有了亭台楼阁，小桥流水，缺了假山怪石，恶棍心下十分郁闷，门下走狗遂献媚：让佃户们进山采石往回背！便有一群衣衫褴褛、面黄肌瘦的佃户们被驱赶进山。其中有一男青年新婚燕尔，与娇妻悱恻缠绵，生死离别，也被赶进深山背石头去了。数月，佃户们陆续负重归来，却不见男青年影踪。娇妻忧心忡忡，带上从自家树上摘的红枣，上路寻夫了……

男青年进山以后，发现山里村民家家户户都有一盘石磨，磨粮食，磨豆腐……日子过得比他们好些，便动了心思，决心背回一盘，与妻子一起，把自家的小日子也打理得红红火火的。带着美好的向往和憧憬，他背着石磨踏上回乡之路。可是，石磨太重了，他风餐露宿，走得很慢，很慢……妻子也历尽千辛万苦和生死劫难，终于在回乡路上寻到了他，怀里仍然揣着从自家树上摘的红枣，那是她宁肯饿死也舍不得吃的一捧红枣，一腔爱！在回家的路上，那一捧红枣便成了他们生命的希望，你推我让，谁也不肯吃一颗……亲爱的朋友们，写到这里，我已心酸不已，实在不忍心往下写了，可是总得给朋友们一个结局吧，所以，请原谅我省略一些细节……后来，人们在荒野里发现一盘石磨，旁边是一对相拥而眠的青年男女，他们的灵魂已驾鹤西去，地下散落着一些红枣……来年，人们又发现在红枣散落的地方，长出了几棵小苗；又过了几年，小苗成树了，结果了，果实形状像一盘石磨，人们叫它磨盘枣！

这是一个未脱俗套的故事；这是我珍藏多年的一段记忆；这是我用心血滋养的一颗珍珠。新年伊始，献给我亲爱的朋友们！

珍惜爱情，珍惜幸福！

时尚的朴素与朴素的时尚

在我的朋友圈里，有几位成功女性，她们有的从政，有的经商，有的习文，有的演武。察其共性，她们都很“时尚”。开好车，穿名牌，常做美容，定期保健，在高档社区有宅子，时而出入五星级；她们有文化，有修养，风姿绰约，气质高雅。经深入了解，方知好车、名牌是她们必备的工作“道具”；美容保健是为了增强自信和对工作对象的尊重；宅子是她们的精神港湾；五星级则是她们拼搏的战场之一。唯有文化、修养、形象、气质是她们的私有财产。其实，她们的平常日子过得很大众化，简单而又讲究实惠，随意而又不失格调，平淡而又富有情趣，紧张而又充满天伦。时尚与朴素让她们打理得天衣无缝。

事业的成功，是她们将勤奋、智慧、机遇、韧性融为一体的结果；是用汗水心血酿造的琼浆美酒。在职场上她们是摸爬滚打、冲锋陷阵的战士。有位朋友在创业阶段两年多的时间里，每天最多只睡三个小时，1.65 米的个头儿体重只有 40 多公斤。另一位朋友为了办一件事情，一天之内跑了八个部门而毫不气馁，偶遇居心叵测者，她便以理性做防火墙，以正气当杀毒软件，维护自己的权益和人格。还有一位老同志，在怀疑、误解、责难、委屈中竖起了信誉和人格大旗，成为同行业中的佼佼者。她们要在物欲横流、人心不古的环境里，承受来自四面八方的压力，应对各色人等的刁难，接受形形色色的挑战。她们与之抗争奋战并夺取胜利的实力，是堂堂正正的人格、良好的心理素质和勇往直前的精神。她们脚踏实地、埋头苦干的品格，是何等的朴素！然而，当她们走出硝烟，洗尽征尘，迎接胜利的时候，向社会展示的却是闪烁着时尚光芒的精英形象。朴素与时尚在他们身上结合得如此之完美!

她们事业有成，经济宽裕，但绝不是工作狂人、经济动物。她们追求高品位的精神生活，学习琴棋书画，阅读中外名著，看美国大片，听古典音乐，旅游探险，骑马滑雪，打高尔夫……她们孝敬老人，相夫教子，买菜做饭，治家理财；她们能挣会花，出手大方，但绝不奢侈挥霍；她们关爱亲朋、扶弱济贫，热心慈善、赞助公益，有的收养遗孤，有的捐赠希望小学……她们将朴素的美德与时尚追求，演绎得如此和谐！

她们外圆内方，情操高尚，大事清醒，小事糊涂。既坚持原则，又讲究策略，决不为利益丧失道德，决不为事业牺牲人格。她们偶尔泡酒吧、进歌厅，在宴会上豪饮，在大庭广众下阔论，不失时机而又恰到好处地张扬个性，彰显智慧……她们把朴素的传统观念与时尚的处事风格融会得如此巧妙！

总之，在时尚的职场上，她们是一道朴素的风景线；在朴素的生活中，她们是一道时尚的风景线。

当然，我上文所表述的情形是有范围界定的，那就是我所认识的朋友。至于成功女性中是否有另类，我不敢妄言。如果有，我也不承认她们的“成功”，因为她们可能付出了不应付出的代价。

真正的成功女性不像某些成功男性，一旦权重钱多，便失足出轨走邪路，这样的例子是不少的。本文的狗尾续貂，可能会得罪一些人，会招来咬牙切齿的痛骂。没关系，男人的心胸就是被误解的骂声撑大的。我的答辩只有一句话：能自省即为明智！

抒情人生

不知从何时起，国人也过起了洋节。圣诞前夕，朋友夫妇分别收到正读高中的女儿自制的贺卡。送给父亲的卡上画了很夸张的一副笑脸，上书：打开窗户，笑口常开。老爸要健康，我会很孝顺！送给母亲的画面是平板电子秤上有一颗大大的心形，旁书小字：沉甸甸的。下面是一行大字：妈，辛苦啦！请为我而一生平安！两张贺卡的背景图均为紧紧相连的三颗心。无须再解析它的内容，这看上去并不精致的贺卡给人的感觉是，充满了动人心玄的稚嫩灵性，融进了只能心会的真爱和亲情！让人看到了一颗水晶般的女儿心！那位母亲感慨地说："哪个孩子不明了父母的养育之恩？家人健康，温饱无虞就是幸福了！"还有一位朋友，往家打电话时，家中电话彩玲突然变成一支《特别的爱献给特别的你》的乐曲，遂在电话中向丈夫求证原因，丈夫说："今天是圣诞节，知你会往家打电话，所以把特别的爱献给特别的你！"感动得那位女士振臂高呼：老公万岁！

由此二例使我想起了林语堂先生说过的一段话：人生像一首诗，它有韵律和节奏。我们应当能够体验出这种人生的韵律之美，像欣赏大交响曲那样欣赏人生的主旨，欣赏它急缓的旋律，以及最后的决定。正常的人生会保持着一种严肃的动作和行列，朝着正常的目标前进，以恒河般伟大的音律和雄壮的音波，慢慢地永远地向着大海流去。

这就意味着正常的人生演进过程就是一首抒情诗，其中既有波澜壮阔慷慨激昂的章节，也有轻快舒缓柔情蜜意的段落；既有爱恨情仇百味杂陈的字符，也有喜怒哀乐酸甜苦辣的标点，从而结构起以人性美为主体的抒情人生。然而，人所共知的常识是，由于人们在社会实践中所处的地位和生存环境的不同，所抒发的人生之情也是千姿百态的。对于绝大多数中国人来说，这千姿百态的人生之情，都是以“乐天知命”的人生观为基础的，这应该与中国人生存的文化背景有关，因为人类具有了独立的文化形态，才会具有独立的生命形态，且二者总是互相生成、互为因果、结伴运动的。“太极情思”是中华民族生命意识和文化意识的母结构，正如“伊甸情思”是西方人生命意识和文化意识的母结构。因而“乐天知命”的人生态度便深深地潜伏在中国人的灵魂深处。

《系辞上传》载：“与天地相似，故不违；知周乎万物，而到济天下，故不过；旁行而不流，乐天知命，故不忧；安土敦乎仁，故能爱。”这可以说是《周易》对人生观的理论说明，强调了人生态度与人生实践的高度统一。“知命”是一种积极的人生实践，是达到“乐天”的前提，也就是说，只有在积极的生活实践中，才能体验到“乐天”的愉悦。所以，“乐天知命”是乐观主义和现实主义相统一的人生观。上述两位朋友的情况大体上可以印证这一观点，他们以传统的方式来崇尚人生的价值，脚踏实地地营造与切身利益最为攸关的亲情、爱情和友情，追求现实生活情趣的自然性及内容的合理性，感情是自由的，天性是真朴素的，在与岁月的俱进中，缓释着平静的自我尊严。他们能客观地去审视、批判和认知生命自由的独属性，思想汪洋恣意，人生态度乐观向上，在保持和领悟信仰力量的同时，而欲望和行为则“与天地相似”，遵循客观规律，把自己牢牢置于现实世界之中。

还有一位朋友，从另外的角度流衍了她的抒情人生。这位朋友正处于“上有老下有小”的年龄段，背负着人们可以想象的压力，在人生道路上辛辛苦苦地跋涉。然而她展示给我们的却是冷静而内向的尊严，朴实而自然的乐观，是从灵魂中升华出的勇气！她始终像阿特拉斯神那样，顽强不屈地向命运中的强大压力挑战并战胜它。不顾无意识力量的蹂躏行径，以自己的理想造就全新的生命世界。她用自己对生活的深刻理解和独特的感受，阐释着“乐天知命”这一古老却不陈腐的观念，演绎着自己流光溢彩的抒情人生！“一直支持我的是信念——明天会更好！”“用泪水与欢笑拌和的日子，千滋百味！”“困难只是我生活中的一顿快餐！”这朴素平实的心声难道不比豪言壮语更铿锵有力么？这笑对人生的从容难道不比英雄豪杰的形象更高大么？这崇高的生命质量难道还能与幸福无缘吗？

辞旧迎新的钟声就要敲响，谨以此文祝愿我的朋友们：新年伊始将是您生活走向幸福、生命走向辉煌的新起点！

让我们共同演奏一支迎新交响曲！一起朗诵一首人生抒情诗！一起拥抱即将喷薄而出的一轮朝阳！

想起了陶渊明

看过朋友的一些文章，觉得文笔俏皮，清丽可人，情理交融，富于思辩，都是些健康向上的作品，便油然想到若能结集出版，为社会提供一份优秀的精神文化产品，传播大众，亦为功德。统观这位朋友各种题材的作品，明显感到一种现实的、几近健全完美的生活观念，字里行间把人的多元精神品格做了适度搭配，形成了中庸和谐的人生哲学。不禁使人想起了陶渊明。

有近现代学者称陶渊明是“整个中国文学传统上最和谐最完美的人物”，理由是，很多人认为陶渊明是现实生活的逃避者，其实他不是，他逃避的仅仅是政治，而不是生活本身，更不是全部人生。他热爱人生，积极创造和谐的生活方式。在他心目中，爱妻娇儿非常真实；他认为自己的花园很美；他对抚摸过的孤松很有感情。他用各种积极的、合理的人生态度，去获得它所特有的能产生和谐的那种感觉。这种人生和谐便产生了中国最伟大的诗歌。他为尘世所生，而又属于尘世，“怀良辰以孤往，或植杖而耕耔”，陶渊明仅仅是回到他的田园和家庭里去，以平常之心过平常日子，从而获得了和谐的人格，而不是逃避。他生活真实，风格简朴，是热爱人生的典范。他心中虽有反抗尘世的欲望，但并不沦于彻底逃避人世。他把文学的浪漫、道家的闲散、儒家的中庸融合为自己的人生观念，体现了人类智慧在宽容和嘲弄的精神中达到的一种成熟。鲁迅先生说，陶潜正因为并非浑身是“静穆”，所以他伟大。陶渊明一生没当过大官，没掌过大权，也无政绩业绩，托付给历史的，无非是一部诗集和零星的散文。但是，就是这些诗歌和散文，至今仍是照彻古今的星光日月，是高尚人格的象征。

我并非把我那朋友与陶渊明相提并论轮，而是仅仅作为人生观念的一个参照，发现二者有些哲理上的相通。朋友的文理之中流淌的，是热爱生活、歌颂人生的明澈山泉，充满了亲情、爱情、友情的甘甜；浓浓的人性元素，激起朵朵翻卷的善良美丽的浪花，让人目不暇接。那对现实生活空间的精心打理，对山野情趣的情有独钟，对返璞归真的苦苦寻觅，更像一杯调制精道、色彩艳润、醇香浓郁的鸡尾酒，视之赏心悦目，饮之沁人肺腑。然而，不经意间走露的情感，却也时而带了些忧伤、苦闷、压抑甚至无奈，反映了观念对传统的挑战和超越世俗的强烈欲望。不过，我那朋友把这些统统归于正常，得心应手、游刃有余地处置了这积极与消极的对立，两种不同观念混合以后，便是重新打造的和谐人格。请教朋友何以如此，答曰：这是一个自我蜕变的过程；是文化理念的演化；是精神特质的再造。其结果是七情与心灵的和谐统一，就像一个理想的生活哲学家，能领会女人的妩媚而不流于粗鄙；能爱好人生而不过度；能察觉尘世间成功和失败的空虚而不彷徨；能生活于超越人生和脱离人生的境地而不仇视人生，人的生活也就能像诗一般的自然而冲和了。

我惊讶于这位朋友的深刻，于是，想起了陶渊明。

无 题

外地一位朋友，年已花甲，每次来京吾面，均见其满面红光，乌发浓密，精神矍铄，步履矫健，肩背摄影包，手提“笔记本”，俨然时尚小伙儿一般，与其相比，自惭形秽。羡慕之余便虚心求教永葆“革命青春”之妙招，答曰：摄影！我不屑也不信，于是调侃他：我玩尼康、佳能、哈苏、林哈夫的时候，你还不会鼓捣“傻瓜”呢，怎地敢在老夫面前吹摄影？他听罢哈哈一笑，顺手打开摄影包，很自豪地展示了他的装备，确实很专业，很高档。他颇具师道地予以指点：你玩的是胶片，咱玩的是数码。边说边打开“笔记本”，很娴熟地鼓捣一番，一溜够地照片便显示出来，有风光花卉，有人像静物，有各类社会题材的场景……构图、用光无懈可击，层次分明，色彩逼真，画面唯美，意境深邃，真个是琳琅满目，美不胜收。据我所知，他接触摄影当在50岁之后，短短几年竟有如此成就，真的没有任何理由不叹服！他调出若干幅海鸥的照片向我介绍说，他为了拍摄海鸥的各种姿态，曾多次由山东的长山岛换乘海军的舰艇，去黄海深处的小岛，其艰苦和乐趣自不待言。如今，他的摄影作品有许多入选各种影展，其中不乏获奖作品。还加入了摄影家协会，成了摄影家，进入了摄影网站的圈子，结交了很多摄影界朋友，并颇有些名气了。他经常参加圈子里的一些活动，走南闯北，猎取各种创作题材。他神秘兮兮告诉我，他们还拍人体。我让他调出片子看看，他死活不肯，说是怕我砸烂他的电脑！我很阿Q地在心里骂了一句：“妈妈的”！

比比我这位朋友，我真的很惭愧并感到有些窝囊：与相机打了几十年交道，却无像样的作品；上个世纪80年代就搞“无证驾驶”，90年代考出驾照，至今开车上路仍然“手潮”；电脑用了二十几年也只会打字……我常以各种借口来掩饰自己的保守、僵化、懒惰和笨拙，原谅自己缺乏持之以恒的毅力以及对新生事物不求甚解、浅尝辄至的性格缺陷。不像我那位朋友，干什么都能干出个样儿来。

为了让我信服他的青春与摄影有关，他又从电脑里调出一幅照片，画面是一位老太太身挂两部相机，在聚精会神地取景拍照。朋友介绍说，这是山东青岛的一位老大姐，今年75岁了。60岁之前，因患冠心病、糖尿病等多种疾病，长年住在医院。后来她女儿建议她买架相机到处走走拍些照片，一来充实生活，二来活动活动身子骨。她欣然试之，却一发而不可收。现在，她也是圈子里的佼佼者，不仅积累了许多摄影作品，而且疾病全无。她的体会是，摄影是集艺术、运动、旅游、健身于一体的综合性活动，不仅充实生活，开阔视野，增长知识，陶冶情操，广交朋友，而且能使生命处于运动之中，保持心理年龄的年轻。联系到60多岁的老大姐跳街舞，八旬老人走时装秀，“老树皮”演奏萨克斯，可以悟出很多人生和社会哲理。

我那位朋友今年夏天要去西藏，信心十足地要至少拍摄两千幅照片。他约我同去，为了答谢他现身说法对我的教育，我决定再陪他走一趟青藏高原。没准儿我也能向朋友们奉献几幅像样或不像样的青藏高原的照片呢。

想起了当年的一些事儿

不知为什么，突然信马由缰地想起了当年的一些事儿……

上小学那阵儿，厄尔尼诺现象还没有现在这么严重，夏天有点热，冬天却很冷。全家人挤住在简陋的平房里，没有暖气，烧块煤的铸铁炉子被母亲整治得旺旺的，烧水、做饭、取暖全指望它了。每天天不亮，当一阵阵“呼……呼……”声把我从梦中唤醒，那便是母亲在炉膛里点燃了木柴，待要往里添煤，那火苗儿让母亲逗得十分欢快，“呼呼”叫着窜得老高，明暗闪烁的橙色火光，在母亲年轻健康的身躯上跳跃着，宛若佛光中的鎏金观音。室内渐暖，我便穿衣起床，在母亲节奏明快、干净利落的忙碌中，我程序化地完成了洗漱、吃饭……这一时刻，是母亲和我最精确的心灵默契！于是，母亲开始操劳一天的家务，我便背起书包上学……此情此景周而复始地持续了若干年，母亲那火光影射的形象，牢牢地镌刻在了我的心底，至今历历在目，记忆犹新！所以，母亲在我心里是永远健康年轻的！

那年代冬天多雪，前一场尚未化尽，后一场便接踵而至，寒假前的一两个月，上学放学的路上，经常是在雪花纷扬中，脚下发出“吱嘎吱嘎”的脆响，很像是为翩翩雪花儿伴舞的乐曲，心中便滋生了乐手般的快感，越发地摇头晃脑手舞足蹈地在天地间演奏着少年的狂想，雪花儿也更加起劲地飞舞起来。倘若是在黄昏放学的时候，节奏便不由自主地加快，当一头扎进暖烘烘的家门时，母亲已将并不丰盛的晚餐摆上桌面，时常出现的是一盆儿热气腾腾的面疙瘩汤，上面飘着葱花姜末和星星点点的油花儿，让人眼馋口馋，及至一碗面汤下肚，已是额上细汗津津，周身舒坦得有些绵软，至今能记起那汤的特殊香味儿和食后的感觉，像是刚刚吃过一般。父亲工作忙，往往是在我们饭后回来，老人家喜饮小酒，每每二两，劣质散装，常以萝卜咸菜下酒，一日不喝便情绪忽低落，但从不在外喝也从未见他喝醉。父亲不善言辞，也不怎么关心子女的学业前途，加之他常年黎明即出，日落方回，工作节奏绝不亚于当代白领，所以与我们少有交流。不过，他饭前喝酒时往往让我站在他身旁桌前听他训话，翻来覆去只有一句："记住喽，没有共产党，就没有咱这一家人！"父亲既不是党员也不是干部，他仅是一个靠手艺和力气维持生计的工人。当时不明白、至今也没弄明白他这句毫无创意且缺乏逻辑的话究竟有什么含义，但父亲却奉若经典并在最兴奋的时刻用来教育我，可从未检验过教育是否有效。现在想来，这也许是老人家对新中国成立之初的生活感悟，抑或是对一种政治时尚的理解与接受，说这话的目的未必是教育子女，也许是要通过这种方式来表达一种最真挚、最朴素的感情。这是我成年后，通过自己酒后的感觉对此作出的较为合理的判断与解释，酒后吐真言嘛。无论我多么的不理解，父亲的这句经典却成了我对他终生的记忆。

人这一辈子会经历很多事情，有些想记住的却渐渐淡忘了，有些想忘却的又时而在脑海中浮现。记住的未必有意义，忘却的未必无价值。走出校门，步入了一个政治条件占绝对优势的工作单位，20多个年轻的光棍儿住在一幢筒子楼里。那年月，政治挂帅，极左横行，平时大家都一本正经，不苟言笑，业余时间也没有什么文化生活。某日拂晓，忽闻隔壁同事在房内哇哇大叫并伴有疯狂砸门声，遂慌忙披衣而起，隔门问其究竟，室内的同事语无伦次声嘶力竭地呼叫：开门，快给我开门……此时我才发现一把硕大的锁头挂在门扣上，将他牢牢地锁在屋里。事后方知，原来是另几位同事策划的一场恶作剧。头天晚上，那几位同事不约而同地来到这位老兄宿舍里闲聊，变着法地让他多喝水，告辞时悄悄锁上了房门并带走了钥匙。天还未亮，这位仁兄内急，要出门上厕所，却怎么也打不开房门。于是出现了他砸门呐喊的那一幕。至于他如何解决了内急，他不说，我们也不知道。后来有同事结婚，又有人悄悄把软糖掏洞填上肥皂，然后原封不动地包好混入喜糖中，害得一些参加婚礼的嘉宾牙缝中嵌满了肥皂，啼笑皆非。婚礼结束时，大家又敲打着锅碗瓢盆，簇拥着一对新人入洞房，洋相百出……对于这些看似粗俗的创意，无论是被“害”人还是策划者，都不认为有丝毫恶意。若干年后，有些“当事人”相聚，仍津津乐道当时的情景，互相举报“罪魁祸首”，而后是开怀大笑……

想起了当年的一些事，也从中悟出了一些当年没悟出的道理，那就是人们所经历的一些事情，无论大小轻重，大都寄托了人们对生命意义的探询与求索，同时记录了生命的从容与自在、单纯与庄严。日月运行，永无休止，生命流转，似异实同。一切生命的气息，无不出自人性的本色，贤愚仁智，功过取舍，半出于人，半出于天，所以兰桂未必齐芳，萧艾转易敷荣。将这个世界近于传奇的部分去掉，人生便日趋合理。惟将生命贴近土地，亦如自然的一部分，生命便是不朽的。生命的气息是人的记忆的本质，一切非自然的力量，都无法对其进行遏制和束缚，更无法与之抗衡。

母亲的人生朴实无华

有母亲的感觉真好！随着年龄的增长,这种意念越来越强烈。

我的母亲刚过了 87 岁生日。两年前，他患了甲状腺肿瘤，几家医院都认为她年龄太大，不敢为她做手术，有家医院给做，但人家非常明确地告诉我，风险很大！面对这难以抉择的境地，母亲的表现十分坦然，她平静地对我说：儿子，你来下决心！不知她是在鼓励我还是鼓励她自己。至今，我都无法准确地判断母亲这句话的内涵和分量！结果，手术很成功！男儿有泪不轻弹的我，为此公开流了一次泪！

我家兄弟姐妹多，已是天南海北，各家生活条件都不错，哪家请她，她都是小住几天便打道回府，在谁家都不长住。她不愿意成为子女的“负担”，也离不开她相处多年的老姊妹们。如今仍然独自生活，住在单位卖给他的房子里，日常买菜做饭、洗衣服、清扫房间都是自己打理。我们不放心，要给他请个保姆，她坚决不肯，她说她是劳动人民出身，要自力更生。当然，母亲的日子过得并不寂寞，子女们分期分批长流水不断线地去看望她，向他“述职”。还有连她自己也说不清楚是哪门子的侄子、孙子辈的年轻人，趋之若鹜，嘘寒问暖，帮她干活，逗她开心。她时常自豪地对我们说，在她那帮老姊妹里，她年龄最大，活得最开心。

母亲的生活起居很有规律，天亮即起，扫洒庭除，然后是户外活动。早饭从来都是自己做的，饭后上街买菜，回家后泡一壶好茶，打开电视（从此电视机就别想休息了，其实她并不怎么看，只是从不肯放过我儿子主持的节目，直到确信她孙子下班了她才关闭电视机）邀几位老姊妹，悠闲地嗑瓜子喝茶聊天，据说社区小卖部的瓜子基本上让她老人家包销了。中午各自回家做饭吃饭。午后电话约“麻友”在家开局，“卫生麻将”打两三小时。有一次我回家看望她，敲门半天不开，但知里面有人，等了好一阵子，她老人家才把房门打开。我埋怨她为何如此缓慢，她却据理力争：你得等我们打完这一圈儿啊！原来四位老太太玩兴正浓！下午 4 点以后，略事休息，做饭、吃饭、留弯儿……在所谓现代保健的忽悠声浪中，母亲从不为其所动，执著地坚持着自己的老一套。如今，她已经 90 多岁了，皮肤洁白细腻有光泽，气色很好，生活仍能自理。

母亲没文化，但很“时尚”。母亲没上过学，年轻时我们家境贫寒，她协助父亲，整日为温饱而劳作，直到我们兄弟姐妹长大成人。若说文化，也就是能认识人民币和粮票的水平。晚年生活转好，她的潜质才渐显出来，如今她满头银发，架一副眼镜，加之着装整洁，倒颇像个文化人了。我们兄弟姐妹与她调侃：瞧咱妈不像不识字的吧？于是大家起哄：像老教授，像文化局长……每每此时，母亲总是温柔地骂我们几句，说我们没正经！母亲较早地使用了各种家用电器，电视机由黑白变彩色，由小变大，由录像机变 DVD，基本能跟上潮流。有一次我半开玩笑地对她说：给您买台电脑吧，您也上上网，打个视频电话什么的。她很认真地说不会使，年纪大了也学不会了。但是，她坚持要学认字，说是为了看个报纸能多知道点事儿。我妻子说，妈，我给您买个复读机吧，妈说，那玩意儿不如她的脑子好使！如今她穿的衣服鞋袜，大都是我们兄弟姐妹及其配偶孝敬的，所以她的衣柜里琳琅满目，五花八门，他的女儿、儿媳们每次去看她，都要让他穿起来展示一番，把老太太折腾得不亦乐乎。家里的电话是内部座机，打长途不方便，她便装备了手机，把所有她属下的第二代、第三代（她称为二梯队、三梯队）的电话号码输进去，想谁了就按一下呼叫谁。哪一个有几天没跟她通电话了，她记得清清楚楚，下次打电话准骂你！她才不管你多大岁数，当多大"官"，在她眼里你唯一的身份就是她的孩子！

母亲心很软，但不脆弱。我的兄弟姐妹很多，父亲整日忙于工作，对子女的教育便全部落在母亲身上。我们都不是"坏孩子"，却也时常做些"不着调"的事，在我的记忆里，母亲从来没打过我们。我上初中时，有个周末放学后到同学家玩，当晚住在了同学家里，第二天一进家门，便见母亲从没有过的凶狠，操起苕笤冲我而来，我正准备迎接一顿暴打，却被母亲一下抱住，哭诉她一晚的担心与焦虑。自从我有记忆，我就只见过母亲为别人的事情流过泪，从没见她为自己的事情流过泪。上个世纪50年代的一次政治运动中，父亲无端地被冤枉，全家人面临断绝生计的境地，母亲便对父亲说，没关系，开除（公职）了咱就到农村去种地，罚劳改咱们全家都去"做"。母亲的话掷地有声，化解了全家的悲伤和绝望，我们也终于躲过一场劫难。

母亲这一辈子的成功之处，是她有一个硬朗的身体，是她拥有很多除子女之外的拥戴者。前者是由于她至今仍未间断劳动，后者则是由于她有一颗善良但不脆弱的心。前几天我儿子去看她，她用手比划着对我儿子说：从前奶奶家的户口本上这么多人，现在啊，户口本上就剩奶奶一个人喽。话中透出了一丝伤感。母亲从没向我们要求、索取过什么，但我们应该知道她需要什么，亲情还用要求、还用索取吗？

有母亲的感觉真好！

充满火药味儿的浪漫

我的两位老领导，也可以说是我们父辈的世交，一位曾是我军的高级将领，一位是在上世纪50年代由部队转业到地方政府的领导干部，他们是一对夫妻。那位叔叔（因为是世交，也为了叙述方便，姑且称他们叔叔、阿姨）13岁参加中国工农红军，金戈铁马，血雨腥风，南北征战，东西驰骋，为缔造共和国立下了不朽功勋。建国后为巩固新中国政权，曾临危受命担任国家某部门的领导，后又奉命回部队工作。治军理政，文武双全。他天资聪慧，又刻苦学习力求上进，人也倜傥儒雅，年轻时便是众人仰慕的军中才俊，晚年又以“儒将”著称。那位阿姨则是上海大户人家的名媛，先是在教会学校读书，1937年她15岁时转入上海正行女中，在那里她开始接受抗日救国教育，参加了一些救亡活动。1939年初，她和几位热血青年混上难民收容船从上海到温州，又经长途跋涉，历尽磨难周折，终于到皖南泾县投奔了新四军，被编入教导总队女子八队，正式参加了抗日队伍。她是提着皮箱，带着毛绒大衣，穿着花旗袍高跟鞋离开上海的，到了女子八队，看到全体女兵一律是齐耳短发，着军装，戴军帽，打绑腿，穿草鞋，英姿飒爽，精神抖擞，于是，她就把皮箱大衣高跟鞋送到部队俱乐部当演戏的道具，把花旗袍撕成布条打草鞋，踏上了人生新的征途。

战火中绽放的青春更绚丽，在阳刚之气占绝对优势的男性世界里，这丛艳丽之花毫无商量地成为丘比特们的众“矢”之“的”。但是，由于战争年代的特殊情况，组织上对军人的恋爱结婚是有严格规定的，在新四军中就有个“二五八团”的规定，即必须是25岁、8年军龄、团级干部才能谈恋爱。所以八队的女兵们个个都是一副刀枪不入的架势，被男兵们称其为“马其诺防线”。

抗日战争后期，我的那位叔叔已是军队的高级指挥员，阿姨也官至某部队卫生部指导员，经组织批准，二人喜结连理。在那战火纷飞的年代，不能设想有什么花前月下、咖啡美酒的浪漫和卿卿我我、缠缠绵绵的情调，男女军人无论是恋爱期间或结婚以后，都是聚少散多，书信往来都很困难。阿姨所在的女子八队有位战友张某某，与其同窗男友同时参加革命，但男友被分配去了延安，她则在新四军中做民运工作。最初还有书信来往，后来便音讯全无，但二人对爱情是坚贞不渝的，期间，张某某拒绝了身边许多男军人的追求，而她的恋人在戎马征战中也痴痴地等了她十多年，直到新中国成立后，那位男军人才从千里之外的北国奔赴江南寻找自己的恋人准备结婚，此时才得知她于1941年就已经英勇牺牲了。此后每年清明节，他都要千里迢迢地到她的墓地献上一束鲜花……

我的那位叔叔和阿姨在他们那一代人中还算幸运的，结婚后虽然不能经常相聚，但他们的爱情之花在生死考验、铁血砺炼中仍然开得灿烂。在战事频繁、天各一方的牵念中，哪怕是来自对方的只言片语的问候或者是草草书就的“平安勿念”几个字，便是他们奢华的精神大餐了。倘若偶尔有在战场上缴获的小小的战利品相互赠予，那肯定会成为生活中最精彩的装点！我曾向阿姨求证：当年您和叔叔的生活中有没有比这更经典的浪漫？阿姨以出人意料的敏捷反应说：有啊！于是，她毫不思索地向我讲了下面的故事。

年轻时的叔叔儒雅，阿姨文静，都属于有些文化底蕴、文人气质和小资情调的军人，二人有一个共同爱好就是下棋，每一次难得的会面，设局对弈布阵手谈是必不可少的“科目”，这种很一般的闲情逸趣与当时的战争环境形成了高调反差，从而被烘托得异乎寻常地雅致和浪漫。通常情况下，夫妻二人虽然不太计较输赢，但起手落子都很认真、很投入，棋风很正，从不悔棋赖棋，搅局乱局，并能互相关照，彼此礼让，气氛和谐温馨。但是，有一次却是风云突变，使得双方剑拔弩张。原因起于开局不久，叔叔一子失手，全盘几成败局，要在以往，叔叔会非常大度地道一声：甘拜下风；阿姨也会双手一拱：承让承让，便化干戈为玉帛。可这次有点邪门儿了，叔叔偏不服输，便施以战场上的对敌策略，一番声东击西，调虎离山，转移了阿姨的注意力，趁其不备，以魔术般的手法和速度偷走了阿姨的一枚关键棋子。待阿姨回过神来，发现原本胜券在握的棋局，形势突变，自己却危在旦夕了，即意识到对方做了手脚，便据理力争，但叔叔却死不承认，反而说阿姨输不起……也许是那时他们太年轻，太血气方刚，从最初的互相调笑，到半真半假，到严肃认真、互不相让，就这样你来我往地掐了起来。“战火”逐步升级，火药味儿越来越浓，哪还分什么楚河汉界，以至后来双方都拔出了随身佩戴的手枪……警卫员见状，不由分说地把两个人的手枪同时下了。此后两天俩人谁都不理谁，并发誓再也不与对方对弈！可是到了第三天，双方都撑不住劲了，便又重敲锣鼓重开局，但双方有了约法三章：不偷棋、不悔棋、不赖棋，并在案头置香茗一壶，谁若输了，罚饮茶一杯，美其名曰“消防措施”，这一制度一直执行到叔叔、阿姨的晚年。如今，叔叔已驾鹤西去，阿姨也90高龄，但身板儿硬朗，思维敏捷，前不久还常去老干部合唱团唱歌哩。

听罢她讲的“故事”，我有些不以为然地问她：都动枪动炮了，您，这也叫浪漫啊？她爽朗一笑，然后一本正经地说：怎么不叫浪漫？这叫充满火药味儿的浪漫！

小 荷

小荷姓何不姓荷，她叫何美娜。我之所以称她“小荷”，是因为初次见她便不由自主地联想到荡漾在碧水蓝天间的荷花。这倒不是由于她亭亭玉立、清丽脱俗的形象以及她姓氏的谐音使然，而是由于她自然挥发的那种蕴玉含珠的气质对我形象思维的刺激所致。那是在海口美兰机场的贵宾室里，在当地武警总队迎接我们的几位警官中有一位女警官，她的沉稳文静中分明暗藏着机灵与精明，端庄秀丽丝毫掩盖不住她的清纯与活泼，那橄榄绿的制服恰到好处地烘托了她的朝气与活力，犹如碧荷伴粉莲风韵天成，妩媚与英气浑然一体，高洁与质朴相得益彰。因此，一种潜意识力量强迫我必须注意她的存在，她就是被我称之为“小荷”的小何。此后的一段时间里，我们的活动都由“小荷”陪同，所以，我有机会与她作了一些沟通和交流，发现了她的某些与众不同的特质。

“小荷”很真实，很本色。穿着军装，她是沉稳干练、英姿飒爽的武警警官；换上便衣，她无异于一个在校大学生。她当着我们的面用手机打电话跟妈妈撒娇，与朋友调侃。她时而做些调皮的小动作，说几句俏皮话，逗得你乐不可支，她还会娓娓动听地讲述她认为有趣的每一件事情，让你感到生活是那样的丰富多彩。她与我下棋偶尔偷子悔棋耍赖而且输了死不认输，赢了却兴高彩烈、手舞足蹈。她很认真很耐心地教我们学说当地土话，绘声绘色地讲各种风土人情，字字句句都饱含着对这片热土的深情与热爱。她爱漂亮，化淡妆，涂唇膏，拎着时尚坤包优雅地逛街购物。她了解娱乐圈的最新动态，曾为某歌星的英年早逝而扼腕叹息，K歌跳舞颇具水平。她相信命运，熟知星座与血型的关系，读米兰·昆德拉的作品，上网聊天写博客，关心股票、基金的涨跌，楼市的升降。她希望自己能升职晋衔但不刻意追求……这一切，她都毫不掩饰，落落大方地展示自己的真实。她似乎永远都无忧无虑无烦恼，每天都勤奋并快乐着。在她身上找不到丝毫虚荣、刻意修饰或作秀的痕迹。给人的感觉是那么真实，那么本色，那么透明，那么阳光！

“小荷”很善良，很淳朴。海南素有“椰岛”之称，大片的椰林随处可见。她能把椰子树人性化并编成故事讲给我们听。她说，椰子是有良心有眼睛的，你看那椰子树都有十几米高呢，椰果成熟后有几公斤重，它会自然脱落。你想啊，几公斤重的椰果从十多米高的树上落下来，那加速度是相当大的，倘若击中人体砸不死也得落个残疾！可是，在海南那大片大片的椰林中，每天都有数不清的人来人往，从来都没有发生过椰果伤人的事件，这是因为椰子很善良，而且长了眼睛，下落的时候都躲避着游人，它是不忍心伤害人的。故事很简单，但“小荷”那充满感情色彩的讲述，却把故事的内涵演绎得淋漓尽致，活脱脱把以善良为主体的人性美展现在你的面前，感人至深！在与“小荷”相处的日子里，时长见她向素不相识的人伸出援助之手，她是学医的，后来改行调到机关工作，但平时仍然备些常用药品带在身边，在闹市，在旅游景点，如果发现有意外的伤病者，她必然上前施救，尤其是对老年人，她更加关注。我们有意识地问她为什么这样做，她说，每每看到一些老年人就会不由自主地想到自己的父母，既然不能在身边照顾他们，那就把这份感情寄托在所有需要帮助的人身上吧！非常直观地展现了她“重善行，思利他，敬天爱人”的品格和一颗淳朴善良的心！提到自己的父母，她那种溢于言表的幸福甜蜜，那略带惆怅的牵肠挂肚，其中浓缩了她多少情感信息就不得而知了。

“小荷”很超然，很坦荡。在物欲横流的现实社会中，功利吞噬着人格，浮躁扭曲了心灵，人们更多的是对客观的抱怨，却很少作主观反思，健康完美的人格很难在所有人身上真实地存在了。而“小荷”却为我们提供了一个令人欣赏的人格标本。她用心生活无怨无悔。她由学校步入军营十几年，从战士到军校学员到武警警官，其中的甘苦波折她从不提起，似乎一切均属自然，既无庆幸，也无悔怨。但有一点是毋庸置疑的，那就是她融入了大量的刻苦与勤奋，对此，她都将其抛向了过去时，表现出一副从容淡定，面向未来的架势。“小荷”的工作性质使她可以接触各色人等，其中不乏达官贵人，她对任何人都是真诚相待，不卑不亢，站在同一个平面上作人格平视，从无仰慕与攀附之意。她对任何事情都泰然处之，不温不火，以她的人格魅力和处事技巧化解矛盾，解决问题。在非工作状态下，犹如闲云野鹤般的恣意，不较真儿，也不较劲，超然洒脱，宠辱不惊。我曾目睹了“小荷”在工作中受到领导表扬不惊不喜平静如水的神态。然而，当我们这些与她毫无利益关系的人赞扬她时，她却显得有些局促不安……

“小荷”，一个既时尚又传统，既单纯又成熟，既热情活泼，又冷静理智，既有理想抱负，又脚踏实地的女孩儿，在海南与她一别已经四年了，但她那发人深思的人生定位却时常在我耳畔缭绕：“知足知不足，有为有不为……”。

“坏”得可爱

有位忘年友，在星级酒店做小头目。各色人等来了走，走了来，酒店就是个流动的小社会，她们什么人没见过，什么事没经过？面对文明优雅的客人，她们是亲切温柔的天使，竭诚为您服务，为您排忧解难；面对“价”高“质”次的投宿者，她们是以柔克刚的“太极”高手，施以策略引导，给予战术教育。总之，她们在实践中练就了高超的应变能力，游刃有余地应对各种“突发事件”。

某日，来了一位时尚女宾，按规定她应出示有效证件，作例行的登记住宿手续。也许这姐妹儿有点来头，有点背景，有点银子，有点郁闷，有点……可就是没点教养，死活不肯出示任何证件，亮出一副江湖嗓门儿：姑奶奶走南闯北，住过无数五星儿，从没有人向我要过证件（是真是假无从考证）！反正人家死猪不怕开水烫！我那小友及其伙伴儿，彬彬有礼地相告：对不起，女士，这是规定，否则，我们不能安排您在我们酒店下榻。这一绵中之针可能刺中了她的“尊严”穴位，她竟脱去所有美丽外衣，露出狰狞本质，尖利的呼啸与“投诉”二字从血盆大口中同步喷出。一场泼艺表演就此拉开帷幕……（恕我省略细节，以免污染环境）。

我那小友和她的同伴们，一个个沉稳端庄，不慌不忙，不温不火，不卑不亢，浅笑不语，静观其态。那泼女见无人肯与其演对手戏，独角表演又无人喝彩，反倒招来其他看客的指责，便也知趣地狼狈谢幕，乖乖地掏出身份证。但见那小友向同伴使了个眼色，同伴会心一笑，为那精疲力尽的“高贵女泼”办好了入住手续……整个过程，我友一方未发一枪一弹，却大获其胜，结果是那泼女乖乖地住进同等价位中最差的房间。您瞧，我友“坏”得有水平、“坏”得可爱吧？

我想，如果那女宾稍微聪明点，至少应该懂得以下道理：人无贵溅，倘若有，那也要以素质和人格为衡量标准。人是要互相尊重的，要得到别人尊重，须先尊重别人。人要有自知之明，无论身价多高，出了家门，都要受社会约束，受公德规范。人还是自律、低调些好，不会吃亏，起码，去我朋友那儿住店，不会花同样的钱住最差的房间……

曾经的岁月

我把自己曾经的"岁月"定位于"时空"概念。因为时间逝去，"岁月"也便失去，而时空中却仍然弥漫着曾经的酸甜苦辣，喜怒哀乐……

（一）

年轻时住集体宿舍。某日，天未大亮，被一阵烟熏火燎揪出被窝。睡眼惺忪出门，见一位战友夫人正在楼道点燃煤球炉子，近视之，"引火草"竟然是一本本图书。遂睡眼变圆，求证"草"之来源，答曰：机关仓库。自那天之后，便多次溜进仓库，陆续顺出图书若干，皆为中外经典，古今名著。遂将其稍加伪装，藏于床下，每日夜读，不久被评为学"毛著"积极分子。皆因同室战友众口一词说我坚持学"毛著"至深夜，孜孜不倦。

伪装的封面包不住真实的内容。真象终被发现。有数位战友向我借阅，我予之。其中一位如我夜读但丧失革命警惕，被领导撞见，强行翻阅，竟然是《红楼梦》！领导大怒，斥之：看黄色小说。错误严重！决心顺藤摸瓜，追根溯源，一查到底，我终于被揪出并勒令检讨。领导示下：视其态度，好则留党察看，否则开除党籍！我，茫然……

（二）

战友甲性格内向，大智若愚，略口吃。某日委托战友乙代为给远在农村的未婚妻寄本书。乙欣然。至邮局，忽来灵感，摹仿甲之笔迹书小函一封，大意：去信若干封，为何不回？由此可能出现感情危机……夹入书中一并寄出。

数日后，甲几乎每天收到未婚妻来信，内容大同小异，发誓、道歉，十分诚恳，并准备千里迢迢来与甲面谈。甲茫然不知所措，手持大把来信，面红耳赤，满屋打转道："这这……"乙连忙接道：这事我知道！于是，真相大白，令众人捧腹。

（三）

曾经有过这样一段日子：在边远的南方深山里，高大茂密的桉树林间，散落着一座部队老营房，原生态的毛竹、茅草等野生植物，霸占着除房屋以外的其它地面和空间。白天偶闻鸟鸣，夜晚常有猫头鹰的凄啼，告知着这里的孤远。寥若晨星的小村寨，难以寻觅地散落在远处的山坳里，能见到的人影，只有两个连队在此开荒种茶的"绿林好汉"了。有战士戏曰：再不出山看看，就不知外边使啥票子（钱）了！

每年开春后的一两个月中，这里整天被深灰的浓云笼罩着，好像火箭都难以穿透，一丝蓝天也见不到，更别说阳光了，因为老天从不"睁眼"。牛毛细雨有气无力但十分执著地弥漫于天地之间，把人心也淋得湿漉漉的。然而，山坡梯田的茶树泛绿了。枝头吐出嫩嫩的舌尖，在寂寞中展现着清纯。此时，我便时常沐浴在细雨中，踏着泥泞，去亲近这些可爱的小生命。遇上战士采茶，还会往我衣袋里塞满刚摘下的新芽儿，携着满身馨香回到宿舍，我把它们摊在洁白的纸上，让它们舒舒服服地睡上一夜。

次日，在木炭火盆上架口小铁锅，将睡了一宿、打了蔫的芽儿们放入锅内，文火轻翻，那分轻柔，那分细腻，那分精心，绝不亚于母亲抚摸甜睡的婴儿！渐渐地，芽儿们软绵绵的身子开始悄悄曲卷，并由新绿变为鹅黄，继而通身生出细细的白色茸毛，经过两三个小时的轻翻细揉，当双手被芽儿们散发的湿热香气浸得暖融融、红乎乎的时候，一捧自炒的绿茶便清纯可爱地呈现在面前。那感觉无异于完成了一件精致的艺术作品。

用自炒的绿茶泡制品茗，更是别有一番情趣。那年头儿，没有现在如此讲究的品茗茶具，将茶置入玻璃杯中，用山泉水煮沸冲之，但见一粒粒茶叶，犹如花样游泳运动员，在清澈的水中翻转着身体，手舞足蹈。待它们身体完全舒展开，杯中便自下而上泛起汪绿，沁人肺腑的清香也袅袅飘升弥漫……轻轻啜饮，细细品味，顿觉周身通透，口爽目明，心旷神怡，气血温畅。那感觉是刻骨铭心的，真能体验到波澜不惊，宠辱皆忘的境界！

这是我生命中的暂短经历，虽然仅仅是擦肩而过，但它给我的人生启示是深刻的。自古以来，人们为了逃避不尽如人意的现实，往往会去苦苦寻求那与世隔绝的世外桃源，可是，一旦真的进入这种境地，却又很少人能耐得住那份寂寞和孤独。

就像钱钟书先生笔下的“围城”，外面的人想进去，里面的人想出来。对待现实生活，最好采取积极进取的态度，并相信“境由心造”的哲理，努力调适主观生存机能，开辟自己的一片绿色天地。当然，有时人是需要清静甚至孤独的，因为那也是一种境界，甚至是一种享受，最起码是一种人生修炼。所以我还是很留恋和珍惜那个人生驿站的。但这种清静与孤独，如今难以寻觅了。

触摸历史

半部残卷一生芳华

上个世纪六七十年代，给报纸、杂志、出版社写稿，被采用后是不给稿费的，有时候赠送给作者几本稿纸以示鼓励和奖励。从那时起我就视稿纸为荣誉纪念和珍贵之物，起草文稿舍不得用，久而久之便积攒下了数家新闻出版单位赠送的各式各样的稿纸，似乎成为潜意识支配下的收藏品。近日整理旧文稿，不经意间又把它们翻腾出来，其中有某杂志社赠送的信笺纸，大概是专供用毛笔书写的，宣纸上水印了红色的竖格，形制犹如“薛涛笺”，尽管是尘封已久的故纸，却似那厚重的天鹅绒大幕徐徐启开，眼前呈现出一幕幕灵韵生动的历史场景。

时光上溯1200余年，成府（今四川成都市）浣花溪畔，梧桐掩映，竹影婆娑，清风习习，流水潺潺。花红柳绿中的阁楼若隐若现，小桥石径上的倩影娉娉婷婷。在这里，诗人杜甫吟咏出“两个黄鹂鸣翠柳，一行白鹭上青天……”的千古绝唱；在这里，才貌双绝的女校书薛涛诞生并成长，真个是物华天宝、人杰地灵的风水宝地！传说一农家少女在浣花溪边洗衣，见一遍体鳞伤的僧人跌入溪中，少女奋力将其救起，当她为僧人清洗沾满污泥的袈裟时，随手撩起的水花儿却忽而变成一朵朵莲花，霎时间遍溪莲花浮于水面，流光溢彩，清香袅袅……后来，薛涛便用溪中的莲花、岸边的桃花等花瓣调以百花潭的清水作颜料，制成花纹精巧纤丽、长宽适度的诗笺。这种红色小笺，被薛涛用于写诗与元稹、白居易、杜牧、刘禹锡等人相唱和，从而成为文人风流雅韵的沉香。后来的用途逐渐扩大于写信和官方国扎，流传至今但已很少见了，这就是名著文坛的“薛涛笺”，又名浣花笺、红笺。唐代诗人李贺写道：“浣花笺纸桃花色，好好题词咏玉钩”；宋代苏易简《文房四谱》载“元和之初(公元九世纪初)，薛涛尚斯色，而好制小诗，惜其幅大，不欲长，乃命匠人狭小为之，蜀中才子既以为便，后裁诸笺如是，特名曰薛涛笺。”《天工开物》称薛涛笺“其美在色”。“浣花溪上如花容，绿阁深藏人不识。留得溪头瑟瑟波，泼成纸上猩猩色。”韦庄的这首《乞彩笺歌》则将薛涛笺的名望身价做了大幅度提升。

薛涛是唐代著名的女诗人，《全唐诗》中有作品记载的女诗人也就是十来位，薛涛便是其中之一。自汉代以降，能与薛涛相提并论的女诗人恐怕也只有汉朝的蔡文姬，宋朝的李清照，明朝的柳如是。其它如班婕妤、杜秋娘、苏小小、贺双卿等，虽然也才华横溢，但论诗文的精深，和作为“女史”的磅礴大气，以及作为“红颜”的芬芳悱恻，皆不可与其同日而语。薛涛八岁那年，其父薛郧见庭院中的梧桐枝繁叶茂，突发灵感，吟诗两句：“庭除一古桐，耸干入云中”让薛涛续答，薛涛应声而吟：“枝迎南北鸟，叶送往来风”，足见天资聪慧过人！成年后的薛涛，更有自己独特的审美视角，“前溪独立后溪行，鹭识朱衣自不惊”，将女性之美与大自然融为一体，达到了人与天谐的自由境界。“花开不同赏，花落不同悲。欲问相思处，花开花落时。”这其中的丝丝禅意令人思绪不禁，回味无穷！“凭栏却忆骑鲸客，把酒临风手自招。细雨声中停去马，夕阳影里乱鸣蜩。”诗中所倾注的她对诗圣李白的怀念，是何等的真挚，何等的深切，何等的震撼人心！在今成都近郊，距杜甫的浣花草堂不远处，有一座薛涛“吟诗楼”，点缀着锦江玉垒的秀丽风光，那是薛涛晚年栖息吟咏之地。“万里桥边女校书，枇杷花里闭门居。扫眉才子知多少，管领春风总不如。”读王建的这首《寄蜀中薛涛校书》，不难想象当时这颗闪闪发光的诗坛明星，倾倒了多少风流才子，她的晚年生活是何等的安闲宁静。然而，她并没有躲在枇杷门巷这幽静的小天地里，把自己与世隔绝起来，在迟暮之年仍然写出了脍炙人口的《筹边楼》：“平临云鸟八窗秋，壮压西川四十州。诸将莫贪羌族马，最高层处见边头！”诗中有议论，有感慨；有叙述，有描写；有动荡开阖，有含蓄顿挫，体现了薛涛关注时政，心系民生的博大胸怀。

薛涛早年丧父，其母孀居，二人相依为命，生活极其窘迫，因有姿色，通音律，善辩慧，工诗赋，16岁入官府乐籍充当“艺妓”，周旋应酬于权贵之间。由于她才情美貌名动蜀中，清魂丽骨犹如冰雪，花容月貌不减清冽，心志高昂天马行空，只是歌舞助兴，并不卖身失色，因而历任蜀中节度使都对她既爱慕又尊重。名臣韦皋得知薛涛诗才出众，便请她欢宴共饮，即席赋诗，薛涛略加沉思，信手挥毫，用笔力劲激的行书题就一首《谒巫山庙》：“乱猿啼处访高唐，一路烟霞草木香。山色未能忘宋玉，水声犹是哭襄王。朝朝暮暮阳台下，云云雨雨楚国亡。惆怅庙前多少柳，春来空斗画眉长。”韦皋阅罢感叹不已。诗中充满怀古思幽、惆怅郁闷的心情和凭山吊水、对世事沧桑的感叹，隐含了对前人沉溺于女色丧权误国的嗔恨。其立意比宋玉的《高唐赋》略高一筹。足见她除美貌以外的眼界心胸也非同一般！借助于韦皋的地位和背景，薛涛的社会声誉风生水起，名盛一时。但是，由于她与当时政界、文化界等上层社会的诸多名流男士交往过多，致使韦皋醋性大发，一纸贬书将其发落到边远的松州。途中薛涛满含委屈写下了著名的十首《十离诗》（全诗内容略），道出了自己被韦皋厌弃的原因：犬咬亲情客；笔锋消磨尽；名驹惊玉郎；鹦鹉乱开腔；燕泥汙香枕；明珠有微瑕；鱼戏折芙蓉；鹰窜入青云；竹笋钻石墙；镜面被尘封。全诗着眼于身边事物，写的不惊不奇，娓娓道来，如泣如诉，曲折动人。难怪韦皋读后又急匆匆地派人把薛涛追了回来。

薛涛年近40邂逅了与白居易齐名的元稹，这是她的真爱，有薛涛所赋之诗为证：“双栖绿池上，朝暮共飞还。更忙将趋日，同心莲叶间。”表达了她追求真情挚爱的强烈心愿和对元稹的无限眷恋。元稹也是一位不世出的情种诗人，他也很爱薛涛，二人经常写诗唱和，而薛涛似乎写得更多，且每一首都写在自制的红色纸笺（薛涛笺）上，温柔气息，浪漫情怀，非常人所能企及！薛涛与元稹这场轰轰烈烈的姐弟恋，虽然时光暂短，未成眷属，却终生系于心上，直至63岁辞世，终身未嫁。二人情之笃，爱之深，堪与《西厢记》的张君瑞、崔莺莺相比。正所谓“薄命千年恨，芳心一寸灰。西厢旧红树，曾与月徘徊。”

薛涛一生写了多少诗已无从考证，曾经流传于世的大约有五百多首，但也大部失散了，尽管有关研究机构和专家学者搜集整理了许多版本，今天能看到的也只有90多首，这大概是由于中国封建社会对女诗人的压抑和埋没。有人说女诗人必须美貌，否则可不做诗人，只做女人。反映了社会对女诗人的刻薄残酷。英国女文学家弗吉利亚·伍尔夫探讨了女诗人在古代受到封锁的问题，她设想了如果莎士比亚有一个具备同样才华的妹妹，也很难得到社会的承认。但是只要“有一间自己的屋子”，潜心写作，就不会被埋没。薛涛凭借出众的才华和高远的心境，长袖善舞，舞出了自己的辉煌，尽管她留给我们的只是半部残卷，却也青史留名，一生芳华。她是一位难得的天才，所以她的天才更伟大！

悟道归源

早就耳闻山东省青州市博物馆馆藏丰厚，尤其佛教造像，堪称国内翘楚。近日有幸，匍往瞻仰，经受了一次别开生面的历史文化洗礼。

青州博物馆的馆藏佛像，大多是1996年10月，在龙兴寺遗址发掘出土的，约有400余尊。最早有纪年者为北魏永安二年（公元529年），最晚为北宋天圣四年（公元1026年），但绝大多数集中在北魏晚期到北齐时期，稍晚于大同云冈石窟造像。其中弥足珍贵的当属北魏永安二年（公元529年）石质一铺三身的高浮雕弥勒造像，通高55厘米，宽51厘米，厚10厘米，主尊面相方圆，眉清目秀，神态沉静和蔼，浅笑迎人。内着僧祇支，胸前结带，下着长裙，外着双领下垂式袈裟，右领襟甩搭左肩，衣裙下摆外侈，手施无畏与愿印。二胁侍前额梳三圆形发饰，颈佩项圈，身着天衣。三尊像均为黑发，唇涂朱红。跣足立于覆莲基座上。造像背连舟形背光，上饰火焰纹和化佛。背光外浮雕手执日、月的二天神，造像下部连长方形基座，上有线刻跪姿手执莲花的两供养人像及其姓名，两供养人之间线刻两尊护法狮。造像左侧题发愿文。其他造像均形态各异，线条流畅，手笔细腻，工艺精湛，贴金彩绘，清晰可见。每尊佛像的肉髻与螺发均清洁整齐，神情肃穆慈祥，紧身束服，衣褶清晰，背后光轮华丽，充分表现出佛陀造像的理想美。在佛教艺术宝库中闪耀着夺目的奇光异彩。

笔者学识浅陋，无力洞悉更深层次的文化内涵及其艺术价值。但它强大的精神感染力是我无法抵御的，使你不得不进行思考。这也许可以印证学界的一个观点，即佛教对于接受者来说，需要通过理智比较与思维来决定自己的有关行为。佛教对于生活在世间的善男信女们的最高要求是证得“涅槃”或“阿罗汉果”，也就是从一切烦恼痛苦中解脱出来，进入自由无碍的安乐世界。佛教的文明在于它承认“一切众生，悉有佛性”，鼓励信众们通过“禅定”（思维）和“智慧”（悟解）等获得知识与真理的方法去摆脱痛苦。青州佛像的刻造时期，当在北魏太武帝在位期间第一次灭佛事件之后。太武帝死后，文成帝即位，当即下诏复兴佛法。青州佛教造像，也许就是在这种历史背景下应运而生的，从其特点，隐约可见当时社会思考的大趋势和人们的精神向往。因为佛像作为佛教艺术的一个门类，是通过人的情感所创造的典型形象，虽然它的表现形式是礼佛，但由于造像的神情自如，肌肤丰润，备极人性的健康和美丽，它终究能够同时使人产生对人的亲切感和对佛的崇敬感，形象地反映了特定历史时期人民的宗教感情和精神世界的拓展，表现出该时期不同社会阶层的审美情趣和审美理想，更体现了古代雕塑家们的伟大天才和高超技艺，因而艺术魅力是经久不衰的。

瞻仰青州佛教造像，没有通常那种隆重神秘的宗教现场感，而是在浓郁的佛教艺术氛围中弥漫着淡淡的人性美。庄严、挺秀、整洁、富丽、姿态生动的造像，不由使人联想到刘开渠先生的一段话：“拉斐尔和提香之玛丽娅像，已不是表现“圣母”之神性，而是意大利的美丽的健康的妇女；我们的这些雕塑家不是颂扬佛，而是在歌唱人类之母的美丽、温柔、善良。”我想，佛教艺术，也许就是人们的理念与信仰之间的彩虹！学界通常的观点认为，释迦牟尼是人不是神，即使佛教后人，也通过保存传说中的释迦牟尼的舍利子而承认佛祖是人不是神。佛祖也要求他的弟子们自作明灯皈依自己，为弟子们确立了走向理智的模式，即修行、习经、思考并体验摆脱世俗生活的安乐。佛教，就是这样教导弟子以理智地选择脱离世俗生活！这难道不是人性美吗？

人性美是一切美的核心。颂扬她吧，伟大而永恒的人性美！

管中一窥齐文化

将近一个多月，在外颠沛流离，过着说忙不忙、说闲不闲、毫无规律的日子。今天，终于结束了精神流亡，倦鸟归林了，坐在自己的电脑前，把在外走马观花所产生的一些随想敲打出来，也算不虚此行。

这次外差，主要是在山东的烟台、青岛等地及其周边。这一地区的史前先民是东夷族，她是一个充满智慧、勇敢，富有创造性的优秀民族，夏朝建东夷国，春秋中期即公元前567年，东夷人与齐对抗的最后一个方国——莱国，终于被齐国灭亡而融入齐国版图。齐鲁文化即滥觞于东夷史前文化。由于齐、鲁是两个国家，齐、鲁文化是分头兴起和发展的。在兴起和发展过程中，齐文化处于领先地位。因为齐从受封开始，姜太公就奠定了齐为大国的基础，至春秋时期，齐桓公任用管仲，进行改革，富国强兵，九合诸侯，一匡天下，成为春秋首霸，一等强国，文化也便首先在齐国兴起。管仲则是齐文化兴起的关键人物。

说起齐桓公任用仇人管仲，有一段脍炙人口的故事：

管仲祖上本是颖上（今安徽颍上县）贵族，至管仲时已衰败。贫困的生活，动荡的岁月，迫使管仲为生计而努力拼搏。他曾做过生意，当过兵，后来同好友鲍叔牙来到齐国，作了公子纠的师傅。当时齐国国君襄公生活淫乱，言而无信，政治腐败，局势动荡不安。襄公的两个兄弟公子纠和公子小白，预感到齐国会发生内乱，于是各自出国，公子纠由师傅管仲和召忽辅佐去了鲁国；公子小白则由师傅鲍叔牙保护奔往莒国。当襄公被其叔伯兄弟无知杀死，无知又被国人攻杀，齐国无君，国内大乱之际，公子纠和公子小白见时机已经成熟，便争相回国夺取君位。于是公子小白与鲍叔牙从莒国出发，公子纠同管仲由鲁国启程，皆往齐国首都临淄进发。管仲怕公子小白占先，便心生一计，领兵到中途堵截公子小白，不让他回国。但等管仲赶到时，公子小白的车马已过，管仲快马加鞭追了 30 多里，劝小白回去，小白不听，动起武来，管仲猛射小白一箭，正中小白带钩。小白急中生智，应声倒地，假装死去，鲍叔牙等人也放声大哭。管仲以为小白已死，再无顾虑，便同公子纠从容而行。公子小白骗过管仲之后，飞奔首都临淄，在大夫高奚的内应和支持下，登上齐国君位，他就是齐桓公。

公子纠失计，并不甘心，求助鲁国出兵帮他夺取君位，齐、鲁两军交战，鲁国战败。齐桓公乘势逼迫鲁国，要其杀死公子纠和召忽，交出仇人管仲。鲁国无奈，只好杀了公子纠，而召忽殉主自杀，管仲则被装上囚车送往齐国。管仲不拘于传统的愚忠，从大义大节考虑，他要千方百计活下来，干一番济世救民的事业。果然由于鲍叔牙的推荐和保举，齐桓公不仅没杀他，反而破格重用，任为相国。之后，管仲相齐 40 年，辅佐齐桓公，成就了千古不朽的霸业。此为一段历史佳话。

齐桓公成就霸业，靠的是管仲辅佐。孔子说，齐桓公“霸诸侯，一匡天下”，“管仲之力也”。但管仲之所以能龙归大海，成就一番事业，首先是齐桓公不计前嫌不杀他，而且重用他。这除了齐桓公的宽宏大量和民主作风之外，更重要的是在于自姜太公以来即形成的“举贤而上功”任人唯贤的传统在齐桓公身上得到了充分发扬，体现了作为政治家的胸怀与气度。时至今日，齐国故地的民风，仍显现着不计前嫌、宽怀大度、真诚相见、知恩图报的特色。这无疑是一种文化传承。

丰泽园那“一亩三分地”

中国是一个农业大国，历史上的统治者大多关注农事，注重发展农业，明清时期尤甚。封建帝王们的重农思想，除了体现在政策层面上，还表现在对先农的神祇崇拜和亲耕行为。永乐年间，明成祖在北京的南部修建了合祀先农、五岳、五镇、四海、四渎、风云雷雨、四季月将等诸神的山川坛。虽然是诸神合祀，但先农之神有独立的神坛，而且在山川坛中的地位远比其他神祇高，这就是先农坛。按照明太祖朱元璋立下的制度，每年都要在这里举行隆重的祭祀活动和耕藉典礼。

清代不仅承袭了明代的祭农制度，而且每个皇帝在执政期间都很重视农业生产，关心全国各地的农情，颁布减免税赋、鼓励垦荒等法令，标榜“重农务本”，以促进农业发展。顺治十一年（公元1654年），清王朝把劭农务本作为一项重要政策颁行全国，同时恢复皇帝祭农行耕藉礼，称作“亲耕”，也就是皇帝亲自耕田，表示天子劭农劝稼，祈求年丰。那年头儿，皇帝亲耕不过是个仪式，也就是时下所说的“作秀”，但也有真打实干的。据文献记载，顺治和康熙都亲自耕过田。康熙四十一年（公元1702年）康熙皇帝到京南博野调查研究，了解春耕情况，竟亲自扶犁耕了一亩多地。康熙此举，引得博野万人空巷，前来观看。这件事情，康熙的近臣李光地作了记述并将全文勒刻于石。大量史实说明，康熙在位61年，是一个有魄力有作为的皇帝，尤其是他的重农思想和亲耕行为被传为历史佳话。

据《日下旧闻考》记载，西苑（今中南海）的宫室殿阁大都是从元、明旧址保留下来的，惟有丰泽园是康熙在位时开辟兴建的。丰泽园位于中南海瀛台仁曜门外结秀亭以西，坐北朝南，门五楹，园内有惇叙殿、澄怀堂、菊香书屋、纯一斋、春耦斋、听鸿楼、植秀轩、静谷等建筑，殿宇朴实，不尚华丽。乾隆即位后，不惜贬低金碧辉煌的瀛台，说那是耗费民力的土木之功，是形象工程，无益于国计民生，令有识之士鄙弃。惟有修建丰泽园是合乎民心、顺乎民意之举。所谓"行一事而合于天心，建一园而合乎民情"，把他的皇祖（康熙）、皇父（雍正）大肆颂扬一番，甚至与尧舜相比："放勋久颂尧功茂，协帝重瞻舜德超"。并且御制《丰泽园演耕诗》："园欣丰泽重农情，上林太液添新景。农衣农具错综陈，意在毋忘农苦辛。""千亩将临藉，三推预习耕。脉膏方起动，节序过清明。礼以勤农重，诗因触念成。犹思终亩教，望岁倍关情。"

康熙修建丰泽园的初衷，也许是为了研究农事和演耕的方便，所以初始在园内盖起了数间小房养蚕，植桑树数十株，辟水田数亩。后来园内格局逐渐规整有序，辟稻田四十亩一份，令庄头种香稻一亩六分，种喇嘛稻八亩六分，其中演耕地一亩三分，专供皇帝耕种。皇帝在这一亩三分地里收获的粮食，不供凡人食取，而是藏入号称"天下第一仓"的先农坛神仓中，专供祭祀之用。这就是神圣不可侵犯的"一亩三分地"。后来演绎为含有“管辖”、“专有”、“权力范围”等意义的民间俗语，如：“在你那一亩三分地上如何如何……在我这一亩三分地上如何如何……”。

康熙在日理万机的政务之余，经常到丰泽园参加农业劳动，他和一帮子太监将丰泽园打理得生机勃勃。《清会典》规定，除那一亩三分地外，每年丰泽园内所种早稻成熟，碾得细米，供献奉先殿、寿皇殿、恩佑寺、福佑寺、安佑宫五处各一斗，送交尚膳房二斗，余下的全交奉先殿，以备每月供献之用。丰泽园内“殿宇制度惟朴……黍高稻下，左右分区，蚕房桑畴，后先相望”，颇有一番田园境味。康熙悉心关注农事，曾经刊印《耕织图》46幅，并在每幅图上题诗一首。他说：“民为邦本，必使家给人足，安生乐业，方可称太平之治”。

康熙以后，每年农历三月，都要在丰泽园举行皇帝演耕之礼，已成定例。有诗记述：“太液东风送画船，到来京兆奉丝鞭”。康、雍、乾三朝，每次演耕礼都井然有序，隆重非凡。乾隆以后，仪式日渐荒废，尤其嘉庆时，因负责筹备演耕礼的顺天府官员懈怠，耕牛不服训导，四处乱窜，致使演耕的礼仪活动失败，皇帝大为恼火。光绪十六年（公元1888年）光绪皇帝在丰泽园进行了清王朝的最后一次演耕礼。

丰泽园作为封建帝王演耕劭农之地的时代已经一去不复返了。但丰泽园及其园内的惇叙殿（颐年堂）、澄怀堂、菊香书屋、遐瞩楼、静谷、爱翠楼、纯一斋等建筑至今仍巍然耸立。尤其是颐年堂东面的菊香书屋，建于康熙初年，是一座清幽典雅的四合院，曾为清帝读书和存放诗书的地方，有康熙亲题楹联：庭松不改青葱色；盆菊仍霏清静香。联语嵌入“菊香”二字。另有乾隆二十八年（公元1763年），《御制菊香书屋诗》：“屋无长物有诗书，暂尔盘桓意淡如。四季渊明趣具足，东篱欲笑尚拘虚。”新中国成立后，毛泽东主席即居住在这里。曾经的书房、办公室、卧室等均大致保持了原来的格局。

西苑的楹联

公元1004年，辽宋达成澶渊之盟，南北经济文化交流日盛，北京地区大兴土木，殿堂园囿与日俱增。西苑（今中南海，因位于紫禁城西侧，故明清时期称为西苑）草创即始于此时，至金代已初具规模，为离宫万宁宫所在。元代建大都，划入“大内”范围，后经明清扩增改建，遂成今日格局。西苑始拓即为皇家园林，明清时期，时有帝王在此理政；民国初期，曾一度为总统府址。新中国成立后，作为党中央、国务院所在地，更为世人所景仰。

历史对西苑有两大恩赐：一是赋予了她浓郁的皇权气质；二是为其营造了举世无双的历史文化精粹。这是中华民族乃至全人类不可多得的文化财富。历史文化遗产，素为全人类共享。20世纪末期，幸逢改革开放，民族中兴，经济发展，文化繁荣。西苑（中南海）虽为中国的政治中心，但为使其弥足珍贵的历史文化资源最大限度地服务于人类文明和社会进步，经批准，已将鲜为人知的部分历史人文珍藏呈献给社会，展示了中国皇家文化的独特魅力，其中的150多副古建楹联便是一株株异彩纷呈的奇葩。

楹联孕育于六朝骈文，产生于唐代律诗，成熟于宋元，繁荣于明清，词章句法十分讲究；格律音韵非常严格。西苑作为中国典型的古代皇家园林，自然是匾联奇异，文辞生辉，可谓云蒸霞蔚，洋洋大观。但因篇幅所限，本文仅择其一二略作简介，以飨读者。

“常切单心归宥密；每怀敕命凛几康”。此联镌于瀛台之北的勤政殿。该殿建于清康熙年间，“勤政”殿额即康熙所题。勤政殿是清代最高统治者在西苑的理朝听政之所，光绪皇帝曾在此处理朝务，坐镇指挥维新变法；慈禧曾在此听政；民国初年，袁世凯也在这里过了一把总统瘾。新中国成立后，党和国家领导人曾多次在这里举行会议，接见外宾。这副楹联的作者是爱新觉罗·弘历，即清高宗乾隆皇帝。联中“单心”意谓专诚之心。“宥密”是宽厚宁静的意思。“敕命”即皇帝的诏令，此处系指康熙、雍正二帝的训诲。“几康”是取周成王“不敢康”之意，指几微的安乐。紫禁城（今故宫）内的懋勤殿批本处康熙所书“慎几微”匾即此含意。此联的文意是：身为君王，要坚持以专诚之心，行宽仁安静之政，时时处处不忘皇祖、皇考的教诲，知敬畏而不敢稍微有贪享安乐的念头。

“四面波光动襟袖；三山烟霭护壶洲”。此联悬于涵元殿东室，额曰：“含经味道”。涵元殿位于翔鸾阁之南，是南海瀛台上的正殿，始建于明代，原名“香扆殿”，清乾隆六年（公元 1741 年），移用唐代高宗在长安建大明宫含元殿并立有“左翔鸾右栖凤”的故事，改名“涵元殿”，将“香扆殿”的匾额移于今蓬莱阁下。此殿有“天心月胁”额，为乾隆手书，是皇家游赏、休闲、避暑、筵宴的地方。1898 年光绪“戊戌变法”失败后，被慈禧幽禁于此，直至驾崩于涵元殿东室。民国初年，黎元洪曾居住在这里。这副楹联出自于乾隆手笔。涵元殿踞于瀛台，四面环水，只有一桥与北岸相连，故谓“四面波光”。“襟袖”寓指胸怀。“三山”：古代传说东海有蓬莱、方丈、瀛洲三座神山。“壶洲”即仙境，此寓指瀛台。这副楹联的文意表面看来是写涵元殿及瀛台所处的环境：四面波光粼粼，动人心怀，就好像三座神山那样云雾缭绕，遮蔽着仙岛。需要说明的是，“三神山”之说，初见于《列子·汤问》，晋代王嘉《拾遗记·高辛》载：“三壶，则海中三山也。一曰方壶，则方丈也；二曰蓬壶，则蓬莱也；三曰瀛壶，则瀛洲也。”现在的中南海和北海，是辽金建都后的太液池，明代始有北海、中海、南海“三海”之分。历代帝王为营造人间仙境，在三海之内和周边或堆土为岛，或叠石为山，或兴修殿宇，或题咏渲染，极力把这里比附为神仙境地的海中三山。将北海的琼华岛命名为“蓬莱山”；团成所在地原为一岛“圆坻”命名为“瀛洲”；圆坻之南的犀山台（后与中海东岸连为平地）命名“方丈”等，都体现了历代封建君王追求神仙幻境的心理情结。

涵元殿东室，悬联数副，其中有两副颇值得玩味欣赏。其一为乾隆所书：“于此间得少佳趣；亦足以畅叙幽情”。上联化用晋代无名氏帖中“小住为佳”语义；下联明移王羲之《兰亭序》中“一觞一咏，亦足以畅叙幽情”句意。不难看出其联的内在含意：在这里小憩才略得美好的意趣；同时也可以赋诗抒怀，尽情表达内心深处的情感。由此我们似乎感觉到，皇帝活得也未必轻松，也有追求恬淡闲适的意趣和表达真情实感的欲望。另一副是光绪所题：“精一遂成千古治；执中业裕万年基”。精一：精诚专一。执中：不偏不倚之道。业裕：富国裕民之业。精诚专一理政，全心全意治国，以达社会长治久安；不偏不倚裕民，充实基业富国，确保江山万年。光绪皇帝的革新意识和执政理念，从中可见一斑。

西苑的楹联，仅仅是其人文资源的一小部分，然而，它提供给我们的历史文化信息却是极为丰富的。明清时期的文化思想和审美观念，跌宕起伏，摇曳多变，是中华历史文化思想和古典美学思想的终结期，同时又为中华近代文化思想和美学思想提供了丰腴的理论胚胎。西苑的楹联作品，从一个侧面体现了这一历史时期的文化特质和风貌，是非常珍贵的历史文化遗产。

君子无故　玉不去身

天生命贱，少小家道贫寒，自知身价卑微，在校埋头读书，毕业勤恳工作，如今年华已逝，仍活得懵懵懂懂，平生既无一技之长，也没培养出什么业余爱好，附庸风雅的秀场，咱是从不敢也不好意思涉足的。若干年前，亲友在潘家园开了间古玩店，强行挟持我去开眼界，倒也受了点文风雅气的熏染，但离"虫儿"和"家"的水准尚差十万八千里。

亲友的古玩店主营玉器，从红山良渚夏商周，到秦汉唐宋元明清的各种器物，真真假假，琳琅满目。看的多了，便自然生出几分情，有了几分趣，以至后来竟着了几分迷，于是就揣着微薄的积蓄，跟在行家屁股后面去淘宝。也许玉跟人真的是要讲究些缘分，也许是由于我的心态比较平和，不在乎打眼受骗、成败得失，几年下来，还真的"拣漏"得到几件很像样儿的器物，经多位专家鉴定，均异口同声："开门"的！其中我最钟爱的是一块战国时期的玉璧，深深的黛绿中嵌着密密麻麻的"水银沁"，可能是由于出土时间很长，不知经过多少人的心泽手润，那包浆竟如脂膏一般，透射着穿越时空的神韵之光，牵着你的思绪飘向久远的年代。还有一块明代和田玉佩，白如羊脂，剔透晶莹，温润细腻，那浮雕作的虚实相衬，疏密得宜，线条流畅，颇具古意，给人以空灵飘逸之感。每每闲暇把玩，总有一种蒙蒙之幻象，冥冥之意境，意念超越时空，灵魂神游历史，身心俱已缥缈的感觉。说到这儿，我好像也把自己打扮成文人雅士的模样了，其实不然，我之所与玉结缘，主要是被它人格化了的品质所打动、所感染，并把它作为自己的人生崇尚，修身楷模。

我们祖先对玉的尊宠不亚于今人，顶礼膜拜神灵，占卜问卦上苍，祈求风调雨顺，祷告避祸赐福，求医问药，婚丧嫁娶……都离不开玉器。以苍璧礼天，以黄琮礼地，以青珪礼东方，以白琥礼西方，以赤璋礼南方，以玄璜礼北方。此为六器拜天拜地拜四方。随着玉器功能在人们生活领域里的扩展，玉的文化灵魂也逐渐活跃，文化元素迅速繁衍，文化底蕴越来越厚重。人们在赋予玉器灵性的同时，也把它的内涵抽象出来，与人性和人的品格相融会，形成真善美和谐统一的社会观念，成为人们的价值取向和审美取向，对民族精神的形成和民族文化心理的塑造产生了深远影响。

孔子说："昔者君子比德于玉焉，温润而泽，仁也；缜密以栗，知也；廉而不刿，义也；垂之好坠，礼也；扣之其声清越以长，其终诎然，乐也；瑕不掩瑜，瑜不掩瑕，忠也；孚伊旁达，信也；气如白虹，天也；精神见于山川，地也；珪璋特达，德也；天下莫不贵者，道也。""玉，石之美兼五德"，将玉的美德概括得更为精炼、更人性化。"润泽以温，仁之方也；理自外可以知中，义之方也；其声舒扬专以远闻，智之方也；不挠不折，勇之方也；锐廉而不技，洁之方也。"玉的温润光泽体现了"仁"的含义；致密坚硬体现了"智"的含义；有棱角却不伤人体现了“义”的含义；垂直下坠体现了“礼”的含义；瑕瑜互现，光明磊落，体现了“忠”的含义。“言念君子，温其如玉，故君子贵也”。玉被历代人仁君子所推崇，所热爱，视为修身立世的标准，就是因为从中体悟到玉是美丽、富贵、高尚、廉洁等一切美好事物的象征；是仁、义、礼、智、忠、勇、信、洁等优秀品德的综合体现。为了行之有节，所以古之君子必佩玉，甚至达到君子无故，玉不去身的程度。

现在人们对玉的喜爱，多偏重于它的文化含量和艺术价值，不可否认的是，它的经济价值也成为一部分人的追捧热点，这种功利性异化，是现代人无可奈何的遗憾。但我喜爱的仍然是它的品格之美，并终生以其作为省身之鉴。

心智的启迪

有幸拜读美籍华人夏荆山居士的佛画作品,别有一番灵彻感悟。

夏老鹤寿近九旬，毕生研习丹青，少年师从郭味蕖先生。移居美国后，入美术学院专修，并参访世界各大博物馆。皈依佛门后，又专致佛画艺术，将国画写意与西画透视融为一体，仪轨法度，一丝不苟，技法炉火纯青，意境超凡脱俗。夏老倾其数十年心血，精绘法像六千余幅，皆如法如律，形神兼备，道场清静，法像庄严，圆融地展现了佛菩萨的智慧与慈悲，实现了夏老“画佛像灵气，写圣言真谛”的夙愿，每幅皆为旷世奇珍，民族财富，造诣可与“佛画五杰”媲美。原全国政协主席李瑞环赞誉：“震动中国，震动世界”。拜读夏老的佛画，顿觉心智得以启迪，灵魂得以净化，于宁静、慈悲、善良之中体味到超越自我的人生境界。

读画品而识人品。夏老早年皈依佛门，苦心砺志，修身养德，爱国恤民，广行善举，于尘刹中做本分事，力行菩萨道。晚年寓居京郊，收养善根深厚的贫孤百余名，施之以教，慈心悲愿，感天动地，堪为世人楷模。夏老以笔端倾注对佛理的深切体悟，丹青凝聚心献佛陀的圆满德行，营造了慈悲无我的境界，诠释了佛教文化的精深理念。

中国是一个缺乏宗教终极关怀的国度，常把宗教与迷信混为一谈。其实宗教是一种文化，对塑造中华民族灵魂、文化心理，以及社会的发展与进步产生过积极影响。季羡林先生说："不研究佛教对中国文化的影响，就无法写出真正的中国文化史、中国哲学史甚至中国历史"。佛教传入中国后，"几乎影响了中华文化的各个方面，给它增添了新的活力，促其发展，助其成长。"即使在现代社会中，佛教在现实生活中的运用和研究也呈方兴未艾之势。挑战、竞争、创新、文化的碰撞与融合，是当今世界的基本特征。社会压力的增大，生存环境的复杂化，情感、事业等方面不可预测性变数，几乎是每个成年人都不可回避的现实问题。这些问题的直观反映是，社会和人心的失衡与浮躁。佛教义理中的哲学思想，佛教文化中的道德理念，对于疏导、平衡甚至解决这些问题是大有裨益的。对此，是否也可以理解为对促进社会和谐的贡献呢？

佛教文化的另一社会功能是净化人际关系。它通俗的理念是提倡博爱、善举，断除邪念，抛却功利等等，很容易使芸芸众生产生心理共鸣和行为接受，是大众的认同点，从而构建起人际间快捷、绿色的沟通渠道，形成文化感应的强大磁场。我有几位从未谋面的网友，几次以文字神交之后，冥冥中的感觉就像相识相知的前世朋友，我甚至能想象出他们的音容笑貌、性格脾气，感知他们的喜怒哀乐、阴晴雨雪，似乎在任何问题上都无须浪费更多的语言和文字，彼此便可迅速突破意念理解，达到心灵融合。我敢断言：这不是我单方面的感受！这难道不是佛教文化的功能所现吗？

以上是我拜读夏老佛画后的一点顿悟,写出来与朋友们共享。

人性对历史的赞美

如果我告诉您，全国所有老人都能定期得到生活补助，多子女家庭政府替你雇请保姆，重病者无论是何种身份，政府官员都会去看望慰问，孤儿、残疾人终生有生活保障……恐怕打死您也不会相信。然而中国历史上确有一个国家这样关注民生，实行过这样的人性化政策，那就是春秋时期的齐国。

据《管仲·入国》载："入国四旬，五行九惠之教：一曰老老；二曰慈幼；三曰恤孤；四曰养疾；五曰合独；六曰问病；七曰通穷；八曰振困；九曰接绝。"所谓"老老"，就是照顾老人，七十岁以上的，一子免役，每年有三个月的官府馈肉；八十岁以上的，二子免役，每月都有馈肉；九十岁以上的，全家免役，每天馈送酒肉等食品。"慈幼"就是爱抚幼弱子女，家有三个幼儿可免"妇征"，有四个幼儿免全家"妇征"，有五个幼儿即可配备保姆，发给两人配额的粮食。"恤孤"就是照顾养育孤儿，家领养一个孤儿，一子免役，领养两个孤儿，两子免役，领养三个孤儿，全家免役。"养疾"就是对生活不能自理的残疾人，官家收养于"疾馆"，供给衣食。"合独"就是为鳏寡孤独者牵线搭桥，促配成双，免三年役，予田宅，使之安家。"问病"就是凡患病者官府皆派人慰问，九十岁以上者，一天一问，七十岁以上者，三天一问，一般病人，五天一问。病重者逐级上报，君主会亲自慰问。“通穷”就是对没有住房的贫困家庭，没有粮吃的宾客，“通穷”官要及时上报，报者有赏，不报者受罚。“振困”’就是对困难户用国库粮予以救济。“接绝”就是对死于战争的士人给其生前友好故旧发一份钱，使其负责祭祀。这“九惠”都设专门官员负责执行，贯彻落实得非常认真。充分体现了齐国政权实施仁政和人性化管理、尤其是对弱势群体倍加关照的英明决策。

齐国采取的这些政策，出自于管仲的“民本”思想。管仲认为，人民是成就霸业和国家的根本。他说：“夫霸王之所始也，以人为本，本理而国固，本乱则国危”（《管子·霸言》）。齐桓公问何为成霸业的根本？管仲说：“齐国百姓，公之本也”，“君人者以百姓为天”“百姓与之则安，辅之则强，非之则危，背之则亡”。他告诉齐桓公，要得民心，首先要慈爱百姓，还要了解民心民情，关心群众疾苦。“使饥者得食，寒者得衣，死者得葬，不资者得赈”。同时要采取取之于民，用之于民的富民政策，“以天下之财，利天下之人”。还要顺民所欲，让天下百姓生活在安之、乐之、富之、育之的社会环境中。总之，齐国之所以能成为春秋首霸，管仲提出的一系列改革措施、尤其是以人为本的治国方略起到了关键作用。

春秋诸侯称霸是特定历史阶段的产物，也是一种文化现象，可以说是齐文化传统造就了齐桓公的霸业。齐国原在殷人统治下，受其天命思想影响比较严重。姜太公治齐后，又“因其俗，简其礼”，没有用周文化彻底改造殷文化和夷文化，加之齐国工商业发达，人口流动大，原始民主思想较薄弱，因此民本思想体系没能建立起来。管仲根据齐国的实际情况，顺应历史潮流，吸收周文化中“敬德保民”思想，建立了自己的民本思想理论，辅佐齐桓公成就了霸业。孔子对此给予了高度评价。《论语·宪问》载，孔子与其弟子评论管仲时，子贡、子路对管仲不杀身取义死于公子纠之难，反而去辅佐齐桓公的行为予以鄙视，孔子却从管仲的政绩和人民受益的角度加以肯定：“桓公九合诸侯，不以兵车，管仲之力也。如其仁！如其仁！”孔子又说：“管仲相桓公，霸诸侯，一匡天下，民到如今受其赐，微管仲，吾其被发左衽矣！”

也许正是由于齐桓公不仅不杀仇人管仲反而破格重用，使管仲亲身体验了人性的真谛和攻心的巨大威力，从而使他在辅佐齐桓公治理国家时以周初的民本思想作为制定各项政策的理论基础，不仅对齐国的富国强兵，称霸春秋做出了杰出贡献，并且对齐文化的兴起与发展做出了光辉业绩，稷下学宫的建立，百家争鸣的兴起等等管仲均功不可没。齐国以其经济发达、文化繁荣、国力强盛成为华夏历史上的绚丽光环，闪耀着人性对历史的赞美！

三晋文化之佛教艺术掠影

战国时期，韩、赵、魏三家分晋，统辖山西全省及相邻地区，遂有“三晋”之称。三晋地区是中华民族创造历史的重要舞台，尤其是进入新石器时代，人类社会呈加速度发展，数千年间的文化成就，大大超过旧石器时代一百多万年的总和。进入封建社会后，三晋文化更加绽放奇光异彩，佛教文化，建筑技术，戏曲艺术，商业文化等颇具特色，代表了三晋文化的基本风貌。

三晋地区，山河险阻，进退裕如，是可凭山控水，保障半壁河山的战略要地。有史以来，战乱频繁，民多疾苦，诸族杂居，素有吸收异质文化的传统。因此，以宣扬解救芸芸众生为主旨的佛教备受青睐，盛极三晋。在佛教融入中华文化的大潮淌过三晋大地时，留下了许多文化遗产，名山圣地，庵寺庙宇，石窟雕刻，宝塔楼阁，佛典经籍，梵呗音乐等等，异彩纷呈，体现着佛教文化在三晋大地的历史地位。

云冈石窟是闻名世界的佛教艺术宝库，始凿于北魏兴安二年（公元452年），有大小佛像五万一千多尊，既反映了当时佛教信仰的具体内容，又是造像技法的艺术展示。北魏时期的统治者，为了拔高皇室的世俗地位，粉饰君权的神秘形象，使佛教成为维护皇室权威的工具，便不惜动用大量财力人力，崇佛兴佛。云冈石窟的开凿与此极为有关。

云冈石窟的造像题材，以释迦的各种佛像、佛本生、佛传故事、罗汉、菩萨、八部护法等为主，均以具体形象反映出佛教文化的内容和渊源。第八窟门东侧上层三头八臂骑牛神像，西侧上层五头六臂骑孔雀神像，与佛教典籍中关于佛教渊源的记载相吻合。第六窟给人一种富丽美，偌大个洞窟中找不到一块没有雕刻的空隙，装饰规模巨大而炫目，置身其中，有一种香烟缭绕、人声鼎沸的感觉，很容易引起人们对当时“山堂水殿，烟寺相望”盛况的追忆。

佛本生、佛传故事是佛教普及宣传的重要内容之一，第六窟的佛传故事最为集中，堪称典范。窟内平面近方形，边长约13米，中间凿方形塔柱，高约15米，四面分别雕坐佛、倚坐佛、释迦多宝对坐像、交脚弥勒像。塔柱四面大龛两侧和三壁及明窗两侧，雕33幅释迦牟尼从诞生到成道的佛传故事，围绕塔柱的16幅浮雕内容是佛诞生前后的故事，它不仅填补了佛龛之间的空隙，起到装饰佛龛的美化作用，同时又在绕柱礼佛的人们面前展开一组生动的佛传故事画面，使宗教艺术与宗教宣传完美和谐地统一起来。围绕窟壁还有10多幅长方形浮雕，上缘有忍冬纹边饰，现存内容从“太子较艺射鉄鼓”至“入山修行”，内容相互衔接，形成连环画类型的艺术形式。窟内浮雕的丰富内容和雕饰的富丽，均有典型意义。

文成帝继位后，兴起了更大规模的崇佛兴佛热潮。通过雕石像，铸铜像，将崇佛观念具体化、形象化，形成皇权与佛教结合的凝固形式。云冈“昙曜五窟”（第16—20窟）是高僧昙曜主持开凿的最早、气魄最大的窟群，是北魏皇室造像的代表，大都以三世佛为中心题材。因为当时三世佛最受景仰，《法华经》十分盛行，三世佛造像，正是反映了《法华经》的一部分内容，当然，也正是《法华经》，直接影响了昙曜五窟的造像题材。它的艺术生命力，主要在于它所创造的艺术美感，其中释迦坐像高13.7米，面部丰满，两肩宽厚，造型雄伟，气魄浑厚。第20窟大佛，前额饱满，鼻高而直，口小而深，大耳垂肩，肩部特宽，斜披袈裟，周身挺直，线条棱角坚劲有力，有种崇高而肃穆的美。大佛身后宽广的背光中嵌刻许多火焰、小佛和飞天，把大佛衬托得更加浑雄宏伟。在云冈石窟造像中，也不乏反映那个历史时期世俗的、积极的、健康向上内涵的代表性艺术作品。如第七洞藻井上的成群飞天，是将人的情感之奔放、生活的快乐，藉飞天化佛满天飞舞而表现出来。仰观此洞藻井,犹如置身于健康、愉快、青春的人间世界。

云冈石窟是一个内容十分丰富的佛教艺术宝库，从多侧面展示了它的艺术价值。它在汉代以来的民族艺术传统基础上，融合外来艺术的样式和风格，创造出中国石窟寺艺术的中原流派，形象地反映了特定历史时期中国各族人民宗教情感和精神世界的拓展。云冈石窟造像的第一期有浓厚的外来情调；第二期的时代特征和民族特征逐渐明显；第三期则是比较成熟的北魏石窟寺艺术风格了。

五台山是中国佛教四大名山之一，优美的自然环境是佛教选择五台山作为重要道场的根本原因，由于佛教在此创造的人文景观又使五台山名扬天下。五台山的佛教发展，呈兼容并蓄，诸宗竞秀，显密并传，汉藏俱全的局面。北魏时期诸多高僧即云集于此。华严宗和对文殊菩萨的信仰是五台山佛教文化的显著特点。唐初，华严创始人法藏在《华严经传记》中说，北魏时有沙门灵辨头顶《华严经》入清凉山（即五台山）礼拜文殊菩萨，五台山即文殊菩萨道场的说法已经坐实。华严宗创立之后，华严四祖澄观住锡五台山大华严寺（今显通寺），撰成《华严经疏》六十卷，时为贞元三年（公元 787 年）。除华严宗和文殊信仰外，五台山还有十分复杂的宗教宗派结构，尤其藏传佛教渊源很深，明代即有格鲁派即黄教的寺庙。唯实宗是慈恩大师玄奘与弟子窥基大师共同开创的佛教宗派。唐高宗咸亨四年（公元 673 年）窥基大师率五百僧俗来五台山弘扬唯实宗旨，建立唯实宗道场。此外，还有天台宗、律宗、净土宗、禅宗等影响较大的佛教宗派汇集于五台山，各族僧众和睦相处，显密教义并行不悖，形成了较完整的中国佛教体系，创造了绚丽多彩的佛教艺术。

玄中寺是三晋地区又一佛教圣地，该寺建成不久，高僧昙鸾即住此寺，弘扬净土教义。唐初又有两位净土大师道绰、善导名显当世。唐以后成著名戒台，元代盛极。高僧昙鸾为净土宗初祖，玄中寺亦成为净土祖庭。由于日本佛教的净土宗是继承玄中寺三位高僧的净土法门，故也以该寺为其祖庭。上个世纪 60 年代，日本僧人菅原惠庆长老将落齿埋于此处，意为骨归祖庭。玄中寺以净土祖庭闻名于世，净土宗以阿弥陀净土信仰即西方极乐世界开宗立派，它是大乘佛教所描绘的美好天堂，此中佛教文化内涵和佛教史迹掌故是极为丰富的。

三晋地区的佛教文化十分丰厚；佛教艺术灿烂辉煌。此文乃管中窥豹，掠影一瞥。

中国古代的民本思想

民本思想，在中国源远流长。早在传说中的三皇五帝时代，就有以“博爱”为形态的原始氏族民本思想。但到殷朝末年，政治腐败，敬天事鬼，不把奴隶当人看待，致使小民过着“如蜩如螗，如羹如沸”（《诗·大雅·荡荡》）饥不果腹、水深火热的生活，最终导致亿兆之夷人背叛和殷朝的灭亡。周初的统治者接受这一教训，继承和发扬了原始氏族时期的民本思想，由重天神转变为重德重人。自周文王始就提出要“怀保小民”、“视民如伤”，把人放在了鬼神之上。周公制礼作乐，进行改革，进一步提出了“敬天保民”思想，把“爱民”、“保民”、“裕民”视为永葆江山稳固的法宝，认为上天降下人民来，设立国君，目的是为了让国君帮助上苍对人民“宠之”。文王认为天与人民是相通的，人民听到的就是天听到的，人民看到的就是天看到的。所以，天顺民愿，人民的愿望，天是服从的。“天视自我民视，天听自我民听。天矜於民，民之所欲，天必从之。”（《秦誓》）“天聪明自我民聪明，天明畏自我民明畏”（皋陶谟）。为此，他要求统治者加强道德修养，“敬德保民”，才是“顺乎天而应乎民”（《周易·革》），“皇天无亲，惟德是辅”（《尚书·蔡钟之命》），“宜民，宜人，受天之录”（《诗·大雅·假乐》），才能得到天的亲爱。

到春秋时期，随着奴隶制生产关系的瓦解，奴隶解放的思潮逐渐兴起，人的地位不断提高，民本思想又有了新发展。开明的统治者认为，人民不仅是天的耳目，而且成了天的代表。有一次齐桓公问管仲“王者何贵?”，管仲答道“贵天。所谓天者，非谓苍苍茫茫之天也，君人者，以百姓为天”，因为“百姓与之则安，辅之则强，非之则危，背之则亡。民怨其上，不遂亡者未之有也”（《说苑》卷三）。所以，“夫争天下者，必先争人……得天下之众者王，得其半者霸”（《霸言》）。如何才能得人呢？关键是得民心。“人众而不亲，非其人也”（《霸言》）。民心所向是关乎国家兴亡的大事，《牧民》云：“政之所兴，在顺民心；政之所废，在逆民心”。“得众而不得民心者，则与独行者同实”（《参患》），“人主若不务得人，小者兵挫而地削，大者身死而国亡”（《五辅》）。怎样才能得民心呢？首先是顺民心，慈爱百姓，爱民无私，了解民情，关心人民疾苦，制定一系列利民惠民政策，同时还要提倡礼仪道德，使善良之风普世盛行，以达社会安定和谐。

春秋齐国的民本思想含有一定的民主精神，对天命观和绝对君权是一次公开挑战。齐相管仲认为，君王是借众人之力为民“兴利除害”的智者，是“正民之德”的普通人，所以有时也会犯错误。明智的君主犯了错误应该反躬自省；有了善行则归之于民，这才是真正的强者。而“君有过而不改，谓之倒；臣有罪而不诛，谓之乱。君为倒君，臣为乱臣，国家衰也，可坐而待之”（《君臣下》）。因此，君主要敢于广开言路，让人民群众提意见。管仲建议齐桓公：“勿以私好恶害公正，察民所恶，以自为戒，”并列举黄帝、尧、舜、禹、文王等圣帝明王在这方面的做法和经验教训，以证明自己的观点。他还把敢于非议君主过失的人称为“正士”，也就是正人君子，赞扬和奖励能以政事争于君主面前的“正言之士”，赞扬和奖励说老实话做老实事的“言实之士”。认为国君用这样的人就会听到实际情况，国家就兴旺。如果任用谗佞小人和说假话的人，国君就会受蒙蔽，国家就会危亡。要求君主要时刻以天下之目而视，以天下之耳而听，以天下之心而虑。他说：“目贵明，耳贵聪，心贵智。以天下之目视，则无不见也；以天下之耳听，则无不闻也；以天下之心虑，则无不知也。辐辏并进，则明不塞矣。”这充分体现了管仲的民本思想和民主意识。齐桓公采纳了与自己有一箭之仇、生死恩怨的管仲的建议，制定和实施了一系列以人为本的政策，对国家实行人性化管理，齐国的强盛也就在情理之中了。

心手闲适　邀友品茗

如今京城，茶馆四起，大有方兴未艾之势。功能也由文朋韵友谈诗文、清客雅士论琴剑之所，拓展为谈生意、做买卖，衔接各种供求关系的交易场。是社会的进步抑或人文的异化，说不清楚。但有一点是可以肯定的：饮茶品茗是种文化，而且是中国传统文化中一枝独秀的奇葩。

据《神农食经》载："茶茗久服，令人有力，悦志。"初始，人们喝茶的目的大抵有三：一是防病保健，因为茶有药物作用；二是生活必需，如游牧民族；三是精神享受，修身养性，因为茶是高尚饮品。饮茶品茗衍生为一种文化，大概始于唐代并与佛教有点关联，因为世界首部论茶典籍《茶经》的作者陆羽是唐代人，他自幼在佛寺中长大。佛教僧徒坐禅，饮茶便成必需继而习惯，于是，佛寺中就渐成一套肃穆庄严的茶礼，尤其在佛教节日更为隆重。至宋代，皇家敕建禅寺很多，每遇朝廷钦赐活动，便举行盛大茶礼以示庆贺。故我国历来有"茶禅一体"或"茶禅一味"之说；亦有"天下名山僧占多"和"名山出名茶"的说法。宋徽宗赵佶在《大观茶论》序中，对宋代盛行一时的"斗茶"之风大加赞赏，称之为"盛世之清尚"。日本的茶道，吸收了我国宋代寺院行茶仪式的许多内容，可谓文化交流之佐证。茶作为一种传统文化的存在，它蕴含的基本精神是“和”、“敬”、“清”、“寂”。即气氛和谐，主客风雅。环境清幽，情趣高洁。这与中华民族的传统文化心理是相吻合的。

中国历代文人视饮茶为高尚精神享受，对茶叶、茶具、水质、烹煮、环境、行茶等条件的要求是相当高的，须具专业知识和较高文化修养方能深谙其道，本人无力也不敢全面深入触及。但受前辈们雅风和一些文化典籍的影响，对饮茶却也有些兴趣。尤其对先贤遗风中的饮茶心境颇为推崇。“山堂夜坐，汲泉煮茗。至水相战，如听松涛。倾泻入杯，云光滟潋。此时幽趣故难与俗人言矣。”这是《茶解》中描绘的景象。这样的心境当然就能营造出别有天地的思绪：月夜焚香，古桐三弄，便觉万虑皆无，妄想尽绝。试看香是何味，烟是何色，穿窗之白是何影，指下之余是何音，恬然乐之，而悠然忘之者是何趣，不可思量处是何境？茶须静品，方能引导我们进入一个默想人生的佳境，以一个冷静的头脑，去看一个忙乱的世界，消除眼前的浮华和浮躁。当然，这种人生意境，须与情趣相近、意气相投的挚友于清幽之中品香茗方可获取。饮茶以客少为贵，客众则喧，喧则无雅趣。

现代人在这世事纷扰，人心浮动的杂尘中，时常身心疲惫，倘能与挚友相约，远离闹市，共赴乡间，室大于斗，墙高与肩，汲山泉之水，煮新采之茶，杜门避世，品茗共语，旨归于色香味，道归于精燥洁。若情致所至，或论诗文，或作书画，或抚琴对弈，那是一番何等的情趣？遗憾的是，在信息时代的今天，这种闲淡恣意的避世情结，只能以柏拉图式的幻想心理安慰来了断了。在心手闲适之际，邀友品茗的强烈愿望难以实现的境况下，现摘名士语以飨我友，也权当本文的结尾吧：吾斋之中，不尚虚礼，凡入此斋，均为知己。随分款留，忘形笑语。不言是非，不侈荣利。闲谈古今，静玩山水。清茶好酒，以适幽趣！

为镜子喝彩

听朋友讲了个故事：古代，人类还没有发明镜子，人们都不知自己长的啥模样。某农民进城打工，数年后，城市里有了铜镜，于是，他在回家探亲时就买了一面，作为礼物送给妻子。夫妻久别重逢，喜悦与激情自不待言，丈夫便没及时把礼物送给妻子。等他睡熟后，妻子在他的行囊中翻腾出了那面铜镜，不知是何物，便很好奇地前后左右地看了一番，发现里面有一标致女子，神情顾盼十分动人，这下可不得了啦，她心痛欲裂，抱起铜镜去找婆婆哭闹："瞧您那宝贝儿子，他在外面有别的女人了……"婆婆接过铜镜一看，勃然大怒："好你个小兔崽子，挣了点钱你就不知道姓啥了，包二奶找个年轻的也就罢了，怎么找了个老太婆啊！"

故事情节有点荒诞，却是寓涵了许多生活哲理，启发我们思考许多人生问题。首先，镜子能使人们看清自己的本来面目，自己认识自己。倘若那对婆媳早有一面镜子照照自己，知道自己长得啥模样儿，也不至于闹出如此荒唐的笑话。其次是通过照镜子来审视自己的形象打扮，可以随时修正其中的不足之处，以保持良好的状态，从而增强自信。其三，对于一个有良知的人，镜子还可以照到内心深处，反射灵魂！这就需要把镜子的功能引申到社会领域，以客观的善恶美丑是非标准及社会伦理精神和道德行为规范为镜子，来审视自己的人格是否健全，检测内心世界对道德标准的认知、信服和内化程度，指导我们选择正确的思维方式和行为方式。在这方面唐太宗李世民可谓典范。

魏征是唐太宗执政时期的重要辅佐，以性格刚直、才识超卓、敢于犯颜直谏著称。他曾恳切要求太宗让他充当对治理国家有用的“良臣”，而不要让他成为对皇帝一人尽职的“忠臣”。每进切谏，虽有激怒太宗，而他神色自若，不稍动摇，使太宗也为之折服。在他任职期间，先后进谏200多次，劝诫唐太宗以史为鉴，励精图治，任贤纳谏，仁义行事，无一不被采纳。贞观十七年正月（公元643年2月），魏征病逝于家中，唐太宗亲临吊唁，痛心而曰：“夫以铜为镜，可以正衣冠；以古为镜，可以知兴替；以人为镜，可以明得失。朕常保此三镜，以防己过。今魏征殂逝，遂亡一镜矣！”意为：以铜镜照自己，可以端正衣冠；以历史作镜子，可知国家兴旺发达的道理；用人作镜子，可以明白自己的得失。我经常用这三面镜子照自己，以防止和纠正自己的错误。现在魏征去世了，我就失去了一面镜子！此后，又有一件事使唐太宗深有感触：“征亡后，朕遣人至宅，就其书函得表一纸，始立表草，字皆难识，唯前有数行，稍可分辨，云：‘天下之事，有善有恶。任善人则国安，用恶人则国乱。公卿之内，情有爱憎，憎者唯见其恶，爱者唯见其善，爱憎之间，所宜详慎。若爱而知其恶，憎而知其善，去邪勿疑，任贤勿贰，可以兴矣。’其遗表如此。然在朕思之，恐不免斯事，公卿侍臣可书之于笏，知而必谏也。”意思是说魏征去世后，唐太宗派人到他家中，从他的书箱里找到一页奏疏，刚刚写成草稿，字迹都难以辨认，只是前面有几行，还稍微可以看清楚，这几行字写道：天下的事物有善也有恶。任用善人国家就得以安宁，任用恶人国家就会动乱。朝廷大臣之中，君主对他们的感情有爱有憎，对憎恶的人往往只看到他的缺点，而对喜爱的人往往只看到他的长处。爱憎之间，是应该客观评价，慎重处理的。如果喜爱一个人又能知道他的缺点，憎恶一个人又能知道他的长处，斥退邪恶的小人毫不迟疑，任用贤良之臣没有二心，国家就可以兴旺发达了。唐太宗阅过魏征这页尚未写成的奏章后，认为自己以后难免犯魏征所提到的错误，便要求公卿侍臣把他的话写在笏板上，看到他的过失就一定要规谏！由于唐太宗知人善用，广开言路，虚心纳谏，善察民生，采取了一系列清明政治、发展经济的措施，使其在位期间呈现出一派欣欣向荣的太平盛世景象，史称“贞观之治”。

人贵有自知之明。在现实生活中，人，最难认识的就是自己，很难客观公正地为自己的人格品质水平能力等准确定位，经常出现这样那样的认识和行为错误，其实这都是很正常的，人无完人嘛。重要的是必须不断发现、修正和改善自身的这些不足之处，这就需要经常以人类道德和社会文明标准为镜子来照照自己，以达独善其身，进而兼善天下。

镜子是我们的日常生活用品，它的功能延伸却能启发我们如何安身立命，做人做事，这就是我们为镜子喝彩的理由！

“让”的辨证

目夷，字子鱼，周朝宋国人，桓公之子，襄公之兄，自幼孝悌，智勇兼备。襄公做太子时，自愧不如其兄优秀，在其父病重时请求：目夷既长，又很贤能，请立他为君。桓公颇以为然。目夷闻而坚辞道；弟弟能以国相让，可证其品德之高，我怎能比得了他呢？说罢而逃。桓公去世后，襄公继位，请回目夷，让他担任宋国司马，掌管军旅。

后来，宋、楚大战于泓。在楚军渡河还没登岸时，目夷建议；趁楚军还没登岸，赶快去打！襄公说：让他们上岸再打。及楚军登岸，目夷又说：趁楚军还乱糟糟的，赶快去打！但又遭襄公拒绝：让他们成阵再打。及楚军成阵，以众击寡，宋军大败，襄公伤腿。后来，目夷对襄公说：明耻教战，为求杀敌，他事可让，打仗怎能让呢？

孔子一向主张让，但在家语有言：“战阵有列矣，而勇为本”。目夷对弟让国，对敌则谏弟须争机先，足以说明让的分际。同一个“让”字，应用于不同事务，其性质和效果截然不同。这是很有意思的思考题！

文苑撷英

如果我是一滴水

“如果我是大海里的一滴水，我会笑着走过水的一生”。这浓缩了大量思想信息的诗句，出自于一位16岁少女的手笔。她叫郭怡辰，先天性残疾，7岁才能走路，9岁开始写诗，至今已有30多首比较成熟的作品公开发表。现照章节录她的几段小诗请朋友们鉴赏。

天黑了/妈妈叫我回家/我问妈妈/月亮怎么不回家/妈妈说/天空就是月亮的家/我说/月亮的家/真大（《月亮的家真大》，9岁写）。新年是什么/新年是一只魔法哨子/它能吹出许多客人/塞满了我的家/新年是什么/新年是魔法的箱子/它能变出许多礼物/塞满我的口袋/新年是什么/新年是万花筒/它能转出五彩礼花/塞满了天空（《新年》，9岁写）。一片绿叶/是一个音符/一排树木/是一串五线谱/大山是乐谱架/托着一本会唱歌的书（《大山》，9岁写）。……我笑了/来时路再难/也走过了/未来的路再长/也要走下去（《来时路》）。细心的朋友们不难发现，她的文笔还非常稚嫩，但创作风格已现端倪：结构简约，语言明快，意趣率真，情绪乐观。读她的诗犹如剥竹笋，一层比一层鲜嫩可人，直到中心，方现精华；又像剥茧抽丝，意味绵长，品至最后，才见真谛。给人一种渐入佳境的感觉，为读者营造的想象空间十分辽远广阔，体现了逻辑思维与形象思维相结合的创作意识，反映了小女孩的大胸怀。

平心而论，我们可以不赞扬她的文学天赋，但不能不敬佩她的自强精神。她出生在湖北襄樊一个平民家庭，残酷的现实，迫使她必须接受命运的挑战！而她的诗则向我们宣示了挑战结果：她是强者！在人生征途上她取得了节节胜利！所以我们不能单纯地从文学素养、写作功力、艺术水准等技术层面上去鉴赏和评价郭怡辰的作品，因为她毕竟还是一个未成年的残疾女孩，能有多少人生阅历和生活积累呢？况且她没接受过文学方面的专业教育和训练，她只能用最朴素的语言抒发她对生活的独特感受。所以，我们需要通过她的作品引领，进入她的精神世界，倾听她的心声，感觉她心灵的幽韵，探求她生命的境界，从而受到某种启迪。儒家学说认为诗歌是“言志”的艺术，“诗者，志之所之也，在心为志，发言为诗。”（《毛诗序》）。这说明诗是有内涵的，不是空洞无物的。诗的内涵不是客观现象的纯粹描模，而是经过人的内心孕育，体现着人的思想和意志。观赏诗的人可以从中发现作者的思想和抱负，了解一个人的精神面貌，朱自清先生将此称之为“观志”。对于郭怡辰，我就是通过她的诗认识了她这个人、认识了她的品格。

人说“女儿是水做的”，也许是由于她出生在南方水乡，她似乎对水有着天然的亲缘和近似于图腾式崇拜，她把自己的生命比作“大海里的一滴水”，“我会笑着走过水的一生”。在她心目中，水的一生是怎样的一生呢？

水，生于自然，没有任何外在物性，本色纯净，清澈透明，真源无味，真水无香，它平淡无奇，不存在纤毫浮华形式，它那无美之美、不争之争的生命体系，折射了“大音希声”、“大象无形”的理性精神，与无为而无不为的生命哲学一脉相承。它来自于自然，回归于自然，生存的全部意义是返璞归真，固守天性，在以真实存在于自然的过程中使生命得以完善，使本源的品质得以升华。如果我的是一滴水，我将永远保持纯净、透明、本色的天性，不以微小而自卑，我会用纯洁晶莹的生命反射太阳的光辉，映照出一个多彩多姿的大千世界，并将自己融入其中，追逐命运的精彩，追逐绚烂的憧憬，以情感勃发的动态，畅神于万千气象。让生命与阳光衔接，化云化雾化雨化雪化彩虹，化作一首首飞扬的诗歌，融入大海，春暖花开，翱翔蓝天，绽放灿烂的笑容！

老子认为：“天下莫柔弱于水，而攻坚强者莫之能胜，以其无以易之。”世间没有什么东西比水更柔弱，而攻坚克强的能力却没有能胜过水的。弱之胜强，柔之克刚，滴水穿石，久越成川，它将巨大的潜能蕴藏在无为而无不为的沉静之中，孕育成坚忍不拔的生命特质，无争但无畏的精神令人敬仰。它在刚者面前则更刚——它能摧枯拉朽、无坚不摧；在柔者面前则更柔——“居善地、心善渊”。如果我是一滴水，我将把沉静中的巨大潜能转化为强大的生命力，挑战自我，挑战命运，不在纷扰乱世中向自然领域寻求逃遁，而在拯救自我中向自然领域寻求生命的体验，以柔韧的毅力，踏平崎岖坎坷，冲破艰难险阻，创榛劈莽，开拓人生的坦途。曾经我笑着，走过来时的艰难路程，未来的路再长，也要笑着走下去，如潺潺小溪，滔滔逝川，流衍不息，生生进取！

"上善若水，水善利万物而不争"。水是生命之源，地之血气筋脉，通润天地之间，泽彼世间万物，虚静寡欲，退守无争。它泉源溃溃，不释昼夜；循理而行，不遗小间；动之而下，似有礼者；赴千仞之豁而毫不迟疑；障防而清，自知其命；不清而入，鲜洁而出，显示了它的力量所在和公平公正、谦让有礼的品格；表现了他的智慧、勇气以及荡涤污浊的能力。正所谓水有四德：沐浴群生，通流万物，仁也；扬清激浊，荡去滓秽，义也；柔而难犯，弱而能胜，勇也；导江疏河，恶盈流谦，智也。如果我是一滴水，我将在个体人生情境的复杂感受中，启动反观诸身的自我意识，将这些规范美德一一对应起来，作为人格尺度来丈量自身的高尚与卑微，作为价值观念投射到生命化的自然与自然化的生命之中，统摄我的生命轮回。我是大海里的一滴水，我会笑着走过水的一生！

这便是我对郭怡辰作品与人品的解读。我欣赏她的作品，更敬重她的人品！

天外飘来一片绿色

现代人的绿色理念完全不取决单纯的视觉，已从伸手可及、俯身可拾的林木花草，衍生为生态环境、空气水源、衣食住行等与人们生命息息相关的领域，乃至人们的观念意识之中。我就把朋友之间毫无功利目的的交往称为“绿色友谊”，把真善美的心灵称为“绿色生命”，把情真意切的文章称为“绿色精神食粮”。从而使“绿色”的理念更具时代特征和深刻内涵。不过这种“绿色”却是现代人难以企及的了，于是才有了人们对返璞归真的追求和对绿色的珍爱。

值得庆幸的是，在人们以各种方式寻求理想中的绿色，而多数难得其果的境遇里，我却意外地获得了天外飘来的一片绿色，那就是一位朋友在媒体上发表的一系列文章。古人为文之道讲究的是“情欲信，辞欲巧”，把“志足而言文，情信而辞巧”奉为“含章之玉牒，秉文之金科”，表明了作文技巧与内容对立统一的关系。我对朋友的文章之技巧不敢妄加评说，但是，其文章在以“辞达”把自己的心志淋漓尽致地倾泻出来，“修辞立其诚”即以自己的真实情感感染读者等为文之本方面，确有许多可圈可点之处。

朋友文章的选题谋篇并不离奇，立意并不高远，意境并不深奥，没有艳词丽句，没有无病呻吟，没有矫饰雕琢，没有故弄玄虚，没有云里雾里的假深刻。而是以朴实得让人心软的语言，展现本色而透明的心灵，宣泻浓浓的真情实感，引领读者的思绪畅通无阻地进入她那单纯率真的精神世界，去鉴赏她的真善美。

她把自己和兄弟姊妹的四个儿子戏称为“四大天王”，告诫他们“明天是无情的，明天是辛苦的，明天是脆弱的，明天是一张白纸，有足够的空间”，直言不讳地鼓励他们“钱包鼓起来，别墅建起来”。她刻骨铭心的记忆里没有惊心动魄的事件，而是儿子小时候用自己的画儿在房间里铺成的“地板”，儿子的同学的清晰形象，儿媳为儿子包的“俊俊的小饺子”；用心灵告白让儿子知道“前世多少亿次回眸才换来今世的母子关系”，“爱很长，爱很苦，爱很甜”，赋予儿子的真爱是“不能用两尺手臂挽住你的千万里航程”。

她游历过许多名山大川，写下了许多感悟至深的文字。她在伟岸的石林里获得了奋发向上的激情和力量；在澜沧江边产生过“蝴蝶瀑布”的幻觉；在西双版纳的竹楼里被自己编织的故事感动得“落下美丽的泪珠”……

她是一位中学教师，在孩子们身上她感受到的是真实与活力，是未来和希望，她从一个擦身而过的足球领悟到，没有真实就没有轰轰烈烈，人生亦然……这一切都那么油然而生，那么朴实无华，那么原汁原味；这一切都源自于作者对人生的真切感悟，对人性的深刻理解；源自于作者心中那一片绿色。

愿人人都拥有一片绿色，哪怕只在心中！

秘密生命的激情磁场

在荒芜的花园里，如果有一朵迟开的蔷薇；在萧瑟的大地上，如果有一抹天然的绿色，无论她怎样地朴实无华，无论她怎样地不在意自己，也足以能引起人们的意识关注和精神感叹。诗歌创作的挣扎与无奈，在物欲横流、功利充斥的现实重压下，似乎只能以无病呻吟和假意娇喘来表明自己的生命存在。因而它园林的荒芜，大地的萧瑟也只能让人可怜、可惜、理解、原谅了。值得庆幸的是，近读冯艳华的诗作，犹如在寻觅的迷茫中听到一声清脆的呼唤，眼前顿觉一亮，心头为之一振，循声望去，竟然发现了海市蜃楼般的桃红柳绿。我量力地知道自己无论如何也追寻不到她的真谛，但还是忍不住地朝她狂奔而去，因为那不是虚幻，那是用心可以企及意境。

“意境”是诗的最高追求，决定着作品的气质、神韵和格调，是诗的本体和生命所在。“意”来自于主体的情感意想，“境”来自于客体的生韵景象，二者在艺术中交合融会便形成了艺术意境。“轻轻抚摸着，你的唇/我用最心痛的指温/轻轻地，轻轻地，翻越/那段含黛的梅香/直到，飘散得看不见/也去不了了……四月里说雪/温暖而冰凉/你眉间的一笑/……我想起了笛落梅花/……我会唱一种海色的声音/和溪流一样奔放……”(冯艳华《雪笛》)。按照王国维先生的观点，意境的最高层次是“意与境浑”（通俗的说法是“情景交融”），“意”与“境”不可偏废，否则，二者中的任何一方将会因丧失结合对象而孤不自成。我融于物，物化于我，方能创造出流畅深邃的美感。“有我之境，以我观物，故物皆著我色彩”。他试举一例：“泪眼望花花不语，乱红飞过秋千去”（欧阳修《蝶恋花》）。“指温”与“雪”的互动，演奏出冰与火的碰撞激情；“泪眼”与“花”的交流，吟唱着深沉悲凉的思绪。二者何其相似乃尔，简直是异曲同工！他们所构建的意境，犹如在泼墨写意的画面上留下大片飞白，让你不得不按照作者编制的情感程序信马由缰地神驰，显示了作者用文字创造意境的真工夫、硬功夫！

一首诗的意境，绝不是成于浮艳堆砌，而是来自于真实自然，气韵天成。写情则沁人心脾，写景则在人耳目，述事则如其口出，这样，作品才能产生感人耳目、沁人心脾、激荡性情的意境。冯艳华诗歌创作的过硬功力，应该与她深厚的生活基础有直接关系。她的作品大都流溢着泥土的芳香，弥漫着居尘出尘的人文气息。“……脚步把风带起，你说/躲不过岁月也躲不过红尘/还怎么回首，那朵梅香，还能/不断地心甘情愿，从南向北/从南到北/当沙从脚趾缝里流走了，那些/风景都不是我们的，最多/脚疼的时候，会突然一个表情……”（冯艳华《走过》）多么平实的文字，多么质朴的语言，多么深邃的情感，多么超凡的意境！唯脚踏实地的感悟生活，精心诚意地自然创作，方能传达出这种“清水出芙蓉，天然去雕饰”的原始之美。

看过对冯艳华诗作的众多评论，其中不乏“朦胧”之说。但这似乎不是冯艳华作品美学结构的主体。因为我们欣赏她的作品的第一感觉是强烈的生命律动，是在和谐的秩序里满而不溢的回旋力量，是种感应式的共鸣。她的近作《陌上阳光》便是典型一例：“是谁用奔跑的声音呼喊/春天，少年，光芒万丈/攥一束吧，虔诚的土地/以全新的思想/蒸蒸日上/土地喂养着，阳光照耀着/……土地上站立的声音/此起彼伏/……”。这是一种活跃生命的传达，是作者凝神冥想，在灵魂深处寻曲探幽，用“流动的身体”去“看倒挂的蒙娜丽莎”（冯艳华《舞蹈》），从而使意识大跨度地跳跃到了于一朵莲花窥见天国，一滴露水参悟生命的境界，以敏锐的激情力量幻现层层世界，剥离幕幕人生，归根结底是为了揭示生命的真相和意义。作者以心灵映射万象，代山川立言，她所表现的是主观的生命情调与客观的自然景象交融互渗，从而成就了一个鹰飞鱼跃，渊然而深的灵境。这终于让我们看到了一个真实的冯艳华：原来，诗是她的秘密生命，而用以感染我们的，则是她秘密生命的激情磁场！

净心莲

在繁华浮躁的人世间，如果拥有一片安定的绿洲，在物欲横流的现实中，如果拥有一方清新的净土，那将是人们至高无上的精神家园！现代文明所提供的物质文化实惠，被这个嘈杂的世界无序地瓜分着，信息时代将完全改变人类的生活，这如同一种物理现象，纵然是流体力学专家，身在漩涡之中，也难以把握自己命运的流向。著名作家、诗人徐迟，一生热爱科学，并从事科技题材的写作，其阅历和学识堪称一代人的翘楚。然而，他每天所处的现实世界，使他无法接受，无力抵御，于是在他精神之鸟处于神游的一瞬间，选择了一种清醒的解脱方式，驾鹤西去了。可见精神世界的安宁与清净，当为现代人修行的正果和福报。我们无力改变“天下熙熙，天下攘攘”的客观世界，可是我们有能力耕耘自己的精神家园，未必是姹紫嫣红，繁花似锦，几株小花儿，一片绿茵，便可使我们的灵魂有所寄托，有所归宿。这是我从朋友陈萱的诗文中读出来的道理。

前不久，适逢陈萱与夫君琴瑟15周年志喜，她自撰小文以示纪念，题目便是《结婚15周年纪念从俭从简》。文中说：“15年前，自做主张从俭从简把自己低调嫁了出去，然而那一天却成了我一生中记性最好的日子，于是就有了今天的两束百合……被欲望和虚荣捆缚的生命是很沉重的，何必呢？能自我解脱是最幸福的。从俭从简，轻装前进，你就可以凌驾时俗，获得一份安心慧心，达到性灵飘逸，心随灵动……”脱口而出的寥寥数语，道出了胸怀宽闲，精神和畅的心境，让我们领略了烛明香清，淡日照林的意境。另一篇文章的题目是比较“恐怖”的：《做了一次野蛮老婆》，摘要如下：“臭老公，赴朋友生日夜宴，凌晨三点回。气！睡前把门反锁，让他在外凉快。哼！敲门，不开；打电话，寂静夜，铃声那个响啊。唉！开门算了，飞起一脚，顺势一拳。哈哈！然后蒙头大睡，一夜无梦，那个香啊，舒服！”这巴蜀女儿，柔嫩如兰，想那拳脚功夫也过硬不到哪里去，花拳绣腿实在不可能伤及夫君的皮肉筋骨，恐怕连毫毛都完好无损，只能理解为是一种特殊的爱抚方式。不过，警示作用是不可忽视的。因为在文章最后，陈女士蛾眉高挑，杏眼圆睁，示威般地大喝一声：“就当一回野蛮老婆了，咋的？”瞧，这就是生活！清丽而不平淡，真实而不流俗，嗔怒而不失爱意，和谐而不乏激情，有起有伏，有韵有律，有声有色，有滋有味，浪漫的小舟飘荡在幸福的海洋里，悠悠然然地驶向人生的彼岸……

陈萱的散文多为展示生活观念，揭示人生内涵的作品，语言朴实，思辨深刻，往往能在价值取向方面给人以明晰启迪和正确引领。她的诗歌则是她的另一个精神世界和情感领地。其基本风格是，看似顺手拈来，其实匠心独运；小家碧玉秀于外，大家风范慧于中；情感像深层的海水——从不荡起波澜；意境像高天的流云——随心飘逸生动。“无声的雨滴/溅湿如茵的情景/依依的心愿/缔结生命的相遇。飘在灵魂深处的笑容/……化作一朵莲/……，你是我永远的乐手/踏着梦的节奏/共享蓝调的音阶/哦，是你给我的/总不能忘记”（陈萱《思念的断章》)。初看，这首小诗像小溪流水，平静得连翻卷的浪花都难以寻觅。细读，就会发现它的构思想象过程中的记忆表象十分活跃而生动，意蕴相当绵长，如果你的思绪能漂浮在这涓涓溪流中，那么，它就能把你带向浩瀚的大海。其中的机缘，必须心悟，不可目取。

诗有天机，触情而成，幽寻苦索，亦不易得。诗歌想象的活跃性与情感的激发是密不可分的。任何想象都自始至终伴随着强烈的情感因素，没有情感的激活，想象就会枯萎，就会失去自由的活力。这就是通常所说的“诗缘性而绮靡”。陈萱的诗歌创作，正是沿着这一理论阶梯攀援而上，节节开出绚丽的花朵。“朋友，你在何方/在这样的夜晚你是否和我一样/留一盏灯把情照亮/历历在目的影子要多长有多长……”（陈萱《想念朋友》)。“……涌动着的浪花/让我真想把海岸环抱/……想你了/真的想你了/想你给与我的欢快/想你托与我的心语/想你七彩深情的祝福/想你给我的一个宣言/即使不能践约/也有我丰富的感怀/想你就这样/一如那时向我走来/……”（陈萱《想你了》)。这心境，是不是像月光一样在流淌，流淌……淹没了你的意识，陶醉了你的心性？是不是进入了触实若虚，蹈虚若实的境界？悟出了“思风发于胸臆，言泉流于唇齿”的真谛？找到了“文徽徽以益目，音冷冷而盈耳”的感觉？

以上文字的本意，不是说陈萱的诗文创作达到了多么高的水准。实事求是地说，陈萱的写作带有较大的随意性，遣词造句比较粗放，多平直，少起伏，每首之中仅靠一两句“精粹”把意境领上去，显示了功力的先天不足。但值得赞扬的是她有感而发的真实，能用朴实的文字反映她朴实的情感。诗言志，在心为志，发言为诗。她的诗文，让我们在昏热的现实生活里享受到一股清新凉爽之风；在欲望和功利的纷争中听到了一曲清亮舒缓的奏鸣；在人性和道德的格斗场上看到了一片绿茵茵的芳草地；在潮音落迦观心定慧的净土上看到了一朵悄悄绽放的净心莲——陈萱！

怀旧的价值

怀旧与回忆有所不同，回忆是一种比较单纯的思维活动，而怀旧则是在回忆中注入了浓郁的感情色彩，是一种心理情结，怀旧的客体一般是比较美好的事物。一般情况下，人们通过怀旧可以悟出一些新道理，获得一些新认识，甚至能帮助你开辟一片生活新天地。比如，近读冯平光先生的旧体诗《忆天山》，就明显地感觉到，作者无论是创作动机，还是所抒发的情感，显然都带有怀旧情绪的萌动与释放。冯平光先生青年时期投笔从戎，在西北边塞、茫茫戈壁度过了12年的军旅生涯。人所共知的是，那里自然环境相当恶劣，况且是在那个经济文化尚欠发达的年代，其生活和戍边任务的艰辛是常人难以想象的！然而，我们从冯先生的作品中看到的却是一种浪漫主义和乐观精神！“才见当空红日照，忽来洪水似疯牛”，当空红日的顿然消失和地上洪水的凶猛到来，仅用一个“才”字和“忽”字即完成了大跨度的时空转换，这种瞬间的场景蒙太奇，难道不是一种浪漫主义的表现手法吗？至于把来势凶猛的洪水调侃式地比作“疯牛”，从艺术欣赏的角度看，它使整个作品有了生命，有了灵魂，使大戈壁的广袤天地有了动感；但从反映的思想本质上看，是不是可以理解为一种藐视困难的乐观精神呢？如果那里的恶劣环境和艰苦生活对他是一种恶性刺激，如果那段经历令他不堪回首，如果他对那里没有深深的眷恋和热爱，在事隔20多年后的今天，他能写出如此激扬的文字么？他能艺术地再现那火热的战斗场景么？他能表达出那么真实感人的情感么？

读冯平光的这几首小诗，自然而然地联想到唐初边塞诗派的杰出代表人物岑参（公元715~770年），他的青年时期，西部边疆战事频繁，他鄙视那些“依隐钓名”的“高人”、“逸士”，主张“功名祗向马上取，真是英雄一丈夫”！便以身许国，于天宝八年从军出塞，在安西（今新疆库车）节度使高仙芝幕府中管理文书。可巧的是，千年之后的冯平光也在安西戍边。岑参写出了“万里奉王事，一身无所求”的诗句，也是他边塞诗歌的主题，表达了他保卫边疆，为国立功的思想。而冯平光则抒发了“于今犹记报明主，一箭常怀定天山”的情怀。岑参描写当地雪海严寒、狂风飞石的诗句有“君不见走马川行雪海边，平沙莽莽黄入天。一川碎石大如斗，随风满地石乱走”；而冯平光则为我们展示了如下画面：“难忘火州五月天，飞沙走石暗尘寰。折来红柳杈当盖，又被风抛戈壁滩。”这惊人的同工异曲，当产生于相似的思想基础、精神品格和人生志向。对于这一点，恐怕是毋庸置疑的。

笔者不懂格律诗，更无意在诗歌创作方面将冯平光与我国历史上的伟大诗人岑参相提并论，凭感觉我也不认为冯平光先生是位功力深厚的格律诗人。实事求是地说，他的诗作还缺乏锤炼，艺术含量还比较稀薄，平仄韵律也未必工整。但他毕竟通过这种文学形式，为读者打开了他心灵的窗口，让我们洞悉了一位战士的胸怀。他用超物质的理念记录了12年的军旅生涯，以高调心理语言阐释了他的价值观念，以平实的心态宣告了他的人生追求。他把那艰苦卓绝的岁月，作为生命的金色年轮珍藏在心底，在情之所至的时候，重现在他主观意识的层面上，并且以全新的观念与现实生活相连线。至今，他还用诗句告诉我们："瀚海休说无是处，石油喷涌遣人惊"。这就不难看出作者热爱祖国大好河山的文化情结，在回首人生道路时的那份自豪感，在现实生活中产生的新追求、新激情、新动力！人生是一套完整的系统，这套系统的每个阶段、每个部分都有它存在的价值和价值的存在，否则，整个系统就无任何价值。我想，冯平光先生时而用怀旧来刷新自己现实生活的页面，生命里流动的永远是新鲜血液，这便是它的特殊价值！

油菜花儿开

阳春三月，江南水乡，油菜花儿开了，她根植沃土，栉风沐雨，欣欣向荣的金黄铺地映天，那是阳光的积淀；淡淡飘逸的清香熏染着春色，那是大地的精华！她不温不火，不卑不亢，沉稳大气中隐约可见精巧娇柔；朴实无华里若隐若现妩媚典雅。她以自然之美的力量感动着我们的灵魂；她以本色韵律的流动宣示着生命的价值：在为人们提供精神享受的时候不求颂扬；在为人们作出物质奉献的时候不求回报！她的品格和气质犹如我手头的这部书稿。

这是一部由五位女性分别创作的诗歌散文集。她们生长在江南水乡，似乎都对水有着天然的亲缘和近似于图腾式的崇拜，“水”在她们的作品中占了很大比重。她们喜欢水的清澈碧蓝，喜欢水的外柔内刚，喜欢水的聚滴成河……她们崇尚“真源无味，真水无香”，认为“真水即自然界最纯净的水，没有任何外在物性，你只有用心去接近它，理解它，才能感受它的无性之性的纯洁与高尚”。她们深知“生命如流水，只有向前，才能展现美丽，才有存在的意义”。这些来自于现实生活的感悟，不断在她们精神层面上得以升华，影响着她们的价值取向和人生理念，塑造着她们的灵魂和人格，融入了她们鲜活的生命机制，从而在人生征途的跋涉中，把“上善若水，水善利万物而不争”的至高境界，作为孜孜不倦的追求。这一点在她们作品的字里行间得到了充分体现。真个是“女儿是水做的”!

好的文学作品，要能表现感情的真，主题的善，文辞的美。五位作者的诗文，从不同的角度、以不同的形式实践了这一原则。陈萱的诗歌较多地反映了她的人生感悟和情感心声，风格清新瑰丽，意境飞扬飘逸，构思奇妙，语言活泼，内涵丰富，思辨深刻，文理自然，姿态横生，看似顺手拈来，实则匠心独运，往往寥寥数语，便营造出峰回路转，曲径通幽的艺术效果，淋漓尽致地道出胸怀宽闲，精神畅和的心境。她用诗歌向自己发问：“什么样的挥手/是微笑里的洒脱/什么样的人生/是解放了的灵魂/什么样的我/是原始的本我/为什么/我无法停止思索……”其实，在她的诗歌里我们会很容易地找到答案：“走过秋凉/我畅饮冬雨/在晶莹的冰雪里/有温暖的诗意/寒冷是我心上/蜕变的引子/必要的序曲……”；“生命的航线/串缀红尘玻璃梦……我用黑色的眼睛/点燃篝火/勇敢独行!”这就是陈萱的思索，多么的举重若轻！这就是陈萱的“本我”，多么的晶莹透明！即使是写闺中之情，从她笔端涌出的也是汩汩清泉：“……我的蔷薇和虞美人/在无人知晓的角落/花开花谢/……把一腔闺怨/撂给红尘/我轻松走出/放逐灵魂/我就是一个清新的人!”陈萱诗作的精彩闪光之处实在太多，我们不可能一一圈点，总之，她的诗歌传达给读者的是积极乐观、昂扬向上的情绪。读她的诗，有一种珠玉生辉、雁鸣长空的感觉，是一种目悦心怡、精神畅达的享受！同时你会不由自主地联想到她的名字：陈萱。《博物志》载："萱草，食之令人欢快，忘忧思，故曰忘忧草"。

朱金萍的创作风格则自然质朴，意境深邃，格调洒脱俊逸，语言生动传神，抒情委婉细腻，隐静深沉，言有尽而意无穷，于虚空中见真实。她将炽烈的激情溶解于幽泉的清冷之中，以柔和的力量侵袭读者的心灵，具有很强的感染力。尤其是她善于巧妙地运用强烈对比和高反差的表现手法，将她的灵感烙印牢牢地打在读者的心上。在她笔下，爱的欲望能"飞向许满九千九百九十九个愿的港湾"，也能"从窗缝里悄悄溜出去"，这种大幅度的思维跳跃，这束强光的明暗闪烁，能不紧紧扣住你的心弦么？"我是你院外墙脚的那朵牵牛花/多么希望在我被露珠点缀的时候/你能打开那扇窗/我凝聚了所有的美丽/只为你那不经意的一瞥"。这是多么感人肺腑的画面，多么敲击人心的情感波澜啊！你能不被这深情感动么？读朱金萍的诗歌就像饮家酿的米酒，香醇甘甜，回味绵长，在你不知不觉中就会把你灌醉！

朱金玲的创作动机是"喜欢用文字取暖；喜欢在文字的天空放飞灵魂；让自己的文字与血液一起沸腾"。因此她的散文是目之所见，耳之所闻，体之所触，率性而发，状物泻情乃出于天然，自然平淡中蕴含着实美，散发着浓郁的生活气息。她观察事物、体悟生活的功力非同一般，能以独特的审美视角，从中发现真善美的信息，捕捉精彩画面，往往一篇文章即可完成两个命题：真实和自然，诚如王国维先生所言："写情则沁人心脾，写景则在人耳目，述事则如其口出"。好，那么就让我们来听听朱金玲是怎样用散文跟我们聊家常的吧。“南方的初春，是纯洁透明的梦，湿润、温柔、细腻。虽然乍暖还寒，但春天的水冷皮不冷骨了……”（《二月春意初觉媚》）“春水冷皮不冷骨”回避了春天的形式美，提炼了“春”的本质美，给读者留下了巨大的想象空间，耐人寻味！“家乡的井很小，但从不干枯，水质清纯甘洌……有一次患感冒，茶饭不思，只想喝水，母亲便烧了开水，饮之无原水之味，于是从井中汲了清凉的冷水，痛饮后顿觉精神清爽了许多，病也好了大半。家乡老井的水啊，我的生命之泉！”（《井》），家乡老井的水，是生命本色之源！我溶于物，物化于我，物我关系流畅恬美，和谐宁静，生命与井水融为一体，意味悠长！“起雾了，伸手即可抓一把，闻一闻，雾都是香的……”（《秋夜桂花香》），对自然之物的反映，即便是夸张也不失真实，还有比这更精彩的描写吗？这状物的真情实感，这质朴的娓娓道来，这率真的有感而发，正是她散文风格的基本特色。

如果说朱金玲的散文是一幅写实的风景画，那么刘泽亚的作品便是一幅大写意。她在审美领域里独辟蹊径，把朦胧和静谧柔和在一起，将精致的情感融入细腻的文笔，创造出一种既远又近、既动又静、既朦胧又清晰、既抽象又具象的美学效果。她放眼于大千世界，落笔于细微之处，挥洒自如，不拘一格。在她的散文里，你可以领略如烟似雾中朦胧的江南水乡美景，也可以欣赏在“湿漉漉亮铮铮的石板路上，打着小花伞优雅散步”的美女倩影；你可以从她编织的梦境中悟出一些哲理，也可以从她“定格在记忆中的老屋”里透视她的精彩人生。读他的散文，你会产生一种温柔的喜悦！刘泽亚，她是一位用文字绘画的高手！

特别值得一提的是生于1995年的残疾女孩郭怡辰（在本书中有记述），她7岁才能走路，9岁开始写诗，尽管文笔还非常稚嫩，但正在形成自己的创作风格。读她的诗犹如剥竹笋，一层比一层鲜嫩，直到中心，方现精彩意境，体现了逻辑思维与形象思维相结合的创作意识，展现了小女子的大胸怀！在这里不妨节录她的几首小诗，以证其观点。“天黑了/妈妈叫我回家/我问妈妈/月亮怎么不回家/妈妈说/天空就是月亮的家/我说/月亮的家/真大！”（《月亮的家真大》，9岁写）。“新年是什么/新年是一只魔法的哨子/它能吹出许多的客人/塞满了我的家/新年是什么/新年是魔法的箱子/它能变出许多的礼物/塞满我的口袋/新年是什么/新年是万花筒/它能转出五彩的礼花/塞满了天空”（《新年》，9岁写）。“一片绿叶/是一个音符/一排树木/是一串五线谱/大山是乐谱架/托着一本会唱歌的书”（《大山》，9岁写）。“如果我是大海里的一滴水/我会笑着走过水的一生”（《人生》）。“我笑了/来时路再难/也走过了/未来的路再长/也要走下去”（《路》）。这简约的结构，明快的语言，童真的意趣，乐观的情绪，我们能从中受到怎样的启迪呢？我欣赏郭怡辰的作品，更敬重她的人品！

五位作者的诗文各有千秋，但其共性是，以朴素的色彩暗示生活的意义；用清新的气息净化人们的心灵。在她们的诗文集付梓之际，金铃邀我为其作序，我才疏学浅，人微言轻，实在无力担此重任，不过还是有幸做了她的第一读者，于是就有了以上粗粗拉拉的文字，但不敢称其为序。倒是清代乾隆皇帝写的一首咏油菜花的诗，似乎能反映本书及其五位作者的品质，借来为序比较贴切：黄萼裳裳绿叶稠，千村欣卜榨新油。爱他生计资民用，不是闲花野草流。

（此文写在五位作者的诗文集《芳草怡梦》卷首）

漫议《复兴之路》的解说

电视政论片，是题材严肃，内容翔实，观点明确，论述有力的重量级精神文化产品。它应以视觉效果与听觉效果的统一，来引领受众的思路，打动受众的心灵，征服受众的意识，引起受众的共鸣，使受众心悦诚服并从中受到教益、鼓舞和激励。

央视制作播出的《复兴之路》，令人满意地产生了上述效果。这固然缘于主创人员对选题谋篇、素材配置、结构布局、逻辑推进等基本要素的精心把握处理和经纬编织，以及镜头语言的高超运用，但解说的功力融入也功不可没。如果说主创人员用思想智慧构建起作品的主体并赋予她生命，那么，解说则以语言艺术为作品注入了激情与活力。《复兴之路》解说的功能到位和独特风格是毋庸置疑的。

首先，《复兴之路》的解说自然纯净，悦耳动听。细细品味，感觉解说者的声音刚健雄浑，饱满圆润，大气磅礴，富有磁性，充溢着阳刚之美。这样的音质，为受众营造了宽松明块、悠扬高远的听觉意境，极具吸引力，可谓先声夺人，不禁使人随其抑扬顿挫，渐入作品佳境。

电视大片、尤其是政论片，为了使受众知其事实，明其道理，信其观点，在解说或配音的技术设计上，往往带有主观冲击色彩，在力度和强度方面作下意识强调。其实这在实践中是很难把握的，因而出现亢奋激昂、雄辩霸气、盛气凌人等过犹不及的现象并不奇怪，这似乎已经形成了一种风格，然而，它的效果有时会适得其反。

《复兴之路》的解说没有沿袭上述风格的痕迹，而是在音质夺人的基础上，将作品的深刻思想融入质朴的语音之中，二者凝聚成厚重而和谐的力度与强度，作用于客体（受众）的是感染力而不是刺激力，从而产生主、客体的真情互动及思路的同步运行，在非常自然的状态下，把作品的信息输入到受众的心灵深处，其效果便不言而喻了。

电视大片的解说（配音），是一门功力深厚的语言艺术，美学含量极为丰富，美学效果并不抽象，它可以营造氛围，构建意境，产生力量，调动人们的审美情趣，引导人们的审美取向，实现审美价值。这从《复兴之路》的解说可以得到充分印证。该片解说情绪饱满，沉稳大气，章法严谨，节奏明快，张弛有度，收放自如，虽无旋而有律。以优质的音色与娴熟的技巧结成不可抗拒的语言艺术魅力，使受众在审美享受中理解作品主题，认同作品观点，显示了解说者语言艺术休养的深厚底蕴和高超的驾驭能力。

笔者有感而发的小文，旨在说明影视纪录片、专题片、甚至一般电视栏目的解说或配音不可忽视，因为它是作品质量的要素之一，有时还会起到画龙点睛或锦上添花的作用，应该引起业内人士的重视。而一个优秀的解说（配音）者，则必须具备良好的音质条件；深厚的语言艺术修养和功力；广阔的知识面和对作品的深刻理解。《复兴之路》的解说可谓典范！

后 记

——说句心里话

借此一页薄纸，向对本书的出版发行给予大力支持和帮助的吴振奇先生、徐东明先生、王平先生、张会允先生、吴森先生致以衷心感谢！

向关心本书编辑出版,并为本书的写作提供素材的李良、陈萱、冯艳华、朱金玲、冯平光、祝玉琴等诸位朋友致以衷心感谢！

向阅读本书并提出批评意见的朋友们致以诚挚的感谢和崇高敬意！

蒋宝德

2012 年 4 月